国家社会科学基金一般项目
"中国现代小说文体互渗现象研究"（15BZW139）结项成果

国家一流专业建设经费资助

狂人日記 （小說）

某君昆仲今隱其名皆余昔日在中學校時良友分隔多年消息漸闕日前偶聞其一大病適歸故鄉迂道往訪則僅晤一人言病者其弟也勞君遠道來視然已早愈赴某地候補矣因大笑出示日記二冊謂可見當日病狀不妨獻諸舊友持歸閱一過知所患蓋「迫害狂」之類。

魯 迅

诗性的浮沉

中国现代小说文体互渗现象

王爱军　著

中国社会科学出版社

图书在版编目（CIP）数据

诗性的浮沉：中国现代小说文体互渗现象 / 王爱军著 . —北京：中国社会科学出版社，2022.12

ISBN 978 - 7 - 5227 - 0938 - 3

Ⅰ.①诗…　Ⅱ.①王…　Ⅲ.①现代小说—小说研究—中国　Ⅳ.①I207.42

中国版本图书馆 CIP 数据核字（2022）第 194086 号

出　版　人	赵剑英	
责任编辑	王丽媛	
责任校对	冯英爽	
责任印制	王　超	

出　　版	中国社会科学出版社
社　　址	北京鼓楼西大街甲 158 号
邮　　编	100720
网　　址	http://www.csspw.cn
发 行 部	010 - 84083685
门 市 部	010 - 84029450
经　　销	新华书店及其他书店

印　　刷	北京明恒达印务有限公司
装　　订	廊坊市广阳区广增装订厂
版　　次	2022 年 12 月第 1 版
印　　次	2022 年 12 月第 1 次印刷

开　　本	710×1000　1/16
印　　张	18.5
插　　页	2
字　　数	252 千字
定　　价	98.00 元

凡购买中国社会科学出版社图书，如有质量问题请与本社营销中心联系调换
电话：010 - 84083683

目　　录

绪 论

一 概念厘定

"中国文学特别是中国现当代文学中，文体之间的相互渗透是一个普遍现象，……共识性的文学体式边界被突破，小说、诗歌、戏剧、散文乃至电影、电视文本，常常是你中有我，我中有你。"① 这种不同文学体裁之间相互渗透融合的现象通常被称之为"文体互渗"现象，普遍存在于中国现代小说作品之中。既有传统的文体形式（如史传、诗词、戏曲等）向现代小说的渗透，也有外来的文学样式（如话剧、速写、报告文学等）与现代小说的融合，从而构建了现代小说复杂多样的文体面貌和价值意义。而文体、文体互渗等概念关涉本论题的研究理路，因此需要加以界定和阐释。

1. 文体与文学文体

一直以来，学界对于"文体"一词的理解各执一端，对该词的使用比较混乱。然而，综观文体概念的各类含义，能发现文体首先是关乎"语言"的一种形式范畴。"文体"的英语表述为"style"，译为语体、文体或风格。西方的一些文体家往往把"语言"视为"style"的标志。乔纳森·斯威夫特说："在恰当的地方使用恰当的词，这就是风格的真实含义。"② 豪夫认为："不论我们

① 罗振亚、方长安、高旭东：《中国现当代文学文体互渗现象》，《湘潭大学学报》2008 年第 6 期。

② 王佐良、丁往道：《英语文体学引论》，外语教学与研究出版社 1993 年版，第515 页。

对它的性质采取什么观点，很明显的，在谈论文体时我们就是讨论‘选择（choice）’——在一种特殊语言的不同词汇的（lexical）和造句法的资源间所做的选择。"① 欧西的这些看法与中国古代的文体概念不谋而合。郭德英认为"文体"义旨多端，或曰体裁，或曰风格，或曰语体。② 吴承学评述："在中国古代，'文体'一词，内容相当丰富，既指文学体裁，也指不同体制、样式的作品所具有的某种相对稳定的文学风貌，是文学体裁自身的一种规定性。"③ 罗根泽说："中国所谓文体，有两种不同的意义：一是体派之体，指文学的格（风格）而言，如元和体、西昆体、李长吉体、李义山体，皆是也。一是体类之体，指文学的类别而言，如诗体、赋体、论体、序体，……皆是也。"④ 一言之，无论风貌还是类型，抑或体裁和风格，其皆以"语言"为中心。

　　"文体"虽然关乎"语言"，但并不止于此。英国当代文体学者杰弗瑞·里奇认为："文学文体学的特征在于解释文体与文学功能或审美功能之间的关系；文体既是透明的，又是朦胧的，透明意味着可以解说，朦胧意味着解说不尽，而且解说在很大程度上依赖于读者的创造性想象；文体的选择限定在语言选择的各个方面之中，它考虑的是表现同一主题时采用不同的手法。"⑤ 此概念不但指出了文体的"语言"属性，而且揭示了文体的"修辞"属性，即表达方式与表现手法。美国作家卡顿认为："文体是散文或诗歌中特殊的表达方式；一个特殊的作家谈论事物的方式。文体分析包括考察作家的词语选择，他的话语形式，他的手法（修辞的和其他方面的），以及他的段落的形式。"⑥ 著名文论家艾布拉姆

---

① ［英］格雷厄姆·豪夫：《文体与文体论》，何欣译，台北：成文社出版有限公司 1979 年版，第 3 页。

② 郭德英：《中国古代文学论稿》，北京大学出版社 2005 年版，第 1 页。

③ 吴承学：《中国古代文体研究》，中山大学出版社 2000 年版，第 322 页。

④ 罗根泽：《中国文学批评史》第 1 卷，上海古籍出版社 1984 年版，第 146 页。

⑤ ［英］杰弗瑞·里奇、米歇尔·肖特：《小说文体》，载童庆炳《文体与文体的创造》，云南人民出版社 1994 年版，第 60—61 页。

⑥ ［美］M. H. 艾布拉姆斯：《文学术语词典》，吴淞江编译，北京大学出版社 2009 年版，第 597 页。

斯论及"文体"是"散文或韵文中语言的表达方式，……修辞情景与目的，有特点的措词或言词的选择，句子结构类型和句法"①；H. 肖认为"文体"是"将思想纳入语词的方式"，其"涉及表达方式而不是所表达的思想的文学选择的特征"。② 他们皆揭示了文体所赋有的"修辞"属性，这就不但区别了具有无限包容性的"文类"（genre）概念，③ 而且也丰富了较为单一化的"体裁"概念。④ 至此，我们可以对"文体"下个一般性的定义，即文体是指文章的语言体式、表达方式和表现形式，具有"语言"和"修辞"的两重属性。

"文体"的定义又非等同于"文学文体"的概念。杰弗瑞·里奇和米歇尔·肖特认为："文学文体学的特征在于解释文体与文学功能或审美功能之间的关系。"⑤ 即文学文体不但具有"修辞"和"语言"属性，而且还有"审美"和"文化"属性，它们既属于客观形式范畴，又属于主观内容范畴。徐复观说："genre 与 style

---

① ［美］M. H. 艾布拉姆斯：《文学术语词典》，吴淞江编译，北京大学出版社2009 年版，第 606 页。

② ［美］M. H. 艾布拉姆斯：《文学术语词典》，吴淞江编译，北京大学出版社2009 年版，第 593 页。

③ "文类"一词来自拉丁词根的法语 genre，原义有四：一是具有特殊形式或技巧的艺术种类（class），二是文学作品或艺术作品的种类（kind），三是音乐的表现风格（style），四是书面表达自我的风格（style）。见陈军《文类研究》，博士学位论文，扬州大学，2006 年。

④ 目前，学界大体上有两种意见，一是认为"文类"等同于"体裁"或"文体"。童庆炳说："体裁就是文学的类型。"见童庆炳《文体与文体的创造》，云南人民出版社 1994 年版，第 103 页。赵宪章指出："中国古代的'文体'概念主要是指文章和文学的类别、体式，而这一意义实际上是西方的 genre 或 style，即'文类'或'体裁'的概念。"见赵宪章《文体与形式：中国文艺学的现在和未来（代前言）》，人民文学出版社 2004 年版，第 1 页。另外一些学者并不认同这三者的一致性。陶东风说："每一种文类都有其特殊的文体特征，甚至可以说，文体特征是文学的类型划分的主要依据。"见陶东风《文体演变及其文化意味》，云南人民出版社 1994 年版，第 8 页。南帆指出："文体学可以看作文类研究的一种分枝。"见南帆《文学理论》，浙江文艺出版社 2002年版，第 55 页。

⑤ ［美］杰弗瑞·里奇、米歇尔·肖特：《小说文体》，载童庆炳《文体与文体的创造》，云南人民出版社 1994 年版，第 60—61 页。

有不可逾越的一条界线。因为 genre（类）是纯客观的存在，谈到文章的 genre 时，可以不涉及作者的个人因素在内，所以 genre 的形式是固定不移的。而 style（体）则是半客观、半主观的产物，必须有人的因素在里面。"① 他区分了文类（一般文体）与文学文体的差异性，揭示了后者所赋有的"审美"元素。张双英指出，文体涵盖"作品的'语言风格'和其创作者的'个人风格'在内"，文类往往"以文学作品的'形式'为主——它比较偏重于客观性的标准，同时多不包括作者的'个人风格'在内"。② 美学家莫·卡冈认为，文学文体"直接取决于时代的处世态度，时代社会意识的深刻需求，从而成为该文化精神内容的符号"③。因此，"文学文体"并非只是表示文章形式的"一般性"概念，而是包含特定审美对象和文化内容的"特殊性"概念。

　　文艺理论家胡风在《〈饥饿的郭素娥〉序》中提及作家路翎时说过一句话——"我越写越弄不清楚什么叫小说了"，胡风所谓的"疑惑"现象即标志了"为生活内容探求相应的形式的呼声"，其"相应的形式"即"追求油画式的，复杂的色彩和复杂的线条融合在一起，能够表现出每一条筋肉的表情"。④ 胡风比较形象地道出了"文学文体"总是在呼应特定审美和文化（"每一条筋肉的表情"）的真谛，"没有审美特质——对生存本体与在者状态的情意化、超常性悟知与个异的阐说——的文体，是没有资格被称为文学文体的"。⑤ 于是乎，"审美"属性和"文化"属性成为文学文体最为突出的标志，因于此，文体往往被称之为"语言的指纹"⑥。

---

① 徐复观：《中国文学精神》，上海书店出版社 2006 年版，第 146 页。
② 张健：《文学概论》，台北：五南图书出版股份有限公司 1983 年版，第 111 页。
③ ［苏］M. C. 卡冈：《文化系统中的艺术》，凌继尧译，李实校，载中国艺术研究院外国文艺研究所编《世界艺术与美学》第 6 辑，文化艺术出版社 1986 年版，第 129 页。
④ 胡风：《一个女人和一个世界——路翎作中篇小说〈饥饿的郭素娥〉序》，《野草》1942 年 9 月 1 日第 4 卷第 4、5 期。
⑤ 张毅：《文学文体概说》，中国人民大学出版社 1993 年版，第 15 页。
⑥ ［英］罗杰·福勒：《现代批评术语辞典》，袁德成译，四川人民出版社 1987 年版，第 270 页。

20 世纪 80 年代，我国文学界遂始从文体的四重属性层面来探讨现当代文学研究的新的可能性。李国涛先生认为"文体"可谓小说的全部，"小说的一切都在文体之中。小说里的一切都是被文体浸泡过的"①。学者杨义说："文体，不能单纯地作修辞学上的探讨，因为它融合了时代气象和作家艺术气质，形成文艺学、修辞学，以致社会学、心理学的综合研究课题。文体是比语言艺术特色更高一级的审美范畴，是一个伟大作家为其他作家所无法替代的独特的语言风格体系。"② 他以此为切入点论述了一大批现代作家的小说创作特征。

90 年代初，中国"文体学丛书"编委会成员（童庆炳、何振邦、陶东风、王富仁、王一川、於可训、白烨等学者）对"文学文体"的认识几乎达成一致，即"一定的话语秩序所形成的文本体式（包括体裁、语体、风格三个层面），它折射出作家、批评家独特的精神结构、体验方式、思维方式和其它社会历史、文化精神"③。21 世纪初，宁宗一先生著文强调："文体应是特定的艺术把握生活的方式，是人们艺术感知的方式，同时也是艺术传达的方式。而艺术的内容与艺术的有意味的形式又将相互转化——哲学高度对文体的把握——主体精神对象化的认识，是主体精神的发展标志，当然又是主体与新的对象交相作用的产物。因此文体类型的研究和批评便不可能是单纯的语言修辞的、技巧的，纯形式的批评，必须要求包括主体和客体，作品的生活内容与作家的情感特征，语言及其意蕴两个方面。"④ 一言之，对于"文学文体"的研究，不但要关注其相对稳定的"形式层"，而且要探讨其动态变化的"审美性"，甚至是那些尚待出场的"文化质"，即"那些未曾说过的、未曾表现过以及尚待出场的东西，点、线、色的内在

---

① 白烨：《小说文体研究》，中国社会科学出版社 1988 年版，第 7 页。
② 杨义：《中国现代小说史》第 1 卷，人民文学出版社 1986 年版，第 198 页。
③ 童庆炳：《文体与文体的创造》，云南人民出版社 1994 年版，第 1 页。
④ 宁宗一：《文学本位与文体意识》，《中文自学指导》2003 年第 2 期。

关联"。①

　　2. 文体互渗与文备众体

　　"文体互渗"起初被称为"文体变易"，指的是文体形式自身及文体形式之间的发展演变现象，② 即"文体互渗"是"文体变易"现象之一种。该术语的理论应用较早来自董小英的《叙述学》："文体的互渗是个统称，它有话语语体互渗、文本互渗和文体互渗三种不同的表现形式。……文体互渗是指不同的文体在同一种文本中使用或一种文体代替另一种文体使用的现象。"③ 即指同一个文本中的不同文体在整体上的交互或替代运用现象，从而产生新的文本结构和文体意义。比如小说的"文体互渗"指的就是某一小说文本中的另一种或几种文体（诗歌、散文、戏剧、书信、日记、速写等）与小说互渗融合，在整体上影响小说并产生新的文本结构，折射出一定的审美诉求和文化内容，然而其中的主导文体依然还是小说。2008 年，罗振亚、方长安、高旭东三位学者撰写了一组关于现代文学"文体互渗"的研究论文，比较明确地界定了这一概念："文体互渗指的就是不同文本体式相互渗透、相互激励，以形成新的结构性力量，更好地表现创作主体丰富而别样的人生经验与情感。它彰显着特定时代的文化精神与审美取向，折射出作家的思维方式、情感表现特点及其审美创造力。"④

　　"文备众体"也是"文体变易"现象之一种，指的是其他文体局部穿插或介入某一文本，而并未产生新的文本结构和价值意义的现象。比如，小说的文备众体是指以小说为主体的文本中穿插了其他文体元素，但穿插者只起到叙事、抒情或议论等辅助作用，

---

　　① ［美］赫伯特·马尔库塞：《审美之维》，李小兵译，上海三联书店 1989 年版，第 193 页。

　　② 陶东风：《文体演变及其文化意味》，云南人民出版社 1994 年版，第 16 页。

　　③ 董小英：《叙述学》，社会科学文献出版社 2001 年版，第 323 页。

　　④ 方长安：《现当代文学文体互渗与述史模式反思》，《湘潭大学学报》（哲学社会科学版）2008 年第 6 期。

穿插或介入的这些成分并未与小说文体整合而产生新的文本结构和文体意义，例如穿插诗词可称为小说的诗化现象，穿插议论可称为小说的杂文化现象，等等。

中国现代文学诞生后，小说的叙事形式迎来了全新的面貌，"文备众体"与"文体互渗"现象兼而有之，后者尤甚："就中国现代小说来说，已经产生了两次明显的交融互渗：一次在20世纪20年代，另一次在80年代。中国现代小说中的文体互渗与文类等级几乎没什么关系。"① 20世纪20年代（五四时期），主要表现为诗歌、日记、书信等文体与现代小说互渗融合而生成诗意体小说②、书信体小说、日记体小说等；30年代，主要表现为散文、传记、速写等文体与现代小说互渗融合而生成散文体、速写体和传记体小说等；40年代，主要表现为评书、戏剧、报告文学等文体与小说互渗而生成评书体、戏剧体和报告文学体小说等。这个庞大的"文体互渗"群现象成为中国现代文学史上一幅颇具"意味"的文学图景。

二　研究现状

现代作家姚雪垠说："一部文学流变史，也可以说就是文学形式和内容的相生相克的发展史。"③ 于是，一部小说史也就是小说"文体形式"与"文学内容"相生相克的流变史。然而，长期以来，小说"内容"都是研究者注目的焦点，"文体形式"常常被忽略，以至于形式研究、文体研究成为现代文学研究的"薄弱"点。④ 20世纪80年代之前，大多数中国现代文学流变史著述，几乎都是一些题材史、人物史和思想内容史。李健吾说："故事算不

---

① 夏德勇：《中国现代小说文体与文化论》，中国广播电视出版社2005年版，第147页。

② 本书把以小说为中心，其他文体渗入小说而生成的文本统一称为"某某体小说"，标志了该文体特征在小说中的整体融合情形。现代小说"文体互渗"文本篇目见书稿篇末"附录"：中国现代小说"文体互渗"文本篇目一览表。

③ 姚雪垠：《小说结构原理》，《文艺先锋》1944年1月20日第4卷第1期。

④ 吴福辉编：《二十世纪中国小说理论资料》第3卷，北京大学出版社1997年版，第3页。

了什么，重要在技巧，在解释，在孕育。"① 因而，这类忽略小说"文体形式"的研究就称不上是对于"小说"的一种完全"解释"。80年代以来，随着"文体"意识的觉醒和强化，② 当代批评家和研究者逐渐从"文体"视域切入现当代小说进行研究，显示了抵达小说本体性研究的成效，但是关于现代小说"文体互渗"现象的研究显得薄弱，学界对于一些作品的文体归类尚处于模糊状态。③

首先，是现当代文学著述中的"文体互渗"研究现状。代表性论著有《中国小说叙事模式的转变》④《中国现代小说史》⑤《潜流与漩涡》⑥《中国现代小说文体与文化论》⑦《中国现代作家文体论》⑧ 及《个人的私语：中国现代书信体小说研究》⑨ 等，这些著述中的一些章节涉及了现代小说的文体变迁现象。陈平原在其专著的第三章中探讨了五四日记体、书信体小说的第一人称叙事的"变格"："'新小说'家开始模仿西方书信体、日记体小说，可大都借以讲述完整的故事。'五四'作家才真正明白这种叙事方式是'无事实的可言'，不外是借人物之口'以抒写情感与情思'。"⑩夏德勇在其专著的第四章中探讨了"五四小说的文体融合"现象，

---

① 刘西渭：《篱下集》，《文季月刊》1936年6月1日第1卷第1期。
② 童庆炳指出："汪曾祺把小说语言小品化，创造了一种冲淡雅致的文体。王蒙主要依靠语言的错位，创造了富于时代感的幽默文体。阿城写的是社会人生，却能使用一种田园化的文化文体。张承志、邓刚则致力于小说语言的诗意化，创造出了动人的诗体小说。莫言以感觉化的自由语体，令世人刮目相看。贾平凹、邓友梅、陈建功小说语言的地域化，也吸引着众多的读者。王朔小说语言的世俗化和调侃性，也让读者相当过瘾。"见童庆炳《文体与文体的创造·导言》，云南人民出版社1994年版，第6页。
③ 吴子敏选本把"报告文学"和"短篇小说"文本放在同一栏目里，文体归类显得模棱两可。见吴子敏《七月派作品选》，人民文学出版社2011年版。
④ 陈平原：《中国小说叙事模式的转变》，上海人民出版社1988年版。
⑤ 杨义：《中国现代小说史》第1卷，人民文学出版社1986年版。
⑥ 王晓明：《潜流与漩涡》，中国社会科学出版社1991年版。
⑦ 夏德勇：《中国现代小说文体与文化论》，中国广播电视出版社2005年版。
⑧ 李标晶：《中国现代作家文体论》，黑龙江人民出版社2005年版。
⑨ 韩蕊：《个人的私语：中国现代书信体小说研究》，陕西人民出版社2009年版。
⑩ 陈平原：《中国小说叙事模式的转变》，北京大学出版社2010年版，第83页。

指出诗歌、散文、日记、书信等文体与小说文体的融合给这一时期的小说留下了明显的印记。① 韩蕊的著作可谓从"文体互渗"角度完全切入现代小说进行研究的代表，但也仅限于书信文体与小说文体的互渗，而未涉及其他文体。因此，这些著述中关于"文体互渗"现象的探讨还显得比较单一，甚至有偏离文学事实的论断，如认为像五四时期这种大规模的"文体互渗"现象"在 30 年代、40 年代已不明显"②。

除了研究专著外，还有许多论文也论及现代小说"文体互渗"现象。例如，《作为抒情诗的散文化小说》③《论孙犁的"诗意小说"》④《萧红与中国现代小说散文化》⑤《"山药蛋派"小说创作的"戏剧化"倾向》⑥《沈从文与现代小说的文体变革》⑦《鲁迅的文体意识及其文体选择》⑧《戏剧化的中国现代小说》⑨《论吴组缃30 年代散文创作的"小说家笔法"》⑩《论中国现代文学史上的日记体小说》⑪《论张爱玲小说的戏剧化追求》⑫《政治文化语境与 20世纪 30 年代特殊文体的盛行》⑬《中国现代散文化小说：在褒贬中

① 夏德勇：《中国现代小说文体与文化论》，中国广播电视出版社 2005 年版，第 115 页。

② 夏德勇：《中国现代小说文体与文化论》，中国广播电视出版社 2005 年版，第 115 页。

③ 汪曾祺：《作为抒情诗的散文化小说》，《上海文学》1988 年第 4 期。

④ 郭志刚：《论孙犁的"诗意小说"》，《社会科学战线》1994 年第 5 期。

⑤ 阎志宏：《萧红与中国现代小说散文化》，《社会科学辑刊》1991 年第 2 期。

⑥ 朱晓进：《"山药蛋派"小说创作的"戏剧化"倾向》，《南京师大学报》1995 年第 1 期。

⑦ 刘洪涛：《沈从文与现代小说的文体变革》，《文学评论》1995 年第 2 期。

⑧ 朱晓进：《鲁迅的文体意识及其文体选择》，《文艺研究》1996 年第 6 期。

⑨ 张向东：《戏剧化的中国现代小说》，《戏剧文学》1998 年第 6 期。

⑩ 罗雪松：《论吴组缃 30 年代散文创作的"小说家笔法"》，《广西大学学报》（哲学社会科学版）2000 年第 4 期。

⑪ 张克：《论中国现代文学史上的日记体小说》，《天中学刊》2002 年第 1 期。

⑫ 冯爱琳：《论张爱玲小说的戏剧化追求》，《江西社会科学》2005 年第 6 期。

⑬ 朱晓进：《政治文化语境与 20 世纪 30 年代特殊文体的盛行》，《江海学刊》2007 年第 1 期。

成长》①，等等。此外，近年来还有一些学位论文选题也以"文体互渗"为研究切入点，如《汪曾祺与散文化小说》②《中国现代诗化小说研究》③《论五四女作家书信体、日记体小说》④《师陀小说文体研究》⑤《三四十年代小说文类渗透现象阐释》⑥，等等。从这些著述中可以见出，研究者往往是针对某一类文学样式的文体特征进行考量，以"小说"为中心的"文体互渗"现象的研究还不够系统和充分。比如以往研究主要局限于某个阶段（如五四时期、30 年代或 40 年代）、某些作家（如鲁迅、郁达夫或沈从文等）、某作家群（如创造社、京派或海派等）的小说"文体形式"研究，并未从纵向上（五四时期至 40 年代）对现代小说"文体互渗"群现象进行整体性探究，未能深入探讨"文体互渗"现象的诞生语境和生成机制，以及主体人格、生存境遇、精神文化与"文体互渗"的关联，因而难以见出"文体互渗"之于现代小说发展的价值意义。

其次，是文艺学著述中涉及的现代小说"文体互渗"研究现象。论著有《文体演变及其文化意味》⑦《徘徊在诗与历史之间：论小说的文体特性》⑧《文体的自觉与抉择》⑨，等等。这些著述虽然涉及现代小说文体互渗现象，但颇为吊诡，即著者甚是熟悉现代小说"文体互渗"现象，甚至还作出充分肯定，如认为："'五四'文学革命，文言文改为白话文。这是一个巨大的变化。但重

---

① 曾利君：《中国现代散文化小说：在褒贬中成长》，《文学评论》2011 年第 1 期。
② 黄春慧：《汪曾祺与散文化小说》，硕士学位论文，浙江师范大学，2004 年。
③ 刘冠丽：《中国现代诗化小说研究》，硕士学位论文，四川师范大学，2006 年。
④ 钱雪琴：《论五四女作家书信体、日记体小说》，硕士学位论文，扬州大学，2006 年。
⑤ 刘静宇：《师陀小说文体研究》，硕士学位论文，辽宁师范大学，2007 年。
⑥ 杨晓冬：《三四十年代小说文类渗透现象阐释》，硕士学位论文，南京师范大学，2010 年。
⑦ 陶东风：《文体演变及其文化意味》，云南人民出版社 1994 年版。
⑧ 王先霈、张方：《徘徊在诗与历史之间：论小说的文体特性》，长江文艺出版社1987 年版。
⑨ 何镇邦：《文体的自觉与抉择》，人民文学出版社 1995 年版。

视文体的传统并没有改变。以鲁迅为代表的新文学的作家都以文体创新为荣，以语言粗糙为耻。"并且以鲁迅、穆木天、洪深、朱自清、李金发等作家关于文学文体的评论为例证，然后强调："以上所述无非说明中国现代文学尽管刚刚改用白话语体写作，但作家的文体意识很强，他们知道写什么很重要，怎么写，怎么营造富于艺术魅力的文体同样也很重要，并为此下了很大的功夫。"①且"以《狂人日记》等作为开端的白话小说的盛行；还有迟到三十年代问世的报告文学——这种文学形式上的剧变是具有革命意义的"②。然而，肯定归肯定，但在论述具体问题时却忽略现代文学"文体互渗"的文本个例，而主要采撷外国小说、中国古代小说和中国新时期以来小说"文体互渗"案例进行分析。当然，本书无意深究于此，只想借此说明一个问题，即现代小说"文体互渗"群现象确实存在，但研究格局不够开阔。

20 世纪 90 年代以来，学者们陆续发声理应深化现代小说"文体互渗"现象研究。丁帆先生指出："叙事学的研究在现代文学领域里，其运用的频率还很低，文本研究方法尚须加强。"③丁先生的论断实质上已触及现代文学文体之间的互渗情形。吴福辉先生已认识到"以往中国小说形式研究、文体研究的薄弱"④，并希望自己编撰的《二十世纪中国小说理论资料》（第 3 卷）能有助于此。21 世纪初，钱理群先生对于 20 世纪 40 年代文学文体做出宏伟的研究断想，设计了研究提纲："第四卷，文学本体发展研究：如本时期文学发展的不同倾向的相互对立和渗透：实录与虚构，写实与象征，日常生活化与传奇性，凡人化与英雄化，散文化与戏剧化、诗化，客观化与主观化，民族化与现代化，以及雅与俗，

①　童庆炳：《文体与文体的创造》，人民文学出版社 1994 年版，第 5 页。
②　何镇邦：《文体的自觉与抉择》，人民文学出版社 1995 年版，第 12 页。
③　丁帆：《对〈中国现代文学研究丛刊〉的几点建议》，《中国现代文学研究丛刊》1997 年第 1 期。
④　吴福辉：《二十世纪中国小说理论资料》第 3 卷，北京大学出版社 1997 年版，第 3 页。

文学语言的变化，等等。"① 2008 年，罗振亚、方长安等学者发出呼吁："中国文学特别是中国现当代文学中，文体之间的相互渗透是一个普遍现象，……而学界对文学这一内在规律尚缺乏足够的重视，以致对许多文学现象在认识上存在偏差。鉴于此，我们组织了这组文章，以期引起更多的关注。"② 这组文章③从创作主体的文化心理、文学文体的形式特征及文学史的重构等方面对"文体互渗"现象作了一些探讨，富有一定的启示性。

三　研究意义

首先，"文体互渗"现象研究彰显出五四以来中国小说"现代性"的发展历程。

1944 年，傅雷著文称："我们的作家一向对技巧抱着鄙夷的态度。五四以后，消耗了无数笔墨的是关于主义的论战。仿佛一有准确的意识就能立地成佛似的，区区艺术更是不成问题。"④ 他道出了五四以后小说创作的一种现象，即注重小说的外围关系，而忽视小说的内部因素。当然，傅雷也看到了这种"由外向内"的转变现象，并以张爱玲的小说创作为例进行分析，并得出结论："真正的艺术家，他的心灵探险史，往往就是和技巧的战斗式。"⑤ "技巧"关涉现代小说的"本体性"命题。当代学者吴福辉先生曾作过分析："二十世纪的中国小说理论始终在发问：什么是现代小说？中国的小说枝桠在接上了世界小说的大树后，能自立于世界文学之林吗？这种理论的指向，在每一个小说发展阶段中的内涵尽管不同，但整个的发展轨迹却总是由小说的外部关系，小说的地位、作用，小说与社会政治、文化的连接的研究，逐渐引向内

---

① 钱理群：《关于 20 世纪 40 年代大文学史研究的断想》，《中国现代文学研究丛刊》2005 年第 1 期。

② 罗振亚、方长安、高旭东：《中国现当代文学文体互渗现象》，《湘潭大学学报》2008 年第 6 期。

③ 罗振亚：《悖论与焦虑：新文学中的"文体互渗"》，《湘潭大学学报》（哲学社会科学版）2008 年第 6 期；高旭东：《现当代文学文体互渗与述史模式反思》，《湘潭大学学报》（哲学社会科学版）2008 年第 6 期；方长安：《中国文体意识的中和特征》，《湘潭大学学报》（哲学社会科学版）2008 年第 6 期。

④ 迅雨（傅雷）：《论张爱玲的小说》，《万象》1944 年 5 月 1 日第 3 卷第 11 期。

⑤ 迅雨（傅雷）：《论张爱玲的小说》，《万象》1944 年 5 月 1 日第 3 卷第 11 期。

部，引向对小说本质、要素和功能的研究，而且，追求中国小说的现代品格，始终如一。"① 吴先生概括地揭示了现代小说向小说"本体性"的趋归现象，即由"外部关系"向"内部因素"的探索与推进，由"主题内容"到"审美属性"的关注与实践，这也正是中国小说发展的"现代性"② 历程和品格。

现代小说的"文体互渗"现象恰恰契合了中国小说发展的"现代性"实质和规律：一是标志了中国小说在时间轴上呈现的"现代意识"③，二是该"现代意识"主要通过小说"内外关系"的互动形态昭示出来。在时间轴上，从 20 世纪 20 年代的诗歌、日记、书信、童话，到 30 年代的散文、传记、速写，再到 40 年代的报告、戏剧、电影、评书、政论等文体与现代小说互渗融合的现象呈现出"一个从旧到新的变化的结果"④；在"内外关系"方面，在由抒情化文体（即诗歌、日记、书信、童话等）到叙事化文体（即传记、速写、报告、戏剧、电影、评书、政论等）分别与现代小说的互渗融合过程中，显示了中国小说不断趋于小说

---

① 吴福辉：《二十世纪中国小说理论资料·前言》第 3 卷，北京大学出版社 1997 年版，第 5 页。

② "现代性"是个历史性概念，因而具有多义性。法兰克福学派魏尔曼将其区分为"启蒙现代性"和"浪漫现代性"，贝克将其区分为"标准现代性"和"高级现代性"，卡林内斯库将其区分为"社会现代性"和"文化现代性"，波德莱尔、赖昂诺·特里林提出"审美现代性"，等等。吴福辉先生所言的"现代"则包括"社会现代性"和"审美现代性"两个方面。

③ "现代性"既属于量的时间范畴，又是一个质的概念，标志了社会现代化而来的新的社会组织方式、人的行为方式和精神心灵情感方式，即现代意识。哈贝马斯强调"现代"与"古代"的联系，将"现代"界定为"一种新的时代意识"，"一种与古典性的过去息息相关的时代意识"，这种新的时代意识是"通过更新其与古代的关系而形成自身的"，是"一个从旧到新的变化的结果"。见［德］尤尔根·哈贝马斯《论现代性》，载王岳川、尚水编《后现代主义文化与美学》，北京大学出版社 1992 年版，第 9—10 页。福柯认为："人们是否能把现代性看作一种态度而不是历史的一个分期。我说的态度是指对于现实性的一种关系方式：一些人所作是自愿选择，一种思考和感觉的方式，一种行动、行为的方式。"见［法］福柯《何为启蒙》，载杜小真编《福柯集》，上海远东出版社 1998 年版，第 534 页。

④ ［德］尤尔根·哈贝马斯：《论现代性》，载王岳川、尚水编《后现代主义文化与美学》，北京大学出版社 1992 年版，第 9—10 页。

"本体性"面貌的事实。

米兰·昆德拉在《小说的艺术》中着重探讨了小说"本体性"的问题，他严谨地区分了"抒情"与"史诗"的概念："抒情是坦诚相见的主观性的表达"，"史诗源自意欲把握世界的客观性的激情"，"它们代表了人面对自己、面对世界、面对别人的两种可能的态度（抒情时代＝青春时代）"，从而认定真正的小说家"不喜欢谈自己"，真正的小说是一篇"反抒情的诗"。① 按此界定，中国现代小说大致经历着从"抒情"到"反抒情"的发展轨迹。然而，昆德拉几乎完全是从小说内容角度来审视何谓真正的小说的，虽然他也指出"只有那些符合他梦想的苛求的形式才属于他的作品"②，但毕竟没有说出"形式"具体为何物。因此，若要探讨小说的"本体性"面貌，那就不能忽视"形式"这一关键因素，中国现代作家和批评家也已明确地认识到了这一点。

20 世纪 30 年代，作家邵洵美提出小说之所以为"小说"就"在于那诉述的人怎样地说法"③；郁达夫觉得"小说"是"文学表现的最高形式"④；施蛰存质疑欧西"正格的小说"："到底它们比章回体，话本体，传奇体甚至笔记体的小说能多给读者若干好处呢?"⑤ 40 年代，姚雪垠考察了小说的"结构"现象，认为"结构的意义就是组织。组织虽是形式问题，但和事物的内容是不可分裂的，任何事物的发展也都反映到组织的发展上面"⑥；盛澄华强调"艺术中首要的条件不是在于艺术品中所包含的思想，而是

---

① ［捷克］米兰·昆德拉：《小说的艺术》，董强译，上海译文出版社 2004 年版，第 183—184 页。

② ［捷克］米兰·昆德拉：《小说的艺术》，董强译，上海译文出版社 2004 年版，第 186 页。

③ 邵洵美：《小说与故事》，《新月》1930 年 10 月第 3 卷第 8 期。

④ 郁达夫：《关于小说的话》，载光华书局编辑部《文艺创作讲座》第 1 卷，光华书局 1931 年版，第 390 页。

⑤ 施蛰存：《小说中的对话》，《宇宙风》1937 年 4 月 16 日第 39 期。

⑥ 姚雪垠：《小说结构原理》，《文艺先锋》1944 年 1 月 20 日第 4 卷第 1 期。

为表达这思想所必须的完美的形式"①。从 30 年代到 40 年代，现代小说家文学观念中频繁出现的"说法""正格""结构""形式"等措辞不无标志了五四以后中国小说逐渐由外部关系到内部结构、由主题内容到审美属性的一种转型，一种更为切近小说"本体性"面貌的事实。

当然，这种事实是与作为小说文体的修辞属性——"表达方式"密切相关的。美国当代文学批评家韦恩·布斯在其文学批评代表作《小说修辞学》中详细考辨了传统小说转型到现代小说过程中的两个关键特征：讲述与展示。②"讲述"是指作者或叙述人参与作品叙事（人物形象、叙事内容或形式风格）进行判断或评价，属于传统小说的"内聚焦"叙事方式；③"展示"指的是作家往往将人物故事展现给读者，不流露感情或不进行议论、判断、评价，是为现代小说的"外聚焦"叙事方式。④ 布斯当然不认同这种区分，但它确实是自亨利·詹姆斯的《小说的艺术》（1884年）、珀西·卢伯克的《小说技巧》（1921 年）以来的许多作家和批评家所普遍遵循的小说原则："小说家将他的故事当做一件事物来展示，事情如此地展开，以致能够讲述它自己，只有在这个时候，小说艺术才算开始。"⑤ 若以此来衡量五四以后中国小说文体

---

① 盛澄华：《试论纪德》，《时与潮文艺》1945 年 1 月 15 日第 4 卷第 5 期。

② ［美］韦恩·布斯：《小说修辞学》，付礼军译，广西人民出版社 1987 年版，第 5—24 页。

③ 亦称为"内视点""人物视点"叙事，多"采用主观的态度"。见侬工《小说作法讲义》，中华书局 1923 年版。"多重内聚焦"指的是"不止一次表现相同的情境与事件，每次都藉以不同的视角"。见［法］杰拉尔德·普林斯《叙述学词典》，乔国强、李孝弟译，上海译文出版社 2011 年版，第 75 页。

④ "外聚焦"亦称为"外视点""外视角"或"旁观视点"叙事，是指"所呈现的内容限定于人物的外在行为（语言、行动，但不是思想或者情感）、外表及其人物出现的环境"。见［法］杰拉尔德·普林斯《叙述学词典》，乔国强、李孝弟译，上海译文出版社 2011 年版，第 67、76 页。

⑤ ［英］珀西·卢伯克：《小说技巧》，载珀西·卢伯克、爱摩·福斯特、埃德温·缪尔《小说美学经典三种》，方土人、罗婉华译，上海文艺出版社 1990 年版，第 45 页。

的演变轨迹就会发现，现代小说确实经历了一个从"讲述"（即诗意体、日记体、书信体、童话体小说的叙述方式）到"展示"（即传记体、速写体、报告文学体、戏剧体、评书体、电影体小说的叙述方式）再到"讲述"与"展示"相互融合（即布斯所说的"讲述"中的"展示"①）的复杂发展过程，在此过程中映现了中国小说趋于"现代性"的面影。

与此同时，现代作家的创作观念也不断地印证着这一法则。20 世纪 20 年代的批评家就已注意到"讲述"与"展示"叙述方式所应对的"文体"特征，认为"讲述"的方式往往对应着一种"主观的态度，耽于感情，驰于空想"，"文体多半是抒情的小说"；而"展示"的方式往往对应的是一种"客观的态度，立于旁观，精细描写"，"文体多半是叙事的小说"②。"前者主情，后者主智，这是大体的倾向"。③ 成仿吾认为冰心早期小说的缺憾是"作品都有几分被抽象的记述破坏了模样。一个作品的戏剧的效能，不能靠抽象的记述，动作（action）是顶要紧的。最好是将抽象的记述投映在动作里"④，其言下之意，冰心小说中的"讲述"胜于"展示"，从而削弱了小说的艺术力量。五四时期，远不止冰心一位作家如此。

30 年代，批评家又从"视点"角度来凸显现代小说的内部功能："纯客观的视点"是"完全属于外面的客观的态度；……专把作品中人的外貌，行为，言语之类传示给我们，而决不提到他的心上事"，"是专事展开事件而不加解说的"。⑤ 其实质上道出了 30 年代以来小说创作中"展示"叙述方式的增强。郑伯奇甚至强调

---

① ［美］韦恩·布斯：《小说修辞学》，付礼军译，广西人民出版社 1987 年版，第 15 页。

② 俍工：《小说作法讲义》，载孙俍工编《新文艺评论》，民智书局 1923 年版，第 23 页。

③ 郭沫若：《浪漫主义和现实主义》，《红旗》1958 年第 3 期。

④ 毅真：《闺秀派的作家——冰心女士》，《妇女杂志》1930 年 7 月第 16 卷 7 号。

⑤ 高明：《小说作法·视点及形式》，《文艺创作讲座》第 2 卷，光华书局 1931 年版，第 338 页。

通俗小说都"应该是写实主义的作品","至少作者的认识和创作态度应该站在现实主义上面"。①

20世纪40年代，有批评家认为师陀的短篇小说《无名氏》《夜哨》等虽然"作了断片的正面的描写"，但依然采用"夹叙夹议的方法，来给全篇的意旨作笨拙的说明"，② 指出了师陀小说创作中的"讲述"与"展示"方式的混用，若使用不当同样也会削弱小说的力量。这一时期，当然也不止师陀一位作家如此。在"讲述"与"展示"叙述方式的基础之上，布斯还总结了小说趋于"本体性"的几个原则："真正的小说必须是现实主义的"，"所有的作家都应该是客观的"，"感情，信念，读者的客观性"，③ 等等。布斯对此也并非完全认同，但这确实是小说从传统步入现代而趋于小说"本体性"面貌的标志："虽然时常有人赞成作家参与小说之中，但是，至少到目前为止，二十世纪中压倒一切的呼唤，是对某种客观性的呼唤。"④ 这实与亨利·詹姆斯的小说观相一致。40年代，萧乾便以亨利·詹姆斯的小说观为指导进行创作，认为亨利·詹姆斯"以作品表现出小说的内在写法，把主力放在人物对现实的反应上，……他从不写第一身的小说，但在选择安排上，他完全通过主观的漏斗，而且经过理性的安排"，⑤ 继而探讨了詹姆斯以"展示"作为主要叙述方式的几部现代小说，如《金碗》《大使》等。⑥

其次，"文体互渗"现象研究揭示出中国现代文学独特的"精神文化"内容。

---

① 郑伯奇：《通俗小说的形式问题》，《新小说》1935年5月15日第1卷第4期。

② 杨洪：《无名氏》，《现代文艺》1941年1月25日第2卷第4期。

③ ［美］韦恩·布斯：《小说修辞学》，付礼军译，广西人民出版社1987年版，第27、74、126页。

④ ［美］韦恩·布斯：《小说修辞学》，付礼军译，广西人民出版社1987年版，第74页。

⑤ 萧乾：《詹姆士四杰作》，《文学杂志》1947年6月1日第2卷第1期。

⑥ ［美］韦恩·布斯：《小说修辞学》，付礼军译，广西人民出版社1987年版，第14页。

在中国文学史中，现代文学时期（1917—1949）涌现出的这幅壮阔的"文体互渗"图景是独一无二的。而导致一个时代大多数作家对某种文体形式的采用或摒弃的原因比较复杂，既有文体自身发展规律所致，又受到文体所处时代的"精神文化"内容的制约。

就文体形式自身发展的内部规律而言，俄国形式主义理论可以对此进行一定程度的诠释。苏联形式主义代表人物托马舍夫斯基认为："（1）高雅体裁的彻底绝迹。如18世纪的颂诗和史诗在19世纪的消亡；（2）低俗体裁的程序向高雅体裁的渗透。如滑稽诗和讽刺诗的成分向18世纪史诗的渗透，就产生了像普希金的《鲁斯兰与柳德米拉》这样的文体形式。"① 可见体裁本身有其自身发展的规律，"高雅"者可能会被"低俗"者取代而生成新的审美样式："那些存在于低卑文学阶层和体裁中的微小、'低俗'的现象一经被大作家在高雅体裁中规范化，便成为别开生面、超尘拔俗的审美效果之源。在文学创作的繁荣期到来之前，总要有一个由低备的、未被承认的文学阶层为文学的更新积累材料的漫长过程。所谓'天才'的降临，无非是推翻迄今占统治地位的规范而尊崇迄今被贬抑的程序的一场革命。"② 由此观之，现代文学萌芽期的"小说界革命"可谓"尊崇迄今被贬抑的程序的一场革命"，终于，一直以来被视为"小道"的小说体裁获得了"规范化"的地位，登上了文学的大雅之堂。

不过，托马舍夫斯基的文体发展观尚不够全面，因为"并非只是低卑文体向高雅文体的渗透，低卑文体之间、高雅文体之间都可能产生渗透"③，如我国古代小说中的"有诗为证"，便是高雅

---

① ［俄］鲍里斯·托马舍夫斯基：《主题》，载维克托·什克洛夫斯基等《俄国形式主义文论选》，方珊等著译，生活·读书·新知三联书店1989年版，第145页。

② ［俄］鲍里斯·托马舍夫斯基：《主题》，载维克托·什克洛夫斯基等《俄国形式主义文论选》，方珊等译，生活·读书·新知三联书店1989年版，第147页。

③ 夏德勇：《中国现代小说文体与文化论》，中国广播电视出版社2005年版，第37页。

体裁向低俗体裁的融入。我国学者赵毅衡由此发现了跨文类模拟中的"文体互渗"情形："在文类等级中地位低的文类，有强烈的超文类模仿的需要。……等到这些文类自身的文化地位确定后，就开始尽量不像绘画或戏剧。"① 于是，五四时期的小说创作中常常穿插"诗词歌赋"的文体形式，多少就体现着"有诗为证"的价值功能，这就印证了赵毅衡"跨文类模拟"观点的适用性。文体形式自身演变的这种规律业已为中国现代作家所注意，如周作人援引前人之语："夫法因于敝而成于过者也：矫六朝骈丽钉餖之习者，以流丽胜。钉餖者固流丽之因也，然其过在轻纤。盛唐诸人以阔大矫之。已固大矣，又因阔而生莽；是故续盛唐者以情实矫之。已实矣，又因实而生俚；是故续中唐者以奇僻矫之。"② 其意表明，今一"低级"形式是对前一"高级"形式的不自觉的"反动"，并逐渐形成属于自己的"风格"，所谓"庸熟之极不能不趋于变"，此"正是运命的必然"。③

　　然而，无论是托马舍夫斯基的"低俗体裁规范化"规律还是赵毅衡的"跨文类模拟"观，它们皆难以完全有效地解释五四以来中国现代小说"文体互渗"群现象。因为，五四新文化运动和文学革命所生成的现代文学属于横向组合文化范畴，其文本价值意义并非由体裁类型或文体形式决定，而是指涉于不同情境的"文化功能"。因此，"中国现代小说中的文体互渗与文类等级几乎没有什么关系"④，却与不同时段的独特的"精神文化"内容有着必然的关联。

　　苏联学者维克多·日尔蒙斯基认为："作为艺术表现手法或者程序的统一风格之进化，与审美经验和审美鉴赏力之变化是紧密相关联的。但也与时代的整个处世态度的变化紧密相关联，……而且被

---

　　① 赵毅衡：《苦恼的叙述者》，北京十月文艺出版社1994年版，第144页。

　　② （明）袁宏道：《袁宏道集笺校》（中），上海古籍出版社2008年版，第710页。

　　③ 周作人：《〈枣〉和〈桥〉的序》，载《看云集》，河北教育出版社2002年版，第107页。

　　④ 夏德勇：《中国现代小说文体与文化论》，中国广播电视出版社2005年版，第39页。

精神文化的普遍进展所决定。"① 即艺术并非只是手法或者程序，艺术中包含着认识、宗教、伦理等成分，因此，艺术的发展就不只是自身内部次序的新旧交替与变化，而是与外部世界的各种因素密切相关。也就是说，某一时期的"处世态度"和"精神文化"影响着小说创作中会出现何种形式的"文体互渗"现象。例如，五四时期的"诗意化"文体（诗歌、书信、日记、童话）与小说互渗融合，到30年代的"去诗意化"文体（叙事散文、传记、速写）与小说互渗融合，再到40年代的"写实化"文体（报告文学、评书、戏剧、政论）与小说互渗融合的发展变迁现象，都与各个时代的"处世态度"——"意识形态"的要求有关，即作家"能修改或翻新那些语言到什么程度，远非他的个人才能所能决定。这取决于在那个历史关头，意识形态是否使得那些语言必须改变而又能改变"②。

狭义上的"意识形态"是个政治术语，但在西方学术界，它的意义被扩大了，可以指"一种特定的世界观的方式，一种力求社会意义的方式"③，这种理解显然属于"精神文化"的范畴。因此，某一时代小说创作中会出现何种形式的"文体互渗"现象就在很大程度上受制于这个时代的"精神文化"内容。中国现代作家郑伯奇指出，某一时期之所以出现主观的或客观的作品，其最大的原因在于"作者所处的时代"，④ 是该时代特殊的精神文化内容在一定程度上决定了主观抒情文体或客观写实文体的流行。郁达夫认为现代小说的技巧与话语，"并不是空弄弄文墨，光修饰修饰外表的前代技巧派的模仿，它们都是有背景，都有深意存在着

① ［俄］维克多·日尔蒙斯基：《论"形式化方法"问题》，载维克多·什克洛夫斯基等《俄国形式主义文论选》，方珊等译，生活·读书·新知三联书店1989年版，第364页。

② ［英］特里·伊格尔顿：《马克思主义与文学批评》，文宝译，人民文学出版社1986年版，第30页。

③ ［美］华莱·马丁：《当代叙事学》，伍晓明译，北京大学出版社1990年版，第188页。

④ 郑伯奇：《〈寒灰集〉批评》，《洪水》1927年5月16日第3卷第33期。

的"，所以，"新小说的技巧，是和内容紧接在一起的技巧"，① 这里的"内容"显然包含着时代的"处世态度"，即关涉着该时代的"精神文化"内容。

现代小说"文体互渗"现象由"诗意化"趋向"写实化"的发展轨迹究竟折射出怎样的"精神文化"内容？本书认为，该发展变迁现象实质上烛照了生命主体与世界社会之间共生共存关系的特殊互动状态——由"诗性"趋向"合理性"（具体见第一章第三节）。

再次，"文体互渗"现象研究提供了一种重述中国现代文学史/小说史的理论依据。

长期以来，小说的思想内容都是批评家和研究者注目的焦点，小说"文体"形式常常被忽略了。例如20世纪80年代之前，基本上都是清一色的人物性格与思想内容分析模式，与对剧本和其他叙事型作品的分析并无二致，这种忽略了与人物、内容有着密切关联的小说文体特性的研究方法自然是不当的。而对现代小说"文体互渗"现象进行整体性和系统化研究，厘定中国现代小说创作的规律化和本质性内容，即可为现代文学史和小说史的重述与重构提供一种合理有效的构史依据。具体表现为以下两点：

一是通过"文体互渗"现象以彰显中国现代文学的总体发展趋势和规律。文学文体实质上就是何穆森所言的"话术"②，具体指的就是主体的一种言说方式，方式的差异和变化则折射出主体的个性特征和生存境遇，而生存境遇又是与主体当时所处的社会时代环境息息相关的。那么，中国现代小说"文体互渗"形式由"诗意化"向"写实化"的变迁现象，便映现了五四以来的生命个体从对于"自我"的关注逐渐向对于"他我"和"普世"书写的位移，正是在这种位移轨迹中现代小说彰显出了其成熟面貌，而这种"成熟"则是与现代小说的"本体性"趋归相一致的。这类

---

① 郁达夫：《关于小说的话》，载光华书局编辑部编《文艺创作讲座》第1卷，光华书局1931年版，第394页。

② 何穆森：《短篇小说的特质》，《新中华》1933年12月10日第1卷第23期。

成熟的小说往往具有永恒的魅力，就中国现代文学而言，它们基本上都诞生于 20 世纪三四十年代①（鲁迅具有超前性和超越性，三十年代的杂文不无小说气②）。因此，现代小说从五四时期的萌芽到三四十年代的发展成熟就不得不基于"文体互渗"维度而进行有效的观照与阐释。

二是可以根据现代小说文体的演变规律来重新叙述和编撰现代文学史/小说史。已有的现代小说史叙述，往往立足于人物性格与思想内容进行分析，以主题思想的深刻性或人物形象的倾向性决定一篇（部）小说的价值地位，这在很大程度上抹杀了现代小说之所以为小说的"本体性"历程和面貌，从而使现代小说史的叙述缺失了文体本身所独有的意义。显然，这不是真正意义上的现代小说史叙述样态，而一旦将"文体互渗"现象纳为现代小说研究和叙述的切入点，则可以建构起一种全新的现代小说叙史模式。如根据现代小说的文体类别进行叙述和编撰，举例而言，以书信体小说、散文体小说、戏剧体小说等的发展变迁为轴心进行叙述，通过不同阶段的文体差异性观照各时期的主体人格、生存境遇、精神文化及审美风貌，这是一种建构在小说"本体性"维度上的叙史形式，它超越了纯粹的主题思想或人物形象叙史模式。

综上所述，以现代小说"文体互渗"现象为研究对象是富有意义的，甚至是"一个难得的学术建树机遇"③。然而，"形式"的研究无疑是有难度的，因而也是一个极大的学术挑战。

---

① 朱光潜说："据我所接触到的世界文学情报，目前在全世界得到公认的中国新文学家也只有从文和老舍，我相信公是公非，因此有把握地预言从文的文学成就。"见朱光潜《关于沈从文同志的文学成就历史将会重新评价》，《湘江文学》1983 年第 1 期。沈从文和老舍小说的成熟化和独特性，曾被提名为诺贝尔文学奖的候选人。沈从文于1983 年、1988 年两次被提名为诺贝尔文学奖候选人（见赵志忠《沈从文与诺贝尔文学奖》，《外国文学》2000 年第 4 期），老舍于 1978 年被提名为诺贝尔文学奖候选人（见吴琦幸《王元化谈话录 1986—2008》，上海人民出版社 2015 年版，第 17 页），他们的小说创作达向了超越"自我"的高度。

② 赵献涛：《鲁迅杂文的小说气》，《上海鲁迅研究》2011 年第 4 期。

③ 方长安：《现当代文学文体互渗与述史模式反思》，《湘潭大学学报》2008 年第6 期。

第 一 章

现代小说文体互渗现象的历史语境

五四以来，既有传统的文体形式（如史传、诗词、戏曲、游记等）向现代小说的渗透，也有外来的文学样式（如话剧、童话、速写、报告文学等）与现代小说的融合，从而出现了大量的"文体互渗"小说文本，本书统一称为"某某体小说"。以"某某体"命名则标志了这种文本体式的"属性"在小说文本中的整体呈现情形，如诗意体小说①、传记体小说、评书体小说、报告文学体小说，等等。与此同时，关乎文体互渗的批评话语也随着小说创作一同出现，于是，互渗文本与批评话语相互影响和互相促进，构建了现代小说复杂多样的文体面貌和价值意义。

第一节　文学镜像：现代小说文体
互渗的文本景观

首先，现代文学文体互渗图景在很大程度上与现代短中篇

---

① "诗意体小说"并非"诗体小说"，后者是指具有小说特点的一种叙事诗，但篇幅比一般叙事诗长，像小说般描绘人物性格和构建故事情节，如拜伦的《唐璜》、普希金的《叶甫盖尼·奥涅金》、桑德拉·希斯内罗丝的《芒果街上的小屋》等。中国现当代文学中的"诗体小说"文本较少，如《王贵与李香香》等有限的几篇（见尚丽清、高月梅《中国的"诗体小说"》，《蒙古电大学刊》2002 年第 6 期)，而"诗意体小说"文本极多，其文体特征主要表现为篇章结构中穿插诗词歌赋而寓于诗情画意，故事情节弱化而诗情特征凸显，这类小说也被归入"诗化小说"的范畴（见吴晓东《现代"诗化小说"探索》，《文学评论》1997 年第 1 期)，至于那些抒情气息浓郁、意象意蕴丰盈而无诗词歌赋穿插的"诗化小说"则不属于本文探讨对象。

小说①相关。

　　现代小说"文体互渗"现象主要呈现于短中篇小说创作中，而较少发生于现代长篇小说及其他类型的文学创作中，这显然与现代文学发生、发展的时代背景密切相关——"短篇小说"是近现代以来文学的主要样式。

　　20 世纪被视作"小说的世纪"②，但它伊始并不属于长篇小说，而是"短篇小说"的辉煌期。胡适著文《论短篇小说》认为："'写情短诗'、'独幕剧'、'短篇小说'三项，代表世界文学最近的趋向。"③并阐释了近代以来文学之所以"短""独"的具体原因——生活的竞争和文学的进步。之后，现代文学批评家和作家在胡适的认识基础上加以拓展和深化。风兮认为"我国创作小说，只短篇而止，长篇则未之前闻也"④；清华小说研究社认为"近来中国小说界颇有生机，短篇小说尤其兴旺"⑤；谢六逸认为在"近代文学中，短篇小说和简单剧，占最要的位置"⑥；孙俍工认为"短篇小说，在近代文艺界是一种最流行的产品，所以彼底问题比较长篇小说重要"⑦；茅盾认为"'短篇小说 Short Story'在今日已发展成为独立的艺术"⑧，并翔实考察了近代小说的三大要素——

---

　　① 一般而言，字数的多少是区别长篇、中篇、短篇小说的一个因素，但不是唯一的因素。人们通常把几千字到两万字的小说称为短篇小说，三万字到十万字的小说称为中篇小说，十万字以上的称为长篇小说，这是就字数而区分。其实，长、中、短篇小说的区别，主要是由作品反映的生活范围和作品容量来决定的。中国现代文学时期，通常会把 5 万—10 万字的小说看作长篇，如杨振声的小说《玉君》（5 万多字），沈从文就视其为长篇小说（见沈从文《论中国现代创作小说》，《文艺月刊》第 2 卷 4 号至 5、6 号合刊，1931 年 4 月 30 日至 6 月 30 日）；王统照的《一叶》（9 万多字），成仿吾也称其为长篇小说（见成仿吾《〈一叶〉的评论》，载《使命》，创造社出版部 1927 年版），因此，本书论及的小说作品就包括以上作家所言的"长篇"。

　　② 郁达夫：《小说论》，光华书局 1926 年版，第 7 页。

　　③ 胡适：《论短篇小说》，《新青年》1918 年 5 月 15 日第 4 卷 5 号。

　　④ 风兮：《我国现在之创作小说》，《申报·自由谈》1921 年 2 月 27 日。

　　⑤ 清华小说研究社：《短篇小说作法》，北京共和印刷局 1921 年版，第 1 页。

　　⑥ 六逸：《小说作法》，《文学旬刊》1921 年 10 月 11—21 日第 16、17 期。

　　⑦ 俍工：《小说作法讲义》，中华书局 1923 年版，第 202 页。

　　⑧ 茅盾：《小说研究 ABC》，世界书局 1928 年版，第 3 页。

情节、人物和环境；叶灵凤认为短篇小说的产生还没有一个世纪的历史，它"本身就是近代的产物"①；鲁迅在其翻译的《域外小说集》新版序言中论及，希望自己翻译的短篇"不因为我的译文，却因为他本来的实质，能使读者得到一点东西，我就自己觉得是极大的幸福了"②。

可见，"短篇小说"已成为近现代以来最为主要的文学样式，而且正是世界短篇小说的发展潮流化育了中国现代短篇小说的勃勃生机。比如，五四以来颇受关注的"结构、人物和环境"三要素就深受美国哈密尔顿所著《小说法程》③的普遍影响。郁达夫说："中国现代的小说，实际上是属于欧洲的文学系统的，所以要论到目下及今后的小说的技巧结构上去，非要先从欧洲方面的状态说起不可。"④ 当然，中国现代短篇小说的萌芽与发展自然也离不开中国古代小说（包括长篇和短篇）文体形式的浸润，正像胡适运用"结构局势"和"最精彩的事实"⑤之标准所厘定的一批中国古代短篇小说那般，它们的文体形式同样参与了现代小说文体的建构。

其次，中国现代"短篇小说"具有文体的灵活度和丰富性。

现代短篇小说在形式上呈现为"短""简"和"单纯"的特征，似乎"只是人生的速写，人生的断片"，但恰恰就是这种形式比之"长篇小说以及其他的文学形态，似乎潜有更多的话术性"，从而能"运用巧妙的言辞，以达成其高度形式的小说意识"。⑥"话术性"指的是题材内容和表达形式层面的方法技巧。叶灵凤在比较了现代短篇小说与第一次世界大战前小说的异同之后认为，现

---

① 叶灵凤：《谈现代的短篇小说》，《文艺》1936 年 4 月 15 日第 1 卷第 3 期。
② 鲁迅：《域外小说集序》，载《鲁迅全集》第 10 卷，人民文学出版社 2005 年版，第 178 页。
③ ［美］哈密尔顿：《小说法程》，华林一译，商务印书馆 1924 年版。
④ 郁达夫：《小说论》，光华书局 1926 年版。
⑤ 胡适：《论短篇小说》，《新青年》1918 年 5 月 15 日第 4 卷 5 号。
⑥ 何穆森：《短篇小说的特质》，《新中华》1933 年 12 月 10 日第 1 卷第 23 期。

代短篇小说"无论在内容或形式方面，都比长篇小说或剧本的变迁来得更明显"①。所以，无论是何穆森所谓"更多的话术性"，还是叶灵凤所谓"变迁来得更明显"，皆指涉了现代短篇小说文体形式变迁的灵活性与丰富度。20世纪20年代初，清华小说研究社同人著作《短篇小说作法》中即有探讨"短篇小说的述法"，如"第三身称Third Person之述法、第一身称First Person之述法、书札体、日记体、混合体"② 等文本体式，它们已属于"文体互渗"之范畴，而且，清华小说研究社同人对现代短篇小说"体式"的发展变迁充满信心，认为"将来新体格的产生，当无疑义。照现今而论，短篇小说全靠格式之敷彰，体裁之新颖，心思之机巧，才能够超出他种社会文学之上，外国之家弦户诵。将来进步愈多，特点也愈多，其出色处未可限量也"③。

此外，孙俍工著《小说作法讲义》中也认同现代短篇小说创作中的"书简式、日记式、自叙式、他叙式"④ 等四种文体互渗的样式。老舍不无总结意味地说道："在近代小说中，特别是短篇的，如柴霍甫，莫泊桑等的作品，看到极完美的形式，就是只看它们的形式也足以给我们一种喜悦。"并认为短篇小说的"形式是自由的，它差不多可以取一切文艺的形式来运用：传记，日记，笔记，忏悔录，游记，通信，报告，什么也可以。……它能采取一切形式，因而它打破了一切形式"⑤。由此可见，20世纪初期的短篇小说创作不仅辉煌，而且在文体形式方面的变迁比之长篇小说及其他文学样式都要明显和意味深长。

再次，中国现代小说文体互渗文本类型与篇目丰富多样。

五四时期，"文体互渗"现象主要表现为诗歌、书信、童话、

---

① 叶灵凤：《谈现代的短篇小说》，《文艺》1936年4月15日第1卷第3期。
② 清华小说研究社：《短篇小说作法》，北京共和印刷局1921年版，第33页。
③ 清华小说研究社：《短篇小说作法》，北京共和印刷局1921年版，第30—33页。
④ 俍工：《小说作法讲义》，中华书局1923年版。
⑤ 老舍：《文学概论讲义》，载《老舍文集》第15卷，人民文学出版社1990年版，第155页。

日记等文体与现代小说互渗融合而生成诗意体、书信体、童话体小说等。诗意体小说如鲁迅的《社戏》①、郭沫若的《喀尔美萝姑娘》、庐隐的《海滨故人》、陈翔鹤的《茫然》、郁达夫的《寒灰集》、王以仁的《流浪》、台静农的《负伤的鸟》，等等；书信体小说如郁达夫的《茑萝行》、王思玷的《几封用 S 署名的信》、庐隐的《或人的悲哀》、冯沅君的《隔绝》、王以仁的《孤雁》、徐雉的《嫌疑》、陶晶孙的《木犀》、倪贻德的《花影》、敬隐渔的《玛丽》、孙俍工的《家风》、台静农的《遗简》，等等；童话体小说如陈衡哲的《小雨点》、冰心的《一个奇异的梦》、郭沫若的《暗夜》、陈伯吹的《学校生活记》、叶圣陶的《小白船》，以及王统照、废名、黎锦晖、郑振铎等笔下的儿童小说，等等。

30 年代，"文体互渗"现象主要呈现为散文、速写、传记等文体与现代小说互渗而生成散文体、传记体、速写体小说等。散文体小说如吴组缃的《箓竹山房》、沈从文的《边城》、何其芳的《浮世绘》、郁达夫的《微雪的早晨》、萧乾的《篱下集》，等等；传记体小说如白薇的《悲剧生涯》、谢冰莹的《女兵自传》、苏雪林的《棘心》、邹韬奋的《经历》、凌叔华的《古韵》、叶永蓁的《小小十年》、庐隐的《归雁》，等等；速写体小说如张天翼的《速写三篇》、沙汀的《航线》、丁玲的《水》、吴组缃的《一千八百担》、叶圣陶的《多收了三五斗》、罗洪的《群像》、魏金枝的《留下镇上的黄昏》、葛琴的《总退却》、周文的《雪地》，等等。

40 年代，"文体互渗"现象主要呈现为报告文学、评书、戏剧、政论等文体与现代小说互渗而生成报告文学体、评书体、戏剧体、政论体小说等。报告文学体小说如丘东平的《第七连》、黄蜂的《礼物》、庐隐的《火焰》、骆宾基的《东战场别动队》、曹聚仁的《大江南北》、萧乾的《刘粹刚之死》、沙汀的《堪察加小景》、路翎的《卸煤台下》，等等；评书体小说如老舍的《柳家大

---

① 中国现代小说文体互渗篇目和原刊名称见书稿篇末"附录：中国现代小说'文体互渗'文本篇目一览表"。

院》、姚雪垠的《牛全德与红萝卜》、古丁的《平沙》、赵树理的
《李有才板话》，等等；戏剧体小说如严文井的《一个人的烦恼》、
沙汀的《在其香居茶馆里》、赵树理的《小二黑结婚》、姚雪垠的
《差半车麦秸》，等等。

最后，现代小说文体互渗文本呈现为"诗意"趋向"写实"
的形式特征。

文学的诗意既指涉语言、情境、格调和意蕴的诗意，也包括创
作主体思维语境及其话语方式的诗意。"诗意思维"是"我们民族
在长期生存发展的环境中所形成的、相对稳定的、普遍起作用的
具有文化艺术特质的思维习惯、思维方法等思维活动的总称"，[①]
其建构的文体形式主要是诗歌、童话、散文、日记、书信等，它
们同时被赋予"语言文字的诗意性"。但凡不具备"文字诗意"和
"思维诗意"的文体形式即属于"非诗意"或"去诗意"的范畴，
如小说、速写、传记、实录、说书、报告、政论等以叙事写实或
议论为中心的文体形式。然而，实际情形往往是写实化文学样式
中不乏诗意元素，诗意化创作中也间有叙事质素，即"文体互渗"
或"文备众体"现象。

五四时期，现代小说文体互渗的文本样式主要有书信体小说、
日记体小说、诗意体小说和童话体小说等。它们在文体形式方面
主要表现为诗意葱茏和情味盎然的总体格局，具体言之：一是
"情感"的回旋激荡，以"情"为线，形散而神不散，颇为个性的
"情调"凸显了主体的至真情怀；二是"诗语"的普遍融入，融入
而非插入，即现代诗歌或古典诗词融入小说文本而烘托出的整体
氛围与情境。此外，书信体小说、日记体小说又有其自身独特的
"诗意"特征，前者表现为"书信"整体嵌入小说而生成双向互动
的情感期待和诗意审美，后者表现为"日记"整体嵌入小说而构
建心灵独白和现实对话的诗意图景。童话体小说自成一格，文体

---

① 吴瑞霞：《论中国古代文学体裁的诗意性与诗意思维》，《华中科技大学学报》
（社会科学版）2003 年第 1 期。

形式往往表现为幻想夸张修辞和童趣童心视角，以此构筑诗意盎然的文风和塑造真善美的人物形象，如严文井说："童话虽然很多都是用散文写作的，而我却想把它算做一种诗体，一种献给儿童的特殊的诗体。"①

20 世纪 30 年代以后，速写、散文、报告、戏剧、评书等叙事型文体逐渐取代了前一时期的书信、日记、诗歌、童话等抒情型文体，尽管书信、日记、诗歌等抒情型文体形式时有迫近 30 年代叙事文学样式的倾向，但已然不再具有五四时期那般的诗意审美情怀，主要凸显的还是叙事写实功能和价值，生命个体的诗性诉求被悬置或消弭，从而呈现为形式与内容的某种悖论镜像。散文主要以叙事、抒情和议论为其文体形式和表达方式，其颇为自由的文体功能往往诉求于主体与时代的共鸣状态，如 20 年代长于抒情的周作人"美文"不可能出现于 30 年代以后，因为国家叙事和群体生存已然超越于个体叙事和个性情怀之上。正如郁达夫所说："目下的小说又在转换方向了，于解剖个人的心理之外，还须写出集团的心理：在描写日常的琐事之中，要说出它们对大众对社会的重大的意义。"② 很显然，"集团"和"大众"已是此一时期的关键词，而"个人的心理"已成过眼云烟，个人化的生命情怀和闲情逸致已非时代之重。尤其进入 1927 年之后，那些"精致的闲话，微妙的对白剧，也使读者和作者有点厌倦了，于是时代便带走了这个游戏的闲情，代替而来了一些新的作家与新的作品"③。"新"是 30 年代文学发展变迁的标志，即文学内容和形式总体上表现为由内向外、由慢逐快、由个人到大众的审美特征。于是，前一时期"向内"的抒情和个体生命的烛照则不合时宜了，代之而来的是"向外"的叙事明理和对大众生存的观照，那么小说的

---

① 严文井：《严文井童话寓言集》，人民文学出版社 1982 年版，第 330 页。

② 郁达夫：《现代小说所经过的道路》，《现代》1932 年 6 月 1 日第 1 卷 2 期。

③ 沈从文：《论中国现代创作小说》，《文艺月刊》1931 年 4 月 30 至 6 月 30 日第 2 卷 4 至 5、6 号合刊。

文体形式多以叙事写实为主导，如叙事散文体小说、速写体小说等。

速写可谓30年代诞生的新贵文体形式，它完全合乎由慢逐快的时代审美诉求，因而被视为"轻妙的'世态画'"，① 其文体特征主要表现为富有客观纪实的"场面"叙事。40年代以后，长于大型叙事的报告文学逐渐取代了速写文体。虽然报告文学具有"形象性、情感性、审美性"的自身质素，② 但在融入现代小说中时则主要凸显其叙事性和纪实性特征，总体上表现为事件杂糅拼合的文体特征，以此映照特定时代的意识形态和某种坚定的信念信仰。除了报告文学外，评书和戏剧也是40年代小说文体互渗的必然选择。评书的文体形式很是契合大众的阅读心理机制，如叙事的连贯性和完整性，口语化和清晰度，故事性和通俗性等。不但如此，40年代的评书体小说还以"说"明"理"，通过"说"的叙事形式向大众传达某种"理"，当然是属于特定时代的"理"。戏剧经常被视为"最接近于我们的一种诗意体裁"③ 或"一首可以上演的诗"，④ 然而40年代的戏剧无关乎诗，只表现群像的精神和意义，即"注重剧情的铺陈与群像的展览，怠慢个体性格的塑造"，⑤ 如戏剧家夏衍认为，文艺成为"组织和教育大众的工具。同意这新的定义的人正在有效的发扬这工具的功能，不同意这定义的'艺术至上主义者'在大众眼中也判定了是汉奸的一种了"。⑥ 唯美和诗意没有市场，此一时期的戏剧体小说便做足"场景"功

---

① 胡风：《关于速写及其他》，《文学》1935年2月1日第4卷2号。

② 张万连：《论报告文学的文学特征》，《辽宁师专学报》（社会科学版）1999年第6期。

③ ［俄］维·格·别林斯基：《文学的幻想》，载《别林斯基选集》第1卷，满涛译，上海译文出版社1979年版，第90页。

④ ［美］苏珊·朗格：《情感与形式》，刘大基译，中国社会科学出版社1986年版，第354页。

⑤ 陈咏芹：《中国现代话剧的现实主义特征及其历史生成》，《首都师范大学学报》（社会科学版）2002年第1期。

⑥ 夏衍：《抗战以来文艺的展望》，《自由中国》1938年1月2日第1卷第2期。

夫以凸显特定时代的矛盾冲突。

综上可见，从五四时期到三四十年代，现代小说文体互渗文本的文体向度即是从"诗意"趋向"写实"，经历了从"讲述"到"展示"再到"讲述"与"展示"相互融合的复杂过程，在此过程中映现了中国小说趋于"现代性"的历史面影。

第二节　抒情的弱化：文体互渗批评话语的情感向度

文学创作和文学批评是文学发展的两翼，二者相互砥砺，促进文学的发展繁荣。现代小说文体互渗文本的生成显然受到文体互渗批评话语的影响，该批评话语合乎文体互渗文本的形式发展维度——由诗意趋向写实，因而呈现出抒情的弱化这一规律：从对情感心理的个性诉求趋向于对事件生活等主题意旨的凸显。

在中国现代文学萌芽期，日记文体的批评话语广为流行。1902 年，佚名著文认为："原书全为鲁滨逊自叙之语，盖日记体例也，与中国小说体例全然不同，若改为中国小说体例，则费事而且无味。中国事事物物皆当革新，小说何独不然！故仍原书日记体例译之。"[1]"原书"是指《鲁宾孙漂流记》，其已具新的小说体例，形同日记的"自叙之语"而读之有"味"，乃因于日记本身的"情感"质素。1923 年，文学家孙俍工在论述现代小说体式类型时，认为居于首位的日记体是"一种主观的抒情的小说。是一种以自叙作为表现的样式的小说，借主人公自己底笔意语气，叙述自己底阅历、思想、感情以及周围之物象等"[2]，"抒情"和"自叙"是谓日记体小说的重要质素。时至 20 世纪 30 年代，日记体的"抒情"质素隐匿，批评家的关注点也随之位移。穆木天认为

---

[1] 佚名：《〈鲁宾孙漂流记〉译者识语》，《大陆报》1902 年第 1 卷 1 号。

[2] 俍工：《小说作法讲义》，中华书局 1923 年版，第 207 页。

"在现在的中国，写工农兵用自白与日记是不可以的"，[1] 王任叔认为"第一人称的写法绝对减少"[2] 了，这是他抽样分析 30 年代小说后得出的结论。至此，时代似乎宣告了以"抒情"和"自叙"为其特征的日记文体的不合时宜，它着实难以契合以工农大众为其主要人物形象的小说叙事内容。

在中国现代文学发生期，童话文体成一时之兴。1920 年，周作人评述："凡童话适用，以幼儿期为最，计自三岁至十岁止，其时，最富空想，童话内容正与相合，用以长养其想象，使即于繁富，感受之力亦渐敏疾，为后日问学之基。"[3] 即标志了幻想、想象和情感之于童话文体的特别之处。其后，郭沫若、饶上达、冯国华、叶圣陶等作家、学者纷纷就童话的文体形式和特征进行了较为深入的探讨。郭沫若说："童话是用儿童本位的文字，由儿童的感官以直愬于其精神堂奥，准依儿童心理的想象与感情之艺术。"[4] 童话是想象与感情的艺术，强调了童话文体辞格；饶上达说："儿童的精神活动中，最占势力的为想象。儿童的想象格外活泼，格外蓬勃茂盛。"[5] 童话的想象特征合乎儿童的精神心理，凸显了童话的文体质素；冯国华认为童话乃"儿童底感官可以直接诉于其精神之堂奥"[6] 之文学；叶圣陶认为童话即"对准儿童内发的感情而为之响应，使益丰富而纯美"[7]。郭、饶、冯、叶言及的"想象""感情""精神""纯美"等特征皆诉诸童话的文体形式层面，即话而有情，情生成美。然而当抵近 30 年代的时候，关于童话的批评话语的关键词发生了明显的变化——从诉情到叙事的转

---

① 穆木天：《谈写实小说与第一人称写法》，《申报·自由谈》1933 年 12 月 29 日。

② 王任叔：《中国现代小说发展的动向的蠡测》，《创作月刊》1935 年 9 月 15 日第 1 卷第 3 期。

③ 周作人：《儿童文学》，《新青年》1920 年 12 月第 8 卷 4 号。

④ 郭沫若：《儿童文学之管见》，《民铎》1922 年 1 月 15 日。

⑤ 饶上达：《童话小说在儿童用书上的位置》，载赵景深编《童话评论》，新文化书社 1924 年版，第 160 页。

⑥ 冯国华：《儿歌底研究》，《民国日报·觉悟》1923 年 11 月 23 日。

⑦ 叶圣陶：《文艺谈》，《晨报·副刊》1921 年 3 月 12 日。

变，叶圣陶的批评话语可谓代表："几乎篇篇有着强烈的时代感和深刻的现实意义。"[①] 不止叶圣陶点明了这种情感弱化现象，在张天翼、严文井、陈伯吹、金近、贺宜等作家、批评家关于童话以童话体小说的批评话语中亦有所彰显。

诗歌与现代小说文体互渗现象可谓现代作家、批评家们关注的重心。1907 年，觉我著文："所谓小说者，殆合理想美学，感情美学。即满足吾人之美的欲望，而使无遗憾也。……美之究竟，在具象理想，不在于抽象理想。……其言美的快感，谓对于实体形象而起。"[②] 其所谓的"感情美学"其实更合乎诗歌的文体特性，这应该是现代小说萌芽期中比较早的关于诗歌向小说文体融合的初步认识。随着现代文学的发生、发展，现代作家和批评家们的认识更加明确。叶圣陶认为"诗的构思"和"诗的语言"是"散文诗的小说"[③] 的重要质素，凸显了此类小说的诗性特征。赵景深说："短篇小说＝抒情文＋叙事文＋写景文。"[④] 其以文学公式确证现代小说所应具有的情感质素和诗意特征。由此可见，在现代小说的发生期，作家、批评家甚至读者是普遍认同将诗歌的抒情元素与小说的叙事特征相结缘的。随着时代的发展变迁，现代小说诉求的诗意抒情逐渐弱化，甚至消隐。

30 年代初，废名的诗意小说受到关注并引发讨论，朱光潜认为"愈写到后面，理趣也愈浓厚"，[⑤] 刘西渭认为他"渐渐走出形象的沾恋，……表现他所钟情的观念"，[⑥] 长于抒情的废名愈加趋向事理。王任叔高呼："我们需要的是叙事诗，是《浑河的激流》，

① 蒋风：《试论叶圣陶的童话创作》，载刘增人、冯光廉编《叶圣陶研究资料》，十月文艺出版社 1988 年版，第 490 页。

② 觉我：《〈小说林〉缘起》，《小说林》1907 年第 1 期。

③ 叶圣陶：《叶圣陶论创作》，上海文艺出版社 1982 年版，第 460 页。

④ 赵景深：《研究文学的青年与古文文学》，《文学旬刊》1921 年第 109 期。

⑤ 朱光潜：《文学杂志·编后记》，载《朱光潜全集》第 8 卷，安徽教育出版社 1987 年版，第 553 页。

⑥ 刘西渭：《〈画梦录〉——何其芳先生作》，载《咀华集》，文化生活出版社 1936 年版。

而不是牧歌。……需要更有理性的反抗啊！"① 时代要求叙事和理性，而非牧歌和情调，小说的诗意情景已然不合时宜。30 年代中期，穆木天认为："把诗歌写得与大众十万八千里，是不能适应这伟大的时代的，……捉住现实，歌唱新世纪的意识。"② 诗本容情已无"情"。40 年代中后期，沈从文期待那些"记者"特征的作家："添一批生力军进来，产生百十部别具一格的现代史，这点希望对于一个兼具记者的作家，比寄身大都市纯职业作家尤有把握。因为生活接触范围比较广，且贴近大地人民。"③ 沈从文向来以职业作家自居，小说文体的诗意特征是其文学标志，然而 40 年代的这番呼吁分明折射了沈氏文学创作和批评观念的转变——强调"贴近大地人民"的事理观照而非诗意抒怀。小说的诗性被一路放逐，这是时代的必然。

　　散文融入现代小说的现象引发了现代文坛的论争。1934 年，穆木天著文认为文坛出现了"一种危机"："近来有些东西简直分不出是小说还是散文，……不是向上的倾向。"④ 他不很赞成散文文体向现代小说的融入，甚至否定五四小说的散文化特征，实质上是否定现代小说的"抒情"倾向，原因在于其不合时宜和不受欢迎。徐懋庸认为小说的散文化创作乃因于作者缺乏"更普遍的人生的题材可写"，"生活空虚"而凭借"随笔化"引起注意。⑤ 他们之所以反对散文融入小说，倒并非因为文体偏见（穆木天是诗人也是散文家，徐懋庸是散文家和杂文家），而是不能容忍小说中的散文"抒情"元素，因为时代需要"叙事"，需要彰显"事理"，"抒情"显然难以承载时代之重："在现在的中国，写工农兵用自白与日记是不可以的。"⑥ 穆木天不赞成丁玲小说《杨妈的日

---

① 王任叔：《评〈谷〉及其他》，《文学杂志》1937 年 8 月 1 日第 1 卷第 4 期。
② 穆木天：《新诗歌·发刊词》，《新诗歌》1933 年 2 月 11 日第 1 卷创刊号。
③ 沈从文：《沈从文全集》第 17 卷，北岳文艺出版社 2002 年版，第 470 页。
④ 穆木天：《随笔与小说》，《申报·自由谈》1934 年 5 月 3 日。
⑤ 徐懋庸：《小说与随笔》，《申报·自由谈》1934 年 4 月 24 日。
⑥ 穆木天：《谈写实小说与第一人称写法》，《申报·自由谈》1933 年 12 月 29 日。

记》的体式："杨妈的生活是可以客观地描写的，可是叫杨妈写出那一段漂亮日记来，则是滑稽的了。"① 即如"日记"这般的个性化抒情文体已然不合乎 30 年代的文学正则，在特定的时代面前，唯有叙事为上。甚至如自由主义作家梁实秋等也在某种程度上迫于时代的"意识"，既认同"最优美的小说"是"最富诗意的"小说，又认为"小品文，小说，这几种型类的文章的区分，是有划分的必要的。型类的混杂，是变态，不是正则"，② "小品文"（抒情散文）和"小说"是不能混杂的，"抒情"让位于"叙事"才是正道。

第三节 诗性与合理性：现代小说
文体互渗现象的实质

从五四时期到 40 年代，现代小说由"诗意化"趋向"写实化"的文体互渗形式现象，并非主要缘于文体自身的裂变，而是在更大程度上折射出特定"精神文化"内容的制约，即主体与客体共生互动的关系状态——"诗性"生命形态逐渐向"合理性"社会图式的位移。

"诗性"总是与个体生命息息相关，基本上指涉四个维度：认识论、本体论、形式论和宗教论。文学艺术层面的"诗性"内容主要体现为认识论、本体论和形式论三个维度，③ 关涉着维柯认识论层面的"诗性智慧"观、诺瓦利斯等形式层面的"审美满足的印象"观、海德格尔本体论层面的"诗意地共属一体"观。

---

① 穆木天：《再谈写实的小说与第一人称写法》，《申报·自由谈》1934 年 1 月 7 日。

② 梁实秋：《现代的小说》，载吴福辉编《二十世纪中国小说理论资料》第 3 卷，北京大学出版社 1997 年版，第 258 页。

③ 宗教的"诗性"问题向来是学界论争的焦点，大多数学者持以否定态度。18 世纪英国著名的文学家塞缪尔·约翰逊认为，在宗教诗歌中，"诗失去了它的光泽和力量，因为它被用来装饰比其自身更为卓越的某种事物。——它对心灵并没有提供任何东西。基督教神学的思想，对雄辩来说过于单纯，对小说来说过于神圣，对装饰品来说又过于威严"。《牛津基督教诗歌集》（1940）的主编大卫·赛梭认为，基督教诗人"并不描写他真正感受到的东西，而只是描写他认为应该感受到的东西"。见 ［英］海伦·加德纳《宗教与文学》，江先春、沈弘译，四川人民出版社 1998 年版，第 136、139、140 页。

18 世纪，意大利哲学家和美学家维柯从"认识论"维度论及诗性观，认为初民社会经历了"诗性历史"的阶段，初民的感觉力和想象力极强，而分析能力和推理能力极弱，于是只能凭借感觉想象来构筑事物的意象或观念，以具有转语、替换、隐喻、暗讽等修辞特征的"诗性文字"构建"诗性逻辑"来表情达意，这种认识世界并与之共处的方法即为"诗性智慧"。① 维柯所言的"诗性智慧"凸显了"想象"和"意象"的关联性。维柯之后，学者们继续探讨这个问题。18 世纪，赫尔德指出了"想象"与"意象"的相关性，认为"世界寓意深刻，诗人的作用不是模仿，而是创造与自己想象力及感觉相吻合的象征"；② 20 世纪，恩斯特·卡希尔说："诗所表达的既不是神或鬼的神话式语词图像，也不是抽象的确定性相关的逻辑真理。诗的世界和这两样东西都不同，它是一个幻想和狂想的世界。人类文化初期，语言的诗和隐喻特征确乎压倒过其逻辑特征和推理特征。但是，如果从发生学的观点来看，我们就必须把人类言语的想象和直觉倾向视为最基本的和最原初的特点之一。"③ 卡希尔、赫尔德的"诗"观在本质上互文了维柯的"诗性智慧"观，凸显了"诗性"的重要质素——"想象"和"意象"，其关乎生命个体的心理言行与存在方式。

19 世纪以来，诗学家们认为"诗性"是"产生美感的东西以及来自审美满足的印象"。④ 波特莱尔和兰波从"审美"角度来理解"诗性"，其近义词"朦胧"很能激发人的想象和情感。⑤ 德国

---

① ［意］G. B. 维柯：《新科学》，朱光潜译，商务印书馆 1989 年版，第 30、31、120、175、181 页。

② ［法］让·贝西埃等：《诗学史》，史忠义译，河南大学出版社 2010 年版，第 315、322 页。

③ ［德］恩斯特·卡希尔：《语言与神话》，于晓译，生活·读书·新知三联书店 1988 年版，第 114、134 页。

④ ［法］让·贝西埃等：《诗学史》，史忠义译，河南大学出版社 2010 年版，第 392 页。

⑤ ［法］让·贝西埃等：《诗学史》，史忠义译，河南大学出版社 2010 年版，第 393 页。

天才诗人诺瓦利斯指出："诗有一种独特的意义，在我们心中引起一种诗性状态。诗通过诗而产生种种灵魂状态、画面和直觉。"① 即"画面直觉"等具有诗性的象征性。恩斯特·卡希尔说："抒情诗中给我们印象最深的不仅是意思、词汇的抽象意义，而是音响、色彩、旋律、和谐；是语言的协调一致。"② 这些"形式的美"给予主体以"诗性"般的澄明境界和生命审美：诗性可以包容"诗的特性"，"具有诗特性的"，"富于诗意的"，③ 以及"融进诗歌的艺术感知方式，比如意象的营造、意识的流动、时空的跳跃、音乐的旋律、节奏，乃至通感、隐喻、变形、倒错"，④ 即格调、韵律、意境等美的形式成就了"诗性"审美。

20 世纪，海德格尔提出"人，诗意地栖居"（"Poetically Man Dwells"）的"诗性"命题。⑤ 他认为"想象""灵感"和"语言"并非人的心理能力，而是人的存在之源，是"规定者与受规者共属一体""栖居地共舞于一体"，⑥ 是以"大地"为代表的"自然"成为人类的诗意庇护者，自然的神圣自由和语言的先在言说构建了"诗性"的和谐福地，烛照了人类生存的诗意家园。海德格尔的"诗性"观凸显了"自然"情感力和"语言"生命力的互渗融合。

综上所述，无论"诗性智慧"还是"诗意地栖居"，皆需要某种"美的形式"而产生效果，前者的形式是"意象"，后者的形式是"语言"。犹如恩斯特·卡希尔所言："仅是情感力量或仅是情

---

① ［法］梵第根：《浪漫主义运动》，载《比较文学论》，戴望舒译，吉林出版集团有限责任公司 2010 年版，第 61 页。

② ［德］恩斯特·卡希尔：《语言与神话》，于晓等译，生活·读书·新知三联书店 1988 年版，第 139 页。

③ 王南：《中国诗性文化与诗观念》，四川民族出版社 2002 年版，第 17 页。

④ 陈剑晖：《诗性散文》，广东教育出版社 2009 年版，第 5 页。

⑤ ［德］马丁·海德格尔：《海德格尔选集》，孙周兴译，上海三联书店 1996 年版，第 148 页。

⑥ ［德］马丁·海德格尔：《思的经验》，陈春文译，人民出版社 2008 年版，第 176 页。

感外溢不能创造出诗来。自我情感的丰富充沛仅是诗的一个重要表现和契机，并不构成诗的本质。丰富情感必经由另外的力量，由形式力量控制和支配。"① 以此观之，文学的"诗性"以内外两面构成，内面离不开个性的"情感"，外面需得凭借于独特的"形式"——文学话语符号。鉴于此，"诗性"必须包括三种关联的元素，即主体层面的自在心灵、客体层面的自然景象和形式层面的话语系统。至此，可以界定"诗性"：主体以抒情、比喻、象征、暗示等表意方式达通心灵与自然而生成自在自适的超越境界，映现着物我相合的情感力、生命力、想象力和审美力。

由此观之，五四时期至 30 年代早期，诗歌、书信、日记、童话等"抒情化"的诗意文体与现代小说相渗融合，生成的诗意体小说、童话体小说、书信体小说等审美形式与客体世界共生互文，彰显了主体的诗性生命形态。30 年代以后，速写、戏剧、评书、报告等"叙事型"文体与现代小说相渗融合，生成的速写体小说、戏剧体小说、评书体小说、报告文学体小说等审美形式与客体世界共生互文，反映的不再是"整个内部世界"②，而是整个外部世界，彰显了特定时期的某种"合理性"社会图式。

"合理性"（rationality）概念来自德国思想家马克斯·韦伯的理论术语，源于"理性（reason）"概念。很长一段时期内，"理性"都是西方哲学的核心命题，引发了"合理的"与"合理性"的争鸣。

中世纪，神学家等认为"理性"不是通过人的经验认识和实践活动而获得的，乃是上帝赋予人类的能力，上帝就是理性与合理性。17 世纪，哲学家笛卡尔提出"理性主义"（rationalism）。笛卡尔反对神学，认同"理性"源于人的能力，"理性的自然之光"

---

① ［德］恩斯特·卡希尔：《语言与神话》，于晓等译，生活·读书·新知三联书店 1988 年版，第 139 页。

② ［德］梵第根：《浪漫主义运动》，载《比较文学论》，戴望舒译，吉林出版集团有限责任公司 2010 年版，第 61 页。

可以解决任何问题。18 世纪，黑格尔提出的"绝对精神"的"理性"，实为一种具体的辩证的逻辑思维方式。19 世纪，胡塞尔坚持"理性"是人类生活的绝对存在尺度，"理性是认识论的主题，是关于真正的价值学说的主题，……是'绝对的'、'永恒的'、'超时间的'、'无条件的'、'有效的'理念和理想的称号"①。

　　然而，诸多"理性"体系很快就受到 20 世纪非理性主义和科学主义的盘诘和批判，并构建了"理性转向合理性"的体系，马克斯·韦伯便是其中重要的代表人物之一。马克斯·韦伯提出"合理性"概念，包括"目的—工具合理性与价值合理性"两类，前者"通过对外界事物的情况和其他人的举止的期待，并利用这种期待作为'条件'或者作为'手段'，以期实现自己合乎理性所争取和考虑的作为成果的目的"；后者"通过有意识地对一个特定的举止的——伦理的、美学的、宗教的或作任何其他阐释的——无条件的固有价值的纯粹信仰，不管是否取得成就。……价值理性行为……永远都是一种行为者对自己提出的'要求行为'或符合'要求'的行为"。② 马克斯·韦伯还探讨了叔本华、克尔凯郭尔、弗洛伊德、尼采等所言的"非理性"概念，认为其既是"情绪的，尤其是感情的，即由现时的情绪或感情状况"，也是"传统的，由约定俗成的习惯"。③ "理性"与"合理性"观点为中国现代小说"文体互渗"现象的发展变迁提供了一种理论视域。

　　在中国现代文学萌芽期，"理性"概念受到关注。王国维说："自直观之观念中，造抽象之概念，及分合概念之作用。"④ 杜亚泉认为："凡人之行为，由自己之悟性与理性判断之，以得其宜者为标准。"⑤ 他们所言的"理性"是指人的思维判断能力，倒无关乎

---

① ［德］埃德蒙德·胡塞尔：《胡塞尔选集》（下），倪梁康编，上海三联书店 1997 年版，第 985 页。

② ［德］马克斯·韦伯：《经济与社会》（上），林荣远译，商务印书馆 1998 年版，第 166 页。

③ ［德］马克斯·韦伯：《经济与社会》（上），林荣远译，商务印书馆 1998 年版，第 166 页。

④ 王国维：《释理》，载《王国维文集》，北京燕山出版社 1997 年版，第 363 页。

⑤ 杜亚泉：《伦理标准说》，《东方杂志》1905 年第 5 期。

目的性和价值性。

抵近20世纪30年代，"合理性"认识很快取代了"理性"概念。郭沫若率先发令："今日的文艺，是我们现在走在革命途上的文艺，是我们被压迫者的呼号，是生命穷促的喊叫，是斗志的咒文，是革命予期的欢喜。"① 文学变成了"符合要求"的一种行为，是为价值合理性。现代作家韦素园呼喊："我只有希望在文学中能叫出一些新的希望！然而希望很难在怀疑中产生，却在坚信里开始而且巩固了。新的《未名》，担当不了这个伟大的使命，但愿自今日起，我们大家意识着！"② "伟大的使命"则属于"合理性"的范畴。邓中夏在《新诗人的棒喝》中批评新诗人"不研究正经学问""不注意社会问题"，③ 要求"合理性"的旨归非常坚定。梁实秋创作观的前后变化也很能说明问题。他起初是把"理性"视为推理判断等逻辑形式，在《〈草儿〉评论》中说："即至最低限度，诗人也决不该赞颂理性的。所以诗里之不该发议论，言说之不成为诗，亦就成永不可易的原理了。"④ 诗人要远离"理性"，否则不成诗。然而时至30年代，梁实秋宣称："情感想像都要向理性低首。在理性指导下的人生是健康的常态的普遍的；在这种状态下所表现出的人性亦是最标准的；在这标准之下所创作出来的文学才是有永久价值的文学。"⑤ 此"理性"已属于价值合理性的范畴，且愈演愈烈。后期创造社作家集体宣告终止往昔的青春浪漫，亮出革命文学的"合理性"旗帜，以成仿吾为首否定"为艺术而艺术"："为文艺的文艺是布尔乔亚的麻醉药，在十字街头竖起象牙之塔的人是有产者社会的走狗"，要对文艺"做一番全部

---

① 郭沫若：《孤鸿》，《创造月刊》1926年4月16日第1卷第2期。

② 韦素园：《通信》，《未名》1928年1月10日第1卷第1期。

③ 中夏：《贡献于新诗人之前》，《中国青年》1923年12月22日第10期。

④ 梁实秋：《〈草儿〉评论》，载《梁实秋文集》第1卷，鹭江出版社2002年版，第7页。

⑤ 梁实秋：《文学的纪律》，载《梁实秋文集》第1卷，鹭江出版社2002年版，第143页。

的批判",而"反对这种工作的人"要"给他以当头的一击"。①
至此,文学的合目的性与合理性已然昭昭。

总而言之,20 世纪三四十年代"合理性"图式是现代文学的
内容诉求,在很大程度上互文了此一时期的小说文体互渗现象,
如评书体或戏剧体小说等。它们的结构形式往往追求"封闭性":
"小说有发展,是由于所表现的现实有矛盾。情节的变化穿插表现
出故事的发展过程,同时也表现出这过程实在是交织着必然与偶
然。"② 小说发展过程的"偶然与必然"情形实则隐现着"合理
性"诉求:"一种行为者对自己提出的'要求行为'或符合'要
求'的行为。"③ 亦如钱理群先生认为,40 年代文学是"按照某种
人们可以预料、可以驾驭的必然性"④ 发展着的。因此,三四十年
代小说的文体互渗现象实质上彰显了此一时期的特定"要求"或
"事理",且此类互渗形式"比一个严厉而生硬的说教者痛斥一顿
要来得有效",⑤ 这正是三四十年代小说文体互渗形式的价值所在。
有学者视此情境为"合理性冲动",即"追求确定性、可控性、有
效性、功利性",并"经历了五四文学革命、写实主义思潮和无产
阶级革命文学三个历史阶段"。⑥ 其实不止于此,而是向后延宕了
很长时期。

---

① 成仿吾:《全部的批判之必要:如何才能转换方向的考察》,《创造月刊》1928
年 3 月第 1 卷第 10 期。

② 姚雪垠:《小说是怎样写成的?》,载钱理群编《二十世纪中国小说理论资料》
第 4 卷,北京大学出版社 1997 年版,第 226 页。

③ [德]马克斯·韦伯:《经济与社会》(上),林荣远译,商务印书馆 1998 年
版,第 166 页。

④ 钱理群:《二十世纪中国小说理论资料·前言》第 4 卷,北京大学出版社 1997
年版,第 6 页。

⑤ [法]德尼·狄德罗:《论戏剧艺术》,陆达成、徐继会译,《文艺理论译丛》
1958 年第 1 期。

⑥ 黄林飞:《理性话语与中国现代文学的理性精神》,博士学位论文,湖南师范大
学,2009 年。

第 二 章

现代小说文体互渗
现象的范型样式

五四时期，日记、书信、诗歌、童话等文体与现代小说互渗融合，范型样式主要以诗意体小说、书信体小说和童话体小说各自独特的文体特征为其标志；30 年代，散文、传记、速写等文体与现代小说互渗融合，范型样式主要以散文体小说、传记体小说、速写体小说各自独特的文体特征为其标志；40 年代，报告文学、戏剧、评书、政论等文体与现代小说互渗融合，范型样式主要以报告文学体小说、戏剧体小说、评书体小说各自独特的文体特征为其标志。

第一节　20 年代小说文体互渗的诗意质素

五四时期的诗意体小说、书信体小说和童话体小说总体上呈现出"个性化"叙事的文体特征，创作主体或作家的可靠叙述人对小说叙事参与介入，以"讲述"作为小说主要的叙事方式。诗意体小说文本如郭沫若的《喀尔美萝姑娘》、庐隐的《海滨故人》、陈翔鹤的《茫然》、郁达夫的《寒灰集》、王以仁的《流浪》、台静农的《负伤的鸟》等；书信体小说文本如郁达夫的《茑萝行》、王思玷的《几封用 S 署名的信》、冯沅君的《隔绝》、王以仁的《孤雁》、徐雉的《嫌疑》、庐隐的《或人的悲哀》、陶晶孙的《木犀》、倪贻德的《花影》、敬隐渔的《玛丽》、孙俍工的《家风》、台静农的《遗简》等；童话体小说文本如陈衡哲的《小雨点》、冰心的《一个奇异的梦》、郭沫若的《暗夜》、陈伯吹的《学校生活记》、叶圣陶的《小白船》，以及王统照、废名、黎锦晖、郑振铎等笔下的儿童小说。

一 诗歌与五四小说文体互渗现象

闻一多说："我们这大部文学史，实质上是一部诗史——诗似乎也没有在第二个国度里，像它在这里发挥那样大的社会功能，在我们这里，它就是宗教，是政治，是教育，是社交，它是生活的全面。"[1] 他深刻地揭示了中国文化的特质在于"诗化"，中国现代小说当然也不例外，"诗意的浓厚也是中国叙述文体的一大特点"[2]。五四诗意体小说文本如冰心的《斯人独憔悴》《秋风秋雨愁煞人》、郁达夫的《南迁》《茑萝行》、郭沫若的《牧羊哀话》《残春》、陈翔鹤的《断筝》《茫然》、许地山的《换巢鸾凤》《缀网劳蛛》、王统照的《春雨之夜》《一栏之隔》、杨振声的《玉君》、庐隐的《海滨故人》、李霁野的《露珠》、韦丛芜的《校长》、林如稷的《狂奔》、冯至的《蝉与晚祷》，等等。这些文本不仅植入了诗词歌赋的外在形式，而且汲取了诗词歌赋的内面精神，凸显了生命主体的至真性情和自由个性，标志了现代生命意识的觉醒与丰盈。五四小说的"诗意体"现象表征了五四时期生命个体对于诗性生存的强烈诉求与美好憧憬，这正是五四小说"诗文互渗"形式的重要价值功能，在中国现代小说发展史上具有重要的美学意义。

（一）诗歌与现代小说互渗溯源

传统的"诗化小说"之谓并非指小说被化成诗，而是指小说借鉴和吸收诗词歌赋的文体形式，如文辞、格式、情调、韵

---

① 闻一多：《文学的历史动向》，载《闻一多全集》第 1 卷，生活·读书·新知三联书店 1982 年版，第 203 页。

② 张毅：《文学文体概说》，中国人民大学出版社 1993 年版，第 173 页。

律、意象等抒情表意元素，创造出"不以叙述故事或塑造人物形象而以表达某种情绪感受或营造意境为中心的小说"。① 中国现代小说的"诗化"审美发端于清末，"诗意体"形态兴盛于五四时期。

1907 年，觉我著文认为："所谓小说者，殆合理想美学，感情美学。即满足吾人之美的欲望，而使无遗憾也。""美之究竟，在具象理想，不在于抽象理想。""其言美的快感，谓对于实体形象而起。"② 即小说的价值在于"审美"的有无，"审美"来自具象而非抽象，而具象连缀着感情，是为"感情美学"，他尤其认为女性所阅的小说应当"加入弹词一类，诗歌、灯谜、酒令、图画、音乐趋重于美的诸事"。③ 可见，此一时期小说诉求的诗意形式已然标志了自觉的趣味和美育功能，然而个性至真情感还不够凸显。时至五四，现代小说的诗化形态与价值功能超越以往，不是仅仅将诗词、赋赞、韵语穿插于小说以呼应阅读之趣，而是将诗词歌赋中的"文体情景"扩展至小说全篇，比如将其融入小说语言、文本结构或表现方式之中，在更大程度上汲取诗词歌赋的内面精神，以"突出故事情节以外的'情调'、'风韵'或'意境'"，④从而彰显主体的至真性情和生命意识，其理所当然地属于生命的文学，犹如诗情勃发的青年郭沫若所言："生命底文学是必真、必善、必美的文学：纯是自主自律底必然的表示故真，永为人类底Energy 底源泉故善，自见光明，谐乐，感激，故美。"⑤ 于是有

---

① 阎浩岗：《生命感伤体验的诗化表达——王统照、郁达夫、废名小说合论》，《天津师范大学学报》（社会科学版）2003 年第 1 期。

② 觉我：《〈小说林〉缘起》，《小说林》1907 年第 1 期。

③ 陈平原、夏晓红：《二十世纪中国小说理论资料》第 1 卷，北京大学出版社1997 年版，第 338 页。

④ 陈平原：《中国小说叙事模式的转变》，上海人民出版社 1988 年版，第 137—138 页。

⑤ 郭沫若：《生命底文学》，《时事新报·学灯》1920 年 2 月 23 日。

"散文诗的小说"① 和 "抒情诗的小说"② 创作的兴起，其主张将生命的"诗性"元素融入现代小说，强调"至真性情"之于现代小说的重要意义，认同现代小说可以凸显"诗性"功能，且以公式界定："短篇小说＝抒情文＋叙事文＋写景文。"③ "情"字当先是不争的事实。

五四作家的生命之思不仅受到柏格森的生命哲学、歌德的泛神论及中国传统哲学思想的影响，④ 而且还受到欧西"抒情型"文学的文体影响。萧乾说："晚近三十年来，在英美被捧为文学杰作的小说中，泰半是以诗为形式，以心理透视为内容的'试验'作品。"⑤ 这种"诗形"的"试验"也在五四文坛流行着，郁达夫、冰心、郭沫若、庐隐等作家的五四小说莫不如此。1920 年，周作人激切地向中国读者介绍国外的"抒情诗的小说"："小说不仅是叙事写景，还可以抒情。"⑥ 在一定程度上引发了五四文坛的抒情旋风，郁达夫的《茑萝行》、郭沫若的《残春》、冰心的《秋风秋雨愁煞人》、王统照的《春雨之夜》、庐隐的《海滨故人》等小说作品无不性情十足且情意绵绵。未名社作家韦素园很是欣赏俄国现代文学的"诗形美质"，认为"他们从事创作的人，仅只歌咏刹那，赞颂美，死和女性；音韵特别讲究，读时仿佛如悠扬的，音乐的鸣声似的"。⑦ "歌咏"与"音韵"的诗意形式深深影响了他

---

① 叶圣陶提出"散文诗的小说"概念，认为："一、作品由诗的构思组成；二、全篇情节挺简单；三、形象化的诗的语言。"见叶圣陶《叶圣陶论创作》，上海文艺出版社 1982 年版，第 460 页。

② 1920 年，周作人正式向中国读者介绍国外的"抒情诗的小说"："小说不仅是叙事写景……这种情诗的小说，虽然形式有点特别，但如果具备了文学的特质，也就是真实的小说。内容上必要有悲欢离合，结构上必要有葛藤，极点与收场，才得谓之小说：这种意见，正如十七世纪的戏曲三一律，已经是过去的东西了。"见周作人《晚间的来客·附记》，《新青年》1920 年 4 月第 7 卷 5 号。

③ 赵景深：《研究文学的青年与古文文学》，《文学旬刊》1921 年第 109 期。

④ 陈望衡：《宗白华的生命美学观》，《江海学刊》2001 年第 1 期。

⑤ 萧乾：《小说艺术的止境》，《大公报·星期文艺》1947 年 1 月 19 日第 15 期。

⑥ 周作人：《晚间的来客·附记》，《新青年》1920 年 4 月第 7 卷 5 号。

⑦ 韦素园：《晚道上》，《语丝》1925 年 2 月 23 日第 50 期。

自己的文学创作，如小说《两封信》《我的朋友叶素》和散文《"窄狭"》《端午节的邀请》等作品皆弱化"叙事质"而强调"情绪质"。宗白华于五四时期著文亦认为"湖山的清景在我的童心里有着莫大的势力。……我仿佛和那窗外的月光雾光溶化为一，飘浮在树杪林间，随着箫声、笛声孤寂而远引——这时我的心最快乐"，① 处处景语皆情语，生命的审美和快乐是与月雾林籁等恒性的自然景物相映生辉的。宗白华的诗意心声与五四作家的生命礼赞实相一致。

一言之，五四小说的"诗意体"主要表现为诗词歌赋的穿插融合，其中既有古典诗词的植入，也有现代诗歌的穿插，还有民间歌谣的融合，形成了诗文互渗的繁荣格局。这类小说文本以"诗"为纬，以"情"为经，"诗意"为表而"诗性"为里，映现着物我相合的情感力、想象力、生命力和审美力。

（二）诗词穿插：诗意体小说的语体

诗词穿插形式被称为"插入体"叙事。著名文学批评家希利斯·米勒认为"打破小说中语言单一线条的实例——卷首（或章首）引语、前言、插入信件、脚注、所引文件、各章标题"，② 从而创造小说的结构和意义。这类"插入体"叙事在欧西现代小说中颇为流行，如博尔赫斯、乔伊斯、托马斯·哈代等人的作品。我国现代文学批评家高明曾于 20 世纪 30 年代著文述及："小说里不时插入诗歌这件事，就在哈代的作品里也是很多的。而同时，在菩特娄的作品里，在赫克斯莱的作品里，也可以看到很多。"③ 可见这类"插入体"叙事形式已于 20 世纪二三十年代涌进我国现代文坛，并被中国现代作家们巧妙运用而赋予现代小说以独特的意义。

---

① 宗白华：《美学与意境》，人民出版社 2009 年版，第 158 页。

② ［美］J. 希利斯·米勒：《解读叙事》，申丹译，北京大学出版社 2002 年版，第116 页。

③ ［日］西胁顺三郎：《二十世纪小说家之态度》，高明译，《文学》1935 年 8 月 1日第 5 卷 2 号。

冰心小说中的"插入体"叙事形式甚为典型。阿英说:"青年的读者,有不受鲁迅影响的,可是不受冰心影响的,那是很少。虽然从创作的伟大性及成功方面看,鲁迅远超过冰心。"① 这"影响"当然包括冰心小说创作中的"诗意"外衣,即诗词"插入体"叙事形式。冰心小说"简洁、柔和、美丽、巧妙地融合了古代的诗词和散文",② 显得"诗趣过丰",③ "与其称她的小说为小说,无宁称它为诗更合适些",是"诗人的小说",④ 这些论断彰显了冰心小说因诗词"插入体"叙事而生成的流光溢彩的诗意文体。冰心有着自觉的文体意识,诉求于古文意境与西文象征之融合:"主张'白话文言化'、'中文西文化'",认为"'化'字大有奥妙,不能道出的,只看作者如何运用罢了!我想如现在作家能无形中融会古文和西文,拿来应用于新文学,必能为今日中国的文学界,放一异彩"。⑤

小说《斯人独憔悴》开端即以"诗语"勾勒一种超然的生存状态:"一个黄昏,一片极目无际绒绒的青草,映着半天的晚霞,恰如一幅图画。忽然一缕黑烟,津浦路的晚车,从地平线边蜿蜒而来。"⑥ 此情此景容易勾连到王维《使至塞上》的诗句——"大漠孤烟直,长河落日圆"⑦。小说结尾穿插杜甫《梦李白》的诗句"出门搔白首,若负平生志,冠盖满京华,斯人独憔悴"⑧,以抒发青春生命之隐忧。小说《秋风秋雨愁煞人》以"悲秋"的生命感统摄全篇,标题源自清代诗人陶澹人《秋暮遣怀》中的诗句:"篱

① 冰心:《遗书》,载《冰心全集》第1卷,海峡文艺出版社1994年版,第463页。
② 赵景深:《冰心女士的〈南归〉》,载李希同《冰心论》,北新书局1932年版,第152页。
③ 直民:《读冰心底作品感感》,《小说月报》1922年8月10日第13卷8号。
④ 毅真:《闺秀派的作家——冰心女士》,《妇女杂志》1930年7月第16卷7号。
⑤ 冰心:《冰心小说》,浙江文艺出版社2001年版,第147—152页。
⑥ 冰心:《斯人独憔悴》,《晨报》1919年10月7日至12日。
⑦ (唐)王维:《使至塞上》,载《王维诗选》,人民文学出版社2002年版。
⑧ (唐)杜甫:《梦李白》(其二),载《杜甫诗选》,人民文学出版社2016年版。

前黄菊未开花，寂寞清樽冷怀抱。秋风秋雨愁煞人，寒宵独坐心如捣。"① 其意境十分契合小说中主人公"我"与英云等同学少年的彼时心境和生命感怀，如"故人知健否，又过了一番秋……更何处相逢，残更听雁，落日呼鸥"②。尤其开篇和结尾反复渲染"秋风不住的飒飒地吹着，秋雨不住滴沥滴沥地下着，窗外的梧桐和芭蕉叶子一声声地响着，做出十分的秋意"，③ "秋意"更"秋语"，与"秋又暮。更窗外萧萧，几阵芭蕉雨"④ 的无聊心绪相合，处处是秋，字字是愁。

小说《遗书》以黄仲则之词寓景："晚霞一抹影池塘，那有者般颜色作衣裳？"⑤ 以欧阳修、苏东坡诗文抒情："这是晚餐后，灯光如昼时，炉火很暖，窗户微敞，清风徐来。"⑥ 古之佳句"去年元夜时，花市灯如昼"（欧阳修《生查子》）、"清风徐来，水波不兴"（苏轼《前赤壁赋》）被化用其间，性灵情愫熠熠生辉。女主人公折花赠友的心境这般："窗内两盆淡黄的蔷薇，已开满了。在强烈的灯光下，临风微颤，竟是画中诗中的花朵！一支折得，想寄与你，奈无人可作使者。"⑦ 花语人情，诗画一体，诗心满怀空寂寞，文学史家杨义评说："'一枝折得'，是古诗词中常见的倒装句法，欲寄无人可使，便用一个'奈'字，衬出惆怅的情绪，珠联璧合，传达了一种类似婉约词人笔下的凄淑怨怼的韵味。再加深究，原来它是由李清照赋梅的《孤雁儿》中末尾一句点化而来的：'一支折得，人间天上，没个人堪寄。'"⑧ 可见冰心小说中的

---

① （清）陶澹人：《秋暮遣怀》，载《沧江红雨楼诗集》，清光绪十二年刻本（1886）。

② 冰心：《秋风秋雨愁煞人》，《晨报》1919 年 10 月 30 日至 11 月 3 日。

③ 冰心：《秋风秋雨愁煞人》，《晨报》1919 年 10 月 30 日至 11 月 3 日。

④ 孙云凤：《迈坡塘·灯花》，《湘筠馆诗》，清嘉庆十九年刻本（1814）。

⑤ （清）黄景仁：《虞美人·闺中初春》，载《两当轩集》，上海古籍出版社 1983 年版，第 394 页。

⑥ 冰心：《冰心小说》，浙江文艺出版社 2001 年版，第 151 页。

⑦ 冰心：《冰心小说》，浙江文艺出版社 2001 年版，第 147—152 页。

⑧ 杨义：《中国现代小说史》第 1 卷，人民文学出版社 1993 年版，第 252 页。

"插入体"叙事形式能从婉约词人李清照那儿觅得踪迹，如《六一姊》汲取《声声慢》之意境，"乍暖还寒时候常使幼稚无知的我，起无名的怅惘"，① 这是青春的纯情弹奏，没有生命的休止符。小说《超人》虽无直接穿插诗词佳句，但整体诗意盎然，成仿吾认为"比那些诗翁的大作，还要多有几分诗意"，② 王统照也颇为欣赏："轻灵的描写，与带有诗意的句子，艺术上的美丽，也是读之令人怡悦的。"③

郁达夫开创了现代小说的"主情"模式，诗意绵长。作家把语言定义为象征媒介，认为主体内心情感的唯一象征媒介就是"语言形式"，④ 即以古典诗词和现代抒情诗渗入小说的"随意化"语体方式来表征自由自适的生命体验。郁达夫说："写《沉沦》的时候，在感情上是一点儿也没有勉强的影子映着的；我只觉得不得不写，又觉得只能照那么地写，什么技巧不技巧，词句不词句，都一概不管，正如人感到了痛苦的时候，不得不叫一声一样……"⑤作家潜意识突破了文体藩篱，只尊崇情感的自由流泻，"插入体"叙事形式呼之即出，成为构建其小说文体的重要范型。李欧梵说："《沉沦》、《南迁》、《银灰色的死》包含大量的对德国和英国浪漫主义作家作品的引用。与一般五四作家引用西方文学不同，郁达夫不是仅仅停留在表面的引证上，或认同西方作家并以此为榜样，而是把他喜爱的西方文学作品注入自己作品的内容和形式之中。"⑥小说《沉沦》整体上植入了华兹华斯的《孤寂的高原刈稻者》诗

① 冰心：《冰心小说》，浙江文艺出版社 2001 年版，第 185 页。

② 成仿吾：《评冰心女士的〈超人〉》，《创造季刊》1923 年 2 月 1 日第 1 卷第 4 期。

③ 剑三：《论冰心的〈超人〉与〈疯人笔记〉》，《小说月报》1922 年 9 月第 13 卷 9 号。

④ 郁达夫：《文学概说》，载《郁达夫文集》第 5 卷，花城出版社 1983 年版，第 67—68 页。

⑤ 郁达夫：《忏余独白》，载《郁达夫文集》第 7 卷，花城出版社 1983 年版，第 249 页。

⑥ 李欧梵：《引来的浪漫主义：重读郁达夫〈沉沦〉中的三篇小说》，《江苏大学学报》（社会科学版）2006 年第 1 期。

句及海涅的诗歌，《银灰色的死》穿插了《坦好直》的诗句，《南迁》穿插了歌德的《迷娘的歌》，《采石矶》穿插了黄仲则的数首旧体诗，《茑萝行》穿插了霍斯曼（Housman）的诗歌《什罗浦部的浪荡鬃》（A Shropshire Lad），等等。郁达夫小说文本的穿插形式水到渠成，除了主体情感的自由呼应之外，还得益于作家自身的诗学素养，他的"中国文学的根底也很深，在预备班时代他就已经会做一首很好的旧诗"①。其实，小说中穿插诗词并非问题的关键，关键是穿插什么样的诗词。考量郁达夫小说的"插入体"叙事便会发现，其穿插的所有诗作皆来自个性率真、崇尚自然的浪漫主义诗人。

《银灰色的死》中穿插的现代诗篇《坦好直》，其汉译就十分绝妙，"坦"与"直"恰好表征诗人 Tannhaeuser 率直的个性，该译法暗合了创作主体自身的生命质素和情感期待。当主人公只剩五元钱的时候，得知自己喜欢的静儿即将嫁人，于是想做一些事情表达自己的爱意，此处则穿插德文《坦好直》的颂句："你且去她的裙边，去清算你们的相思旧债！""可怜我一生孤冷！你看那镜里的名花，成了泡影！"② 主人公将古人对情人的爱同自己对静儿的爱相比，欲表明现实虽然充满障碍，但并不能阻碍个体对生命自由的向往与追寻。学者李欧梵认为作家在穿插这段歌剧时进行了取舍，主要抛弃了歌剧情节与宗教的关联部分，只保留了与故事主人公相似的生命情节，③ 这正是"情"之所致。《南迁》讲述了这样一个故事：主人公因身体不适，朋友建议他去日本南部疗养时，认识了来此疗养的 O 小姐，两人在海边散步，O 小姐唱歌抒怀，此时插入德语诗《迷娘的歌》：

① 陈子善、王自立：《郁达夫研究资料》，花城出版社 1985 年版，第 92 页。
② 郁达夫：《郁达夫全集》第 1 卷，浙江大学出版社 2007 年版，第 31—32 页。
③ 李欧梵：《引来的浪漫主义：重读郁达夫〈沉沦〉中的三篇小说》，《江苏大学学报》2006 年第 1 期。

那柠檬正开的南乡，你可知道？

金黄的橙子，在绿叶的阴中光耀，

柔软的微风，吹落自苍穹昊昊，

长春松静，月桂枝高，

那多情的南国，你可知道？

我的亲爱的情人，你也去，我亦愿去南方，与你终老！①

《迷娘的歌》是歌德长篇散文体小说《威廉·麦斯特学习时代》第三卷的插曲。迷娘眼中的意大利是她的理想王国，那里没有欺凌、痛苦和贫穷，有的是自由、欢乐与幸福，寄寓了歌德对意大利的憧憬和理想，这些恰恰与《南迁》创作主体与生命个体彼时的人生情怀相一致，即对于诗性王国充满向往与眷恋。《采石矶》是郁达夫小说中穿插诗歌最多的一个文本，共穿插15首古典诗词，它们皆是内倾型生命个体——"自小就神经过敏的黄仲则"的感怀之作。从文章首句——"自小就神经过敏的黄仲则，到了二十三岁的现在，也改不过他的孤傲多疑的性质来"②，便能见出叙述者采用"讲述"的叙事方式，表征了创作主体强烈的参与性和体验性，正是主体的人生体验烛照了主人公黄仲则的生命形态："别后相思空一水，重来回首已三生。"③ 郁达夫小说文本中的诗词"插入体"叙事形式映现了个性觉醒时期的自由生命意志。

郭沫若、陈翔鹤、杨振声、王统照、许地山、冯沅君等现代作家的小说创作也互渗了不同类型的诗词歌赋，彰显出生命个体的至真性情和青春理想。郭沫若的《牧羊哀话》插入了隐忧的民歌：

太阳迎我上山来，

---

① 汉译诗句乃是作者于文末附译的。见郁达夫《郁达夫全集》第 1 卷，浙江大学出版社 2007 年版，第 137 页。

② 郁达夫：《采石矶》，《创造季刊》1923 年 2 月 1 日第 1 卷第 4 期。

③ 郁达夫：《采石矶》，《创造季刊》1923 年 2 月 1 日第 1 卷第 4 期。

太阳送我下山去；

太阳下山有上时，

牧羊郎去无时归。①

《未央》穿插了感伤的童谣：

鱼儿呀！鱼儿！你请跳出水面来，飞向空中游戏！

鱼儿听了便朝水外钻，但总钻不出来。

鱼儿便对鸽子说：“鸽子呀！鸽子！你请跳进水里来，浮在藻中游戏！”②

《残春》穿插了忧郁的现代诗歌：

谢了的蔷薇花儿，

一片两片三片，

我们别来才不过三两天，

你怎么便这般憔悴？

啊，我愿那如花的人儿，

不也要这般的憔悴！③

睹花思人，情何以堪。陈翔鹤的《断筝》穿插了两首现代诗歌以表达对父亲的命运追思和对自己的生存哀鸣：

游子何时归来，

可还有衣锦返乡时候？

父亲，鲁德罗高塔已毁，

---

① 郭沫若：《牧羊哀话》，《新中国》1919 年 11 月 15 日第 1 卷第 7 期。

② 郭沫若：《未央》，《创造季刊》1922 年 12 月上旬第 1 卷第 3 期。

③ 郭沫若：《残春》，《创造季刊》1922 年 8 月 25 日第 1 卷第 2 期。

　　这除非是在梦中，

　　我昨夜也曾魂绕你左右。①

　　杨振声的小说《玉君》因为浓郁的"诗意化"语体而备受关
注，如吴宓认为"《玉君》一书之词句文体，亦深得熟读石头记之
益，而有圆融流畅之致。《玉君》作者，又曾诵读中国诗词，故常
有修琢完整之句法，或单或偶，足增文字之美，而为表情之助"，②
可见小说的诗意化语体对古典诗词的继承性。《玉君》多处"穿
插"的诗词佳句包括屠格涅夫的《春流》和中国渔歌《打鱼
乐》③，它们不仅连缀了小说叙事的情感线索，而且暗合了主人公
"我"彼时充满活力和自由自在的生命情怀。沈从文对此也颇为赞
赏："作者在故事组织方面，梦境的反复，使作品的秩序稍感紊
乱，但描写乡村动静，声音与颜色，作者的文字，优美动人处，
实为当时长篇新作品所不及。……不作趋时的讽刺，不作悲苦的
自白。"④

　　许地山的《缀网劳蛛》《换巢鸾凤》等小说也有繁复的诗歌
"插入体"叙事形式。《换巢鸾凤》穿插的四首诗歌构成了有意味
的"诗境"，超越了现实生存而进入空灵之境，如茅盾说："落花
生的创作，同'人生'实境远离，却与艺术中的'诗'非常接
近。"⑤ 冯沅君也倾情抒写一篇篇充满"诗气息的文字"，⑥《隔绝》
穿插了一首篇幅较长的现代长诗，以"就在这样的夜里"为首的
四节诗歌烛照了"你我"诗意盎然的心灵世界。王统照的《春雨
之夜》《一栏之隔》穿插了现代诗，前者更像少年初恋的"自叙

---

　　① 陈翔鹤：《断筝》，《浅草》1923 年 12 月第 1 卷第 3 期。

　　② 吴宓：《评杨振声〈玉君〉》，《学衡》1925 年第 39 期。

　　③ 杨振声：《玉君》，北京大学第一院现代社 1925 年版。

　　④ 沈从文：《论中国现代创作小说》，《文艺月刊》1931 年 4 月 30 日至 6 月 30 日
第 2 卷 4 号至 5、6 号合刊。

　　⑤ 杨振声：《玉君》，北京大学第一院现代社 1925 年版。

　　⑥ 沈从文：《论中国现代创作小说》，《文艺月刊》1931 年 4 月 30 日至 6 月 30 日
第 2 卷 4 号至 5、6 号合刊。

诗"，其意深婉，其境空灵，其情如水，展现了一幕"美丽"的悲剧。此外，未名社作家李霁野的《露珠》、韦丛芜的《校长》，浅草·沉钟社作家林如稷的《狂奔》、冯至的《蝉与晚祷》等小说也穿插了较多的现代诗篇，皆营造了一个个美丽无瑕的诗意生存空间。

现代作家的小说创作整体穿插传统诗词或浪漫主义诗歌，由此构建的诗意化文体形式不仅昭示了生命个体的精神维度，而且也标志了现代作家在文体革新方面的某种努力，他们试图将异质的文学样式于同一文本中交汇融合，实现诗词抒情向小说叙事的现代性文体转型，这在一定程度上"促进了中国小说从古典形态向现代形态的过渡"。① 而无论是古典诗词的引用，还是欧西诗歌的化用，皆昭示了现代生命个体对于诗性文化的记忆和守望，即"互文的诗意体语言同时也体现了文化的记忆"②。

（三）至情回旋：诗意体小说的格调

诗歌文体不仅仅从语体层面为五四小说穿上了一件"诗意的外衣"，而且也从格调方面对五四小说进行了渗透融合。创作者至真性情的倾泻使小说文本回荡着"至情"的节奏韵律，虽然其"解脱着旧诗词的窠臼"，但也"不曾把那抒情的成分完全抛弃"。③

"情"包括情绪和情感，情感是在多次情绪体验基础上形成的稳定的态度体验，是为艺术的本质，"情绪本来是一切艺术的基本性质之一"④。艺术的诞生源于生命的情绪，同时又映现着生命的情绪，"文学的原始细胞所包含的是纯粹的情绪的世界，而它的特征是在一定的节奏、感情加了时序的延长便成为情绪，情绪的世界是一

---

① 陈平原、夏晓红：《二十世纪中国小说理论资料》第 1 卷，人民文学出版社1997 年版，第 5 页。

② 俞超：《以诗为文：郁达夫小说语言的文体实验》，《社会科学论坛》2009 年第7 期。

③ 萧乾：《小说》，《大公报·文艺》1934 年 7 月 25 日。

④ 钟敬文：《诗底逻辑》，《岭南学报》1947 年 1 月第 7 卷第 1 期。

个波动的世界，节奏的世界"①。冰心直言"真正的文学作品，是充满了情绪的"，② 郁达夫坚信"艺术的第二要素，就是情感"③。

18世纪，欧洲甚至出现了一股"情感文学"的潮流，文学作品中常常以"悲伤的欢快""怡人的哀愁""悲哀欢喜的泪水"等逆喻来表达对自然界或艺术美的一种强烈的情感反应。④ 五四新文学中的"情感"格调受惠于欧西文学，以诗歌为圆点构建了一个个"情感"链。田汉认为"诗人把他心中歌天地泣鬼神的情感，创造为歌天地泣鬼神的诗歌"，⑤ 郭沫若坦言"命泉中流出来的Strain，心琴上弹出来的Melody，生底颤动，灵底喊叫；那便是真诗，好诗，便是我们人类底欢乐底源泉，陶醉底美酿，慰安底天国"，⑥ 郑振铎认为诗是"包含情绪更为丰富而感人"⑦ 的，叶圣陶认为"好诗"的必需条件为"情感是深浓热烈的"，⑧ 成仿吾追求"诗的全体要以它所传达的情绪之深浅决定它的优势，而且一句一字亦必以情感的贫富为选择的标准"⑨。茅盾之语不无总结意味："出于真情的文学才是有生气的文学，中国文人一向就缺少真挚的情感；所以此时应该提倡那以情绪为主的浪漫主义。"⑩ 郁达夫在《小说的目的》一文中介绍了欧西小说的发生、发展史，认为小说的创作"重在情感""最忌作抽象的空论"，⑪ 郑伯奇宣称

---

① 郭沫若：《文学的本质》，《学艺》1925年8月15日第7卷1号。

② 冰心：《论"文学批评"》，载范伯群编《冰心研究资料》，知识产权出版社2009年版，第159页。

③ 郁达夫：《艺术与国家》，《创造周报》1923年6月23日第7号。

④ ［美］M. H. 艾布拉姆斯：《文学术语词典》，吴松江译，北京大学出版社2009年版，第565页。

⑤ 田汉：《诗人与劳动问题》，《少年中国》1919年2—3月第1卷第8—9期。

⑥ 郭沫若：《论诗》，《时事新报·学灯》1920年2月1日。

⑦ 郑振铎：《论散文诗》，《文学旬刊》1921年6月30日第6期。

⑧ 叶圣陶：《诗的源泉》，《诗》1922年4月15日第1卷4号。

⑨ 成仿吾：《诗之防御战》，《创造周报》1923年5月第1号。

⑩ 沈雁冰：《自然主义与中国现代小说》，《小说月报》1922年7月10日第13卷第7期。

⑪ 郁达夫：《小说的目的》，载《小说论》，光华书局1931年版，第40页。

"身边小说"的吸引力就在于作者是在"强烈的冲动之下"的写作，"这种情感的作用和抒情诗是同性质的"①。

总之，"抒情诗"中的情绪或情感要素为现代小说带来了全新的格调形式——节奏和律动。该韵律感并非如诗歌般的押韵要求所致，而是文本回荡的至真性情构成的律动，即"不是以言语文字上之外的韵律为表现，而是以内在的意义，即文学内容的律动（Melody）为表现"，②郭沫若、庐隐、陈翔鹤、郁达夫、王以仁等创作的诗意体小说是其代表。

郭沫若十分认同浪漫主义诗学观："诗 =（直觉 + 情调 + 想象）+（适当的文字）。诗人是感情底宠儿。诗当以'自然流露'的为上乘。"③该至真诗情不仅体现于诗集《女神》中，而且彰显于《残春》《叶罗提之墓》《Lobenicht 的塔》《喀尔美萝姑娘》等诗意体小说中。郭氏小说与诗歌具有"互文性"，小说是别一种意义上的"抒情诗"，如《喀尔美萝姑娘》语体的"诗意"：

　　　　——"唉，唉，是的，是的。我对不起你。"
　　　　——"倒是我对不起你呢。但是……只要……"
　　　　——"只要甚么呢？只要我爱你么？"
　　　　——"唉，那样时，我便死也心甘情愿。"
　　　　——"啊，姑娘！啊，姑娘，姑娘！"④

若去掉破折号和引号，该段落就是五四抒情诗，情绪律动感鲜明，回旋上升的状态昭示"情"的激荡，如诗人自述："抒情诗是情绪的直写。情绪的进行自有它的一种波状的形式，或者先抑而扬，或者先扬而后抑，或者抑扬相间，这发现出来便成了诗的节

① 郑伯奇：《小说的将来》，《新小说》1935 年 7 月 15 日第 2 卷第 1 期。
② 张资平：《小说研究法》，《国民文学》1934 年 11 月 15 日第 1 卷 2 号。
③ 郭沫若：《论诗》，《时事新报·学灯》1920 年 2 月 24 日。
④ 郭沫若：《喀尔美萝姑娘》，《东方杂志》1925 年 2 月第 22 卷 4 号。

奏。节奏之于诗是她的外形，也是她的生命。宇宙间的事物没有一样是没有节奏的。宇宙内的东西没有一样是死的，就因为都有一种节奏（可以说就是生命）在里面流贯着的。"[1] 节奏是生命的律动，是个体至真情感的回旋，率性自然满溢于小说文本，"情绪性"词语符号是其语体标志，如"啊、嗳、唉、哦、哟"等语气词及感叹号（!）、问号（?）的叠加运用。《残春》中主人公"我"的梦境独白："啊啊! 啊啊! 我纵使有罪，你杀我就是了! 为甚么要杀我这两个无辜的儿子? 啊啊! 啊啊! 这种惨剧是人所能经受的吗? 我为甚么不疯了去! 死了去哟!"[2] 小说《Lobenicht的塔》的第八节重复了四次"啊，Lobenicht的塔"，[3] 以此标志康德教授冲出了内外藩篱、超越现实而步入了空灵之境，抵近了生命的诗性空间。以上这些小说片断与《立在地球边上放号》等抒情诗具有互文性，如：

> 啊啊! 我眼前来了滚滚的洪涛哟!
> 啊啊! 不断的毁坏，不断的创造，不断的努力哟!
> 啊啊! 力哟! 力哟![4]

"啊啊!"等语气词的反复运用与节奏回旋，昭示了激越的情绪性和情感力，使小说浸润了诗歌般的诗性质素。

庐隐著作《创作的我见》认为："足称创作的作品，唯一不可缺的就是个性，——艺术的结晶，便是主观——个性的情感。创作者当时的情感的冲动，异常神秘，此时即就其本色描写出来。"[5] "本色"即是以"庐隐式"的泪水作为至情标志的小说形式格调。泪水不仅是生理的情绪反映，而且是心理的情感表现，其呈现于

---

① 郭沫若：《论节奏》，《创造月刊》1926年3月16日第1卷第1期。
② 郭沫若：《残春》，《创造季刊》1922年9月第1卷第2期。
③ 郭沫若：《Lobenicht的塔》，《学艺》1924年11月第6卷5号。
④ 郭沫若：《立在地球边上放号》，《时事新报·学灯》1920年1月5日。
⑤ 庐隐：《创作的我见》，《小说月报》1921年7月第12卷7号。

庐隐多篇诗意体小说中。《或人的悲哀》中的"泪语"："假若智慧之神不光顾我，苦闷的眼泪，永远不会从我心里流出来呵！"诗语之泪与小说标题"悲哀"二字及结尾"我禁不住坐在她往日常坐的那张椅子上，痛哭了！"① 共同汇聚成哀情的汪洋。《海滨故人》中的主人公宗莹吟唱"赋体"诗："叩海神久不应兮//唯漫歌以代哭！"② 吟至伤心处，泪珠儿如垂露。总之，玲玉"扑朔朔滚了下来"的泪水、露沙"痛痛快快流了半天眼泪"、莲裳"哀哀地哭"、云青"眼泪便不禁夺眶而出"等贯穿全篇，折射出生命个体强烈的现实感怀与理想憧憬的复杂情怀。此外，《一个著作家》《一封信》《灵魂可以卖吗？》《丽石的日记》《前尘》《父亲》等篇皆以"泪水"连缀全篇，凸显至真性情，皆是"庐隐式"泪水的代表作。

浅草·沉钟社作家陈翔鹤的《不安定的灵魂》《幸运》《断筝》《see！……》《悼》和《西风吹到了枕边》等篇，也是"至情"回旋之文。小说普遍穿插现代小诗抒怀寄情，结尾有着共同点——辞格的意象性、语调的律动感和情绪的倾泻化。《不安定的灵魂》结尾写道："所以我此时在幻想着我回来同你们把握时我是何等的快乐。是的，我来同你们把握时是何等的快乐呀！"③ 《茫然》结尾写道："……哦！哦！幸运！幸运！无穷而可以赞美的长久——十年——幸运，今日已实现吗？……"④ 《断筝》结尾写道："唉，父亲，可怜年老的父亲，你将来的报酬呢？明朝又是礼拜六了！外面的风在怒吼，狗在狂吠呵！……"⑤ 《悼》结尾写道："妻啊，你知道吗？我是要将它们通都卖去，为你复仇，更为你赎罪。妻啊，你知道吗，我是在这里这样的深刻的追悼你了！"⑥ 等

① 庐隐：《或人的悲哀》，《小说月报》1922 年 12 月第 13 卷 12 号。
② 庐隐：《海滨故人》，《小说月报》1923 年 10 月第 14 卷 10—12 号。
③ 陈翔鹤：《不安定的灵魂》，北新书局 1927 年版，第 236 页。
④ 陈翔鹤：《茫然》，《浅草》1923 年 7 月 5 号第 1 卷第 2 期。
⑤ 陈翔鹤：《断筝》，《浅草》1923 年 12 月第 1 卷第 3 期。
⑥ 陈翔鹤：《悼》，载《不安定的灵魂》，北新书局 1927 年版，第 36 页。

等。上述小说结尾同一句式的反复运用，强化了诗一般的节奏感，语气的紧迫性碰触了读者的心灵，意象的繁复性激发了读者的想象，凸显了生命个体的至真性情。鲁迅认为浅草·沉钟社作家"向外，在摄取异域营养；向内，挖掘自己的灵魂，将真和美唱给寂寞的人们"，[①]"真和美"即情感心灵的至真至美。如浅草·沉钟社成员陈炜谟所谓"要捉住的是一种情调"，[②] 其超越了现实的不幸与悲苦，把"寂寞的人们"带进了诗意的世界。

创作社作家可谓"情种"或"情圣"。该社成员白采既是诗人又是小说家，其小说充满了抒情的浪漫主义色彩，以"精于心理描写"[③] 而著称。如《被摈弃者》中主人公的独白："唉，有谁看得出放荡的处女的悲哀，她们失望的凄楚，是要比孤霜还难受呢？但是我又何曾放荡过，礼教两字在我也还有势力支配我的行为，我现在还能守一，我的志趣还能比什么人都高尚些，为什么我便不能享受人生有的正当的娱乐呢？"[④] 赤诚的内心独白容易感动阅读者或倾听者，并与主人公发生强烈的情感共鸣。在周全平的小说创作中，"主观的情绪常常妨害他的客观的写实"，[⑤] 如《林中》《爱与血的交流》等篇。王以仁虽然不是创造社同人，但其书信体小说《流浪》《落魄》《还乡》《沉缅》《殂落》的主人公"我"直抒胸臆，直率表达自己最隐秘的心理，全篇回旋着"凄苦之情"[⑥] 的哀美音符。郑伯奇认为其格调"颇和创造社同人相近"，[⑦]"情"比郁达夫有过之而无不及。

---

① 鲁迅：《中国新文学大系小说二集·导言》，良友图书印刷公司1935年版，第5页。

② 陈炜谟：《论坡（Edgar Allan Poe）的小说》，《沉钟》1927年7月。

③ 郑伯奇：《中国新文学大系小说三集·导言》，良友图书印刷公司1935年版，第21页。

④ 白采：《被摈弃者》，《创造周刊》1923年8月14日。

⑤ 郑伯奇：《中国新文学大系小说三集·导言》，良友图书印刷公司1935年版，第20页。

⑥ 李葆炎：《文学研究会小说选·前言》，人民文学出版社2011年版，第26页。

⑦ 郑伯奇：《中国新文学大系小说三集·导言》，良友图书印刷公司1935年版，第21页。

　　王以仁回应："你说我的小说很受达夫的影响；这不但是你这般说，我的一切朋友都这般说，就是我自己也觉得带有达夫的色彩的。"① 郁达夫是创造社的标杆，其早期小说几乎每一篇都是"至情"为上，望木感怀，观花流泪，激越真情回荡于字里行间。郑伯奇说："凡一翻读《寒灰集》的人，总会觉到有一种清新的诗趣，从纸面扑出来，这是当然的。作者的主观的抒情的态度，当然使他的作品，带有多量的诗的情调来。……作者的文章，句法都非常适宜于抒情的；他用流丽而纡徐的文字，追怀过去的青春，发抒现在的悲苦，怎样能不唤起读者的诗情来呢?"② "唤起读者"源于真情实感，郑伯奇准确揭示了郁达夫早期小说的至真性情与诗化文体的关联。此外，未名社作家韦丛芜的《在伊尔蒂希河岸上》、台静农的《负伤的鸟》皆"带有较强的浪漫抒情色彩"③。

　　一言之，20 世纪 20 年代的中短篇小说"是最美的情感之最经济的记录"，④ "常有抒情诗的元素在内"，⑤ 中短篇小说与五四抒情诗的互文意义显而易见，诗词的植入和至情的回旋指涉了主体对于诗意生命的眷顾与守望，超越了现实的寂寞悲苦而抵向真善美之境，诉求于自由自适的诗性王国对于青春心灵的慰藉和庇护。

二　书信与五四小说文体互渗现象

　　书信在中西方都有着悠久的历史。我国书信"尺牍"的源头可上溯至战国时期，经汉魏唐宋元明清的发展直至五四时期。欧洲文学史上，最早被记录的书信来自古罗马杰出的散文家西塞罗，最早的书信体小说出自 15 世纪西班牙人之手。⑥ 18 世纪初，欧洲

---

① 王以仁：《我的供状——致不识面的友人的一封信》，《文学周报》1926 年 2 月 10 日第 212 期。

② 郑伯奇：《〈寒灰集〉批评》，《洪水》1927 年 5 月 16 日第 3 卷第 33 期。

③ 黄开发：《未名社作品选·前言》，人民文学出版社 2011 年版，第 8 页。

④ 清华小说研究社：《短篇小说作法》，载严家炎编《二十世纪中国小说理论资料》第 2 卷，北京大学出版社 1997 年版，第 150 页。

⑤ 瞿世英：《小说的研究》，《小说月报》1922 年 7 月第 13 卷 7 号。

⑥ 刘琼：《十八世纪英国书信体小说的叙事模式及其兴衰》，硕士学位论文，中山大学，2010 年。

的书信体小说兴起，如孟德斯鸠的《波斯人信札》（1721）叙述了一些人物和零星故事，以阐发政治、宗教等方面的见解。萌芽期的书信体小说主要以交流为目的，以达意为旨归。直到1740年，英国小说家撒缪尔·理查逊发表的书信体小说《帕美拉》开辟了揭示人物内心活动的尝试，其文体形式被称为"喜剧散文史诗"，[①]在一定程度上促成了《新爱洛依丝》和《少年维特之烦恼》两部"抒情式"书信体小说的诞生，并产生了国际影响。

（一）书信与现代小说互渗溯源

《少年维特之烦恼》的"最大的特点在于盎然的诗意和感人的抒情"，[②]是谓书信体小说发展史上的一个转折，推动了以倾诉式传情为主要特征的书信体小说的兴盛。郭沫若认为《少年维特之烦恼》"几乎全是一些抒情的书简所收集成，叙事的分子极少，所以与其说是小说，宁说是诗，宁说是一部散文诗集"，[③]并受其影响创作了书信体小说《落叶》和《喀尔美萝姑娘》等。郁达夫也创作了《空虚》《茑萝行》等书信体小说，《空虚》中借主人公之口称赞起少年维特："啊啊，年轻的维特呀，我佩服你的勇敢，我佩服你的有果断的柔心！"[④]郁达夫、郭沫若等作家的创作明显受到西方现代书信体小说的影响。当然，这同时也得益于我国传统文人书信尤其是晚明尺牍文体的浸润。宋明以来，文人尺牍寄情山水田园，开辟了"传情"的新路向，如苏轼寄情山水、黄庭坚浅吟低唱之作。晚明时期，一批文人叩求自由自在、闲适淡雅的生命情调，比如李贽的"童心者，绝假纯真，最初一念之本心也"[⑤]、袁宏道的"独抒性灵，不拘格套"[⑥]等，这些以情为重的

---

① 萧乾：《一部散文的喜剧史诗：读〈弃儿汤姆·琼斯的历史〉》，《外国文学研究》1982年第4期。

② 王捷：《〈少年维特之烦恼〉与书信体小说》，《中文自修》1995年第2期。

③ 郭沫若：《少年维特之烦恼·序引》，《创造季刊》1922年3月15日第1卷第1期。

④ 郁达夫：《空虚》，《创造季刊》1922年8月25日第1卷第2期。

⑤ （明）李贽：《童心说》，载《焚书·续焚书》，岳麓书社1990年版，第97页。

⑥ （明）袁宏道：《叙小修诗》，载《袁宏道集笺校》，上海古籍出版社2007年版，第187页。

观念同样体现于书信创作。明代文学家王思任说："有期期乞乞，舌短心长，不能言而言之以尺牍者；有忐忐昧昧，睽违匆遽，不得言而言之以尺牍者；有几几格格，意锐面难，不可言而言之以尺牍者。"① 即指此一时期的文人尺牍不仅达意，而且也是心灵的"桥"，成为传情载体而通向生命的彼岸，尺牍也因此被赋予各种诗意唯美之名称，如鱼雁、青鸟、锦书等。东方渔歌晚唱式的尺牍小品和西方传情式的书信体小说共同化育了五四时期倾诉式书信体小说的诞生。

1913 年，孙毓修撰写的《英国十七世纪间之小说家》一文重点介绍了书信体小说《鲁宾孙漂流记》，认为其能"激人独立自治之心"，所谓以"情"动人。② 1922 年，郭沫若翻译书信体小说《少年维特之烦恼》并作序宣称此书与其说是小说，不如说是一部散文诗集。③ 20 年代末期，郁达夫回顾了近十年来的小说"变体"，极力提倡用第一人称创作书信体小说和日记体小说，不主张采用第三人称，否则就很容易使读者感到幻灭，唯有第一人称才能使文学的真实性存在。④ 郁达夫之所以强调"第一人称"之于书信体和日记体的重要性，因其关键之处即在于情感能得到自然真切的抒发，而这种表达方式恰恰暗合着五四时期个体自由心性的勃发状态，也完全合乎现代文学的生成逻辑，所谓"由个性解放的思想进入到心理结构的大调整，又由新的心理结构而带来'人'的话语方式、话语结构，这正是文体自觉意识得以产生的内在逻辑"⑤。现代抒情式书信体小说便是这种内在逻辑的产物，一时之间蔚为大观，如郭沫若的《喀尔美萝姑娘》、郁达夫的《茑萝行》、

①（明）王思任：《陈学士尺牍引》，载《王季重小品》，文化艺术出版社 1996 年版，第 143 页。

② 孙毓修：《英国十七世纪间之小说家》，载陈平原、夏晓虹编《二十世纪中国小说理论资料》第 1 卷，北京大学出版社 1997 年版，第 423 页。

③ 郭沫若：《少年维特之烦恼·序引》，《创造季刊》1922 年 3 月 15 日第 1 卷第 1 期。

④ 郁达夫：《日记文学》，《洪水》1927 年 5 月 1 日第 32 期。

⑤ 朱德发、张光芒：《五四文学文体新论》，《中国社会科学》1999 年第 5 期。

徐雉的《嫌疑》、庐隐的《或人的悲哀》、陶晶孙的《木犀》、王以仁的《孤雁》、倪贻德的《花影》、台静农的《遗简》、冯沅君的《隔绝》、敬隐渔的《玛丽》、孙俍工的《家风》、王思玷的《几封用 S 署名的信》等。

（二）信笺嵌入：书信体小说的语体

书信与小说的互渗首先表现为书信对于小说文本的嵌入，即书信"格式"对于小说文本的渗透融合。书信"格式"一般有称呼、正文、结语、署名、日期，它们完全融入现代小说，以小说为"体"，以书信为"形"。

庐隐的《或人的悲哀》是典型的书信体小说，由九封信组成，每篇有同一称呼"KY"，然后依次是正文、结尾，署名也是同一人"亚侠"，最后是不同的时间日期。它是一部标准"格式"的书信体小说，即"完全信札，这普通叫做第二人称"[1]。但五四时期，"完全信札"的现代书信体小说并不多见，大多数只是以第一人称进行叙事，而当"外的叙法不成功了的时候，于是结构里的一个人物寄给别个人物的信札，通过这个难关"，[2] 于是就表现为文本中频繁"嵌入"信笺或留言条，"嵌入"的部分篇幅较短，不一定有称呼、署名等"格式"。这种"嵌入体"在整体上影响小说并产生了新的文本结构：一是嵌入的信笺书条具有互文意义，即不同人物之间的信笺及同一封信笺与小说叙述文本具有文本间性；二是嵌入的信笺书条具有语体的直率性，即措辞的随意性和语调的丰富性。庐隐的小说《曼丽》融合了书信和日记两种文体元素，是由曼丽写给沙姊（既是叙述人也是主人公"我"）的一封书信和十一篇日记构成。该小说的叙述结构是：主人公"我"和朋友彤芬回忆起旧相识曼丽，然后阅读曼丽的书信，再细读曼丽的日记，

---

① 高明：《小说作法·视点及形式》，载光华书局编辑部编《文艺创作讲座》第 2 卷，光华书局 1931 年版，第 333 页。

② 高明：《小说作法·视点及形式》，载光华书局编辑部编《文艺创作讲座》第 2 卷，光华书局 1931 年版，第 333 页。

最后又回到"我"和朋友彤芬的现实中——"彤芬也很觉得疲倦，我们暂且无言的各自睡了"①。这是个"圆型"叙述结构，由这封书信统一了"我"和彤芬、曼丽的相似心境，并共同参与了"哀婉之情"的叙述和体验。其媒介就是这封呈现给沙姊的"书信"，它既可视作是曼丽写的信，也可说是彤芬写的信，甚至还可以说曼丽就是沙姊的化身。于是，"我"、彤芬与曼丽具有了同一性意义，引发了人物与读者的共鸣，这正是庐隐小说书信"嵌入体"的价值所在。

　　郁达夫的书信体小说《空虚》颇有意味，以第三人称叙述，开端展示的是一篇约 440 字的书信，收信人不详，年轻的主人公质夫认为它是"一张小说不像小说，信不像信的东西"，②点出了其内容的纪实性和虚构性。然而，无论其真假皆关涉主体的生活遭际和生命情怀，如信笺内容开端即写道："啊啊，年轻的维特呀，我佩服你的勇敢，我佩服你的有果断的柔心！"③主人公质夫的情感经历与维特十分相似，唯有以信笺形式展示出来才更加真实感人，如若让主人公直接叙述则失去了情感性和感染力。郁达夫的另一部小说《茑萝行》实际上是一封夫妻间的情书，充满着温情脉脉的忏悔。它采用信笺"嵌入体"形式便容易指涉叙述人与现实生活中夫妻命运间的互文意义，这能从信笺的展示内容与小说的语言修辞中见出。"茑萝"本乃植物名称，《诗经》曰："茑为女萝，施于松柏"，④茑乃桑寄生，女萝是菟丝子，二者皆寄生于松柏，以喻亲人相互依存，"茑萝行"亦有"夫妻行"之意。1936年，美国作家埃德加·斯诺编撰短篇小说选《活的中国》时收录了《茑萝行》，标题是《紫藤与茑萝》，文首有"茑为女萝，施于松柏"，开篇即有"不幸的妇人"之书信体格式的称呼，这便为

① 庐隐：《曼丽》，古城书社 1928 年版。
② 郁达夫：《空虚》（原题《风铃》），《创造季刊》1922 年 8 月 25 日第 1 卷第 2 期。
③ 郁达夫：《空虚》（原题《风铃》），《创造季刊》1922 年 8 月 25 日第 1 卷第 2 期。
④ （宋）李立成校注：《诗经》，浙江教育出版社 2011 年版，第 203 页。

"夫妻行"作了一个注脚。可见，《茑萝行》是夫妻间互相劝勉和表达爱意的生命之书，它比以第一人称直接叙述夫妻关系的小说更为真挚感人，这正是书信体小说的文体价值所在。

冯沅君的《隔绝》《慈母》《误点》《林先生的信》《我已在爱神前犯罪了》《EPOCH MAKING》等皆为信笺"嵌入体"小说。她与前面几位作家的叙事形式有所差异，主要以第二人称倾诉式的叙述方式来表现情感的含蓄性和内敛性。《隔绝》是主人公在现实"隔绝"困境下写给情人"士轸"的一封情书，但在情感的表现方式上是汩汩细流，毫无澎湃汹涌之势，更无"啊啊""唉唉"的凄凄切切之感，如结尾写道："我的表妹来了，她愿将此信送给你，并告诉我这间房的窗子只隔道墙就是一条僻巷，很可以逾越。今晚十二时你可在墙外候我。"[1] 对于穷尽机会好不容易能见上情人一面的主人公来说，这等冷静言语似乎不是来自主人公，但也正是这种措辞内敛的"嵌入体"信笺恰恰标志了主人公爱的清醒和坚定，所谓"隔"而不"绝"。《误点》也是一篇以第二人称叙述的书信体小说，展示一对恋人通过信笺告别的场面，男主人公渔湘态度极其坦然，从衣袋里取张"信纸"交给女主人公，女主看完信先是质问、然后劝告、最后哭泣，渔湘便叹了口气，推开她扬长而去。"信纸"在这里扮演着重要角色，它制衡着主人公的情感走向和表现方式，由外到内层层展开，呈现了一种极其内敛而逼真的情感状态。《EPOCH MAKING》可谓一封热辣的"情书"，但"我"抑制住情绪的激动，发出"奈何！奈何！"的感叹，结尾时给恋人小梅提出了此信不可示人的"严格"要求："小梅真爱我，便还我此信。"[2] 这份极度的冷静与内敛的情感在现代书信体小说中比较罕见，冯沅君的信笺"嵌入体"小说以独特的形式表达出了创作主体的生命情怀。

措辞的随意性和语调的丰富性是五四书信体小说的普遍特征。

---

① 冯沅君：《隔绝》，《创造季刊》1924 年 2 月 28 日第 2 卷第 2 期。
② 冯沅君：《冯沅君创作译文集》，山东人民出版社 1983 年版，第 113 页。

《海滨故人》中露沙写给梓青的第四封、第八封书信中，露沙结合使用白话文和欧化句式，如"你的信来"和"还有什么话可说"等；第九封、十二封、十三封信中，露沙又使用文言句法，如"冥冥天道，安可论哉？""临书凄楚，不知所云诸维珍重不宣！"①露沙因其性格爽快而措辞随意，收信者也理解和懂得写信者的随意性。措辞的随意促成语调的丰富性，即对于收信人的情绪或情感暗示，往往借助于由句型、句式及标点符号等形成的独特语气链来进行表达。《海滨故人》中第七封信是梓青写给露沙的，该信一共十一句话，有十个感叹号和一个省略号，饱含着炽热丰富的情感，以至于露沙"看完这封信，心里就象万弩齐发，痛不可忍，伏在枕上呜咽悲苦"②。庐隐另一篇书信体小说《风欺雪虐》中的语调十分丰富。主人公梅痕写给晓中的一封短信就有十一处使用了省略号，尤其是信末的一句："唉！晓中！……悚栗战兢……可怜我愁煎的心怀，竟没有地方安排了！"③ 可见梅痕情绪的焦躁性和倾诉的迫切性，主人公"我"读完梅痕的信，便看到魔鬼"在暗中狞笑"了，语调的复杂丰富性完全与主人公彼时的生命感受相一致。

郁达夫的《茑萝行》在表达形式上的最大特点是语气渐弱性，如其中一段："啊啊！同是血肉造成的我，我原是有虚荣心，有自尊心的呀！请你不要骂我作播间乞食的齐人吧！唉，时运不济，你就是骂我，我也甘心受骂的。"④ 主人公"我"向妻子先示威，然后让步，最后投降，从标点符号上即能见出这一情绪变化。再如，"我"谩骂妻子"你去死！"之后，又上前来爱抚一番，"到后来，终究到了两人相持对泣而后已"⑤，"我"由怒（骂妻子）

---

① 庐隐：《海滨故人》，《小说月报》1923 年 10 月第 14 卷 10—12 号。
② 庐隐：《海滨故人》，《小说月报》1923 年 10 月第 14 卷 10—12 号。
③ 庐隐：《风欺雪虐》，载《庐隐文集》第 2 卷，时代文艺出版社 2000 年版，第 679 页。
④ 郁达夫：《茑萝行》，《创造季刊》1928 年 3 月 25 日第 2 卷 1 号。
⑤ 郁达夫：《茑萝行》，《创造季刊》1928 年 3 月 25 日第 2 卷 1 号。

到悔（爱抚妻子）再到痛（夫妻对泣）的情感渐变过程，语调呈弱化趋势，昭示了主人公的男权话语权力与个性解放时期的自省意识相互纠缠的生命精神状态。郭沫若的《漂流三部曲》嵌入了两封信笺，一封是妻子晓芙的来信，一封是爱牟的回信。语言上的随意性和丰富性主要缘于信笺内容的表达吻合人物的个性气质。晓芙是位日本牧师的女儿，气质上属于抑郁质类型，抑郁质者行为缓慢且柔弱孤僻，多愁善感且耽于想象，富有"内倾性"特征，这能从晓芙写给爱牟信笺的"语势"中见出。晓芙悉数柴米油盐酱醋茶之后，以"今天风很大，简直不能外出"[①] 作结语，暗示了环境的险恶和生活的压力，情绪含而不露。爱牟易于冲动，"每到激发起来的时候，答复他女人的便是这些话头"，[②] 完全是"狠话"和激动的言辞，事后又悔恨："这种自怨自艾的心情本来是他几年来的深刻的经验。"[③] 又是自省："我对于文学是毫无些儿天才，我现在也全无一点留恋。……我到日本去后，在生理学教室当个助手总可以吧，再不然我便送新闻也可以，送牛奶也可以，再不然，我便采取我最后的手段了。到日本后再说。"[④] 爱牟的个性气质在信笺"语势"中一览无余，即典型的胆汁质类型，情感反应激越。

总之，信笺"嵌入体"小说措辞的随意性和语调的丰富性烛照了主体的真性情和真生命，是个体"表达自己"的真文学和美文学。如冰心言：""'能表现自己'的文学，是创造的，个性的，自然的，是未经人道的，是充满了特别的感情和趣味的，是心灵里的笑语和泪珠。这其中有作者自己的遗传和环境，自己的地位和经验，自己对于事物的感情和态度，<u>丝毫不可挪移，不容假借</u>的，总而言之，这其中只有一个字'真'。所以能表现自己的文学，就是'真'的文学。"[⑤]

---

① 郭沫若：《漂流三部曲》，新兴书店 1929 年版，第 46 页。
② 郭沫若：《漂流三部曲》，新兴书店 1929 年版，第 6 页。
③ 郭沫若：《漂流三部曲》，新兴书店 1929 年版，第 13 页。
④ 郭沫若：《漂流三部曲》，新兴书店 1929 年版，第 14 页。
⑤ 冰心：《文艺丛谈》，《小说月报》1921 年 4 月 10 日第 12 卷 4 号。

（三）倾诉与倾听：书信体小说的结构

五四时期抒情小说的登场极大地丰富了中国小说的叙事模式和文体类型。周作人说："内容上必要有悲欢离合，结构上必要有葛藤、极点与收场，才得谓之小说，这种意见，正如 19 世纪的戏曲的三一律，已经是过去的东西了。"① 这是现代抒情小说的理论先导，书信体小说恰逢其时，以独具个性的话语体式成为五四抒情小说的主要样式。

五四书信体小说的抒情方式和结构是双向度的——倾诉与倾听。所谓倾诉，即写信人期待回应，其内心始终有一个明确的倾听者或对话者，从而表现为情感的互动交流而非局限于你来我往的表面形式。也就是，人物形象/叙述人的情愫有了或显或隐的互动期待，同时对于读者身份加以想象，在文本和读者之间形成一种情绪链，以此增强文本的情感辐射力，引发读者的强烈共鸣。五四时期的批评家认为信札视点有此功能："可以让作品中人物毫无顾忌地'偕所欲言'。因为有人倘若责难我们，说'你的作品里的这些人事实上会这样大胆吗'的时候，我们便可以有理由地回答他们：'这些信札本来就是不预备公开的。原来是我们拾来偷偷发表的呢！'"② 于是乎，"倾诉和倾听"便替代了传统小说常有的情节结构模式，而成为五四书信体小说的主要文体特征。这类小说创作主要以营造诗意的"场"为能事，"场"不但使"倾听者"真切感受到"倾诉者"的直率，而且还能体会到"倾诉者"对于美的暗示与向往。庐隐的书信体小说以"情以物兴"和"托物言志"为诗意目标。

《曼丽》的主人公曼丽向沙姊写信倾诉："江上的烟波最易使人起幻想的，我凭着船栏，看碧绿的江水奔驰，我心里充满了希望。姊姊！这时我十分的兴奋，同时十分的骄傲，我想在这沉寂

---

① 周作人：《晚间的来客》，《新青年》1920 年第 7 卷 5 号。
② 高明：《小说作法·视点及形式》，载光华书局编辑部编《文艺创作讲座》第 1 卷，光华书局 1931 年版。

荒凉的沙漠似的中国里，到底叫我找到了肥美的草地水源。"① 江上的烟波给了曼丽无穷的热力，碧绿的江水给了曼丽生命的律动，她找到了人间最为"肥美的草地水源"，虽然虚无缥缈，但似乎就在眼前。这便是由现实的景兴起的感受美、想象美和诗意美，曼丽沉醉其间获得安宁。《海滨故人》可谓庐隐书信体小说中最为诗意浓稠的一篇。小说伊始则把五个青年女郎置身于如画风景之中："斜阳红得象血般，照在碧绿的海波上，露出紫蔷薇般的颜色来，那白杨和苍松的荫影之下，她们的旅行队正停在那里，五个青年的女郎，要算是此地的熟客了，她们住在靠海的村子里。……海风吹拂在宗莹的散发上，如柳丝轻舞……"② 这是一幅美不胜收的"海水戏阳画"，画中人是露沙、玲玉、莲裳、云青、宗莹五个妙龄少女。虽然后来生活惨淡，风流云散，如云青倾诉："人间譬如一个荷花缸，人类譬如缸里的小虫，无论怎样聪明，也逃不出人间的束缚。"③ 然而生命的诗意总会滤去现实之苦。云青同时也是露沙的倾听者："海边修一座精致的房子，我和宗莹开了对海的窗户，写伟大的作品；你和玲玉到临海的村里，教那天真的孩子念书，晚上回来，便在海边的草地上吃饭，谈故事，多少快乐。"④ "大海"是姑娘们的生命空间，也是传情物象，映现了她们互动言情的生命状态。

诗意空间的形成并非只有自然意象，还有日常生活意象，这同样能给予倾听者以诗意的感怀。陈翔鹤的书信体小说《茫然》中的主人公 C 君写道："……自接到你老人家的长信以后，我心里就立刻起了一阵阵的幻象——很利害明白的幻象——家里雪白粉壁的书房，金碧辉煌的陈设，与书房内的一切装饰，火炉，椅桌，花瓶，风琴，都一一在我眼中闪现了。"⑤ "我"心里"一阵阵的幻

---

① 庐隐：《庐隐选集》，中央书店 1947 年版，第 19 页。
② 庐隐：《海滨故人》，《小说月报》1923 年 10 月第 14 卷 10—12 号。
③ 庐隐：《海滨故人》，《小说月报》1923 年 10 月第 14 卷 10—12 号。
④ 庐隐：《海滨故人》，《小说月报》1923 年 10 月第 14 卷 10—12 号。
⑤ 陈翔鹤：《茫然》，《浅草》1923 年 3 月 25 日第 1 卷第 1 期。

想"之物——"火炉，椅桌，花瓶，风琴"带给倾诉者和倾听者的是情感追忆的温馨。

诗意空间营造的"场"为倾诉、倾听的双方架起了桥梁，一起迫近生命的诗意理想之境。然而，当"倾诉者"的情绪激越的时候，他（她）就会直接进入无象之境，以"情"动人，这对于"倾听者"来说同样能收到抚慰与共鸣之效果。冯沅君《隔绝》中的写信人繐华直接呼告收信人"士轸"的姓名就有五次，且用感叹号，其中有一段写道："士轸！我的唯一的爱人！不要为我伤心！哈姆雷特说，'只要我的躯壳属我的时候，我终是你的。'我可以对你说，只要我的灵魂还有一星半点儿知觉，我终不负你。"①其情感之真，倾诉之迫可见一斑。尤其是那句"我终是你的"的直接言说，使得"我"在最短的时间内找到了心灵的归宿。《误点》中男主人公渔湘在给女友继之的信中信誓旦旦："我甘心为我的爱人牺牲生命。"②"爱情"是他们的信仰，是他们的宗教，心中有爱便有了人生的方向，美的境界与之相随："战场的壮烈，与情场的温柔，一样的伟大，一般使人陶醉。"③率真的情感使得倾诉者与倾听者合二为一。

庐隐的《海滨故人》是"倾诉式"书信体小说的集大成者，尤以露沙和梓青之间的倾诉与倾听为最，如梓青的告白："在精神上，我极诚恳的求你容纳我，把我火热的心魄，伴着你萧条空漠的心田，使她开出灿烂生趣的花，我终因此而受任何苦楚，都不觉悔的，露沙！你应允我吧！"④梓青的倾诉直接而真诚，及时获得了露沙的回应："我此后的岁月，只是为你而生！"⑤这一来一往的互动"传情"，皆在情感激越的瞬间，他们属于彼此，还有什么比这更让灵魂陶醉的呢。王以仁的书信体小说，书写个人失学失

---

① 冯沅君：《隔绝》，《创造季刊》1924 年 2 月 28 日第 2 卷第 2 期。
② 冯沅君：《误点》，《创造周报》1923 年第 46 期。
③ 冯沅君：《误点》，《创造周报》1923 年第 46 期。
④ 庐隐：《海滨故人》，《小说月报》1923 年 10 月第 14 卷 10—12 号。
⑤ 庐隐：《海滨故人》，《小说月报》1923 年 10 月第 14 卷 10—12 号。

业、流浪漂泊的"凄苦之情"。①《孤雁》是由六封书信构成的书信体小说，以第一人称写给朋友蒋经三的信笺，倾诉了一个青年的情感与遭际。现实虽然残酷，但创作者仍然可以生活于"倾诉"与"倾听"的情感王国里，如作者自述："我一生专好在自己的脑袋中建筑起重重叠叠的空中楼阁，我便在这样幻想筑成的楼阁之中蛰活着像严霜封盖着的寒虫一样。……我的几篇不成材的小说便是我的幻想被现实打碎以后飞下来的水点。"②《孤雁》的倾诉者同时也是倾听者，贯穿于小说的始终。

文学使人心灵安宁，犹如当代作家乔叶所言："文学就像一棵树，我最开始的时候，就是和树在玩耍，就像儿童和树玩耍，就仅仅是玩耍的意义。另外，写作可以让我的心走得很远，就像把树干砍下来，做成船，我可以去旅行，这是树的另一个过程意义。完了我旅行回来，树对我说，孩子你现在还要什么？就是文学对我提问：果你也摘了，树叶你也用了，树干你也做成船去旅行了，那么现在我对你还有什么意义？后来我就说，我想找个地方坐一会儿，那么这个树就说——现在我是一个树敦，你可以在我这个树敦上坐下来休息，想坐多久坐多久。那么这个就是树——就是文学从头到尾对我的意义，就是这样。"③ 五四书信体小说可谓如此，它亦达向了双重创作，小说是一重创作，其中嵌入信笺又是一重创作，信笺即是美丽的"树叶"、起航的"小船"和厚实的"树敦"，馈赠于创作者、倾诉者和倾听者的是灵魂的安宁，或瞬间或永恒。

三　童话与五四小说文体互渗现象

"童话"是人类童年的标志，是诗性智慧的结晶，"构成了人们命名为'诗'的那个概念所指向的东西的实质，构成了'艺术

---

① 李葆琰：《文学研究会小说选·前言》，人民文学出版社 2011 年版，第 26 页。

② 王以仁：《孤雁·我的供状·代序》，商务印书馆 1926 年版，第 3 页。

③ 旧海棠：《文学给人带来心灵的安宁——专访女作家乔叶》，《深圳特区报》2012 年 1 月。

精神'的一个基本维度"，① 吸引着中国现代文学发生期的作家们，以儿童生活空间为素材，以童趣为抒写视域，发挥诗意想象，创作了一批富有"童话体"特征的小说作品。如陈衡哲的《小雨点》《西风》，冰心的《一个奇异的梦》《鱼儿》《超人》《离家的一年》《寂寞》，郭沫若的《暗夜》《一只手》，陈伯吹的《学校生活记》，叶圣陶的《稻草人》《小白船》《芳儿的梦》，等等。它们不但具有儿童式的艺术规定性，而且表征了成年式的心灵，昭示了五四时期现代知识分子超越困苦而渴望安宁的诗性情怀。

（一）童话与现代小说互渗溯源

"童话"起源于神话和民间传说。德国的格林兄弟、俄国学者阿法纳西耶夫和布斯拉耶夫等视童话为"古代神话的残余"，② 五四时期的老作家顾均正借鉴该理论构建了"神话渣滓说"③。胡适认为："儿童的生活，颇有和原始人类相类似之处，童话、神话，当然是他们独有的恩物。"④ 周作人说："童话之源盖出于世说，惟世说载事，信如固有，时地人物，咸具定名，童话则漠然无所指尺，此其大别也生命之初，未有文史，而人知渐启，鉴于自然之神化，人事之繁变，辄复综所征受，作为神话世说，寄其印感，迨教化迭嬗，信守亦移，传说转昧，流为童话。"⑤ 可见"童话"受益于神话传说并非在于素材而在于其生成机制——幻想特征："神话、口述童话与艺术童话都以幻想为基本特征，这是三者的共同点。"⑥ 童话的文体形式和题材内容与小说渗透融合则生成童话体小说。然而五四以前，我国社会尚未形成正确的儿童观，因此也无真正的儿童文学，"由于社会历史条件的限制，儿童的地位以及他们对精神食粮的需要，是长期地被人们遗忘了的。因此，在

① 徐岱：《诗性与童话》，《杭州师范学院学报》2006 年第 4 期。
② 蒋风：《儿童文学概论》，湖南少年儿童出版社 1982 年版，第 117 页。
③ 蒋风：《中国儿童文学大系》第 1 卷，希望出版社 1988 年版，第 141 页。
④ 胡适：《国语运动与文学·讲演稿》，《晨报·副镌》1922 年 1 月 9 日。
⑤ 周作人：《儿童文学》，《新青年》1920 年 12 月第 8 卷 4 号。
⑥ ［日］卢谷重常：《世界童话研究》，黄源译，华通书局 1930 年版，第 30 页。

中国旧文学中，专门为儿童创作的文学作品是不存在的"①。

　　19 世纪末期，"童话"出现于我国现代文坛，可谓儿童精神之曙光。"童话"一词乃清末由日本引入我国，② 其标志是 1909 年商务印书馆出版的《童话》丛书，引发翻译童话作品的热潮，如刘半农的《洋迷小影》、梁启超的《十五小豪杰》，等等。原创性的儿童文学作品较少，仅见刊于《小孩月报》（1877）上的《蛇龟较胜》等有限的几篇，但仍然固止于社会改良层面，凸显价值功利性，"直到五四运动以后，儿童文学才被关心儿童的人们随着儿童问题而提出来"③。1918 年，胡适发表《儿童文学的价值》一文指出："近来已有一种趋势，就是儿童文学——童话，神话，故事的提倡。"④ 他所谓的"提倡"显然不再是为了配合社会改良，而是从儿童的审美和愉悦着眼。叶圣陶也呼吁："希望今后的创作家多多为儿童创作些新的适合于儿童的文学。"⑤ 1922 年 1 月郑振铎主编的《儿童世界》被视为中国第一个真正意义上的现代儿童期刊，该期刊主张以白话文取代文言文，倡导活泼清新风格的儿童作品，以契合于中国儿童的语言能力并满足其心理需要。在此契机下，现代作家纷纷应和，开始探讨童话、儿童小说等儿童文学作品的文体和审美特征。

　　周作人说："凡童话适用，以幼儿期为最，计自三岁至十岁止，其时，最富空想，童话内容正与相合，用以长养其想象，使即于繁富，感受之力亦渐敏疾，为后日问学之基。"⑥ 他指出了"想象"和"空想"质素之于儿童成长的意义。随之掀起了童话文体特征的讨论热潮，郭沫若认为"儿童文学，无论采用何种形式

①　蒋风：《试论叶圣陶的童话创作》，载刘增人、冯光廉编《叶圣陶研究资料》，十月文艺出版社 1988 年版，第 482 页。

②　王泉根：《儿童文学教程》，首都师范大学出版社 2008 年版，第 124 页。

③　蒋风：《试论叶圣陶的童话创作》，载刘增人、冯光廉编《叶圣陶研究资料》，十月文艺出版社 1988 年版，第 482 页。

④　胡适：《儿童文学的价值》，《晨报》1918 年 3 月 17 日。

⑤　叶圣陶：《文艺谈·三十九》，《晨报》1921 年 6 月 24 日。

⑥　周作人：《儿童文学》，《新青年》1920 年 12 月第 8 卷 4 号。

（童话、童谣、剧曲），是用儿童本位的文字，由儿童的感官以直
愬于其精神堂奥，准依儿童心理的想象与感情之艺术"；[①] 饶上达
认为"儿童的精神活动中，最占势力的为想象。儿童的想象格外
活泼，格外蓬勃茂盛"；[②] 冯国华认为儿童文学"就是明白浅显，
富有兴趣，一方面投儿童的心理所好，一方面儿童能够自己欣赏
的"；[③] 叶圣陶认为"创作这等文艺品，一、应当将眼光放远一程；
二、对准儿童内发的感情而为之响应，使益丰富而纯美"，[④] 追求
"绘声绘色富有听觉和视觉形象的美"[⑤]。此外，冯飞的《童话与空
想》、徐如泰的《童话之研究》、顾均正的《童话的起源》与《童
话与想象》、夏文运的《艺术童话的研究》，等等，均关涉童话的
"幻想""空想""想象""感情""浅显"等文体特征的研讨。其
中，"幻想"一再被强调，鲁迅说："孩子是可以敬服的，他常常
想到星月以上的境界，想到地面下的情形，想到花卉的用处，想
到昆虫的言语；他想飞上天空，他想潜入蚁穴。"[⑥] "幻想"当然也
会出现于非童话文学作品中（小说、戏剧、诗歌等），不过，童话
中的幻想属于"创造性"想象，小说中的幻想属于"再造性"想
象，前者更具备诗意性。如童话家严文井所说："童话虽然很多都
是用散文写作的，而我却想把它算做一种诗体，一种献给儿童的特
殊的诗体。"[⑦] 因此，丰富的诗意性幻想，是童话具有的一个最明
显的艺术特征，而小说中的"幻想"往往更切近现实一些。如鲁
迅所言："描神画鬼，毫无对证，本可以专靠了神思，所谓'天马
行空'似的挥写了，然而他们写出来的，也不过是三只眼，长颈

① 郭沫若：《儿童文学之管见》，《民铎》1922 年 1 月 11 日。
② 饶上达：《童话小说在儿童用书上的位置》，载赵景深编《童话评论》，新文化
书社 1924 年版，第 160 页。
③ 冯国华：《儿歌底研究》，《民国日报·副刊》1923 年 11 月 23 日。
④ 叶圣陶：《文艺谈·七》，《晨报·副镌》1921 年 3 月 12 日。
⑤ 蒋风：《试论叶圣陶的童话创作》，载刘增人、冯光廉《叶圣陶研究资料》，
十月文艺出版社 1988 年版，第 495 页。
⑥ 唐俟（鲁迅）：《看图识字》，《文学季刊》1934 年 7 月 1 日第 3 期。
⑦ 严文井：《严文井童话寓言集》，人民文学出版社 1982 年版，第 330 页。

子，就是在常见的人体上，增加了眼睛一只，增长了颈子二三尺而已。"①

（二）"新的幻想"②：童话体小说的形式

中国现代儿童文学理论家蒋风先生说："丰富的诗意的幻想，是童话所具有的一个最明显的艺术特征。虽然小说或其他文学形式同样需要想象或幻想，但童话里的幻想，应该更富有诗意，更具有不平凡的奇异的色彩。"③ 他认为叶氏童话"具有新的主题，新的形象和新的幻想"。④"新的幻想"可谓五四童话体小说的普遍文体特征，具体表现为：一是合乎本民族的欣赏心理，题材内容如时令节序、饮食服饰、风土民情、建筑园艺等，凸显本民族色彩；二是诗意想象，既吻合儿童的心理特点，也暗合成年人的心灵感受，与现代成人生活之间存在互文关系。

鲁迅说："十来年前，叶绍钧先生的《稻草人》是给中国的童话开了一条自己创作的路的。"⑤ 这"路"便是叶氏童话体现出的"丰富的诗意的幻想和强烈的社会批判的内容的交织"，⑥ 即融"幻想"与"现实"于一体。《一粒种子》讲述了那粒有着绿色外衣的可爱种子随风而行，依次落入国王、富翁、商人、士兵手中，他们绞尽脑汁培育皆未使其发芽出苗，然而当这粒种子落入一位田间农夫身边时，则发芽成长为"碧玉雕成的小树"，并带有"新奇的浓厚的香味"，附在农夫身上永不散去。作家以吻合儿童式的

---

① 鲁迅：《叶紫作〈丰收〉序》，载《鲁迅全集》第 6 卷，人民文学出版社 2005 年版，第 227 页。

② 蒋风：《试论叶圣陶的童话创作》，载刘增人、冯光廉编《叶圣陶研究资料》，知识产权出版社 2010 年版，第 421 页。

③ 蒋风：《试论叶圣陶的童话创作》，载刘增人、冯光廉编《叶圣陶研究资料》，知识产权出版社 2010 年版，第 421 页。

④ 蒋风：《试论叶圣陶的童话创作》，载刘增人、冯光廉编《叶圣陶研究资料》，知识产权出版社 2010 年版，第 482 页。

⑤ 鲁迅：《表·译者的话》，《译文》1935 年 3 月第 2 卷第 1 期。

⑥ 蒋风：《试论叶圣陶的童话创作》，载刘增人、冯光廉编《叶圣陶研究资料》，十月文艺出版社 1988 年版，第 484 页。

"幻想"构建了一个真善美世界，既有鞭挞，也有讴歌；《芳儿的梦》中的芳儿"幻想"以星星编织星环作为送给妈妈的生日礼物；《梧桐子》中的梧桐子离开妈妈飞到远处长大成人后，仍时刻想念家人。在这些作品中，作家一方面运用拟人化手法充分发挥诗意想象，"以儿童的眼光，儿童的口吻，儿童的幻想，富有诗意地描绘事物的特色"①；另一方面又"努力把人生描写成童话一样的理想世界，……自己也想沉浸在这种梦境里"②。以上三篇皆与母亲有关，昭示了五四时期女性的生存状态及母（父）与子的关系问题，暗合了创作主体的切身体验："梦境诚然是虚构的，但是就另一方面说，这一类的梦境是最真实的，比事实还要真实，因为他剥落了浮面的种种牵缠，表现了人物的真际。"③"梦境"反映着悲苦，也体现着渴望超越悲苦的诗意情怀。郑振铎看得透彻："带着极深挚的成人的悲哀与极惨切的失望的呼号。大概他隐藏在童话里的这个'悲哀'的分子，也与柴霍甫在他短篇小说和戏曲里所隐藏的一样，渐渐的，一天一天的浓厚的而且增加重要。"④ 不过，叶圣陶与柴霍甫有所不同，叶圣陶并没有终于悲哀，而是沉浸于"新的幻想"，构筑成人的诗性王国。然而，随着时代环境的变化，"新的幻想"逐渐消隐，以至于到了 20 世纪 30 年代初，叶氏童话的伦理质素愈加突出，"几乎篇篇有着强烈的时代感和深刻的现实意义"，⑤ 纯粹的小说创作终究取代了童话。

冰心是我国现代儿童文学的奠基人，以其温婉细腻的文学风格观照儿童的纯净心灵和诗意世界。1923 年，作家出版的小说散文

---

① 蒋风：《试论叶圣陶的童话创作》，载刘增人、冯光廉编《叶圣陶研究资料》，十月文艺出版社 1988 年版，第 484 页。

② 蒋风：《试论叶圣陶的童话创作》，载刘增人、冯光廉编《叶圣陶研究资料》，十月文艺出版社 1988 年版，第 485—486 页。

③ 叶圣陶：《从梦说起》，《西方日报》（成都）1947 年 12 月 13 日。

④ 郑振铎：《稻草人·序》，载刘增人、冯光廉编《叶圣陶研究资料》，十月文艺出版社 1988 年版，第 368 页。

⑤ 蒋风：《试论叶圣陶的童话创作》，载刘增人、冯光廉编《叶圣陶研究资料》，十月文艺出版社 1988 年版，第 490 页。

集《超人》收录了 10 篇文章，其中很多篇可称之为童话体小说，如陈西滢认为"《超人》里面有两篇描写儿童的作品却非常好"，[①]实际上不止两篇，如《一个奇异的梦》《鱼儿》《超人》《离家的一年》《寂寞》等皆是优美的篇章，彰显了"新的幻想"的文体形式特色。冰心说："我听过许多儿童故事，如'老虎姨'、'蛇郎'、'狼外婆'等等，不论是南方人或是北方人对我讲的，故事情节都大同小异，也都很有趣。"[②] 这些民间故事的"幻想"质素浸润了作家的小说创作，冰心认为"儿童最富于幻想，所以我们写东西要写出儿童心中美好的幻想来"，[③] 且十分欣赏张天翼的童话作品，认为"紧紧扣住当时儿童的学校生活，又充满了幻想和幽默的色彩"。[④] 当然，冰心看重的"新的幻想"也很暗合成年人的心灵情怀，她甚至不愿意承认笔下的童话专属于儿童："如《离家的一年》、《寂寞》，但那是写儿童的事情给大人看的，不是为儿童而写的。"[⑤] 言下之意，童话的诗意文体和叙述修辞折射的是成年人的情怀，如《鱼儿》描写"我"向海而坐的光景：

> 我一声儿不响，我想着——我想我要是能随着这浪儿，直到了水的尽头，掀起天的边角来看一看，那么么好呵！那么一定是亮极了，月亮的家，不也在那里么？不过掀起天来的时候，要把海水漏了过去，把月亮濯湿了。不要紧的！天下还有

<hr />

① 陈西滢：《冰心女士》，载范伯群编《冰心研究资料》，知识产权出版社 2009 年版，第 174 页。

② 冰心：《我是怎样被推进儿童文学作家队伍里去的》，载范伯群编《冰心研究资料》，知识产权出版社 2009 年版，第 148 页。

③ 冰心：《我是怎样被推进儿童文学作家队伍里去的》，载范伯群编《冰心研究资料》，知识产权出版社 2009 年版，第 167 页。

④ 冰心：《我是怎样被推进儿童文学作家队伍里去的》，载范伯群编《冰心研究资料》，知识产权出版社 2009 年版，第 149 页。

⑤ 冰心：《我是怎样被推进儿童文学作家队伍里去的》，载范伯群编《冰心研究资料》，知识产权出版社 2009 年版，第 147 页。

比海水还洁净的么？它是澈底清明的……①

这"海景"首先是儿童式的"新的幻想"，但旋即"我"又发现了许多士兵因战争而死在海里，于是心中起了强烈的悲哀，美丽的海便具有了多义性和现实性。《悟》中的小主人星如、《烦闷》里的"忧闷的弟弟"、《最后的使者》里的诗人、《遗书》里的主人公宛因、《剧后》中的小主人爱娜，这些主人公皆沉湎于幻想之境，"描画梦中月光的美"，②"喜欢月夜、星夜、大海、春花、仙女，而不喜欢日常街上常见的电车、行人。这月夜、星夜、大海、春花，都是诗人的意境，而非小说家所不可离者"，③"星夜、月光、春花、大海、仙女"等往往是童话里最为常见的自然意象，给冰心小说涂抹上了一层浓郁的童话色彩，这色彩又调和着成人的忧郁，所以冰心"在《超人》集子里，描画到这个现象时，是怀着柔弱的忧愁的"④。

1920 年，陈衡哲发表的《小雨点》⑤讲述了小雨点去海公公那里游玩，回家途中为了拯救青莲花，便让它把自己吸收了，后来由太阳公公送自己回到家里的故事。小雨点、莲花、洞水、太阳等原本是生活中常见的自然物象，但经创作者的想象和人格化，小读者们遂遨游于幻想之境，成人阅读者也在文中感受到如庄子《秋水》般的自由无拘的理想状态。从某种程度上讲，陈衡哲的《小雨点》《西风》并非童话，而是属于童话体小说的范畴："相

① 冰心：《鱼儿》，《晨报·副刊》1920 年 12 月 21 日。

② 沈从文：《论中国现代创作小说》，《文艺月刊》1931 年 4 月 30 日—6 月 30 日第 2 卷 4 号至 5、6 号合刊。

③ 毅真：《闺秀派的作家——冰心女士》，载范伯群编《冰心研究资料》，知识产权出版社 2009 年版，第 313 页。

④ 沈从文：《论中国现代创作小说》，《文艺月刊》1931 年 4 月 30 日—6 月 30 日第 2 卷 4 号至 5、6 号合刊。

⑤ 陈衡哲的第一个短篇小说集《小雨点》，新月出版社 1928 年版，共收十篇短篇小说，依次为：《一日》《波儿》《老夫妻》《孟哥哥》《西风》《运河与扬子江》《洛绮思的问题》《老柏与蔷薇》《一支扣针的故事》。

比于那些来有因去有果的童话故事,《小雨点》和《西风》表达的是一种生活的理想,这种理想更富于散文化的诗意美。"①"生活的理想"表征了成人式的生存诉求。郭沫若认为,"纯真的儿童文学家必同时是纯真的诗人,而诗人则不必人人能为儿童文学",唯有"化身而为婴儿自由地表现其情感与想像",②才会创作出儿童和成人皆爱阅读的文学作品,《暗夜》和《一只手》便是这样的童话体小说。

(三) 童趣诉求:童话体小说的视点

童趣源于童心。中国现代文学的"童趣"抒写始于鲁迅,"鲁迅是个老孩子",③童心始终与之相随,这与他的童年生活记忆相关,比如"百草园"——既是童年鲁迅的自然乐园,也是成年鲁迅的精神家园。鲁迅笔下金黄的菜花、碧绿的菜畦、弹琴的蟋蟀、长吟的鸣蝉等,可谓构建了诗意盎然的童趣世界和诗性审美的生命空间。鲁迅虽然没有创作严格意义上的童话体小说,但《从百草园到三味书屋》《社戏》和《故乡》等散文小说是富有童话质素和童趣视点的。

冰心是现代文学"童趣"书写的代表作家。她说:"因为我若不是在童心来复的一刹那拿起笔来,我决不敢以成人烦杂之心,来写这通讯。"④"童心来复"源于冰心童年的诗意生活:"环境把童年的我,造成一个'野孩子',学会了些精致的淘气,我的玩具已从铲子和沙桶,进步到蟋蟀同风筝,我收集美丽的小石子,在磁缸里养着。我学作诗,写章回小说,但都不能终篇,因为我的兴趣,仍在户外,低头伏案的时候很少。"⑤其童心童趣完全合乎

---

① 王秀琳:《陈衡哲和她的小说集〈小雨点〉》,《北京第二外国语学院学报》1997 年第 5 期。

② 郭沫若:《文艺论集》,人民文学出版社 1979 年版,第 155—156 页。

③ 赵光亚:《鲁迅是个"老孩子"》,《中国社会科学报》2012 年第 247 期。

④ 冰心:《寄小读者·通讯一》,载《冰心文集》第 3 卷,上海文艺出版社 1984 年版,第 84 页。

⑤ 冰心:《我的童年》,载范伯群编《冰心研究资料》,知识产权出版社 2009 年版,第 38—39 页。

儿童的生存世界和想象空间，日后逐渐成为作家感受世界和观照事物的一种方式，所谓"童年！是梦中的真，是真中的梦，是回忆时含泪的微笑"①。于是，她以童趣视点创造了诸多个性化的意象，如月夜、星夜、大海、春花、仙女、父亲、母亲、姊妹、弟兄、鸟儿等，这些意象构成了独特的诗性谱系和文体形态。《爱的实现》描绘了一幅"小儿酣睡图"："往里看时，灯光之下，书桌对面的摇椅上，睡着两个梦里微笑的孩子。女孩儿雪白的左臂，垂在椅外，右臂却作了弟弟的枕头，散拂的发儿，也罩在弟弟的脸上，绫花已经落在椅边。她弟弟斜靠着她的肩，短衣上露出肥白的小腿。在这惊风暴雨的声中，安稳的睡着。屋里一切如故。只是桌上那一卷稿纸，却被风吹得散乱着落在地下。"② 因为童趣视点，所以有"梦里微笑""散拂的发儿""肥白的小腿"的纯净画面和由画面勾勒出的盎然诗意。《鱼儿》描绘了一幅"海上垂钓图"："十二年前的一个黄昏，我坐在海边的一块礁石上，手里拿着一根竹竿儿，绕着丝儿，挂着饵儿，直垂到水里去。微微的浪花，漾着钓丝，好像有鱼儿上钩似的，我不时的举起竿儿来看，几次都是空的！"③《月光》描绘了"月影戏水图"："堤岸上只坐着他一个人，月儿渐渐的转上来。湖边的繁花，白云般一阵一阵的屯积着。浓青的草地上，卧着蜿蜒的白石小道。山影里隐着微露灯火的楼台。柔波萦回，这时也没有渔唱了，只有月光笼盖住他。"④ 其"童趣"视点始终与大自然关联，而大海更是冰心生命中的"第一个厚的圆片"，⑤ 成为成年冰心诗性守望的原点，如作家言："我童年活动的舞台上，从不更换布景，在清晨我看见金盆似的朝日，从深黑色、浅灰色、鱼肚白色的云层里，忽然涌了上来，这时太空轰鸣，浓金泼满了海面，染透了诸天，我虽然单身独自，我

① 冰心：《繁星》，载《冰心文集》第 1 卷，上海文艺出版社 1984 年版，第 261 页。
② 冰心：《爱的实现》，《小说月报》1921 年 7 月第 12 卷 7 号。
③ 冰心：《鱼儿》，《晨报》1920 年 12 月 21 日。
④ 冰心：《月光》，《晨报》1921 年 4 月 20 日至 21 日。
⑤ 冰心：《小橘灯》，陕西师范大学出版社 2018 年版，第 29 页。

却感到无限的欢畅与自由。"① 冰心的童年生活已成为她难以抹去的恒久记忆，从而其作品多以"童趣"视点折射成年的诗性情怀。

叶圣陶早期的童话体小说也是以"童趣"为视点，"着力描写大自然的美，让孩子们爱自然的美。都是一些天真无邪的孩子的美梦"②。当然不仅是"孩子的美梦"，而且也是创作主体的心灵情怀，即在文本中"梦想一个美丽的童话的人生，一个儿童的天真国土"，③ 这个童话人生和天真国土就被寄存在《旅行家》《瞎子和聋子》《一粒种子》《眼泪》《小白船》《花园之外》《芳儿的梦》《快乐的人》《克宜的经历》《梧桐子》《玫瑰和金鱼》《画眉鸟》等故事中。《小白船》中有这般"花景"："一条小溪是各种可爱东西的家。小红花站在那里，只是微笑，有时做很好看的舞蹈。绿草上滴了露珠，好象仙人的衣服，耀人眼睛。溪面铺着萍叶，蕊起些桂黄的萍花。"④《梧桐子》中有如此"树景"："许多梧桐子，他们真快活呢。他们穿了碧绿的新衣，一齐站在窗沿上游戏。四面张着绿绸的幕；风来时，绿绸的幕飘飘地吹动，象个仙人的住宅。"⑤"小红花的舞蹈""草上的露珠""小人国的睡莲""梧桐子的新衣""天空的飞鸟""仙人般的白云""笑嘻嘻的月亮"和"游行的萤虫"，等等，每一类都神气活现，趣味盎然，既合乎本民族的欣赏心理，又与儿童发生天然的心灵感应。又如《画眉鸟》中的片段："它的心飘起来了，忘了鸟笼，也忘了以前的生活，一兴奋，就飞起来，开始它不知道是往那里的远方飞。它飞过绿的草原，飞过满盖黄沙的旷野，飞过波浪拍天的长江，飞过浊流滚滚的黄河。"⑥ 语段中的词汇色彩明艳、错落有致又朗

---

① 冰心：《繁星春水》，中国画报出版社 2020 年版，第 171—172 页。

② 蒋风：《试论叶圣陶的童话创作》，载刘增人、冯光廉编《叶圣陶研究资料》，十月文艺出版社 1988 年版，第 485 页。

③ 郑振铎：《稻草人·序》，载王泉根编《中国现代儿童文学文论选》，广西人民出版社 1989 年版，第 721 页。

④ 叶圣陶：《小白船》，《儿童世界》1922 年 3 月 4 日第 1 卷第 9 期。

⑤ 叶圣陶：《梧桐子》，《儿童世界》1922 年 4 月 8 日第 2 卷第 1 期。

⑥ 叶圣陶：《画眉鸟》，《儿童世界》1922 年 6 月 11 日第 2 卷第 11 期。

朗上口，熔视觉、感觉、听觉和触觉为一炉，如民族山水画般美不胜收，既契合儿童心性也切合成人心灵，童趣视点与诗意情怀相得益彰。此外，塞先艾的童话体小说《一帧小影》展现了柳夫人幼时沦为使女后与富家小姐玫儿之间的童趣；《旧侣》描写了佃农女儿祝大姐与小姐、少爷们之间的童情；《祝九婆的孙女儿》和《两兄妹》凸显了赤子童心。

　　童趣视点源于现代作家的童年精神，这其中既包含着作家的童年记忆，也关乎作家的成人心性，"这种复杂的感情，却用单纯的童话手法表现它。作者以朴素的拟人化手法概括了当时大部分知识分子的性格"[①]。如郑振铎这般评价叶圣陶："像《瞎子和聋子》及《稻草人》、《画眉鸟》等篇，带着极深挚的成人的悲哀与极惨切的失望的呼号。其透入纸背的深情，则是一切儿童所不容易明白的。大概他隐藏在童话里的这个'悲哀'的分子，也与柴霍甫在他短篇小说和戏曲里所隐藏的一样，渐渐的，一天天的浓厚而且增加重要。"[②] 此可谓童话为表，小说为里，如沈从文说："读《稻草人》，则可明白作者是在寂寞中怎样做梦，也可以说是当时一个健康的心，所有的健康的人生态度，求美，求完全，这美与完全，却在一种天真的想象里。"[③] 叶圣陶自己甚至难以区分笔下作品究竟是童话抑或小说："童话本是儿童的小说，'文学概论'的编者固然要严定区别，但是实际上未尝不可和小说'并家'"，[④]"《四三集》共二十篇，现在把《火车头的经历》《鸟言兽语》两篇抽出，准备归到童话里去"[⑤]。

---

　　① 蒋风：《试论叶圣陶的童话创作》，载刘增人、冯光廉编《叶圣陶研究资料》，十月文艺出版社 1988 年版，第 495 页。
　　② 郑振铎：《稻草人·序》，载刘增人、冯光廉编《叶圣陶研究资料》，十月文艺出版社 1988 年版，第 368 页。
　　③ 沈从文：《论中国现代创作小说》，《文艺月刊》1931 年 4 月 30 日至 6 月 30 日第 2 卷 4 号至 5、6 号合刊。
　　④ 叶绍钧：《四三集·自序》，良友复兴图书印刷公司 1936 年版，第 2 页。
　　⑤ 叶圣陶：《叶圣陶文集·前记》第 2 卷，人民文学出版社 1958 年版，第 263 页。

由此观之，叶圣陶笔下的童话可以是小说，也可以是童话体小说，甚至是以童话的文体形式寄寓着成人的情怀，所以"不仅儿童可以读这本作品，就是我们成人也很可以读"。① 不惟叶圣陶、冰心、废名、王统照、陈衡哲、蹇先艾等作家笔下的童话也同样浸润着成人情怀，"虽然还保存着童话的形式，却具有小说的内容，它们是介于童话和小说之间的一种文学作品，而且带有浓烈的灰色的成人的悲哀"②。

第二节　30 年代小说文体互渗的叙事特征

20 世纪 30 年代，现代小说"文体互渗"范型主要有散文（叙事）体、传记体和速写体小说等。这些文体倾向"非个人化"特征，诗意质素消隐，写实元素凸显，创作主体或作家的可靠叙述人极少干预作品中的人物行为，而常常以场面展示作为小说的叙述方式。散文（叙事）体小说如郁达夫的《微雪的早晨》、沈从文的《边城》、吴组缃的《篆竹山房》、何其芳的《浮世绘》、萧乾的《篱下集》等；传记体小说如叶永蓁的《小小十年》、庐隐的《归雁》、邹韬奋的《经历》、谢冰莹的《女兵自传》、白薇的《悲剧生涯》、苏雪林的《棘心》、丁玲的《莎菲女士的日记》等；速写体小说如沙汀的《航线》、吴组缃的《一千八百担》、张天翼的《华威先生》、葛琴的《总退却》、罗洪的《群像》、丁玲的《水》、叶圣陶的《多收了三五斗》、周文的《雪地》、魏金枝的《留下镇上的黄昏》等。

一　散文与 30 年代小说文体互渗现象

散文以抒情、记叙、议论为主要表达方式，可分为抒情型散

---

① 贺玉波：《叶绍钧的童话》，载《现代中国作家论》第 1 卷，大光书局 1936 年版，第 162 页。

② 贺玉波：《叶绍钧的童话》，载《现代中国作家论》第 1 卷，大光书局 1936 年版，第 180 页。

文、记叙型散文和议论型散文。抒情型散文侧重于内心体验，追求诗情画意的统一；记叙型散文以记人或叙事见长，也有二者并重的综合类型；议论型散文托物言理、寓论于事。可见散文的文体形式有着多元的价值功能，而这种功能又互文了主体的生存境遇和时代的价值观念。

（一）散文与现代小说互渗溯源

散文与小说的互渗可以追溯至南朝刘义庆的笔记小说《世说新语》。"笔记"原本指的是执笔记叙而言，后来认为自"魏晋南北朝以来'残丛小语'式的故事集为笔记小说"。① 其文体特征主要表现为以叙述人物活动为中心、以故事情节为贯穿、以随笔杂录为笔法和以简洁短小为形状。② "笔记小说"注重哲理知识的传达，遵循"见闻实录"之原则，干宝云："卫朔失国，二传互其所闻；吕望事周，子长存其两说，若此比类，往往有焉……若使采访近世之事，苟有虚错，愿与先贤前儒分其讥谤。"③ 因此，笔记体小说往往具备议论和实录的文体特征，影响了中国近现代以来的小说创作。

五四时期，批评家甚为看重"笔记体"："此体之特质，在于据事直书，各事自为起讫。……其文字甚自由，不必构思组织，搜集多数之材料。意有所得，纵笔疾书，即可成篇，合刻单行，均无不可。"④ "笔记体"融入小说创作"实有无限之便利也"。⑤ 在郁达夫等作家的早期小说创作中，诗化之余不无"笔记体"的实录气息。⑥ 然而，笔记与小说的真正结缘兴起于 30 年代初期，当时掀起了一场关于小说与随笔之关系的大讨论，可视为"笔记"

---

① 刘叶秋：《历代笔记概述》，中华书局 1980 年版，第 1 页。
② 吴礼权：《中国笔记小说史》，商务印书馆 1993 年版，第 3 页。
③ （东晋）干宝：《搜神记》，万卷出版社 2014 年版，第 1 页。
④ 管达如：《说小说》，《小说月报》1912 年第 3 卷 5、7 至 11 号。
⑤ 管达如：《说小说》，《小说月报》1912 年第 3 卷 5、7 至 11 号。
⑥ 《晨报》副刊等刊载的一些小说，标题后多标识"据事实而作"，如郭弼藩的《洋债》，见《新潮》第 1 册，第 881 页；江绍原的《一回希望的经验》，见《新潮》第 2 册，第 290 页。

文体向现代小说的全面渗透融合。1928 年，张恨水著《长篇与短篇》论及："中国以前无纯小说之短篇小说，如《聊斋志异》，似短篇小说矣，然其结构，实笔记也。……笔记与短篇小说，有以异乎？曰：有。其异在何处？一言蔽之曰：有无情调之分耳，古人笔记，固亦有有情调者。然此项情调，只是一篇中有若干可喜之字句。"① 张恨水敏锐地觉察到"笔记"文体对现代中短篇小说创作的可能性影响。果然，几年之后，"若干可喜之字句"出现于现代中短篇小说之中，由此诞生了一批现代笔记体小说，它们受到关注并引发论争。穆木天说："现在中国文坛有一个现象是值得注意的。那就是小说之随笔化。…… 反乎小说的条件的，无结构、人物、背景诸条件的东西，便可以称之为随笔或散文，…… 小说之散文随笔化这种倾向，总不是向上的倾向。这里含着一种危机。"② 穆木天不甚看好小说的散文随笔化倾向。徐懋庸说："总得叫人喜欢些，于是不得不随笔化，力求奇警。所以虽是用第一人称叙述一个极平凡的故事么，但只要中间有一二警句，也就称其为小说了。"③ 徐懋庸以讽刺论调针对现代小说的散文化倾向。由此观之，他们确实道出了一个事实，即 30 年代小说在一定程度上承继了古代笔记体的"求奇"（理趣诉求）特征，如《世说新语》的"清微简远""乐旷多奇情"和"类以标格相高"；④ 宋以后的笔记体诉求日常生活的理趣，抑或史官所不记之朝政遗事，⑤ 抑或"典章故实，嘉言懿行"，⑥ 等等。

现代作家徐懋庸虽然不甚赞成小说散文化中的"奇警"技法，但还是支持"随笔"入小说的："生活充实的作家，未尝不可以搏

① 张恨水：《长篇与短篇》，《世界日报·副刊》1928 年 6 月 5—6 日。
② 穆木天：《小说之随笔化》，《申报·自由谈》1934 年 4 月 18 日。
③ 徐懋庸：《小说与随笔化》，《申报·自由谈》1934 年 4 月 24 日。
④ （宋）刘应登：《世说新语序》，载丁锡根编《中国历代小说序跋集》，人民文学出版社 1996 年版，第 264 页。
⑤ （宋）欧阳修：《归田录》，林青注，三秦出版社 2003 年版，第 1 页。
⑥ （宋）纪昀等撰：《四库全书总目提要》，中华书局 1997 年版，第 1857 页。

狮子之力写随笔的。说'散文随笔'定是'贵族或士大夫层的产物'，也有些过火。报告文学的价值倘不为我们的批评家所抹煞，则其性质，实与随笔，Feuilleton 之类很近的。"① 他总体上认同大众的写实派作家可以涉足散文体小说创作。现代批评家胡怀琛也十分看好 30 年代新小说"结构无妨平淡，不必曲折离奇"② 的文体形式。除了批评家，此一时期的小说家也有着自身的创作经验和文学实践，如沈从文在《月下小景》的题记中所言："我因为在青岛大学里教小说史，对于六朝志怪、唐人传奇、宋人白话小说，在形体方面如何发生长成加以注意。"③ 又于《〈石子船〉后记》中说："从这一小本集子上看，可以得出一结论，就是文章更近于小品散文，于描写虽同样尽力，于结构更疏忽了。照一般说法，短篇小说的必须条件，所谓'事物的中心'，'人物的中心'，'提高'或'拉紧'，我全没有顾全到。"④ 沈从文小说的散文随笔化特征明显，近乎于形散而神不散，"好像是专门拿 Essay 的笔法来写小说的"，⑤《月下小景》《三三》《柏子》等篇显然可觅得古代笔记体小说的踪迹。吴组缃也写过"《聊斋》体"的现代短篇小说《菉竹山房》。汪曾祺在小说的散文随笔化方面用功尤甚："我写短小说，一是中国本有用极简的笔墨摹写人事的传统，《世说新语》是突出的代表。其后不绝如缕。我爱读宋人笔记甚于唐人传奇。《梦溪笔谈》、《容斋随笔》记人事部分我都很喜欢。归有光的《寒花葬志》、龚定庵的《记王隐君》，我觉得都可以当小说看。"⑥《鸡鸭名家》《老鲁》《翠子》《春天》《谁是错的?》等皆是汪曾祺于三四十年代创作的笔记体小说作品。

---

① 徐懋庸：《小说与随笔》，《申报·自由谈》1934 年 4 月 24 日。
② 胡怀琛：《现代小说》，载《中国小说的起源及其演变》，正中书局 1934 年版，第 115 页。
③ 沈从文：《月下小景·题记》，现代书局 1933 年版，第 1 页。
④ 沈从文：《石子船·后记》，中华书局 1931 年版，第 141 页。
⑤ 苏雪林：《沈从文论》，《文学》1934 年 9 月 1 日第 3 卷 3 号。
⑥ 汪曾祺：《晚饭花集·自序》，人民文学出版社 1985 年版，第 2 页。

孙犁也深受"笔记"的影响，如《芸斋小说》可谓小说随笔化之经典，作家自述："我学习小说写作，初以为笔记小说，与这一学问有关。"① 王统照受到笔记小说《聊斋志异》的影响，承认"直至看了《聊斋》以后，才恍然于文言也会写出许多美丽的故事了"。② 可见，现代散文体小说的兴起与古代笔记体有着极深的渊源。

当然，20 世纪 30 年代的散文体小说也同样受到外国散文的影响和滋养。"Essay"（随笔/小品文）属于"比较短小的不以叙事为目的非韵文"，③ 在欧西文坛颇为流行，现代学者刘半农将 Essay 一词引入中国文坛。④ 鲁迅对"Essay"的解释很形象："如果是冬天，便坐在暖炉旁边的安乐椅子上，倘在夏天，便披浴衣，啜苦茶，随随便便，和好友任心闲话，将这些话照样移在纸上的东西，就是 Essay。"⑤ 五四女作家苏雪林受其影响，认为"本来用随笔体裁写故事在法文有所谓'Conte'者之一体。如弗朗士《我友之书》、都得的《魔坊尺牍》《日曜故事》就是这类文章，这与小说是大有分别的"，沈从文"好像是专门拿 Essay 的笔法来写小说的"。⑥

除了 Essay，国外其他散文作品也影响着 30 年代小说的文体建构。郁达夫在《小说论》中考量"现代小说的渊源"时分析了英国的散文体小说，十分推崇马洛利的散文体小说《亚撒王之死》；⑦ 汪曾祺认为影响自己的"外国作家是契诃夫和阿左林。……契诃

---

① 孙犁：《文学和生活的路》，载《孙犁文集》第 4 卷，百花文艺出版社 1982 年版，第 388 页。

② 王统照：《我读小说与写小说的经过》，《读书杂志》1933 年 2 月第 3 卷 2 号。

③ W. E. Williams, *A book of English Essays*, New York: Penguin Books, 1951, p. 1.

④ 刘半农：《我之文学改良观》，《新青年》1917 年 5 月 1 日第 3 卷第 3 期。

⑤ 鲁迅：《出了象牙之塔》，载《鲁迅译文集》第 3 卷，人民文学出版社 1958 年版，第 113 页。

⑥ 苏雪林：《沈从文论》，《文学》1934 年 9 月 1 日第 3 卷 3 号。

⑦ 郁达夫：《小说论》，载《郁达夫全集》第 10 卷，浙江大学出版社 2007 年版，第 138 页。

夫开创了短篇小说的新纪元。……从戏剧化的结构发展为散文化的结构"；① 叶灵凤也很认同美国作家海明威的文体范式，"最近已不得不转向散文与小说混合的一种新的文体上去了"；② 施蛰存屡屡引用日本文体家谷崎氏的观点，称近来的小说从"故事风"转向"随笔风"了，"对于西洋式的正格的小说却有点怀疑起来了"，一些老作家"连正格的小说也不愿意写，而高兴采用起故事体甚至随笔体的小说来"③。

除了以上两类影响之外，20 世纪 30 年代小说的散文化形态还受惠于五四以来同行作家及批评家的散文化风格的影响。沈从文于 30 年代末期写过《从周作人鲁迅作品学习抒情》和《从徐志摩作品学习"抒情"》两篇文章，认为鲁迅、周作人、徐志摩等文章滋养过自己的小说创作。④ 苏雪林认为"丁玲文体却显然受过他（指沈从文）的影响"。⑤ 汪曾祺自述："有人问我受哪些作家影响比较深，我想了想：古人里有归有光，中国现代作家是鲁迅、沈从文、废名，…… 我年轻时写作学沈先生，连他的文白杂糅的语言也学。"⑥ 30 年代初，茅盾认为"上海一般民众的阅读能力在这五六年来已经有了很大的进步；唱本不能满足他们，他们要求'散文'了"，⑦ 读者同时也是批评家，引导着作家的创作路向。批评家李健吾好以"随笔体"从事现代文学批评，他十分青睐蒙田的"Essay"，尤其是那种彰显理趣的随笔文体："在大多数作品中，我看到了写书的人；在这本书中，我看到了思想的人。"⑧ "随

① 汪曾祺：《谈风格》，载《塔上随笔》，群众出版社 1993 年版，第 113—119 页。
② 叶灵凤：《谈现代的短篇小说》，《文艺》1936 年 4 月 15 日第 1 卷第 3 期。
③ 施蛰存：《小说中的对话》，《宇宙风》1937 年 4 月 16 日第 39 期。
④ 沈从文：《从周作人鲁迅作品学习抒情》《从徐志摩作品学习"抒情"》，载《沈从文全集》第 16 卷，北岳文艺出版社 2002 年版，第 258—259 页。
⑤ 苏雪林：《沈从文论》，《文学》1934 年 9 月 1 日第 3 卷 3 号。
⑥ 汪曾祺：《谈风格》，载《塔上随笔》，群众出版社 1993 年版，第 113—119 页。
⑦ 茅盾：《"连环图画小说"》，《文学月报》1932 年 12 月 15 日第 1 卷 5、6 号合刊。
⑧ ［法］米歇尔·德·蒙田：《蒙田随笔全集》（上卷），潘丽珍、王论跃、丁步洲译，译林出版社 1996 年版，扉页。

笔"不仅是散文化的抒情或小说化的虚构，也是依据观察、思考而获得某种认识——"将诗和科学"相融合，如李健吾式的随笔化批评："一个批评家应当记住蒙田的警告：'我知道什么？'"①

（二）主情与叙事：散文体小说的文体转型

五四时期，废名、郁达夫、冰心、庐隐、王统照等作家笔下"主情"小说的文体归属向来模糊，或者被称为诗化小说，或者被称为散文化小说，或者被称为抒情化小说。归类的分歧反映了认识上的模糊，即没有从文体与现实的关联层面来整体考量五四时期的小说创作。"诗化小说"强调以诗歌的语体、韵律和意境来凸显个体的生命价值，寄情于象；"散文化小说"指情节淡化，以人物心理或背景氛围为结构线索，表达形式自由随意；"抒情化小说"指的是在叙事的同时强化主观情感的抒写，实质上涵盖着"诗化小说"和"散文化小说"。因此，五四时期的"主情"小说理应归之于"诗化小说"的范畴，而从 20 年代后期开始，才出现了真正意义上的散文体小说，尤其表现为散文体裁中的"叙事""议论"渗透融入现代小说，而那些富有个性的"小粉红花的梦"的抒情色彩趋向消隐。

1932 年，郁达夫著文《现代小说所经过的道路》指出："目下的小说又在转换方向了，于解剖个人的心理之外，还须写出集团的心理：在描写日常的琐事之中，要说出它们的对大众对社会的重大的意义。"② 从"个人"到"集团"，由"日常的琐事"趋向"重大的意义"，时代难以承受个性化的闲情逸致："一九二七年以后，精致的闲话，微妙的对白剧，……也使读者和作者有点厌倦了，于是时代便带走了这个游戏的闲情，代替而来了一些新的作家与新的作品。"③ 个性化的"抒情"不合时宜，生活化的

① 李健吾：《自我和风格》，载《李健吾文论集》，珠海出版社 1998 年版，第 678 页。
② 郁达夫：《现代小说所经过的道路》，《现代》1932 年 6 月 1 日第 1 卷第 2 期。
③ 沈从文：《论中国现代创作小说》，《文艺月刊》1931 年 4 月 30 日至 6 月 30 日第 2 卷 4 号至 5、6 号合刊。

"叙事"和"明理"才是这一时期文体功能的主导形态，因此才出现穆木天、徐懋庸等人关于小说"散文化"之文体优劣的论争，小说家们也参与其中。张资平说："小说（Prosefiction）是一种散文，并不是诗，故不及其他艺术之重视韵律。"① 郭沫若说："年轻的时候是诗的时代，头脑还没有客观化；而到了三十左右，外来的刺激日多，却逼得逐渐客观化，散文化了。"② 由此观之，30 年代已然是以"叙事"和"议论"为主要倾向的散文体小说创作的时代了，而"议论"渗入小说也被称为杂文化小说："'散文化'的中国现代小说，可分为'杂文化'小说和'美文化'小说。……早期'随感录'创作的影响，使'五四'小说中'杂文化'风格成为主潮；而二三十年代'小品'散文的发展，使得后来'美文化'在'散文化'小说中占据重要地位，形成了几乎贯穿中国现代小说创作始终的，'为人生'和'为艺术'的两种不同审美风格。"③ 实际上，30 年代以后倾向于明理的"杂文化"小说仍然占据着重要地位，"美文化"小说时有出现而已，因为新的时代和群体诉求已成为 30 年代文学"叙事"的重心，即 30 年代"是怎样地催促历史进入了必然的新时代，再换一句话说，即是怎样地由于人们的集团活动而及早实现了历史的必然。在这样的意义下，方是现代的新写实派文学所要表现的时代性！"④ 郁达夫从 20 年代到 30 年代小说创作的文体嬗变则践行着这种价值观念："展览苦闷由个人转为群众，十年来新的成就，是还无人能及郁达夫的。"⑤

总之，从 20 世纪 20 年代的个人化"抒情"趋向 30 年代的群体化"叙事"已是必然，无论诗人还是小说家皆未"幸免"："诗歌差不多都有抒情的姿态移向叙事的步调上来，同时，小说这方

① 张资平：《小说研究法》，《国民文学》1934 年 11 月 15 日第 1 卷 2 号。
② 郭沫若：《郭沫若诗作谈》，《现世界·创刊号》1936 年 8 月 16 日。
③ 初清华："散文化"的小说，硕士学位论文，广西师范大学，2003 年。
④ 茅盾：《读〈倪焕之〉》，《文学周报》1929 年 5 月 12 日第 8 卷 20 号。
⑤ 沈从文：《论中国现代创作小说》，《文艺月刊》1931 年 4 月 30 日至 6 月 30 日第 2 卷 4 号至 5、6 号合刊。

面，有了空前的发展。这并不是偶然的事情，这证明叙事诗和小说（尤其是小说），更加能够表现出社会的全般的复杂性和它的力学性。"① 呈现"社会的全般的复杂性"的"任务"落在"客观化"叙事头上，个性化和主观性的叙事方式逐渐消隐："小说虽有感人可能，然而只要从客观方面烘托出感人的力量来，不必以主观的态度出之。"② 梁实秋大谈"写实主义"，认为"写实主义的小说家，是以冷静观察的态度，在有真实性的材料当中，窥见人性之真谛，并以忠实客观的手腕表现之"，③ 这些看法皆标志了 30 年代小说文体的"客观化"特征。

（三）叙事客观化：散文体小说的叙述方式

20 世纪 30 年代散文体小说的"客观化"叙事特征主要表现在两个方面：第三人称叙述和远聚焦叙述。第三人称叙述一度成为 30 年代小说叙事形式的讨论热点。余楠秋在《短篇小说的构造法》中说："短篇小说是近来很时髦的一种小说；……仿佛用第三者的眼光的方法，最能适用，并且用得最普遍，因为既无自倨的态度，又可无限制地陈述意见和事实。"④ 第三人称叙事便属于小说叙述形式中"外的视点"："完全属于外面的客观的态度；也便是，专把作品中人的外貌，行为，言语之类传示给我们，而决不提到他的心上事。"⑤ 这样便避免了第一人称叙事所造成的主观性和虚假化。穆木天认为："一种文学的样式，有他的时间性空间性，有他的支配的时代与疆域。譬如说，在十七世纪的法兰西，在宫廷社会中，在沙仑中，有书简、格言等等的样式，在市民社会中，有小说的样式，而罗辛诺，高乃依的悲剧，与莫里哀的喜剧，也是

---

① 洪灵菲：《普罗列塔利亚小说论》，载冯乃超编《文艺讲座》第 1 册，神州国光社 1930 年版，第 217 页。

② 徐国桢：《小说学杂论》，《红玫瑰》1929 年 3 月 21 日第 5 卷第 5 期。

③ 萧乾：《小说》，《大公报·文艺》1934 年 7 月 25 日。

④ 余楠秋：《短篇小说的构造法》，《当代文艺》1931 年 5 月 15 日第 1 卷第 5 期。

⑤ 高明：《小说作法·视点及形式》，载光华书局编辑部编《文艺创作讲座》第 2 卷，光华书局 1931 年版，第 338 页。

不同的环境的产物。"① 同然，30 年代散文体小说的客观化叙述也是特定环境下的产物。正是在这个意义上，穆木天指出了草明小说《倾跌》的缺点："是想尽力地去把握现实。然而，正因为那种缘故，越发暴露了她那种第一人称的写法同题材之不相适合，而减少了作品的真实性。……写工人写农民用第一人称，是很难以使文章——那文章是人物的自白——与主人公——自白者——的身份相适合。"② 也就是说，30 年代战时环境下，个人化的诗意想象已不合时宜："第一人称是个人主义的抒情主义的形式，现在的现实主义所需要写的是民族解放斗争中的工农大众的情绪。"③ 及至 1935 年，现代作家王任叔著文研究认为，30 年代小说第一人称写法越来越少，所谓"运用第一人称，却大都为描写的方便，将事项的发展，用第一人称来连贯一下"④。可见，30 年代散文体小说中的第一人称叙事仍相当于第三人称叙事，而 20 年代的诗意体小说即使运用第三人称叙事，也具有十分明显的个性化特征："总贯穿着身边杂事式个人主义的精神，使读者很容易把作品中的出现的人物和作者自身混合起来。"⑤ 这种"混合"当然不会出现于 30 年代的散文体小说中，因为它属于"远聚焦"叙述范畴。

　　"远聚焦"叙述指的是在小说中隐去了叙述人的姿态和情绪（无论是第一人称还是第三人称），由事件或人物的场面来暗示复杂重大的内容："关于作者与其所描写的人物（或事件）的距离关系，作者不直接说明人物，也不直接叙述其事物的印象和意见。作者的姿态，全在其中消失了。我们只感着一种剧情。"⑥ 即"展示"取代了"讲述"而成为"远聚焦"叙事的主要修辞，所谓

　　① 穆木天：《再谈写实的小说与第一人称写法》，《申报·自由谈》1934 年 1 月 10 日。
　　② 穆木天：《再谈写实的小说与第一人称写法》，《申报·自由谈》1933 年 12 月 29 日。
　　③ 穆木天：《再谈写实的小说与第一人称写法》，《申报·自由谈》1934 年 1 月 10 日。
　　④ 王任叔：《中国现代小说发展的动向的蠡测》，《创造月刊》1935 年 9 月 15 日第 1 卷第 3 期。
　　⑤ 王任叔：《中国现代小说发展的动向的蠡测》，《创造月刊》1935 年 9 月 15 日第 1 卷第 3 期。
　　⑥ 何穆森：《短篇小说的特质》，《新中华》1933 年 12 月 10 日第 1 卷第 23 期。

"取材于一种极单纯渺小的事件，而其里面却深深地暗示着极复杂极重大的东西"，① 这广泛呈现于 30 年代的小说创作中。

郁达夫曾说"文学作品都是作家的自叙传"，不存在任何"客观的态度，客观的描写"，② 但到了 20 世纪 30 年代初期则宣告："从客观的立脚点来说，我们农民的生活状态，是如何的朴素，如何的悲惨。光就这一方面的写实的叙述，只教写得生动，写得简单，也可以说是农民文艺。……去观察农民的生活，研究农民的疾苦，如实地写出来。"③ 所谓"如实地写"即是诉求远聚焦叙事："于解剖个人的心理之外，还须写出集团的心理；在描写日常的琐事之中，要说出它们的对大众对社会的重大的意义。"④ 其小说《清冷的午后》《微雪的早晨》《祈愿》《迷羊》《在寒风里》《纸币的跳跃》等即是代表。《微雪的早晨》采用了第一人称"远聚焦"叙述：首先以倒叙引出主人公朱雅儒，但他实际上在"叙述者"的时空里已经死去——"这个人，现在已经不在人世了；而他致死的原因，一直到现在还没有明白"；⑤ 这个没有姓名的"他"和"他"不知所谓的死亡原因便放逐了叙述者情感的参与，而以"远聚焦"的手法展示朱雅儒的生与死，并运用"配角视点"行文，即叙述者"直接用记叙法或注解的说明，去表现主人公或中心人物"，⑥ 如文中注解："我说了大半天，把他的名姓忘了，还没有告诉出来。"⑦ 从而强化叙述者"我"与"他"的距离关系。

---

① 何穆森：《短篇小说的特质》，《新中华》1933 年 12 月 10 日第 1 卷第 23 期。

② 郁达夫：《五六年来创作生活的回顾》，载《郁达夫全集》第 10 卷，浙江大学出版社 2007 年版，第 312 页。

③ 郁达夫：《农民文艺的实质》，载《郁达夫全集》第 10 卷，浙江大学出版社 2007 年版，第 359 页。

④ 郁达夫：《现代小说所经过的道路》，《现代》1932 年 6 月 1 日第 1 卷第 2 期。

⑤ 郁达夫：《微雪的早晨》，《教育杂志》1927 年 7 月 20 日第 19 卷第 7 号"教育文艺"栏，发表时题名《考试》。

⑥ 高明：《小说作法·视点及形式》，载光华书局编辑部编《文艺创作讲座》第 2 卷，光华书局 1931 年版，第 338 页。

⑦ 郁达夫：《微雪的早晨》，《教育杂志》1927 年 7 月 20 日第 19 卷第 7 号"教育文艺"栏，发表时题名《考试》。

通篇以叙述者"我"这个配角描写主人公活泼的生与悲戚之死的过程，并暗示了社会现实的残酷性："我想起了去年冬假里和朱君一道上他家去的光景，就不知不觉的向前面的灵柩叫了两声，忽而按捺不住地哗的一声放声哭了起来。"① 远聚焦叙事的暗示效果胜于第一人称近聚焦叙事，因为配角视点的转换与拉伸能有力、有效地抨击社会的残酷性，从而说出"它们的对大众对社会的重大的意义"②。

沈从文于 20 世纪 30 年代创作了《渔》《夜》《三三》等一批散文体小说，曾被苏雪林批评："过于随笔化。他好像是专门拿Essay 的笔法来写小说的。"③ 的确，30 年代中后期，沈从文越发显示"客观化"叙事的某种努力，致力于"渺小的事件"的暗示功能，④ 这同样也是由"远聚焦"叙述方式实现的。如《边城》开篇的一、二节，近似于电影中的一系列长镜头，往下的章节仿佛由长镜头慢慢拉成中景和近景，然后展示渡船、老人、翠翠、黄狗、码头、顺顺、龙舟等人物景象，人物命运皆由具象物或事进行"暗示"："优美、健康、自然，而又不悖乎人性的人生形式"，为"人类'爱'字作一度恰如其分的说明。"⑤

郭沫若于 20 世纪 30 年代也创作了一批随笔体小说，如小说集《塔》。1925 年 2 月，宜兴战迹的残酷现实迫使作家舍去五四时期的浪漫浓情而趋向客观写实："无情的生活一天一天把我逼到了十字街头，像这样幻美的追寻，异乡的情趣，怀古的忧思，怕没有再来顾我的机会了。啊，青春哟！我过往了的浪漫时期哟！我在这儿和你告别了！…… 以后是炎炎的夏日当头。"⑥ 郭沫若自觉舍

① 郁达夫：《微雪的早晨》，《教育杂志》1927 年 7 月 20 日第 19 卷第 7 号"教育文艺"栏，发表时题名《考试》。

② 郁达夫：《现代小说所经过的道路》，《现代》1932 年 6 月 1 日第 1 卷第 2 期。

③ 苏雪林：《沈从文论》，《文学》1934 年 9 月 1 日第 3 卷 3 号。

④ 何穆森：《短篇小说的特质》，《新中华》1933 年 12 月 10 日第 1 卷第 23 期。

⑤ 沈从文：《习作选集代序》，载《沈从文选集》第 5 卷，四川人民出版社 1983年版，第 230—233 页。

⑥ 郭沫若：《塔·前言》，商务印书馆 1926 年版，第 1 页。

弃了曾经最为擅长的"近聚焦"抒情，而不得不选择"远聚焦"叙事："用第三人称而比较客观化。"① 时代环境和社会现实不仅左右了郭沫若，而且"影响到下一代的青年更要厉害。当时在《洪水》所刊载的，不仅是论说杂文都迫切地接触到现实。就是小说，也是社会性的成分，渐渐加多，并且在故事的里面，隐隐地提示出一些问题"②。"隐隐地提示"即遵循着客观化的远聚焦叙述原则。萧乾的散文体小说《篱下集》虽然描绘的是儿童世界，但已不再是水晶球般的童话："用一双儿童的眼睛来看人事。用的虽是简短的篇幅，表现的却是复杂的人生。"③ 运用远聚焦叙述方式，如《雨夕》里面"看"疯了的童养媳、《放逐》里面"看"割舍亲情的寡妇、《篱下》里面"看"软弱无能的寡妇，这些皆是"现实主义的小说，几乎没有一部不深深拓着忧郁的印记"，④ 这"印记"很不同于五四时期的青春期印记。

二　传记与 30 年代小说文体互渗现象

传记与中国现代小说的互渗融合始于五四时期，但在叙事上较少受制于现实的束缚，传主的"情绪化"通常遮蔽了传记的"历史感"，从而倾向于诗意想象和生命抒怀。时至 20 世纪 30 年代，传记体小说的文体特征被赋予别样的色彩，以社会历史为其坐标而凸显个体生命的价值意义，即"身份"的书写与认同，这既是自我发展的生命确证，又关涉世界观的有效性选择问题，彰显了特定时空里的承诺、责任和义务的担当。

（一）传记与现代小说互渗溯源

传记文体既注重纪实性和历史性，同时也允许文学的想象。法国小说家和传记家莫洛亚说："传记应当既是历史专著又是艺术品，我所追求的是艺术和史实的统一，它既不是史诗，也不是史

---

① 郑伯奇：《中国新文学大系小说三集·导言》，载吴福辉编《二十世纪中国小说理论资料》第 3 卷，北京大学出版社 1997 年版，第 366—377 页。

② 郑伯奇：《中国新文学大系小说三集·导言》，载吴福辉编《二十世纪中国小说理论资料》第 3 卷，北京大学出版社 1997 年版，第 366—377 页。

③ 刘西渭：《篱下集》，《文季月刊》1936 年 6 月 1 日第 1 卷第 1 期。

④ 刘西渭：《篱下集》，《文季月刊》1936 年 6 月 1 日第 1 卷第 1 期。

实，而是史诗加史实。"① 文学天才歌德认为传记往往具有"半诗半史"的文体特征。② 然而，"历史感"终究是传记文体的本性："具有客观公允的历史风度，或者说历史感，这是一切优秀的传记文学所必须具备的。"③ 正是"历史感"的不断强化，传记文学才"更发展的活泼，带起历史传奇小说的色彩来"④。18 世纪上半期，回忆录式的小说才真正出现，因为个性意识的觉醒促使传记的兴起，并推动小说创作的发展，使得传记文学叙事的重心逐渐地从历史转向个人，标志性作品是 18 世纪的《鲁滨孙漂流记》。该小说故事并非作者笛福的亲身经历，但笛福竭力"伪装"小说为自传，以第一人称叙述，通过小说序言及其他场合提示自身生活状况以证明笛福就是鲁滨逊原型。到了 19 世纪，传记体小说不仅追求个性觉醒时期的自省精神，而且诉求更高意义上的生命复活，如高尔基的自传体三部曲、歌德的《少年维特之烦恼》，等等。这些传记文学叙述了主人公从幼稚到成熟的成长历程及对个人身份的历史性探寻问题。

晚清时期，西方传记体小说创作范式传入我国。林纾译介《鲁宾孙漂流记》："原书全为鲁宾孙自叙之语，盖日记体例也，与中国小说体例全然不同。若改为中国小说体例，则费事而且无味。中国事事物物皆当革新，小说何独不然！故仍原书日记体例译之。"⑤ 有"味"即诉求"自叙之语"的情感性和真实性，这是中国小说创作可以借鉴的。1908 年，林纾翻译狄更斯的自传体小说《大卫·科波菲尔》，对小说叙事方式评价颇高："使吾中国人观

---

① ［俄］费·纳尔基里耶尔：《传记大师莫洛亚》，靳建国、杨德娟译，新华出版社 1988 年版，第 38 页。

② ［德］约翰·沃尔夫冈·冯·歌德：《诗与真》，刘思慕译，人民文学出版社 1988 年版，第 4 页。

③ 张文博：《试论传记文学的文体特征》，《安庆师范学院学报》1991 年第 2 期。

④ 郁达夫：《什么是传记文学》，载《郁达夫全集》第 11 卷，浙江大学出版社 2007 年版，第 206 页。

⑤ 林纾：《鲁宾孙漂流记·译者识语》，《大陆报》1902 年第 1 卷 1 号。

之，但实力加以教育，则社会亦足改良。"① 可谓已涉及生命成长
和身份确立的外因。孙毓修从《大卫·科波菲尔》中看到了作家
的面影："每至愁绝之处，辄有迭更斯之影子隐约行间，呼之欲
出。"② 可见欧西传记文体质素已为时人所赏识。及至五四，鲁迅
发现一些域外小说的传记特征："迦而洵 V-Garshin 生于一千八百
五十五年，俄人之役，尝投军为兵，负伤而返，作《四日》及
《走卒伊凡诺夫日记》。氏悲世至深，遂狂易，久之治愈，有《绛
华》一篇，即自记其状。……《四日》者，俄与突厥之战，迦尔
洵在军，负伤而返，此即记当时情状者也。"③ 歌德的《少年维特
之烦恼》更是引发年轻作家的狂热崇拜，其自传风格尤其受到欣
赏。郭沫若说："此书几乎全是一些抒情书简所集成，叙事的成分
极少，所以我们与其说是小说，宁肯说是诗，宁肯说是一部散文
诗集。……关于歌德的生涯，我在此处，只能把此书的本事略略
叙出，以供读者参考。"④ 并于 1924 年创作自传体小说《漂流三部
曲》（《歧路》《炼狱》《十字架》），明显受到了《少年维特之烦
恼》的文体影响。郁达夫探讨"现代小说的渊源"时亦论及笛福、
歌德乃至于高尔基等作家的传记体小说影响着现代作家小说创作
的事实。⑤

欧西传记文体对于中国现代小说的影响固然很大，但也不能忽
视我国传统文学的浸润化育。诸子百家时出现了自传文字，而传
记体小说的萌芽则始于唐传奇中具有亲历性的小说作品。鲁迅说：
"武则天时，有张鷟做的《游仙窟》，是自叙他从长安到河湟去，
在路上天晚，投宿一家，这家有两个女人，叫十娘，五嫂，和他

① 林纾：《块肉余生述·前编序》，载陈平原、夏晓虹编《二十世纪中国小说理论
资料》第 1 卷，北京大学出版社 1997 年版，第 348—349 页。
② 孙毓修：《司各德、迭更斯二家之批评》，载陈平原、夏晓虹编《二十世纪中国
小说理论资料》第 1 卷，北京大学出版社 1997 年版，第 431 页。
③ 鲁迅：《鲁迅译文全集》第 1 卷，福建教育出版社 2008 年版，第 128 页。
④ 郭沫若：《少年维特之烦恼·序引》，《创季刊造》1922 年 3 月 15 日第 1 卷第 1 期。
⑤ 郁达夫：《小说论》，载严家炎编《二十世纪中国小说理论资料》第 2 卷，北京
大学出版社 1997 年版，第 426—428 页。

饮酒作乐等情。"① 及至明清，传记体小说形态趋向成熟，如冒襄的《影梅庵忆语》、沈复的《浮生六记》、陈裴之的《香畹楼忆语》、蒋坦的《秋灯琐忆》及曹雪芹的《红楼梦》等。鲁迅认为《红楼梦》的作者自叙"很和书中所叙相合，……实是最为可信的一说"。② 沈复的《浮生六记》被视为中国文学史上第一部严格意义上的长篇自传体小说，其中的人性觉醒和个性意识比较突出，陈寅恪评价它"是古代小说史上的一个'例外'，这表明作者的文学观已带有鲜明的近代民主思想色彩"，③ 陈寅恪的看法与梁启超"小说新民"说具有互文性意义。于是，在文学作为社会改良与思想启蒙的功利化视域下，传记获得了自己的"身份"，当它与现代小说结缘时便凸显了这一文体的价值功能。

（二）情绪抒叙与身份表达：传记体小说的文体转型

五四时期，胡适曾为一位遭受压迫而亡的陌生大学生作传，即《李超传》，其中涌动着人性觉醒的潜流，彰显了五四的时代精神，这有别于传统的传记。苏曼殊的《断鸿零雁记》、郁达夫的《寒灰集》、庐隐的《海滨故人》等皆是此一时期颇有影响的自传体小说。它们在叙事形式方面倾向于诗意想象与生命抒怀，风格细腻浪漫。文体形式的意义"乃在于'自我情绪的抒叙'"，④ 作家们将表现的对象由外部转向人物内心，以表达个体的生命世界。苏曼殊作《断鸿零雁记》承认"自述其历史，自悲其身世，…… 契阔死生君莫问，行云流水一孤僧，无端狂笑无端哭，纵有欢肠已似冰"，⑤ 这"自悲""狂笑"与"哭泣"在《断鸿零雁记》中表现得十分明显。传主的"情绪性"在一定程度上遮蔽了传记的"历史感"，凸显了对于现实生存的形而上的诗意诉求。庐隐自述

---

① 鲁迅：《中国小说史略》，齐鲁书社 1997 年版，第 359—360 页。
② 鲁迅：《中国小说史略》，齐鲁书社 1997 年版，第 381 页。
③ 陈寅恪：《元白诗笺证稿》，文学古籍刊行社 1955 年版，第 93 页。
④ 朱寿桐：《情绪：创造社的诗学宇宙》，上海文艺出版社 1991 年版，第 25 页。
⑤ 苏曼殊：《苏曼殊全集》第 4 卷，当代中国出版社 2007 年版，第 57 页。

"足称创作的作品，唯一不可缺的就是个性，——艺术的结晶，便是主观——个性的情感"，① 其自叙传小说《海滨故人》饱含着主观情感的汁液，可视为庐隐的传记。自叙传小说集大成者郁达夫的《寒灰集》等作品也"不在人生的现实苦的展望，而在于自己的伤感的发舒，……作者主观的抒情的态度，当然使他的作品，带有多量的诗的情调来"②。

时至 20 世纪 30 年代初期，传记体小说风起云涌。史学家诉求传记的"真实度"，文学家倾向传记的"艺术性"。郁达夫、郭沫若等看重传记的文学性，认为"传记文学，是一种艺术的作品，要点并不在事实的详尽记载，如科学之类"，③ 因而想象虚构、细节描写和心理分析等小说笔法完全可为传记所用。上海第一出版社推出"自传丛书"系列以践行传记的"艺术性"表达之可能，如《庐隐自传》《钦文自传》和《从文自传》等。1934 年至 1936 年，郁达夫连续发表了《悲剧的出生》《水样的春愁》《书塾与学堂》《雪夜》《海上》等九篇传记体小说，总题名为《自传》。谢冰莹的《女兵自传》、丁玲的《莎菲女士的日记》、苏雪林的《棘心》、叶永蓁的《小小十年》、庐隐的《归雁》、白薇的《悲剧生涯》、凌叔华的《古韵》、邹韬奋的《经历》等一批自传体文学相继问世。为他人作传亦成一时之兴，如郁达夫的《卢骚传》、盛成的《我的母亲》、巴金的《断头台上》、闻一多的《杜甫》、陶菊隐的《蒋百里先生传》等。这类传记作品总体上倾向于"历史感"，"有点像自传，有点像回忆录，也有点像近代史"，④ 只有少数的几部始终贯穿着文学的质素，如郁达夫的《卢骚传》、巴金的《克鲁泡特金》、冯至的《杜甫传》、骆宾基的《萧红小传》等，可视为传记体小说来阅读。

---

① 庐隐：《创作的我见》，《小说月报》1921 年 7 月第 12 卷 7 号。
② 郑伯奇：《〈寒灰集〉批评》，《洪水》1927 年 5 月 16 日第 3 卷第 33 期。
③ 郁达夫：《传记文学》，《申报·自由谈》1933 年 9 月 4 日。
④ 蒋梦麟：《西潮与新潮：蒋梦麟回忆录》，东方出版社 2006 年版，第 18 页。

　　随着青春的告别而迎来凌厉的风云时代，曾经的传记主人很快抛去诗意感怀和诗性诉求，期待并坚守在历史维度上确立自我身份，并且以时代性的事件得以确证。如徐訏认为即使最老实的自传也并非作家自述，"所传的只是自己经历到与遇到的'事件'而已"①。1931 年，郁达夫在《关于小说的话》中宣称："一样的是一个人生，从前的小说里的人生是以人生一代之中最有余裕的纯情时代为主的，……现在的小说却不然了。……创生出来的新的小说，自然地成了一种新的小说的形式。"② 自然不独郁达夫一人揭开了五四传记体小说的纯情面纱，郭沫若在自传《我的童年》（1929）中同样看得真切："革命今已成功，小民无处吃饭。"③ 揭示了社会历史维度上的现实困境。于是乎，30 年代的传记体小说便在文体上被赋予了别样的色彩，即在社会历史坐标上以审美形式诠释个体生命的价值意义——表达身份的合理化想象。

　　身份（Identity）是个复杂的概念，历史学家格里森认为身份问题源于两类思潮，即以心理学家艾里克森为代表的身份发展理论和以角色理论家高夫曼、施特劳斯为代表的象征互动学派理论。艾里克森认为身份发展主要是指个性的发展，是个体处于社会环境中的一种内在心理过程，更强调个体生命的自觉成长。④ 象征互动学派则从社会学视域角度出发认为身份是被建构的："身份不是某种深藏于个人内心的东西，而处于个人与社会的交互之间。"⑤ 身份被赋予的意义之后添加到自我身上成为标签，它促进了后殖民批评家们关于"身份认同"理论的建构，如赛义德认为，身份

---

　　① 徐訏：《风萧萧·后记》，怀正文化社 1946 年版，第 351 页。

　　② 郁达夫：《关于小说的话》，载光华书局编辑部编《文艺创作讲座》第 1 卷，光华书局 1931 年版，第 395 页。

　　③ 郭沫若：《我的童年》，载《郭沫若选集》第 1 卷，四川人民出版社 1979 年版，第 155 页。

　　④ ［美］葛尔·罗宾：《酷儿理论：西方 90 年代性思潮》，李银河译，时事出版社 2002 年版，第 232 页。

　　⑤ ［美］葛尔·罗宾：《酷儿理论：西方 90 年代性思潮》，李银河译，时事出版社 2002 年版，第 232 页。

并非自然形成且一成不变的，而是人为构建甚至凭空创造的。① 霍尔说："文化身份总是由记忆、幻想、叙事和神话建构的。文化身份就是认同的时刻，是认同或缝合的不稳定点，而这种认同或缝合是在历史和文化的话语之内进行的。"② 所以，现代意义上的身份概念是在社会历史文化的关系网络中被建构并确立的，而传主作为文本建构并确立的主体形象，可谓是在历史主体转变为文本主体过程中被厘定的生命印记，这"印记"又是与书写者的"身份"息息相关。因此，五四时期的自传体小说适于以心理学派的身份发展理论进行诠释——更强调个体生命的自觉成长；而30年代的自传体小说则更适于以象征互动学派的社会学身份理论进行阐释，因为创作主体总是看重"个人与社会的交互之间"③ 的关系，从而诉求于一种合乎某种意识形态的身份认同，以迅速确立自我的存在价值。英国学者安德鲁·甘布尔说："身份是政治中的表达性维度，它提出的问题是'我们是谁？'在这个空间里，人们要在不同的原则和价值观之间做出选择，要明确自己究竟是谁，拥抱或承认某种的身份，并承担一系列特定的承诺、忠贞、责任、义务。"④ 甘布尔的观点与象征互动学派相一致，揭示了身份诉求背后潜在的"文化符码"归属问题，即身份书写不仅是自我发展的生命确证，而且更是价值观、世界观的有效性选择问题，它意味着对特定时空里的承诺、责任和义务的担当，从而确立起书写主体的存在价值和意义。

（三）身份想象：传记体小说的叙述修辞

叶永蓁的自传体小说《小小十年》反映了一个"现代的活的

---

① ［美］爱德华·W. 赛义德：《东方学》，王宇根译，生活·读书·新知三联书店1999年版，第427页。

② 王先霈、王又平：《文学理论批评术语汇释》，高等教育出版社2006年版，第746页。

③ ［美］葛尔·罗宾：《酷儿理论：西方90年代性思潮》，李银河译，时事出版社2002年版，第233页。

④ ［英］安德鲁·甘布尔：《政治和命运》，胡晓进译，江苏人民出版社2003年版，第7页。

青年"从浪漫情怀向合理化身份认同的时代趋归，这部作品总体上以富有诗意的感情婚恋为底色，如夏衍说"这是一部以革命为穿插的言情小说"。① 在"终结"一章里，"我"的激情足以感染每一个读者，"我几乎发了狂，把茵茵的信拿来吻，跳！我快活得几夜都不能合上眼，只幻想着，幻想着茵茵确实是我的人了！我全部的灵魂，经过了好多的顿挫，而在这时候才找到了归宿。我真感谢茵茵呀！茵茵！我美丽的天使茵茵！你能给我一种力，使我上进"②。然而这"美丽的幻想"最终化为新生的动力："我现在要重上征途，要跟着我的伙伴仍向环境奋斗。我们自己有曙光在前，向着这曙光走去，就什么都有转机了！我的心不牺牲在其余什么地方，我的心只拿来牺牲在为整个人类谋利益的创制合理的新社会的处所。"③ 正如鲁迅所言："在这里，是屹然站着一个个人主义者，遥望着集团主义的大纛。……然而这书的生命，却正在这里。"④ 传主叶永蓁终究脱去了青春的服饰而走上时代征途，以寻觅"身份"的价值意义，如他宣誓："一个革命者，将——而且实在也已经（！）——为大众的幸福斗争，然而独独宽恕首先压迫自己的亲人，将枪口移向四面是敌，但又四不见敌的旧社会。"⑤

另外，对于身份的想象和建构还能从《小小十年》的构思过程中见出。学者马蹄疾考证认为，⑥ 叶永蓁在大革命失败后迁居于上海艺术大学附近的小客栈，与符号（原国民党第三军第八师编遗军人）同住，符号创作军中杂记《风沙拾掇》，叶永蓁则创

---

① 沈端先：《小小十年》，《拓荒者》1930 年 2 月 10 日第 1 卷第 1 期。"沈瑞先"为夏衍笔名，笔者注。

② 叶永蓁：《小小十年》，人民文学出版社 1998 年版，第 242 页。

③ 叶永蓁：《小小十年》，人民文学出版社 1998 年版，第 252 页。

④ 鲁迅：《叶永蓁作〈小小十年〉小引》，《春潮月刊》1929 年 8 月 15 日第 1 卷第 8 期。

⑤ 叶永蓁：《小小十年》，人民文学出版社 1998 年版，第 255 页。

⑥ 马蹄疾：《〈小小十年〉作者叶永蓁生平始末》，《辽宁师范大学学报》1986 年第 3 期。

作长篇自传体小说《茵茵》（出版时题名《小小十年》）。符号曾回忆，①《茵茵》原初充满拥抱、接吻等情爱场面，当初稿完成后则送与鲁迅指导，鲁迅提出了修改意见，即建议他侧重时代描写，削弱爱情成分。叶永蓁于是大力修改，鲁迅写了小引，并推荐到上海春潮书局出版。从作品名称到内容的反复修改过程中，即可见出传主的思想情感虽然一度矛盾，但主导意识终究是社会时代——特定环境迫使传主在文学想象中不断地修正自己，从而实现了合乎时代意识的身份转换，尤其是叶永蓁的弃文从戎——"索性还是再去当丘八罢，妈的，同他拼一下！"② 其进一步标志了文学想象终究难敌时代的凌厉之风。

　　谢冰莹的《一个女兵的自传》有着充分的文学想象力。然而，章节文体形式的变化预示着生命诗意逐渐被"光明灿烂的前途"的合理化图式所取代，从而主体实现了从个性需要到"革命身份"需要的时代转换。"黄金的儿童时代"一节凸显着"童年的美好"："田径上长满了青青的草，红红白白的花，溪水潺潺地流着，田蛙阁阁地叫个不休，这正是农夫插秧、孩子们捉虾的时候。"③"采茶女"一节彰显了青春生命对于现实的"诗意超越"：

> 三月采茶茶叶青，
> 姊妹双双绣手巾，
> 两边绣起茶花朵，
> 中间绣着采茶郎。④

　　"初恋"一节标志了个性情感为社会合理性图式所战胜：

---

　　① 符号：《鲁迅先生对文学青年的掖进——关于〈小小十年〉的一点回忆》，载《鲁迅研究资料》第8辑，天津人民出版社1981年版。
　　② 叶永蓁：《再当丘八》，《宇宙风》1937年2月第35期。
　　③ 谢冰莹：《一个女兵的自传》，良友图书印刷公司1936年版，第19页。
　　④ 谢冰莹：《一个女兵的自传》，良友图书印刷公司1936年版，第24页。

现在理智在向情感宣战了：
我不能牺牲我的前途，
我不能毁灭我的生命，
努力挣扎吧！
……不要忘记了你是个非凡的女性，
不要忘记为求学而自杀的苦心。
继续奋斗呵，
你应该做个社会上有用的人！①

"打破恋爱梦"一节发出了"去诗意化"的咆哮：

快快学习，
快快操练，
努力为民先锋。
推翻封建制，
打破恋爱梦；
完成国民革命，
伟大的女性！②

"第三次逃奔"一节在诗意想象中彻底完成了身份的转换与确立：

永别了，我的故乡！
美丽的故乡呵，
有翠绿的青山，
有潺潺的流水，
杏桃如画，

---

① 谢冰莹：《一个女兵的自传》，良友图书印刷公司 1936 年版，第 161 页。
② 谢冰莹：《一个女兵的自传》，良友图书印刷公司 1936 年版，第 307—308 页。

垂柳如丝。

……封建社会的猛虎，

想要吞没这颗黑暗中的明星。

奋斗呵！

只有奋斗才能得到最后的成功。

永别了我的故乡！①

　　终于，"我们要庆祝新生命的开始，要庆祝光明灿烂的前途，每个人都象疯了似的狂笑、高歌、跳跃"②。主人公"我"彻底告别美丽青春而迈入历史的滚滚洪流，实现了"身份"的跨越式转换，如作者言："妇女们是如何从小脚时代，进步到了天足时代。她们从封建锁链捆得紧紧的家庭里逃出来，不知经过多少的侮辱和痛苦，经过多少的挣扎和奋斗，才投入革命的烘炉，和男子站在一条战线上共同献身革命。"③ 当然，传主始终不失"诗情画意"，但那是革命式的罗曼蒂克，如林语堂说："我们读到这些文章时，只看见一位年轻女子，身穿军装，足着草鞋，在晨光熹微的沙场上，拿一支自来水笔，靠着膝上振臂直书，不暇改窜，戎马倥偬，束装待发的情景。"④ 此情此景是传主洁美情愫的映现，与诗语交融而发出合理性的呼唤：做一个坚强的时代女兵！

　　苏雪林的自传体小说《棘心》展示了主人公杜醒秋细腻多彩而又独具个性魅力的心路历程，尤其是在对自然景物的诗意描写中"暗示"了杜醒秋形象的时代觉醒。"母亲的南旋"一节描绘了主体与自然界合二为一："泉声忽高忽低，忽缓忽急，做弄玲琤曲调，与夏夜虫声，齐鸣竞奏。这些声响，都像是有生命和情感的。"⑤ "莱茵湖上的养疴"一节醉心于莱茵湖的美景，甚至可以生

---

① 谢冰莹：《一个女兵的自传》，良友图书印刷公司1936年版，第308页。
② 谢冰莹：《一个女兵的自传》，良友图书印刷公司1936年版，第131页。
③ 谢冰莹：《从军日记》，光明书局1929年版，第118页。
④ 林语堂：《从军日记·序》，《春潮月刊》1929年1月第1卷第3期。
⑤ 苏雪林：《棘心》，华夏出版社2009年版，第100页。

命相托："这里没有眼泪，只有欢笑，没有战争，只有和平，这里说是恬静，也有荡心动魄的狂欢，说是酣醉，原有冲和清澹的诗趣，厌世的人到此，会变成乐天者，诗人月夜徘徊于水边，也许会轻笑一声，在银白的波光中完结了他的生命。"① 这些自然意象的诗意渲染得到同时代作家的赞赏，方英说："在她的著作里，关于自然描写最多，而技术的成就特好，这一点也足证明她的'醉心自然'。"② 赵景深说："她的文辞的美妙，色泽的鲜丽，是有目共赏的，不像志摩那样的浓，也不像冰心那样的淡，她是介乎两者之间而偏于志摩的，因为她与志摩一样的喜欢用类似排偶的句子，不惜呕尽她的心血。她用她那画家的笔精细的描绘了自然，也精细的描绘了最纯洁的处女的心。"③ 然而，这些诗意的文学想象并非主体追求的目标，目标在于以自然的诗意底色凸显主人公身份的时代转换——杜醒秋为了冲出封建大家庭的羁绊，得到外出读书求知的机会，甚至不惜以死要挟家人进行抗争，可谓不折不扣的时代"叛女"："苏绿漪笔下所展开的姿态，只是刚从封建社会里解放下来，才获得资产阶级的意识，封建势力仍然相当的占有着她的伤感主义的女性的姿态。她笔下所展开的，是这样的人物。"④ 杜醒秋的形象可谓 20 世纪 30 年代女性心路和身份转换的一个缩影，与谢冰莹笔下的"女兵"形象具有互文性。

郁达夫的《自传》叙述了自童年到东渡日本大约二十年间的生活，并非依据史籍体例经营之，也非个人经历之单纯回忆录，而是被赋予浪漫色彩与自我表现的文学作品，因此可视为自传体小说。郁达夫说："传记文学，是一种艺术的作品，要点并不在事实的详尽记载，如科学之类；也不在示人以好例恶例，而成为道德的教条。……统观西洋的传记文学，……是一人的一生大事记，

① 苏雪林：《棘心》，华夏出版社 2009 年版，第 127 页。
② 黄英：《当代中国女作家论》，北新书局 1931 年版，第 141 页。
③ 赵景深：《苏雪林和她的创作》，载《海上集》，北新书局 1946 年版，第 173 页。
④ 黄英：《当代中国女作家论》，北新书局 1931 年版，第 141 页。

自传是己身的经验尤其是本人内心的起伏变革的记录，回忆记却只是一时一事或一特殊方面的片段回忆而已。"① 因此，《自传》里的九个篇章并非作家的"回忆录"，而是贯之以人生经验和审美情感的艺术实践，表现了自民国初年至日本大正初年的特定社会情境和主体心路历程，可视为作家生活踪迹、生命成长、审美诉求及个人身份确立的脉络和明证。

三　速写与30年代小说文体互渗现象

速写属于绘画范畴的表现技法，后来逐渐引入新闻报道和文学创作领域。《辞海》界定"速写"："绘画术语。用简练的线条在短时间内扼要地画出人和物体的动态或静态形象。一般用于创作的素材；一种篇幅短小、文笔简练生动，扼要描写生活中有意义的事物或人物的情况的文体。也指用概括有力的笔墨描写人物或生活场景的表现手法。"② 其被引用至新闻报道范畴，成为简明扼要地描情状物，迅速及时地向大众宣传报道的一种写作文体，其主要特征是快速捕捉、凸显主题、客观真实。胡风认为"速写"有三种质素："一、它不写虚构的故事和综合的典型。它的主人公是现实的人物，它的事件是实在的事件。二、它的主人公不是古寺，不是山水，不是花和月，而是社会现象的中心的人。三、不描写世间的细节而攫取能够表现本质的要点。"③ "速写"是"一种能扼要地揭示生活真相的宏大叙事文体"，④ 它与小说互渗融合生成速写体小说，始于20世纪20年代后期，兴盛于30年代。

（一）速写与现代小说互渗溯源

20世纪30年代之前，现代小说创作中已呈现出"速写"的文体因子。鲁迅论及弥洒社的创作时认为"钱江春和方时旭，却只能算作速写的作者"。⑤ 这是因为，弥洒社作者的创作素材比较狭

---

① 郁达夫：《传记文学》，《申报·自由谈》1933年9月4日。

② 辞海编辑委员会：《辞海》，上海辞书出版社1999年版，第1389页。

③ 胡风：《关于速写及其他》，《文学》1935年2月1日第4卷2号。

④ 胡风：《关于速写及其他》，《文学》1935年2月1日第4卷2号。

⑤ 鲁迅：《中国新文学大系·小说二集·导言》，载吴福辉编《二十世纪中国小说理论资料》第3卷，北京大学出版社1997年版，第342页。

窄，咀嚼着身边的小悲欢，视小悲欢为全世界，在叙事向度上呈现为个性化形象的展示特征，"诚然大抵很致力于优美，要舞得'蹁跹回翔'，唱的'宛转抑扬'"①。鲁迅甚至认为《故事新编》"也还是速写居多，不足称为'文学概论'之所谓小说"，② 但这些"速写"往往呈现为"个性化形象"的叙事向度，即如作家所说的"叙事有时也有一点旧书上的根据，有时却不过信口开河"③。

20 世纪 30 年代以后，速写与小说互渗现象蓬勃发展，"近两年来因为报纸的文艺栏需要短的作品，'速写'之类的文章一天天地多了起来，现在已成了广大的流行，连以这种作品为中心的刊物也出现了"④。这一时期被称为"速写"的小说在叙事向度上异于 30 年代之前的速写体小说，不仅少有"信口开河"的态度，而且亦无"个性化形象"的诉求，更多则是"集团式"或"集体化"或"大众性"的群像，这从 30 年代的批评话语中即可见出。

1931 年，《当代文艺》刊载了一篇文章《大众小说论》，其中多次提到"集团"的面貌："现在因生活之需要集团化的关系，我们的大众小说当然是集团，战斗的，勇敢的，现实的，社会的……"⑤ 冯雪峰认为丁玲小说《水》已然具有"集团"的标志："在《水》里面，不是一个或二个的主人公，而是一大群的大众，不是个人的心理的分析，而是集体行动的展开（这二点，当然和题材有关系的），它的人物不是孤立的，固定的，而是全体中相互影响的，发展的。"⑥ "大众"逐渐成为文学表现的中心和审美接受

---

① 鲁迅：《中国新文学大系·小说二集·导言》，载吴福辉编《二十世纪中国小说理论资料》第 3 卷，北京大学出版社 1997 年版，第 342 页。

② 鲁迅：《故事新编·序言》，载吴福辉编《二十世纪中国小说理论资料》第 3 卷，北京大学出版社 1997 年版，第 402 页。

③ 鲁迅：《故事新编·序言》，载吴福辉编《二十世纪中国小说理论资料》第 3 卷，北京大学出版社 1997 年版，第 402 页。

④ 胡风：《关于速写及其他》，《文学》1935 年 2 月 1 日第 4 卷 2 号。

⑤ 查理斯：《大众小说论》，《当代文艺》1931 年 8 月 15 日第 2 卷第 2 期。

⑥ 冯雪峰：《关于新的小说的诞生——评丁玲的〈水〉》，《北斗》1932 年 1 月 20 日第 2 卷第 1 期。

的标志，郁达夫说："目下的小说又在转换方向了，于解剖个人的心理之外，还须写出集团的心理：在描写日常的琐事之中，要说出它们的对大众对社会的重大的意义。"①"个人的心理"已非时代之重，自 1927 年始，"精致的闲话，微妙的对白剧，……也使读者和作者有点厌倦了，于是时代便带走了这个游戏的闲情，代替而来了一些新的作家与新的作品"②。所谓"新的作品"即关乎"速写"的文体应用。至此，"个性化"已无存在的理由，它几乎完全被"群性化"取代，即使诗人也不能"幸免"："从执行新经济政策以后一直到现在，诗歌差不多都由抒情的姿态移向叙事的步调上来，同时，小说这方面，有了空前的发展。这并不是偶然的事情，这证明叙事诗和小说（尤其是小说），更加能够表现出社会的全般的复杂性和它的力学性。"③ 于是，"集团化""集体化"和"群性化"的展示就成为 30 年代速写体小说的主要叙事向度，而"场面"叙事又是最为恰当的叙述方式。

（二）场面化：速写体小说的叙事形式

"场面化"是"场景"叙事的主要特征，属于现代叙事范畴，有别于传统的概要叙事。柏拉图说："如果诗人处处出现，从不隐藏自己，那么他完成整个诗篇和叙述就用不着模仿了，……但若我们把诗人对白之间的那些话一概去掉，只留下对白，那么我们得到的就是另一种不同的文体。"④ 这文体就是"叙事"（narrative）和"模仿"（mimesis）两类形式，促成了现代叙事学中"概要"讲述（telling）与"场景"描绘（showing）的出现，且被视为传统小说向现代小说转型的分界标志。⑤ 热奈特指出，"概要"

① 郁达夫：《现代小说所经过的道路》，《现代》1932 年 6 月 1 日第 1 卷第 2 期。

② 沈从文：《论中国创作小说》，《文艺月刊》1931 年 4 月 30 日至 6 月 30 日第 2 卷 4 号至 5、6 号合刊。

③ 洪灵菲：《普罗列塔利亚小说论》，载冯乃超编《文艺讲座》第 1 册，神州国光社 1930 年版。

④ ［古希腊］柏拉图：《国家篇》，载《柏拉图全集》第 2 卷，王晓朝译，人民出版社 2003 年版，第 358 页。

⑤ 谢龙新：《"叙事"溯源：柏拉图与亚里士多德》，《华中学术》2009 年第 2 期。

叙事是"两个场景之间最通常的过渡，是节奏调节的重要手段，是小说叙事最佳的结缔组织"，① 它贯穿了整个小说史。欧西小说自不用说，我国古代话本小说，以"概要"叙事为主线，但也有"场面"叙事，比如"玉堂春落难逢夫""杜十娘怒沉百宝箱"② 等故事情节，皆由一连串精彩的"场面"构成，又如"玉堂春"场面中的"庙会、嫖院、会审、探监、起解、团圆"等具体场景。可见"概要"和"场景"是传统和现代小说皆有的叙事方式，但就现代小说而言，"场景"叙事比较突出。日本学者柄谷行人著文《日本现代文学的起源》，认为日本现代文学的动因之一就是"场景之发现"。③ 1935 年，我国现代作家王任叔通过个案研究 30 年代小说得出结论："最可注意的一点，是这五十三篇中，立体的集体的描写法的发展。"④ 代表作品是芦焚的《头》《谷》、张天翼的《清明时节》《枪案》、汪华的《乞儿们》《小车夫》、蒋牧良的《荒》《干塘》、沙汀的《赶路》、艾芜的《囚徒们》、金魁的《逃难》、万迪鹤的《没有准备》、寒谷的《三月街》、白文的《转过了崎岖的小径》等，这些小说"能在集体的描写法中，用建筑学的手法，将这些人物立体地站起来，成为一个活动的人物。《清明时节》里的谢老师和罗二爷，程三先生，《谷》里的黄国俊，白贯三和向匡成，《逃难》里的大李，张大娘，毛哥都能使我掩卷犹仿佛见其人"⑤。王任叔所谓"集体的描写法"指的就是现代作家在小说创作中采用的"场面"展示的叙事方法。

在时间轴上，速写体小说重现在而轻过去和未来。茅盾曾谈到

① ［法］热拉尔·热奈特：《叙事话语》，王文融译，中国社会科学出版社 1990 年版，第 127 页。

② （明）冯梦龙：《警世通言》，人民文学出版社 1994 年版。

③ ［日］柄谷行人：《日本现代文学的起源》，赵京华译，生活·读书·新知三联书店 2006 年版，第 25 页。

④ 王任叔：《中国现代小说发展的动向的蠡测》，《创作月刊》1935 年 9 月 15 日第 1 卷第 3 期。

⑤ 王任叔：《中国现代小说发展的动向的蠡测》，《创作月刊》1935 年 9 月 15 日第 1 卷第 3 期。

过"非速写体"的一个特征是"连绵发展着的故事"。① 那么，"速写"一般就不写连绵发展的故事，而是写当前正在发生的事件——活动"场面"的展示，即以群像的展览（集体）、粗线条的勾勒（建筑学）和清晰的显示（仿佛见其人）为其文体特征："立脚于现实的基础上，抓住人生的一个断片，革命也好，恋爱也好，爽快的一刀切下去，将所要显示的清晰地显示出来。"② 所谓"断片"即是"场面"的一个个单元。

张天翼的速写体小说《猪肠子的悲哀》主要描写了"我"和主人公"猪肠子"的邂逅"场面"，至于人物形象的过往、性格及心理等方面并未交代，只能通过一系列"断片"去推测，即"用轻松明快的笔调写人生的一个片断，他能拈取很小一点来写一篇小说"，③ "累赘的环境描写，沉闷的心理叙述，也是没有的"④。张天翼发表于 20 世纪 30 年代末期的"速写三篇"之一《华威先生》也采用了"断片"展示的叙事方法。小说里写到华威先生开会的"会场"就给人以"断片化"感觉，华威先生的活动也是由点和面的"断片"构成。首先，是华威仪表的优雅与失范的"断片"，如华威"抽雪茄""划洋火""翘兰花指""吼着""瞪着眼""拍几下手板""猛地跳起来了""嘶哑地骂着""打碎了""咬着牙，嘴唇在颤抖着"等或优雅或失范的行为。生活"断片"的展示、转换和连缀而构成的场面昭示了华威故作姿态、虚张声势的性格心理。其次，是华威日常工作快慢的"断片"，如华威的包车"'叮当，叮当，叮当——'一下子就抢到了前面""行人赶紧避到两旁的店铺里去""来不及看清楚就跑得老远老远""速度全城第一""从容的步子""把踏铃踏它一下"等或紧要或悠闲的状态。这类生活"断片"转换的对比揭示了华威的忙只不过是一

---

① 茅盾：《茅盾全集》第 20 卷，人民文学出版社 1990 年版，第 276 页。
② 叶灵凤：《谈现代的短篇小说》，《六艺》1936 年 4 月 15 日第 1 卷第 3 期。
③ 胡绳祖：《"健康的笑"是不是?》，《文学》1935 年 2 月 1 日第 4 卷第 2 期。
④ 汪华：《评畸人集》，载沈承宽、黄侯兴、吴福辉《张天翼研究资料》，中国社会科学出版社 1982 年版，第 301 页。

个幌子而已，实质上暗示了他欺民扰市、虚伪无聊的丑态。整篇小说中没有叙述者的回溯、插叙等叙事手段，也无叙述者的抒情和议论等主观化的观念干预。

沙汀速写体小说的叙事结构也由"场面"构成，少历时性的纵向叙述和回溯插叙等方法，以电影蒙太奇（montage）为手法呈现出具有暗示意义的对话"场面"是沙汀速写体小说文体的主要特征。这类小说往往把对话"场面"聚焦于一个固定的活动场所，比如祠堂、茶馆等，以你来我往的"对话接龙"推进事件的发展，并与人物的活动场所形成互文关系。而且，几乎所有的发言者都没有具体姓名，作者只是以经理员大叔、老头子、两个女人、电报的寡妇、布客大嫂、上尉、小兵、丈母娘、胖大军官等称呼之，以三言两语引出一个话题，下一个人便迫不及待地跟上，形成话题接龙。如《在祠堂里》有个片段，描写小兵划不着火柴时与上尉的几句对话"场面"："我怕有鬼哩！……你背着风呀，……又没有风哩。"① 异常简洁的对话"场面"便折射出小兵的稚嫩、上尉的老练及周围环境的阴森。然而这种对话又不是以凸显人物的"个性形象"为目的，而是以"素描"式的手法勾勒出说话者仅仅是"一个活动的人物"② 而已，并与周围"死寂"的环境形成强烈的对照，这是对话铺叙的妙处。现代作家施蛰存在《小说中的对话》中说："为了描写一个或多数人的心理，或者是要描写一个特殊的场面，或是要阐发作者自己所企图寄托在他的著作里的哲学，而应用了对话记录的方法。"③ 但这些"对话"必须要结合某个"场面"才能暗示出创作者的"企图"或"哲学"。《在祠堂里》就是靠"祠堂"的阴冷压抑的"场面"来实现的。小说开篇四句话交代了"场所"的景："七公公的门口""院坝里""秋霖

---

① 沙汀：《在祠堂里》，《文学界》1936 年 6 月 5 日第 1 卷 1 号。
② 王任叔：《中国现代小说发展的动向的蠡测》，《创作月刊》1935 年 9 月 15 日第 1 卷第 3 期。
③ 施蛰存：《小说中的对话》，《宇宙风》1937 年 4 月 16 日第 39 期。

积水""天色慢慢黑了下来""鸭群寂寞""神灯";小说结尾四句话交代的景是:"夜很黑""棺材""司刀声""凄厉的叫唤""狗噑叫着"。于是,一个个"话场"和"景场"犹如电影蒙太奇,组接系列镜头为整体"场面"而赋予新的含义。《在祠堂里》的"话场"和"景场"融合而形成的"场面"具有强烈的惊悚感和视觉冲击力,从而凸显了"速写"的现场效应:强化了看客的冷漠、人心的隔膜与现实的黑暗等"暗示"的力度。

吴组缃《一千八百担》的副标题是"七月十五日宋氏大宗祠速写",即标志了速写文体特征。该小说场面有固定的活动场所——宋氏大宗祠,有群像式展览——柏堂、双喜、子寿、松龄、步青、庆甲、子渔、叔鸿、景元、渭生、元川、石堂、绍轩、翰芝等,有连续性的对话——话题接龙,有蒙太奇的画面——祠堂前的旷废景象:猪羊牲口、野狗、破布条、小孩子、唱戏、演讲、高棚子龙王台、神座、痴痴菩萨、泥地、野草等。全文由小厮"双喜"的出现开始,由"双喜"的再次出现结束,一个横向的"场面"矗立在读者眼前。这样,作品通过简洁活泼的群像对话和场景转换的蒙太奇式组接,暗示了地主豪绅盘剥百姓的各种丑态及趋于灭亡的态势。

此外,吴组缃的《黄昏》《离家的前夜》《女人》、罗洪的《群像》、葛琴的《总退却》、叶圣陶的《多收了三五斗》、周文的《雪地》、丁玲的《水》、魏金枝的《留下镇上的黄昏》等一批速写体小说,基本上都是取材于短时间、小范围内发生的"断片"事件,"由形象的侧面来传达或暗示对于社会现象的批判",[①] 即以"场面"叙事来昭示时代意识的某种"合理性"。

第三节　40 年代小说文体互渗的写实倾向

20 世纪 40 年代,现代小说"文体互渗"范型主要有报告文学

---

① 胡风:《关于速写及其他》,《文学》1935 年 2 月 1 日第 4 卷 2 号。

体小说、戏剧体小说和说书体小说。这些文体本身倾向于"写实"特征，在它们与现代小说的互渗融合中，创作主体或作家的可靠叙述人往往不评价人物事件或流露感情，而主要以"展示"或者以"讲述"与"展示"形式的混用作为小说的叙述方式。报告文学体小说如丘东平的《第七连》、曹聚仁的《大江南北》、黄蜂的《礼物》、骆宾基的《东战场别动队》、萧乾的《刘粹刚之死》、庐隐的《火焰》、沙汀的《堪察加小景》、路翎的《卸煤台下》等；说书体小说如老舍的《柳家大院》、古丁的《平沙》、姚雪垠的《牛全德和红萝卜》、赵树理的《李有才板话》等；戏剧体小说如严文井的《一个人的烦恼》、沙汀的《在其香居茶馆里》、张天翼的《速写三篇》、赵树理的《小二黑结婚》、姚雪垠的《差半车麦秸》，等等。

一　报告文学与 40 年代小说文体互渗现象

"报告文学"属于散文的一类，源于印刷术和报刊业的兴盛。"印刷发达之后，一切文书都用活版印刷的形态而传播，在此，才产生了近代的散文，——即一般叫做 Fenilleton 的形式，Reportage，就是这种形式的兄弟"。① 我国古代并未出现真正意义上的报告文学，所谓"《史记》开启了我国纪实文学和史志报告的先河"② 之说，与"报告文学"的概念相异，因此，"报告文学"是现代时期的舶来品："在我们中国，确是'不二价的最新输入'"。③ 它起初被称为"新闻文艺"，④ 即散文与新闻的结合体，至晚清时期，报告文学初具形态，梁启超的《戊戌政变记》可谓代表，之后逐渐兴盛。

（一）报告文学与现代小说互渗溯源

五四时期，报告文学渐多，冰心、瞿秋白等作家皆有涉猎，然

---

① ［日］川口浩：《报告文学论》，沈端先译，《北斗》1932 年 1 月 20 日第 2 卷第 1 期。
② 李朝全：《报告文学六十年》，《中国艺术报》2009 年 9 月 28 日。
③ 茅盾：《关于报告文学》，《中流》1937 年 2 月 20 日第 1 卷第 11 期。
④ 曹聚仁：《报告文学》，《社会日报·纪念专刊》1931 年 3 月 9 日。

而尚未生成自觉的文体意识。时至 1930 年，"报告文学"这一称谓才被引进。① 1931 年，曹聚仁著文《报告文学》分析此类文体的"史笔"特征，论及报告文学与小说及其他文艺样式之间的关联度，其谓"报告文学、短篇小说和漫画三者具有共性特征"。② 1932 年，夏衍译介了日本文学批评家川口浩的《报告文学论》，述及"事实的报告，……必然的具有一定的目的，和一定的倾向"，③ 并以此衡量报告文学作品的价值，如杰克·伦敦的《深渊里的人们》（*The People of the Abyss*）等报告文学"还不能说是已经用了明确的形式"，④ 其实已触及报告文学的文体问题。同年，钱杏邨选编了我国第一部以"报告文学"命名的作品集《上海事变与报告文学》，⑤ 推动了这一新兴体裁的创作和发展。1937 年，茅盾论述报告文学"需要具备小说所有的艺术上的条件——人物的刻画"等，⑥ 该观点既促进了报告向文学的靠拢，也促成了报告文学与小说的结缘——报告文学体小说的诞生与涌现。总而言之，关于报告文学写作技巧与文体属性的探讨成为一时之兴，创作实践也令人瞩目。

　　一是"新闻通讯型"报告文学的写作与批评。抗战之前最为流行，茅盾称为"团体活动的通信，在某种场合，它本身也是很好的报告文学"。⑦ 然而，一些作家和批评家认为该写法类型的报

---

　　① 1930 年 2 月 10 日出版的《拓荒者》第 1 卷 2 期上，刊登了日本作家川口浩撰写的《德国的新兴文学》（冯宪章译）一文，提及"列波尔达知埃"是德语"报告文学"的中文音译。同年 3 月 1 日出版的《大众文艺》第 2 卷 3 期《新兴文学专号》上，发表了陶晶孙翻译的《德国新兴文学》一文，始正式使用"报告文学"一词，并沿用至今。

　　② 曹聚仁：《报告文学》，《社会日报·纪念专刊》1931 年 3 月 9 日。

　　③ ［日］川口浩：《报告文学论》，沈端先译，《北斗》1932 年 1 月 20 日第 2 卷第 1 期。

　　④ ［日］川口浩：《报告文学论》，沈端先译，《北斗》1932 年 1 月 20 日第 2 卷第 1 期。

　　⑤ 钱杏邨（阿英）：《上海事变与报告文学》，南强书局 1932 年版，第 1 页。

　　⑥ 茅盾：《关于报告文学》，《中流》1937 年 2 月 20 日第 1 卷第 11 期。

　　⑦ 里正：《通信员运动与报告文学》，《文艺月报》1933 年第 1 卷第 1—3 期。

告文学是其自身形式发展演进中不成熟的创作表现。尽管如此，这种文学样式和文体形式呼应了时代发展，以至于该创作类型延伸到全面抗战中期，比如《火线上》《前线通讯》《战地一日》等"通讯型"作品。实际上，并不能用纯粹的"新闻"标准来衡量这些作品，因为它们的表现手法已具备报告文学的一些文体特征，不过其重点依然是"叙事"而非"形象"塑造。

二是"小说型"报告文学的创作与批评。20世纪30年代初出现的一些报告文学作品已具有小说的某些"笔法"，如人物形象塑造，以及细节描写和象征意象等艺术手法，庐隐的《火焰》、萧声的《松花江》是为代表。同时代女作家苏雪林曾撰文说，1933年前后的庐隐"正写一本《淞沪血战故事》，布满蝇头细字的原稿，一张张摆在写字台上"，[1] 即庐隐起初在"报告"一个大事件——"淞沪血战"。该战役是指1932年1月28日始日军攻打上海的迅疾事件，庐隐以此创作报告文学《淞沪血战故事》，后来出版时的题名是《火焰》。从"淞沪血战故事"到"火焰"的题目变化情形，大概能反映出这个作品的文体属性问题，虽为"迅疾事件"，但"火焰"的象征性已然赋予其浓郁的文学色彩——近小说而远报告了。当代学者肖风著的《庐隐传》[2] 详细记述了《火焰》的成书经过，确是庐隐根据见闻亲历写就，但小说质素丰盈。

时至1936年前后，现代文坛关于"报告"的文学性（准小说）的呼声愈甚。学者杨非说："事实的报告原是报告文学的特质，但当它在摄取现实的事象时，必须与一般现实主义的文学创作一样，经过形象的思索，把现实的主题和发展，加以明确的组织，然后反映出来。"[3] 当时虽然强调"事实的报告"，但更为凸显"文学""形象"和"反映"的特征，这着实接近小说的笔法。青

---

① 苏雪林：《黄庐隐》，载钱虹编《庐隐选集》，百花文艺出版社1983年版，第474页。

② 肖风：《庐隐传》，北京师范大学出版社1982年版，第93页。

③ 杨非：《怎样展开报告文学》，《青年界》1936年第10卷第5期。

年作家周立波诉求于报告文学的"深度"与"幻想"色彩："事实对于报告文学者，只是尽着他的指南针的责任，所以他还必须有望远镜和抒情诗的幻想。"①"抒情诗的幻想"与"纪实的虚构"只有一步之遥。杂文家徐懋庸说："在现实的描写上，是非利用科学方法和艺术方法的综合不可的。……理想，则是报告文学者所画的虚线。"②"艺术方法"和"理想虚线"逾越于报告文学的现实性和真实感之上，小说文体的质素特征呼之欲出。茅盾说："好的'报告'须要具备小说所有的艺术上的条件，——人物的刻画，环境的描写，氛围的渲染等；但'报告'和'小说'不同。前者是注重在实有的'某一事件'和时间上的'立即'报道，而后者则是作家积聚下多少的生活体验，研究分析得了结论，借创作想象之力而给以充分的形象化。"③茅盾的探讨不无总结的意味，既认同小说型报告文学的创作，也注重纯粹"报告文学"的价值，这是时代的需要使然，因此并未"危害报告文学真实性生命"，④反而促成了颇有意义的时代文学景观："最近大多数的短篇小说也和'报告'一点点接近。"⑤

三是报告文学体小说的涌现与价值。全面抗战后，小说型报告文学被视为"典型的报告文学创作模式了"，⑥作家们甚至以创作此类小说为己任。沙汀说："聊以自慰的，是我还另外写了两本东西，两本似报告非报告的小书。"⑦"似报告非报告的小书"能令名家沙汀聊以自慰，显然不是趋时应景之由，而是契合了现实需要和时代精神。同行即认为沙汀的《敌后琐记》和《我所见的 H 将

---

① 立波：《谈谈报告文学》，《读书生活》1936 年 4 月 25 日第 3 卷第 12 期。

② 徐懋庸：《报告文学论》，《文学界》1936 年第 1 卷 1 号。

③ 茅盾：《关于报告文学》，《中流》1937 年 2 月 20 日第 1 卷第 11 期。

④ 章罗生：《关于中国报告文学研究的历史回顾与理论思考》，《理论与创作》2000 年第 6 期。

⑤ 茅盾：《关于报告文学》，《中流》1937 年 2 月 20 日第 1 卷第 11 期。

⑥ 陈青生：《抗战时期的上海文学》，上海人民出版社 1995 年版，第 124—125 页。

⑦ 沙汀：《近三年来我的创作活动》，《抗战文艺》1941 年 1 月 1 日第 7 卷第 1 期。

军》是"似报告非报告的小说"，① 具有新的意义。现代乡土作家关永吉则直接宣称"报告文学也是小说"，②《街》《秋初》《苗是怎样长大的》等是报告文学体小说作品，于抗战时期华北沦陷区产生了较大影响，"在抵制日伪文学统治和使沦陷区文学健康发展上作出了巨大的贡献"③。丘东平的《第七连》等作品可谓20世纪40年代报告文学体小说的典型代表，文学史家认为丘东平"独创了全新的报告文学体式"，④"《第七连》在《七月》杂志发表时，列为'阵地特写'，后因胡风用作东平小说集的名字，人们一般以小说视之"，⑤"《第七连》、《一个连长的战斗遭遇》、《我们在那里打了败仗》是报告文学和小说混杂的作品"⑥。作者虽然将其列为"阵地特写"，但被文艺理论家胡风编入小说集，既标志了文体的混杂，又表明了文学界的重视程度，可见报告文学体小说被赋予的特别意义和审美功能。此外，骆宾基的《东战场别动队》、曹聚仁的《大江南北》、沈起予的《人性的恢复》、范长江的《塞上行》、曹白的《呼吸》、亦门的《第一击》、碧野的《北方的原野》、萧乾的《流民图》等，皆是这一时期重要的报告文学体小说。

（二）连缀拼合：报告文学体小说的叙述修辞

综观20世纪三四十年代的报告文学和报告文学体小说，它们的文体差异比较明显。30年代的报告文学作品虽然趋向成熟，但未脱尽早期"速写"的痕迹，往往激情有余、形象不丰和线索不明。1936年，前辉创作的《我们要演救国戏》中，屡次有"打倒汉奸！""打倒卖国贼！""打倒××帝国主义！""砰砰砰"⑦ 等标

---

① 杨晦：《沙汀创作的起点和方向》，《青年文艺》1945年2月15日第1卷第6期。

② 山丁等：《创作与批评》，《中国文学》1944年8月第1卷第8期。

③ 封世辉：《关永吉小传》，《初秋——关永吉代表作》，华夏出版社2011年版，第1页。

④ 周燕芬：《执守·反拨·超越：七月派史论》，中华书局2003年版，第337页。

⑤ 杨义：《中国现代小说史》第2卷，人民出版社1998年版，第169页。

⑥ 李槟：《一座晶钢的雕像——论丘东平和他的创作》，《河北学刊》1998年第6期。

⑦ 前辉：《我们要演救国戏》，《生活知识》1936年8月第2卷第6期。

语口号和拟声词，描绘了一幅战斗场面的瞬间写意图，场景鲜活，宣传高效，"很替民族斗争尽了宣传的推动的助力，甚至于在某一些落后的地方或群众里起了领导与组织的作用"①。伊庚的《为民族自由解放》全篇充满"挽起来！挽起来！……前进！前进！进！……街上去！街上去！"的号令呼声，②再现了群情愤激的生活场景，令当时的读者热血沸腾，获得了速写的最大效果，切合了时代主题呼应的文体形式——快速及时，节奏铿锵，是"可以期待着无限的鼓动效果的形式"，③其一旦融入小说则生成《火焰》（庐隐）、《潮》（田涛）等"鼓动型"的报告文学体小说了。

20世纪40年代以后，报告文学体小说的创作模式逐渐确立。少了抗战初期的激情狂热，作家可以有余裕地审视生活，从容地进行报告文学的创作和审美规范化，诉求于"真实性要少些而逼真性要多些"④的文体样式。对于生活事件的"报告"，不是照搬抄写，而是选择提炼，注重细节的逼真，刻画形象、塑造典型，倾向于小说的艺术法则。这一时期，茅盾对报告文学体小说的文体形式和方法技巧作了详细的说明和界定："报告文学是散文的一种，介乎于新闻报导和小说之间，也就是兼有新闻和文学特点的散文，要求真实，运用文学语言和多种艺术手法，通过生动的情节和典型的细节，迅速地、及时地'报告'现实生活中具有典型意义的真人真事。必须将'事件'发生的环境和人物'活生生'地描写出来，读者便如同亲身经验，而且从这具体的生活图画中明白了作者所要表达的思想。"⑤"迅速、及时、真实"属于报告文学的文体范畴，"文学性、形象性、典型性"属于小说的文体范

---

①　梦野：《通讯·报告文学》，《文学青年》1936年第1卷第1期。

②　伊庚：《为民族自由解放》，《生活知识》1936年8月第2卷第6期。

③　［日］川口浩：《报告文学论》，沈端先译，《北斗》1932年1月20日第2卷第1期。

④　［法］德尼·狄德罗：《论戏剧艺术》，陆达成、徐继会译，《文艺理论译丛》1958年第1期。

⑤　茅盾：《关于报告文学》，《中流》1937年2月20日第1卷第11期。

畴，二者既有区别又可以互渗融合，但究其根本，报告文学体小说绝不可忽略"报告"实质："'报告'是我们这匆忙而多变化的时代所产生的特性的文学样式。读者大众急不可耐地要求知道生活在昨天所起的变化，作家迫切地要将社会上最新发生的现象（而这是差不多天天有的）解剖给读者大众看。"① 因此，报告文学体小说要提供给读者大众的不仅是文学的"虚构"，而且还有"最新发生的现象"，既保留"报告"的新闻底色，也彰显"小说"的阅读功能。

报告文学体小说的叙事功能源于独特的叙述修辞。曹聚仁说："报告文学从史笔承袭得许多遗产，不发半句议论，在史料取舍安排中，泛滥着作者的意识作者的批判；不作半点幻设，在事实连缀拼合中，烘托出对象的性格和背景。"② 文从史笔，通过真实事件的连缀拼合以凸显作者的观念意识。老舍认为："创造人物是小说家的第一项任务。把一件复杂热闹的事写得很清楚，而没有创造出人来，那至多也不过是一篇优秀的报告，并不能成为小说。"③ 轻"塑人"而重"叙事"，可见"事实"依然是报告文学体小说的首要元素，而对于"事实"的处理必须是"连缀拼合"。若不讲事实而塑造人物，那是"小说"；若不作幻想而堆砌事实，那是"报告"。因此，"事实连缀拼合"就成为这一时期报告文学体小说普遍的叙述修辞。茅盾认为："抗战初期，'报告'盛行一时，火线上士兵的英勇壮烈，战地民众的见义勇为，敌人的野蛮凶暴，这都是当时最主要的描写对象。……主要倾向是着眼于一个个的壮烈场面的描写，……描写壮烈事件中最典型的事件，……不限于一个战役或士兵们在火线上的壮烈行为。前方后方，有不少典型的事。例如以感化俘虏为题材的三幕剧《河内一郎》（丁玲）及报告中篇《两个俘虏》（天虚），我以为也可归于'典型的事'这

① 茅盾：《关于报告文学》，《中流》1937 年 2 月 20 日第 1 卷第 11 期。
② 曹聚仁：《报告文学》，《社会日报·纪念专刊》1931 年 5 月 16 日。
③ 老舍：《怎样写小说》，《文史杂志》1941 年 8 月 15 日第 1 卷第 8 期。

一方面。"① 茅盾言及的"着眼于一个个""不限于一个"和"典型的事件"实则与曹聚仁的观点一致，皆指涉了"事实连缀拼合"的叙述修辞。

丘东平《第七连》的副标题是"记第七连连长丘俊谈话"、《我们在那里打了败仗》的副标题是"江阴炮台的一员守将方叔洪上校的战斗遭遇"，"谈话"和"遭遇"皆指向主人公亲历的一系列见闻和事实，并从中选择提炼和连缀拼合而形成"典型的事"和塑造"典型的人"，如文学史家以群所言："从这一篇（指《第七连》）作品以后，一般的报告文学作者都逐渐矫正了初期的'事件中心'底偏向，而开始以人物为作品底主体，使报告文学中出现鲜明的人物底轮廓和面影。由事件为中心，到以人物为主体，是报告文学内容底趋向深化的表现。"② 虽然以"人物为主体"，但也是由连缀的事件"烘托出对象的性格和背景"。③ 所以，丘东平的报告文学体小说令读者印象深刻的往往是"事"而非"人"。如《第七连》虽然塑造了第七连连长丘俊这一形象，然而随着谈话的进行和事件的铺陈，读者仿佛亲历了一个个惊心动魄而又悲壮激越的战斗场面——呼啸的子弹、闪光的炸弹和弥漫的硝烟。于是乎，群像堪比典型，"绿叶"胜似"红花"：

> 中夜十二点左右，我在前线的壕沟里作一回总检阅，发现所有的排长和兵士都在壕沟里睡着了。
>
> 我一点也不慌乱。我决心给他们熟睡三十分钟的时间。
>
> 三十分钟过后，我一个一个的摇醒他们，挽起他们。他们一个个都混得满身的泥土，而且一个个都变成了死的泥人。

① 茅盾：《八月的感想》，《文艺阵地》1938 年 8 月 16 日第 1 卷第 9 期。
② 以群：《抗战以来的报告文学·代序》，载《战斗的素绘》，作家书屋 1943 年版，第 25 页。
③ 曹聚仁：《报告文学》，《社会日报·纪念专刊》1931 年 5 月 16 日。

我能够摇醒他们，挽起的只有一半。①

丘俊描述的这个场面之所以令人震撼，是因为"都在壕沟里睡着了""都变成了死的泥人"及"挽起的只有一半"之景象，这是群像铺陈和事件连缀而产生的效果。《我认识了这样的敌人》所呈现的惨烈战斗和残酷战争，皆由战事难民 W 女士口述其经历来呈现：炮火硝烟、子弹号哭和脑袋粉碎。然而这也并非完全实录，而是以事塑人和以人带事，使作品兼具"报告"和"小说"的双重质素。

总之，20 世纪 40 年代的特殊环境促成了相应的文学文体的繁兴："小说的地位差不多都让给战地速写之类的报告文学去了。"②其文体形式上诉求于事件的连缀拼合与实录铺陈，完全契合着特定年代的"合理性"——"不发半句议论，在史料取舍安排中，泛滥着作者的意识作者的批判"，③"企图从这些故事的本身说明了时代的伟大"，④ 从而达到"教育、鼓励人民"的效果，这便是"'报告文学体'的小说"⑤。

二 戏剧与 40 年代小说文体互渗现象

小说与戏剧是有亲属关系的两大艺术门类，皆属于叙事体文学，皆以故事和形象反映生活现实和人生命运，"实际上都富有戏剧性"⑥。但二者之间也有文体差别，小说的叙述方式是讲述，讲述已发生的事情；戏剧的叙述方式是展示，以直观形式把"业已

① 丘东平：《第七连》，《七月》1938 年 1 月 1 日第 6 期。
② 郭沫若：《中国战时的文学与艺术》，《新华日报》（重庆）1942 年 5 月 28、29 日。
③ 曹聚仁：《报告文学》，《社会日报·纪念专刊》1931 年 5 月 16 日。
④ 茅盾：《八月的感想》，《文艺阵地》1938 年 8 月 16 日第 1 卷第 9 期。
⑤ 钱理群：《关于 20 世纪 40 年代大文学史研究的断想》，《中国现代文学研究丛刊》2005 年第 1 期。
⑥ ［美］罗伯特·弗罗斯特：《弗罗斯特集》，曹明伦译，辽宁教育出版社 2002 年版，第 917 页。

发生的事件表演成为仿佛现在正在读者或观众的眼前发生似的"①。小说属于叙述体，其文本源于叙述者的话语；而戏剧属于代言体，其文本源于人物的话语。小说的表达和传递方式是叙述，文本存在一个或多个叙述者；戏剧的表达和传递方式是展示，其过程中并不需要叙述者（舞台旁白另论）。因此，小说和戏剧文体既有联系又有区别，这就使得各自从对方汲取某种元素为我所用成为可能，从而发展并丰富自身。20 世纪 40 年代，戏剧文体与现代小说互渗融合而生成的现代戏剧体小说，彰显了"写实性"特征，以斗争化场面展示、动作性对话叙事，以及完整性和封闭性的结构形式呈现出来，共同指涉了一种"高度集中的冲突化"的场景叙事形式。

（一）戏剧与现代小说互渗溯源

五四时期，现代作家自觉的文体意识中实已包含了小说与戏剧的互渗融合质素。20 年代初，清华小说研究社著文《短篇小说作法》，两次论及小说与戏剧之关系问题，认为"戏剧与短篇小说很有连带的关系，……戏剧是表现'有动作的人物'——短篇小说也是如此；戏剧与短篇小说之布局受同等条件之支配——人物与安置之简洁的介绍，情节向着焦点上升之迅速，悬疑，团圆的时间，以及迅速收结"②。显然，其对于两种文学文体的认识还很模糊，但对于小说吸纳戏剧技法是认同的，所谓"短篇小说中，会话与动作，越有戏剧的意味，就格外有生气，格外有美丽"③。1934年，鲁迅在《〈少年别〉译者附记》中说："用戏剧似的形式来写的新形式的小说"，"因为这种新形式的小说，中国还不多见，所以就翻译了出来"。④ 可见鲁迅对于小说的戏剧化也是认同的，并

---

① ［俄］维·格·别林斯基：《诗歌的分类和分科》，载《别林斯基选集》，满涛译，上海译文出版社 1979 年版，第 69 页。

② 清华小说研究社：《短篇小说作法》，北京共和印刷局 1921 年版，第 25 页。

③ 清华小说研究社：《短篇小说作法》，北京共和印刷局 1921 年版，第 61 页。

④ 鲁迅：《〈少年别〉译者附记》，载《鲁迅全集》第 10 卷，人民文学出版社 2005 年版，第 43 页。

身体力行，创作了《起死》《示众》《头发的故事》《药》等一批
戏剧体小说。除鲁迅外，五四前后的其他小说家也都有将小说戏
剧化的尝试，这些戏剧体小说文本在文体形式方面有如下特征。

一是"对话"式叙述。对话技法原本属于戏剧，戏剧排除讲
述，以对话和行动推动情节发展和塑造人物。戏剧性的对话不仅
局囿于生活内容的言说层面，而且也指涉人物的内心世界和心灵
冲突，"如果两个人争论着某个问题，那么这里不但没有戏，而且
也没有戏的因素；但如果争论的双方彼此都想占上风，努力刺痛
对方性格的某个方面，或者刺伤对方脆弱的心弦，如果通过这个，
在争论中暴露了他们的性格，争论的结果又使他们产生新的关系，
这就是一种戏了"①。可见，戏剧性的"对话"有着丰富的认知意
义和审美内涵。中国现代小说受惠于传统小说和戏曲，自然承继
了"旧小说中叙述与描写很少，而以对话为最多"②的文体形式。
20 年代彭家煌的《美的戏剧》、台静农的《拜堂》、黎锦明的《出
阁》，30 年代老舍的《骆驼祥子》，40 年代沙汀的《在其香居茶馆
里》、张天翼的《速写三篇》等小说文本皆有戏剧"对话"式的
叙述特征，话里有话，意义丰富，如祥子与虎妞的对话：

> "祥子！你让狼叨了去，还是到非洲挖金矿去了？"
> "哼！"祥子没说出什么来。
> "你要是还没吃了的话，一块儿吧！"虎妞仿佛是招待个
> 好朋友……
> "刚吃了两碗老豆腐！"他表示出一点礼让。
> "过来先吃碗饭！毒不死你！两碗老豆腐管什么
> 事！"……③

---

① ［俄］维·格·别林斯基：《诗的分类》，载古典文艺理论译丛编辑委员会编
《古典文艺理论译丛》第 3 辑，人民文学出版社 1966 年版，第 148 页。
② 艾芜、绀弩、荃麟：《文学创作上的言语运用问题》，《文化杂志》1942 年第 1 期。
③ 老舍：《骆驼祥子》，四川人民出版社 2020 年版，第 45 页。

此番对话可谓一出戏了，能见出虎妞嘴硬心软的性格心理，且与老实木讷的祥子发生着心灵冲突：你若真请，我就会吃，你若假意，我也不丢面子。这便是"对话"凸显的心灵的"戏"。傅雷认为张天翼的小说《谭九先生的工作》中"每句说话都是动作，每个动作都是说话"，① 十足的"戏"味推动着情节走向和进行着性格塑造。

二是"场景"化情节。"场景"一般由背景及人物活动场面等构成，是戏剧、电影中常用的表现形式，容易产生现场效果。然而小说是很难产生现场感的，因为是叙述发生过的事件，自然失去了新鲜感和即时性。但若吸纳戏剧的"场景"化文体质素，也同样能给阅读者带来现场感，产生别样的审美效果。如张天翼的《谭九先生的工作》多处运用"场景"：谭九的家中场景、抗敌大会场景、湘源商店场景、学校场景、清风阁场景，等等。张天翼以时空浓缩的场景建构其小说的叙事结构，显示了其作品形式的独特性和审美内涵的丰富性。20 世纪 40 年代，"戏味"丰富的张爱玲自述："像我们这样生长在都市文化中的人，总是先看见海的文化，后看见海；先读到爱情小说，后知道爱；我们对于生活的体验往往是第二轮的，借助于人为的戏剧，因此在生活与生活的戏剧化之间很难划界。"② 因此，她总是以生活的"场景"来呈现人生的"戏剧化"：幽闭的内室、浅水湾的房间、幽暗的"楼上"、鸦片味的家、西式的小洋房、封闭的电车等。傅雷评价《金锁记》："简直用起旧小说和京戏——尤其是梆子戏——中最要不得而最叫座的镜头。"③，虽是批评，但道出了张爱玲小说的戏剧"场景"化特征，所谓"读传奇如观戏剧"④。

三是"写意"化器物。器物写意属于戏剧艺术，"道具可以表

---

① 迅雨：《论张爱玲的小说》，《万象》1944 年第 11 期。
② 张爱玲：《张爱玲文集》第 4 卷，安徽文艺出版社 1992 年版，第 90 页。
③ 迅雨：《论张爱玲的小说》，《万象》1944 年第 11 期。
④ 于青：《寻找张爱玲》，中国友谊出版公司 1995 年版，第 146 页。

示时代、环境、主人公的职业、趣味、意图等，还可以表现人物的心理及所发生的事件"①。如莫里哀《铿吝人》中的阿巴公，其长串钥匙与钱盒子就富有写意性，象征他爱财如命的性格。中国传统戏曲讲究"空台艺术"，激发观众想象，调动生活经验，以感知舞台上的人生图景。现代小说家对器物写意化手法也十分钟情，以此来深化小说意旨。如五四时期鲁迅《风波》中的辫子、《药》中的人血馒头、《肥皂》中的肥皂、《祝福》中四叔书房的摆设，等等。20 世纪 30 年代茅盾《子夜》中吴少奶奶的"闺景"——白玫瑰花与《少年维特之烦恼》，象征了女主人的性苦闷，而吴老太爷身边的《太上感应篇》则象征了生命的腐朽。40 年代"山药蛋派"小说中"常常出现类似于戏剧中的结构性串线人物或结构性道具"，② 如赵树理《登记》中的罗汉钱、西戎《灯芯绒》中的灯芯绒，以及路翎《棺材》中的棺材、萧红《看风筝》中的风筝，等等。戏剧文体形式渗入五四以来的现代小说，其不仅深化了小说的思想内蕴，而且带来了独特的审美效应。

（二）诗意与写实：戏剧体小说的文体转型

美学家苏珊·朗格说："戏剧就是一首可以上演的诗，……戏剧既不是舞蹈，也不是文学，更不是各种艺术功能的集合物，而是以动作为形式的诗歌。"③ 的确，我们能感受到 20 世纪 20 年代戏剧的盎然诗意，如田汉、郭沫若等作家创作的话剧。然而自 30 年代始，戏剧的"诗意"元素逐渐被"写实"的时代要求干预。

夏衍认为："抗战以来，'文艺'的定义和观感都改变了。文艺不再是少数文人和文化人自赏的东西，而变成了组织和教育大众的工具。同意这新的定义的人正在有效的发扬这工具的功能，不同意这定义的'艺术至上主义者'在大众眼中也判定了是汉奸

---

① 胡妙胜：《戏剧演出符号学》，中国戏剧出版社 1989 年版，第 116 页。

② 朱晓进：《"山药蛋派"小说创作的"戏剧化"倾向》，《南京师大学报》1995 年第 1 期。

③ 苏珊·朗格：《情感与形式》，刘大基译，中国社会科学出版社 1986 年版，第 354 页。

的一种了。"① 合乎"大众"的行为意图即成为这一时期戏剧创作的标杆："戏剧之所以未能尽脱评书形式，便是不愿离开大众的意思。"② 因此，戏剧的文体形式被时代所修正，追求语言的通俗性、冲突的集中性、人物的群像化及剧情的简洁性，这些都十分契合20世纪40年代以后的社会意识形态要求："到了民族解放与阶级解放斗争烽火连天的四十年代，中国话剧现实主义的政治批判功能，比以往任何时候都得到更为普遍的发挥与增强。注重剧情的铺陈与群像的展览，怠慢个体性格的塑造，这是创作主体的政治思维定势内在作用的产物。"③ 戏剧的这种文体趋归不断地迫近小说创作，如40年代的山丁、关永吉等人在关于"创作与批评"的座谈会上，明确提出小说应该"有戏剧性"。④ 郁达夫在《战时的小说》中表明"宣传戏剧等在这一年里产生得很多，而小说却还没有"的隐忧。⑤ 他们所谓的"戏剧性"和"宣传戏剧"皆是"写实"层面上的文体规范，一旦渗入小说便生成以语言的通俗性、冲突的集中性、人物的性格化为其标志的写实特征，如赵树理小说的"戏剧性"："通过人物自己的行动和语言来显示他们的性格，表现他们的思想情绪。"⑥ 当然不独赵树理，沙汀的《在其香居茶馆里》、陈铨的《革命的前一幕》等一批小说皆有类似的文体特征。

钱理群先生认为，20世纪40年代的文学有个普遍现象，即运用"戏剧化（矛盾冲突的高度集中，审美感情、审美判断的强化与纯化，封闭式的结构，等等）的手段，制造战争神话信仰、信念（某种意识形态）神话以及被英雄化了的人（个体与群体）自

---

① 夏衍：《抗战以来文艺的展望》，《自由中国》1938年第1期。

② 知讷：《关于小说的形式》，《国民杂志》1942年第10期。

③ 陈咏芹：《中国现代话剧的现实主义特征及其历史生成》，《首都师范大学学报》（社会科学版）2002年第1期。

④ 山丁、林榕、关永吉：《创作与批评》，《中国文学》1944年第8期。

⑤ 郁达夫：《战时的小说》，《自由中国》1938年第6期。

⑥ 周扬：《论赵树理的创作》，《解放日报》1946年8月26日。

身的神话"。① 矛盾冲突的高度集中及封闭式的结构凸显的是某种"信仰"和"信念"，即以戏剧形式作为"宣传教育的利器",② 传达一种可称为普世化的时代"合理性"要求。所以，40 年代小说普遍呈现出"人物的关系黑白分明，不可调和，人物自身的感情以及作家的审美感情与审美判断也都处于爱憎分明的两个极端。人们很容易联想起中国传统戏剧中的脸谱：这种人物设置与情感处理，也是充分戏剧化的"③ 写实特征。因此，40 年代戏剧体小说彰显出的"矛盾冲突"不再拘囿于"向内"的自我灵魂的诗意表达，而更多的是"内面与外面"的交战，即人（群体）与时代环境（战争、政权）之间的冲突及昭示的生活姿态。沈从文说："戏剧在那里讨论社会问题，处理思想问题，因之有'问题'而无艺术。"④ 他道出了 40 年代戏剧恪守的"问题"所必须呼应的写实化文体要求，戏剧体小说亦然。

（三）冲突集中化：戏剧体小说的叙述修辞

20 世纪 40 年代戏剧体小说"冲突集中化"的文体特征具体表现为斗争化场面展示、动作性对话叙事和封闭式叙事结构。

"场面"展示源于"场景"叙事，是戏剧文学的惯用技法，所谓"戏剧之借助于布景或效果",⑤ 在小说方面"往往借助于'自然'，如原野、森林、风雨、月夜等等而造成特殊的情调"⑥。五四以来，现代小说的"场面"叙事逐步发展，至 40 年代已呈兴盛之势。1938 年，茅盾著文："文艺的教育作用不仅在示人以何者有前途，也须指出何者没有前途；而且在现实中，那些没有前途的，倘非加以打击，它不会自己消灭，既有丑恶存在，便不会没有斗

---

① 钱理群：《二十世纪中国小说理论资料·前言》，北京大学出版社 1997 年版，第 7 页。

② 郭沫若：《中国战时的文学与艺术》，《新华日报》1942 年 5 月 28 日。

③ 钱理群：《二十世纪中国小说理论资料·前言》，北京大学出版社 1997 年版，第 5 页。

④ 沈从文：《短篇小说》，《国文月刊》1942 年第 18 期。

⑤ 李广田：《论情调》，《文讯》1948 年第 2 期。

⑥ 李广田：《论情调》，《文讯》1948 年第 2 期。

争，文艺应当反映这些斗争又从而推进实际的斗争。"① 文艺反映
生活并左右生活——推进美善战胜丑恶，以"丑恶斗争论"估量
《华威先生》的误读："'不愿看见丑恶'的人从'理论'上指摘
《华威先生》太谑画化，并且心理描写还欠深入。"② 所谓"谑画
化"正是通过斗争性的"场面"来展示滑稽、搞笑、古怪、诙谐
的行为面貌。如《华威先生》中采用外视点聚焦华威参加三个会
议的"场面"：第一次会议，华威"眼睛并不对着谁，只看着天花
板"，"拿着雪茄烟打手势"，"点点头"，"伸出个食指顶着主席
的胸脯"；第二次会议，华威"拍了三下手板"等；第三次会
议，华威"伸了伸舌头，好像闯了祸怕挨骂似的"，"脸上堆上
了笑容，并且对每一个点头"，向主席"腰板微微地一弯"等。
的确，"性格是要靠戏剧场面来表彰的"，③ 叙述人对三个会议进
行外聚焦时没有流露出任何评价，只是以富有冲突性的"场面"
暗示出华威骄妄、虚伪、庸俗的奴才性格，从而折射出那个时代
的面貌。

　　沙汀《在其香居茶馆里》借"吃讲茶"的斗争式场面展示了
一群"脸谱化"的类型人物形象。如小说中的一段对话"场面"：

　　　　"你不要管他的，发神经！"他小声向主任建议。

　　　　"这回子把蜂窝戳破了。"主任方治国苦笑说。

　　　　"我看要赶紧'缝'啊！"捧着暗淡无光的黄铜烟袋，监
　　爷皱着脸沉吟道，"另外找一个人去'抵'怎样？"

　　　　"已经来不及了呀。"主任叹口气说。

　　　　"管他做甚么呵！"毛牛肉眨眼而且努嘴，"是他妈个火炮
　　性子。"④

---

① 茅盾：《八月的感想——抗战文艺一年的回顾》，《文艺阵地》1938 年第 9 期。

② 茅盾：《八月的感想——抗战文艺一年的回顾》，《文艺阵地》1938 年第 9 期。

③ 萧乾：《小说艺术的止境》，《大公报·星期文艺》1947 年第 15 期。

④ 沙汀：《在其香居茶馆里》，《抗战文艺》1940 年 12 月第 6 卷第 4 期。

短短几句话容纳了三五人的信息量，他们唇枪舌剑，性格尽显，这是对话"场面"的妙处。假如凭叙述人叙事，或者"一个人滔滔不绝的说，总缺乏戏剧的力量"①，而借助场面对话便把毛牛肉、方治国、监爷、邢幺吵吵四类人的声音连缀在一起对比并凸显各类人的性格特征，如毛牛肉的装傻、方治国的软硬人、监爷的怕事、邢幺吵吵的不忌生冷等。这就是 20 世纪 40 年代戏剧体小说中常见的"脸谱化"现象："把人图式化了，脸上的各种颜色和线条——代表各种品格：红的白的成了善恶的符号。"② 其目标在于呈现人物形象的黑白分明和正邪相对。刘西渭指出叶紫小说是"黑白分明的铅画"，③ 即揭示了叶紫小说场面的斗争化倾向，并通过"脸谱化"的人物形象将其昭示出来，所谓人物关系黑白分明，审美感情爱憎分明，属于充分戏剧化的技法类型。

姚雪垠曾自述《牛全德与红萝卜》中的红萝卜形象塑造失败，原因是红萝卜"心理和性格中缺少矛盾，缺少矛盾也就缺少了变化，……将这种性格和另一个小心谨慎，自私心重的性格相对照，就格外的显明和突出"④。这与叶紫小说黑白分明的铅画风格如出一辙。有论者认为严文井写于 1944 年的小说《一个人的烦恼》所展现的"场面"有失："呆板的，无味的，灰白的，它们与主题没有息息相关的联系，也不会给故事发展以丝毫的积极的影响，更不可能使得某几个人物的性格强烈的凸出，相对地，它底庸琐性只能削弱使人感动的艺术力量。"⑤ 之所以有如此评价，是因为《一个人的烦恼》中的"场面"叙事尚不够合乎 40 年代的时代情状，即该小说叙事主要拘囿于刘明和石端他们无数次的吃馆子、吃零食等，这只是一些"不关紧要的，琐细小节的生活场面"，⑥

---

① 老舍：《言语与风格》，《宇宙风》1936 年第 31 期。
② 张天翼：《"且听下回分解"及其他》，《青年文艺》1943 年第 4 期。
③ 刘西渭：《叶紫论》，《大公报·文艺副刊》1941 年第 4 期。
④ 胡绳：《评姚雪垠的几本小说》，《大众文艺丛刊》1948 年第 2 期。
⑤ 石怀池：《评〈一个人的烦恼〉》，《希望》1945 年第 2 期。
⑥ 石怀池：《评〈一个人的烦恼〉》，《希望》1945 年第 2 期。

而时代需要光辉的"晶钢的雕像"和"辉煌业绩的写照"① 的冲突化场面，以至于能产生"黑白分明"的"铅画"效应。

动作性对话也属于 20 世纪 40 年代小说冲突集中化的叙事修辞范畴。戏剧文体本身就"要求剧中人物用自己的语言和行动来表现自己的特征，而不用作者提示"，② 戏剧性对话具有"简捷化、个性化、行动化"的特点，且"适合于他的身份，阶层，年龄，籍贯，性别"，③ 适合于演员表演，而"太长了的对话不宜于舞台，但一句话中太简单了的词句反而容易滑脱听者的注意"，④ 因此戏剧性的对话还应被赋予丰富的"潜台词"。戏剧的这种文体形式为 40 年代小说所吸纳，一些小说文本中的戏剧性语体几乎充斥了整个篇幅。沙汀的小说《联保主任的消遣》《在其香居茶馆里》《公道》等，通篇基本上由人物对话构成。如批评家认为"对话"是沙汀叙事塑人的主要方式："没有长篇大论，语言是个性化的，神态、语调、用词，都符合此时此地人物的性格特征。他有时把很复杂的纠葛，通过一场简短的对话交待得清清楚楚。"⑤

赵树理的第一篇小说《小二黑结婚》引发轰动，"群众并自动地将这故事改编成剧本，搬上舞台"；⑥《李有才板话》是"非常生动地描写农民斗争的作品，简直可以说是一个杰作，……不久以前，又发表了同样主题的长篇《李家庄的变迁》"⑦。这些小说在文体形式方面的突出标志即是"动作性对话"的叙事范式，正如周扬所言："总是通过人物自己的行动和语言来显示他们的性格，表现他们的思想情绪。只消几个动作，几句语言，就将农民真实的情绪、面貌勾画出来了。斗争的语言和日常生活的语言完全融

---

① 石怀池：《东平小论》，《希望》1946 年第 3 期。

② ［苏］马克西姆·高尔基：《论文学》，孟昌、曹葆华、戈宝权译，人民文学出版社 1978 年版，第 57 页。

③ 郭沫若：《略论文学的语言》，《文坛》1943 年第 2 期。

④ 郭沫若：《略论文学的语言》，《文坛》1943 年第 2 期。

⑤ 谭兴国：《试论沙汀短篇小说的艺术特点》，《成都大学学报》1982 年第 2 期。

⑥ 周扬：《论赵树理的创作》，《解放日报》1946 年 8 月 26 日。

⑦ 周扬：《论赵树理的创作》，《解放日报》1946 年 8 月 26 日。

合起来了。"① 如《李有才板话》中农民群众听说村长撤职时的一段"对话"：

> 一进门，小元喊道："大事情！大事情！"有才忙道："什麽？什麽？"小明答道："老哥！喜富的村长撤差了！"小顺从炕上往地下一跳道："真的？在唱三天戏！"小福道："我也算数！"有才道："还有今天？我当他这饭碗是铁箍箍住了！谁说的？"小元道："真的！章工作员来了，带著公事！"小福的表兄问小福道："你村人跟喜富的仇气就这麽大？"②

以上这些构成冲突性的人物"对话"，言语简练传神，合乎农民性格，折射了特殊时期的仇恨心理。这类对话在《李家庄的变迁》中便呈现出更为强烈的斗争化画面，当农民们将地主汉奸活活打死时，有人觉得不妥，但农民们是这般"对话"的：

> 有人说："好不好吧，反正他不得活了！"冷元道："唉！咱们为什么不听县长的话？"有人说："怎么不听？县长说他早就该死了！"县长道："算了！这些人死了也没有什么可惜，不过这样不好，把个院子弄得血淋淋的！"白狗说："这还算血淋淋的？人家杀我们那时候，庙里的血都跟水道流出去了！"③

"有人说"者虽无姓名，但先声夺人，以动作性的语言凸显出斗争化的性格，即农民群众"把讽刺的话叫做'开心话'，叫做'扔砖头话'；这就是对豪绅地主、官僚、恶霸、'狗腿'们'扔

---

① 周扬：《论赵树理的创作》，《解放日报》1946 年 8 月 26 日。
② 赵树理：《李有才板话》，《解放日报》1946 年 6 月 26 日—7 月 5 日。
③ 赵树理：《李家庄的变迁》，《东北日报》1947 年 12 月 18 日—1948 年 3 月 6 日。

砖头'，这是斗争的语言"，① 当然也是戏剧的语言。

此外，20 世纪 40 年代戏剧体小说的叙事结构还贯穿着二元对立的思维方式，从而造成小说结构的完整性和封闭性，凸显了特殊时期众声合鸣的"主题"需要。姚雪垠认为："一串相连的情节构成一个完整的故事，同时藉情节变化展开了一连串的矛盾斗争，这就是说：一个故事或小说，它本身就是一个矛盾的统一体。"②"情节变化"与"矛盾斗争"是相辅相成的，"矛盾冲突"构成故事情节并推动小说发展："一篇小说就是一个或一串矛盾的解决、一个戏剧动作的完成，而且是按照某种人们可以预料、驾驭的必然性的完成。"③ 姚雪垠的《差半车麦秸》便是这种完整性和封闭式结构的戏剧体小说之代表，这部小说讲述了绰号为"差半车麦秸"的农民王哑吧的人生状态——由"落后"走向"先进"的变化过程就是一种自我斗争与环境斗争的过程。"差半车麦秸"加入游击队伊始，表现得憨厚质朴而又愚昧落后，又带着些小生产者的狭隘自私习性。随着时间的推移，王哑吧经受了集体生活与斗争的洗礼，从昏睡中觉醒并开始抗争，从一字不识到会认 30 个字，戒掉了说黑话的恶习，适应了"同志"这种称呼，最后成为一名勇敢的革命战士。《小二黑结婚》的戏味十足，采用了"对立"的两条单线所构成的圆型封闭式叙事结构。作者按照群众接受故事的习惯，把对立双方的故事环环相扣地编排下去，由二诸葛引导出三仙姑，由小芹引导出金旺兄弟和小二黑，然后由金旺兄弟和小二黑等引导出"斗争会"和"三仙姑许亲"，再引出"拿双"，最后引出区政府的作为，结局的"大团圆"格局十分符合中国民间的欣赏心理。批评家索非评价 40 年代的改编话剧

---

① 周扬：《论赵树理的创作》，《解放日报》1946 年 8 月 26 日。

② 姚雪垠：《小说是怎样写成的》，载钱理群编《二十世纪中国小说理论资料》第 4 卷，北京大学出版社 1997 年版，第 226 页。

③ 钱理群：《昨天的小说与小说感念》，《上海文学》1994 年第 6 期。

《夜店》① 说："从前的剧本，仿佛是写来读的，现在的剧本却是写来演的。"② 从"读"到"演"，不仅呈现了40年代戏剧的文体变易，而且也揭示了此一时期小说的戏剧化特征——冲突的集中化。

三　评书与40年代小说文体互渗现象

评书作为我国传统曲艺形式的一种，以口头讲说为其程式。唐代即有相类的曲艺"说话"，至宋代逐渐流行"评书"，既有独特的表演程式（如"定场诗""赋赞""垛句"等），也有自身的内容特色（如结构单纯、故事性强、细节场面、有诗为证等）。中国现代作家徐玉诺、废名、张天翼、张恨水、姚雪垠、赵树理、欧阳山等有意汲取"评书"质素，创作了一批可称为"新评书体"的小说作品，成为现代文苑的一道壮阔景观。

（一）评书与现代小说互渗溯源

晚清时期，评书传入皇宫，改说唱为"评说"，其艺术形式得以固定。民国是评书的中兴时期，据载：民国"撂地"说《三国》，呈万人空巷之势。③ 随着小说观念的革新和现代报刊传媒的兴起，诉求于功利主义的启蒙小说大行其道，"评书"逐渐式微，但依然有其生命力，并与现代小说相渗融合，生成新的小说体式。如民初的鸳蝴派小说既受到"世说体"影响，也吸收了"评书"的艺术特点，如在小说中加入"关子""扣子""有诗为证"等程式化的形式特征。④

五四时期，现代作家赵景深的《红肿的手》、徐玉诺的《一只破鞋》、王统照的《一叶》等现代小说已融入评书的一些艺术质素，但似乎不被叫好，成仿吾批评王统照的中篇小说《一叶》"终

---

① 《夜店》是柯灵与师陀根据高尔基的《在底层》改编的话剧，1945年由苦干剧团在上海公演。

② 索非：《人生的戏剧——〈夜店〉》，载刘增杰编《师陀研究资料》，知识产权出版社2010年版，第249页。

③ 王宇：《传统 传承 创新》，《曲艺》2016年第1期。

④ 林宪亮：《"世说体"小说文体特征论》，《文艺评论》2011年第8期。

是一大缺陷"①。废名小说的评书质素甚为鲜明,《桥》《四火》等作品常常间以"看官"而"说"的评书形式,"《桥》的叙述者严格意义上说是半隐半现的说书人式的"②。萧乾评价五四小说:"除了诗词中的抒情字眼外,还有章回小说中'且说''看官'一类的成语。"③

　　20世纪30年代前后,张恨水创作了新章回体小说《金粉世家》、《春明外史》和《啼笑因缘》等,其被改编为不同样式的话剧和曲艺上演,《啼笑因缘》与李涵秋的《广陵潮》、徐枕亚的《玉梨魂》和平江不肖生的《江湖奇侠传》一起被称为"四大说部",④ "说"字凸显"评书"之味——环环相扣的故事情节,通俗易懂的叙述话语,有诗为证的艺术形式,喜闻乐见的审美接受。茅盾说:"在近三十年来,运用'章回体'而能善为扬弃,使'章回体'续了新生命的,应当首推张恨水先生。"⑤ 张氏的"新章回体"之所以受欢迎,显然关乎评书的质素。老舍小说亦是如此,这首先与他的民间情怀体验和民间文学影响有关:"赞赏双厚坪的《水浒》、陈士和的《聊斋》,还有白静亭的《施公案》等的说书艺术与郝寿臣的《西卒打山门》、《打渔杀家》等京剧艺术。"⑥ 可见"说书艺术"之于老舍文学创作的重要意义,特别是"'穷人'情结与'头朝下'心理"关涉了作家"看世界的角度、感情投向、素材选取、人物塑造、思想焦距"⑦ 等,民间立场和草根情结促成作家自觉担任"说书人"角色,关怀普通人命运,彰显民间精神。如《柳家大院》《黑白李》《歪毛儿》等小说便呈现出十足的评书

---

　　① 成仿吾:《〈一叶〉的评论》,载冯光廉、刘增人编《王统照研究资料》(现代卷),知识产权出版社2010年版,第145页。
　　② 熊瑛子:《虚构与证实之间——论〈桥〉的叙述者》,《湘潮(理论)》2008年第4期。
　　③ 萧乾:《小说》,《大公报·文艺》1934年7月25日。
　　④ 孔庆东等:《中国现代文学史》,中国人民大学出版社2002年版,第254页。
　　⑤ 茅盾:《关于〈吕梁英雄传〉》,《中华论丛》1946年9月1日第2卷第1期。
　　⑥ 崔明芬:《老舍文化之桥》,中华书局2005年版,第58页。
　　⑦ 崔明芬:《老舍文化之桥》,中华书局2005年版,第58页。

特征，可谓体现评书与现代小说的相渗融合。文体形式上表现为有头有尾的故事、程式化的叙述结构和通俗质朴的语言，如"少说闲话吧，是这么回事，……事情可不能由这儿说起，得打头儿来"① 等导入语，可谓评书艺术形式中的"说书人"特征，属于"说与听"的表演形式范畴。

20 世纪 40 年代，"评书"的文体形式合乎时代的价值需要，为现代小说吸纳扬弃并相渗融合，生成了新评书体小说，现代作家和批评家围绕此展开讨论并进行创作实践。师陀自述其小说创作的变化："三十年代后期以后受唐宋传奇、正史和文集中传记、笔记小说的影响，包括散文与短篇小说、中篇小说，……总的说来，它们是现实主义的。"② 师陀言及的唐宋传奇和笔记小说等文学样式皆具有浓郁的说书特征，可见其小说对评书质素的汲取融合。此一时期的作家批评家们甚是关注小说的文体形式问题，认为"旧形式"（评书快书）能增添新小说的活力和魅力，如上官筝、楚天阔说："在内容注意它们所代表的传统上的民族的性格，风趣，情感的表现，语言的创造，在形式上是从旧形式中找到有益的营养，蜕变出新的形式，这蜕变出新的形式是立足于一般民众基础上的。这种新形式既不是旧的章回，也不是新的八股。它必须与我们的民族性相调和，在语言上不妨尽量运用方言土语，而内容则是有着民族特性的现实故事。……小说改成任何体裁，也决不会压倒说评书快书的艺人，而文艺小说通俗小说的活动，恰好都有理由存在下去的事实根据。"③ 他们的认识当然也有不够谨严之处，比如小说创作要"尽量运用方言土语"等，然而，总的路向还是合乎情理的，现代小说的民族化和生命力得益于传统——可以从"旧的章回"和"评书快书"中获取真经。张天翼

① 老舍：《柳家大院》，《大众画报》1933 年第 1 期。

② 师陀：《师陀谈自己的生平与创作——致刘增杰新摘抄》，载刘增杰编《师陀研究资料》，知识产权出版社 2010 年版，第 168 页。

③ 上官筝、楚天阔等：《小说的内容形式问题》，《民国杂志》1942 年 10 月号。

不仅将评书质素融入创作实践，而且还有相关的批评论述。他曾针对读者来信著文《"且听下回分解"及其他》，详细分析探讨了评书的样式特征及价值意义，且以幼年时期的自身经历为证："有一个暑假几乎每晚都跑到一家小茶店去听说书，……领略到这些特别手法的正味。"① 张恨水的小说也有着鲜明的评书特征，他"觉得章回小说，不尽是可遗弃的东西"，② 不可遗弃的当然是章回小说的文体形式——说书的质素，张恨水的文学实践确证了他的文学观念。一言之，无论是创作实践，还是批评话语，共同促成了40年代评书体小说的兴盛。

（二）语必关风始动人：评书体小说的文体诉求

20世纪40年代，评书体小说呈一时之兴。它们在内容上契合时代的大背景和大事件，在文体形式方面呼应民众的阅读习惯和接受心理，普遍诉求通俗易懂，从而达到教化目的，所谓"语必关风始动人"③。作家们既有相关的批评话语，也有真诚的创作实践。古丁在小说《平沙》中"故意羼进了通俗的文脉和语汇"，④ "通俗"顺应了此一时期读者的阅读心理，易读易懂。欧阳山倡导"民间文艺"："第一，能认识几个字，约略相当于小学三四年程度的读者直接阅读它；第二，完全不识字的能够听懂它。"⑤ 言下之意，此一时期的小说创作要"通俗平易"，农民群众才能够"阅读听懂"，才能实现小说的某种"合理性"目标。

孙犁、赵树理、姚雪垠等堪称20世纪40年代小说的"说话"或"评书"之典范。"说讲故事的运动"在解放区尤为流行，孙犁一度倡导："我们提倡好说旧书的人，放下《小五义》、《三侠剑》

---

① 张天翼：《"且听下回分解"及其他——写给一位太太》，《青年文艺》1943年3月10日第4期。

② 恨水：《总答谢》，《新民报》（重庆）1944年5月20—22日。

③ 孙犁：《说书》，载《孙犁文集》第4卷，百花文艺出版社2002年版，第204页。

④ 古丁：《平沙·自序》，载钱理群编《二十世纪中国小说理论资料》第4卷，北京大学出版社1997年版，第61页。

⑤ 欧阳山：《我写大众小说的经过》，《抗战文艺》1941年1月1日第7卷第1期。

来编新书，编新故事，把眼前的斗争、眼前的人物、眼前的生活编成各式各样长长短短的故事，来向大众讲说。——我们希望农村掀起一个编故事讲故事的新平话运动，它和编写运动相结合，为眼前的斗争服务，为人民利益服务。"① 鼓励那些说旧书的人来编写时代和大众的新故事，而向大众讲说的"新平话运动"宜于战时的"斗争服务"，因此"话须通俗方传远，语必关风始动人，……群众的语言写作，内容要有教育意义"，② 只有以朴实浅显的文体风格打动读者，方可产生教育意义。赵树理说得更加明确："群众爱听故事，咱就增强故事性；爱听连贯的，咱就不要因为讲求剪裁而常把故事割断了，我以为只要能叫大多数人读，总不算赔钱买卖。至于会不会因此就降低了作品的艺术性，我以为那是另一问题，……这些就是我在运用语言和故事结构上所抱的态度。"③ 他诉求的"故事性""连贯性""群众爱听"和"大多数人读"的目标自然是以"说书"或"评书"质素为其标志的，从而创作了《李有才板话》《表明态度》《卖烟叶》《登记》等评书体小说。姚雪垠认为小说故事的进展相当于"说书"的形式："有了'起头'之后，就跟着发展故事。故事的发展是一种一步紧一步的上升运动，一切变化都十分自然的循由量的积累到质的转变这一个法则。故事的发展线索叫做兴味线，而兴味线的实质就是纠葛。一部长篇小说为一条或数条主要的兴味线贯穿着，而同时还穿插着许许多多的呈现为偶然的和短促的兴味线。……说书的也用这同样方法去吸引观众。"④ "起头""发展故事"与"兴味线"等文体形式特征与"说书"如出一辙，易于吸引读者。他的《牛全德和红萝卜》《差半车麦秸》等小说皆有"起头"和"兴味线"等，故事发展紧凑，纠葛吸引观众，民间语言通俗易懂，可

---

① 孙犁：《说书》，载《孙犁文集》第4卷，百花文艺出版社2002年版，第204页。
② 孙犁：《说书》，载《孙犁文集》第4卷，百花文艺出版社2002年版，第204页。
③ 赵树理：《也算经验》，《人民日报》1949年6月26日。
④ 姚雪垠：《小说是怎样写成的》，载钱理群编《二十世纪中国小说理论资料》第4卷，北京大学出版社1997年版，第227—228页。

谓"新评书体"小说的代表样式，于抗战期间产生较大影响，受到当时文学界的关注。诗意如沈从文也无法成为"时代"的旁观者，他认为"近三十年来文学革命，新作品的写作，还多只停顿到'叙述'上，能叙述故事编排故事已为第一流高手，一切理论且支持并叙述故事还无能力的作家，共同作成的标准和趣味都比较容易和'时代'相合"，① 但凡"能叙述故事编排故事"者的确感应着"时代"的神经，合乎时代的精神诉求，如艾芜、师陀、沙汀等往往"揉小说故事散文游记而为一的试验以外，自成一个新的型式。……充满传奇性而又富有现实性"②。一言之，40年代作家批评家较为普遍的认识是："小说是'故事'，不是理论。"③

除了结构的"故事性"外，语言的"平易性"亦是此一时期的文体诉求，以合乎战时环境的文学精神。姚雪垠说："纯粹是为着把文学当做抗战的武器而提笔写作，为着民众阅读，才把作品发表在壁报或小型的刊物上面。并且为着发挥文学的战斗力量，他们不得不尽可能去使用活生生的民众语言，同时也不得不向民众去学习语言，搜集关于生活的知识，甚至去留意民间文学的传统的表现手法。"④ 阅读为了民众，文学为了战斗，于是必须注重民间文学的传统技法，"评书"体式自然不会例外，因其"句法简单与语言朴素，已经成为'时代风格'的主要特征"⑤。

姚雪垠不仅躬行践履，而且举例同时代作家在语言方面的努力与实践："张天翼先生固然不用说，艾芜同沙汀的小说，艾青、力扬和方殷的诗，还有许多优秀的文学作家。都走着'口语化'的崭新道路。……从最活跃和最优秀的作家的举例来说，刘白羽的

---

① 沈从文：《新废邮存底——一个边疆故事的讨论》，《益世报·文学周刊》1947年9月20日第58期。

② 沈从文：《新废邮存底——一个边疆故事的讨论》，《益世报·文学周刊》1947年9月20日第58期。

③ 山丁等：《创作与批评》，《中国文学》1944年8月第1卷第8期。

④ 姚雪垠：《抗战文学的语言问题》，《大众时代文艺丛书》1943年6月第2集。

⑤ 姚雪垠：《抗战文学的语言问题》，《大众时代文艺丛书》1943年6月第2集。

小说在抗战后逐渐向口语化方面发展。"① 口语的平易性适于民众的阅读与接受，成为此一时期评书体小说最为显著的文体标志，以至于雅致的朱自清也感叹道："抗战以来又有'通俗化'运动，这个运动并已经在开始转向大众化。'通俗化'还分别雅俗，还是'雅俗共赏'的路，大众化却更进一步要达到没有雅俗之分，只有'共赏'的局面。"② "大众化"不要分雅俗而要"共赏"，因此文艺作品要走语言的寻常路，如此方可拥抱大众并生发教化的效用："文艺小说虽然有了二十多年的历史，而大部分民众仍不能接受它，固是民众水准太低，但也不是文艺小说本身拒绝了这水准太低的民众，而是文艺小说作者忘了这小说的对象是民众的。"③ 文艺小说的阅读对象始终是民众，因此必须要有契合民众的语言形式和文体风格，当然不惟小说，戏剧创作亦然，"未能尽脱评书形式，便是不愿离开大众的意思"。④

一言之，语必关风始动人。只有从民间大众中汲取养分，才能增强小说的表现力和感染力，"在形式上力求明白通俗，使能为大众接受，……从起头就没有打算接近民众，又怎样谈及发展和民众接受与否的事呢？"⑤ 一旦民众看懂听懂了，特定时代的价值需要也就容易实现了。

---

① 姚雪垠：《抗战文学的语言问题》，《大众时代文艺丛书》1943 年 6 月第 2 集。
② 朱自清：《论雅俗共赏》，载钱理群编《二十世纪中国小说理论资料》第 4 卷，北京大学出版社 1997 年版，第 540 页。
③ 知讷：《关于小说的形式》，《国民杂志·"志上聚谈"专栏》1942 年 10 月。
④ 知讷：《关于小说的形式》，《国民杂志·"志上聚谈"专栏》1942 年 10 月。
⑤ 上官筝、楚天阔等：《小说的内容形式问题》，《民国杂志》1942 年 10 月号。

第 三 章

现代小说文体互渗
现象的悖论情形

　　20 世纪三四十年代，诗意从未消隐于现代文苑，它总是以各种形式显示自身的存在价值。一方面，以书信体小说、日记体小说、诗意体小说为代表的"诗意化"文体常有出现，如沈从文的《八骏图》《箫君日记》、林徽因的《模影零篇》、徐霞的《嫌疑》、郁达夫的《她是一个弱女子》、张藤的《写给古城里的姐姐》、晋驼的《蒸馏》、张天翼的《鬼土日记》、丁玲的《杨妈的日记》、黄明的《雨雪中行进》、茅盾的《腐蚀》等，以及萧乾的《邓山东》、芦焚的《过岭记》、萧军的《鳏夫》、卞之琳的《山山水水》、胡正的《民兵夏收》、冯至的《伍子胥》、孙犁的《芦花荡》、孔厥的《凤仙花》、路翎的《滩上》、胡田的《我的师傅》、林浦的《渔夫李矮子》、邢楚均的《棺材匠》，等等，但这类"诗意化"文体形式承载的是"合理性"内容：要么是群体话语的凸显，要么是时代意识的溢出。另一方面，王统照、沈从文、孙犁、卞之琳等作家创作的诗化小说堪称此一时期的文体标志，然而，特殊时期的群体意识总是修正这类诗意感怀，促使作家从"'自我的表现'转变到'社会的表现'"①。因此，三四十年代的抒情文体形式难以承受时代之重，诗意的外衣总是包裹着合理性诉求，在情与理的对峙缠绕中缓缓行进。

---

① 　穆木天：《再谈写实小说与第一人称写法》，《申报·自由谈》1934 年 1 月 10 日。

第一节　诗意与叙事的错位：抒情
文体的自我搁置

"五四"日记体、书信体、诗意体小说的"抒情化"文体契合彼时的"个性化"内容，而三四十年代日记体、书信体、诗意体小说的"抒情化"文体呼应的却是"群体"意识。穆木天于30年代中期便指出"现在的中国，写工农兵用自白与日记是不可以的"，[①] 所谓"不可以"并非是反对作家采用此类文体互渗形式，而是认为"日记体"难以承载此时的"群体"意识。战时环境不容许叙述者的"自我"讲述，而是需要"群体"展示，于是"在主题上有一个从内向外的转变过程，封闭性和自我观照性主题渐渐地被搁置了"[②]。

一　日记体小说与时代价值

20世纪20年代以后，日记体式的"抒情性"渐行渐远，被认为"写工农兵用自白与日记是不可以的"，[③] 而"叙事"才是表现工农兵的正则。尽管如此，"日记"体式从未退出现代文苑，并涌现出了沈从文的《呆官日记》《篁君日记》、庐隐的《一个情妇的日记》、穆时英的《贫士日记》、张天翼的《鬼土日记》、丁玲的《杨妈的日记》、黄明的《雨雪中行进》、茅盾的《腐蚀》等一大批日记体小说文本。综观这些作品，它们与前一时期的日记体小说文本大异其趣，主要表现为以"诗意化"文体形式承载"合理性"时代内容。

1926年，沈从文创作了《篁君日记》。他在"序"和"自序"中提供了两点内容颇为耐人寻味，一是"这日记，是二哥临行留下的，要我改，意思是供给我作文章的好材料。我可办不到。我

① 穆木天：《谈写实小说与第一人称写法》，《申报·自由谈》1933年12月29日。
② 张克：《论中国现代日记体小说的文体特征》，《东方论坛》2008年第1期。
③ 穆木天：《谈写实小说与第一人称写法》，《申报·自由谈》1933年12月29日。

看了，又就我所知的来观察，都觉得改头换面是不必的事。……上面的话作为我这失了体裁的文章一点解释和此时一点见解"；①二是"如今是居然说是有一千四百人马在身边，二哥已不是他日记中的模样，早已身作山寨大王了。……人民还未死尽房屋还未烧完的河南，兵的争夺与匪的骚扰自然也还不是应当止息的时期"②。从这两段话里首先可以见出作者清晰的文体意识。然而，"给我作文章的好材料"为何"失了体裁"？若按照叙述者的思路是应该写成一篇以"讲故事"为中心的小说，但成文之后却是一篇"日记式"的小说，这便昭示了叙述者的矛盾心态，即通过"我"记"日记"的形式来呈现已发生的"事件"实乃不得已而为之，目的是给读者尤其给妻子一种真诚感和真相感，为了"作为在妻面前的一点忏悔"。③于是乎，这"事件"当然就不能算是主人公封闭性的内心世界和个人化的诗意情怀了，而是触及了大的时代内容，即"兵匪时期"，主人公如何下定决心抛却工作而选择北上为兵的过程，终究"给她爱的认识以外再给她以对现世不满的指示"。④因此，《篁君日记》实质上是一部"讲故事"的小说，而日记式的"抒情"形式在时代"叙事"要求面前被消解了。

　　20世纪30年代，张天翼、丁玲等人的日记体小说长于时代叙事，个人化抒情隐匿。由《鬼土日记》到《严肃的生活》，可以见出张天翼趋归时代的心路历程。《鬼土日记》讲述了主人公韩士谦从"阳间"进入"鬼土"世界所经历的怪诞见闻，以此讽刺和批判现实。该小说完全放弃了"日记体"所擅长的对于个性生命的开掘，而以粗线条叙述和场面展示来消解"日记体"的独白和私

---

① 沈从文：《篁君日记》，载《沈从文文集》第2卷，花城出版社1982年版，第237页。

② 沈从文：《篁君日记》，载《沈从文文集》第2卷，花城出版社1982年版，第237页。

③ 沈从文：《篁君日记》，载《沈从文文集》第2卷，花城出版社1982年版，第237页。

④ 沈从文：《篁君日记》，载《沈从文文集》第2卷，花城出版社1982年版，第237页。

语，从而强化了《鬼土日记》的时代叙事功能。作家采用这种文
体形式的目的大概因于"日记体形式带来的似真性和文本世界提
供的荒唐的内容之间形成的反讽张力"，① 能够凸显"合理性"的
时代叙事内容，而所谓讽刺"根本是理智的产品"，② 因此，讥讽
充斥全篇的《鬼土日记》可谓"代表小说的理智方面"③ 了。

　　1933 年丁玲被捕后，上海画报《良友》刊发了丁玲的未完之
作《杨妈的日记》，不料刊出后却惊动了上海原国民党市党部的主
任潘公展，他看完后随即批评良友公司负责人余汉生及赵家璧，
斥责他们不该出版左翼作家的作品。通过《杨妈的日记》发表前
后的"事端"即可见出该小说被赋予的"时代"元素，因此，杨
妈的"日记"定然不会是主人公杨妈的绵绵诗语。的确，该小说
采用"日记体"的第一人称叙事，不但没贴近还反而远离了主人
公杨妈的内心世界。其原因就在于杨妈只是三四十年代群像的一
个"符号"，她难以担任"抒情"的角色，如同时代批评家所言
"杨妈的生活是可以客观地描写"④ 与"展示"，如若采用"内聚
焦"（以杨妈的视点）的主观化"讲述"，就显得十分"滑稽的
了"。⑤ 穆木天指出了这类"农工"题材"日记体"形式的症结：
"若是叫农工自己写呢，恐怕不成为艺术品，因为中国的农工都是
文盲。若是知识分子去写他们的自白呢，情绪、口吻都是很难以
逼真。"⑥ 也就是说，日记文体并非不能与工农角色结合，而是这
种文体难以把握他们的"情绪、口吻"，那么采用"外聚焦"的叙
事手法客观化地对其加以"展示"，即以叙述人的视点进行讲述就
显得合情合理了。因此，30 年代的"农工"题材与"日记体"文

① 张克：《论中国现代文学史上的日记体小说》，《天中学刊》2002 年第 1 期。
② 郭沫若：《郭沫若诗作谈》，《现世界·创刊号》1936 年 8 月 16 日。
③ 叶公超：《写实小说的命运》，《新月·创刊号》1928 年 3 月 10 日。
④ 穆木天：《再谈写实的小说与第一人称写法》，《申报·自由谈》1934 年 1 月 7 日。
⑤ 穆木天：《再谈写实的小说与第一人称写法》，《申报·自由谈》1934 年 1 月 7 日。
⑥ 穆木天：《关于写实小说与第一人称写法之最后答辩》，《申报·自由谈》1934
年 2 月 10 日。

本在很大程度上显示了文体形式与时代要求之间的尴尬。

20世纪40年代初，七月派作家黄明的《雨雪中行进》是一篇速写式的日记体小说。① 该小说由《是一条好汉子》《不光荣的流血》《从几千里外家乡带出来的伞》《等打败了日本鬼子回来再下雨吧》和《血下苦行军》这五小节按照时间发展线索进行叙事，标题中的"好汉子""日本鬼子""光荣""行军"等词汇便已宣告了小说的"时代感"。文中没有跌宕起伏的情节，只是根据主人公"我"（黄明）的视线所及之处来叙述，隐匿了主人公的个人化情绪，最大限度地凸显了时代的"合理性"意识。在第四小节《不光荣的流血》中，当"我"看见这一幕时："一个刚刚枪毙的逃兵，曲着脚，还没有完全失掉知觉的躺在地上，鲜红的血从他的后脑流出来。"② "我"未有个人化情绪上的波动，没有同情和惊惧，有的只是鄙夷地骂了句："不光荣的流血！"③这种源自时代"合声"的高姿态谩骂显然不合乎日记形式所能表征内容的叙述逻辑，很大程度上削弱了主人公形象的真实。小说最后一节叙述"我"的战友在叹息美丽雪景中兄弟们的寒冷之苦时，"我"立即说出"这还算不了什么苦"④ 的豪言壮语，并挺起胸膛迈出轻快的步伐向前进，主人公形象被有意地拔高了。由此可见，《雨雪中行进》的日记体形式契合的是作者的时代价值趋归，文体形式与诉求内容不相统一，从而削弱了作品的深度。

茅盾的日记体小说《腐蚀》塑造了一位女特务（赵惠明）形象。文学史家颇为欣赏《腐蚀》的日记体形式，如荒煤等认为："就表现一个身陷魔窟而不能自拔，参与血腥的勾当又蒙受着良心

---

① 吴子敏选本收录该作品是放在"报告文学、小说"栏目下的。见吴子敏编《七月派作品选》，人民文学出版社2011年版。

② 黄明：《雨雪中行进》，载吴子敏编《七月派作品选》，人民文学出版社2011年版，第492页。

③ 黄明：《雨雪中行进》，载吴子敏编《七月派作品选》，人民文学出版社2011年版，第493页。

④ 黄明：《雨雪中行进》，载吴子敏编《七月派作品选》，人民文学出版社2011年版，第493页。

谴责的女特务的心潮起伏，矛盾错综复杂的心理来说，这种日记体无疑是最好的形式。"① 然而茅盾于 20 世纪 50 年代初所写的《腐蚀·后记》中却进行了"文体"否定："如果我现在要把蒋匪帮特务在今天的罪恶活动作为题材而写小说，我将不写日记体。"② 这又是为何？原因在于文学史家着眼于日记体形式可塑造人物的深度和力度这一功能，而作家着眼于"如果太老实地从正面去理解，那就会对赵惠明发生无条件的同情"，③ 即作者担心读者"从正面去理解"会产生同情而"发生严重的后果"，④ 且这会与序言里渲染的真实性产生矛盾。本然，日记文体的"似真性"让读者贴近主人公的心灵倾诉，这便是"从正面理解"，形成一种"情感"意义的真，但茅盾并不希望如此，因为"情感"意义的真势必会冲淡赵惠明的政治身份功能，从而削弱时代价值意义。

二　书信体小说与群体意识

随着普罗文学的兴起，特别是全民抗战和紧随其后的解放战争的展开，长于抒情的文体远远比不上街头剧、朗诵诗和小故事的鼓动效应。于是，向内探寻的生命姿态便显得不合时宜，创作主体也从"'自我的表现'转变到'社会的表现'"，⑤ "诉情"的书信体"自然要被抛弃了。因为新的酒浆不能装在旧的皮囊，于是现实主义作家用了新的样式了"⑥。

华汉的书信体小说《女囚》（1928 年）可谓过渡时期的产物。小说充满着"控诉"话语，像女囚赵琴绮在信末呼吁："亲爱的姊妹呀！你们何时才能冲破这狱门呢？你们何时才能冲破这狱门呢？我的手已经早张开了！"⑦ 这已然从早期书信体的"诉情"转变为

---

① 荒煤、洁泯：《序言》，载《中国新文学大系 1937—1949 年·长篇小说卷》（一），上海文艺出版社 1990 年版，第 11 页。
② 茅盾：《茅盾文集》第 5 卷，人民文学出版社 1986 年版，第 300 页。
③ 茅盾：《茅盾文集》第 5 卷，人民文学出版社 1986 年版，第 300 页。
④ 茅盾：《茅盾文集》第 5 卷，人民文学出版社 1986 年版，第 300 页。
⑤ 穆木天：《再谈写实的小说与第一人称写法》，《申报·自由谈》1934 年 1 月 10 日。
⑥ 穆木天：《再谈写实的小说与第一人称写法》，《申报·自由谈》1934 年 1 月 10 日。
⑦ 华汉：《女囚》，《创造月刊》1928 年 7 月 10 日第 1 卷第 12 期。

此时的"叙事"了，传达了某种"意识"，并普遍见于三四十年代的书信体小说，如京派作家沈从文的《八骏图》、林徽因的《模影零篇》，文学研究会作家徐雉的《嫌疑》，创造社作家郁达夫的《她是一个弱女子》，七月派作家张藤的《写给古城里的姐姐》、晋驼的《蒸馏》，等等。一直以来，这批文本受到一定程度的忽略，研究者主要还是从时代题材着眼，认为"书信体小说终于在1934年后悄然淡出时代文坛，让位于更适合时代需求的报告文学等新文体作品"。① 该论断不甚严谨，但从侧面道出了三四十年书信体小说的生存状态，即在时代群体意识面前，书信体小说的文体特征亟须矫正，以合乎特殊时期的意志需要。

"外倾型"视点是20世纪三四十年代书信体小说文体的主要叙述修辞方式。沈从文的《八骏图》（1935年）是一篇以第三人称叙述方式为主的信笺嵌入体小说。长期以来，研究者较多关注《八骏图》的主题意义，② 往往忽略了这篇小说的文体形式功能，其场景化"展示"的文体形式实则凸显了一种普世"意识"：穿插主人公达士与未婚妻媛媛及南京×之间的8封书信来表征"类性格"成长的意图。第一封信中"我窗口正望着海，那东西，真有点迷惑人！……我欢喜那种不知名的黄花"③ 即宣告了达士先生易于被迷惑的心性；第二封信中"那报纸登载着关于我们的消息。说我们两人快要到青岛来结婚。……我担心一会儿就会有人来找我"④ 则暗示了达士先生对于目前情感的不坚定性；第三封信中"X，您若是个既不缺少那点好心也不缺少那种空闲的人，我请您去为看看她"⑤ 又说明了达士先生为人处事的无原则性；第四封信

① 韩蕊：《现代书信体小说文体特征论》，《社会科学辑刊》2010年第5期。

② 刘艳：《自卑与超越——从〈八骏图〉反观沈从文》，《湖北民族学院学报》1995年第4期。

③ 沈从文：《八骏图》，《文学》1935年8月第5卷2号。

④ 沈从文：《八骏图》，《文学》1935年8月第5卷2号。

⑤ 沈从文：《八骏图》，《文学》1935年8月第5卷2号。

中"我将把这些可尊敬的朋友神气，一个一个慢慢的写出来给你看"① 则道出了达士先生的好奇性；第五封信中"不过我希望你——因为你应当记得住，你把那些速写寄给什么人"② 又暗示了达士先生的非专一性；第六封信中"然而那一种端静自重的外表，却制止了这男子野心的扩张"③ 却道出了达士先生情欲的强烈性；第七、八封信以十分简短的文字赤裸裸地呈现出了一个喜新厌旧、感情不一的达士"类形象"。因此，信件里的达士先生与信件外的人生——八个教授的生活达成有效的互补，表征了这一历史时期知识分子的群像——阉宦似的人格："大多数人都十分懒惰，拘谨，小气，又全都是营养不足，睡眠不足，生殖力不足。"④ 七个教授和达士先生便是这些"类形象"的代表，这正是《八骏图》书信体的文体价值所在。

七月派作家张藤的小说《写给古城里的姐姐》，整体上由一封书信构成小说形式。文章开篇即是"亲爱的姐姐"的称呼，看似是"内视点"叙述，实则承载了书信主人公藤弟的"外倾型"叙事内容，如呼喊"姐姐，勇敢点吧，我将会医好我的孤独症，在广大的人群里取得温暖，取得爱。……暴风雨生产了我们，斗争养育了我们"，⑤"我"的行为完全与20世纪40年代的群体底色一致："巨潮将我们冲散了，不久，我们还要汇合在一起，向前泛流。"⑥ 因此，这篇小说其实是以书信的"内视点"叙述形式凸显一种强大的"外倾型"群体意识，这从文末的"附记"中也能加以确证："从北平流亡出来，辗转到了豫北，怀念着家里的人，北

---

① 沈从文：《八骏图》，《文学》1935年8月第5卷2号。

② 沈从文：《八骏图》，《文学》1935年8月第5卷2号。

③ 沈从文：《八骏图》，《文学》1935年8月第5卷2号。

④ 沈从文：《〈八骏图〉题记》，载《沈从文全集》第8卷，北岳文艺出版社2002年版，第205页。

⑤ 张藤：《写给古城里的姐姐》，载吴子敏编《七月派作品选》（下），人民文学出版社2011年版，第609页。

⑥ 张藤：《写给古城里的姐姐》，载吴子敏编《七月派作品选》（下），人民文学出版社2011年版，第609页。

平的友人，偶然接到两封信，里面充满了无声的沉痛，悲哀，并且说来信不要加上'娘''姐'等称呼，这是很危险的……我终于不知道怎么写给他们。"① 虽然"我"不知道怎么写给他们，但还是以"亲爱的姐姐"称呼之，说明"我"内心依然期待一种真实的情感，而采用"书信体"形式最相适宜，然而，"我终于不知道怎么写"之语则说明此一时期选择该文体形式的无奈与纠结。七月派作家晋驼于 1947 年出版了《结合》集，其中多篇小说皆以第一人称叙事，并融合了多种叙事技法，如《蒸馏》的书信体式、《结合》的评书体式、《我爱骆驼》的散文体式，等等。《蒸馏》中的第四节内容是小说主人公王发写给"我"的一封信件。在"我"看来这是一封近似于"情书"的信件，但也不是"诉情"，而是"叙事"，是群体化"意识"的一种形象展示："不能写了，棉油灯太暗。这几天我的眼又有些花——在马上看书要不得！——这里离敌人只有八里路，机关枪又响了，怕是又要进入战斗了……"② 其"内视点"的运用同样不在于指涉主人公王发的生命姿态，而在于传达一种特殊时期的群体意志。

　　京派作家师陀的小说《结婚》上卷是以六封书信为结构线索进行叙事的。作者原本想借助信札的"内视点"进行抒情，但依然难以实现，同时代作家唐湜就认为此处"散漫、松弛、无力，虽还残存一些诗人过去有的宁静的气质，但多不调和"，③ 这是因为师陀受到群体意识的干预而欲合乎"左翼作家的创作路线"，于是运用"冷静而又稳妥"的叙述为"那个时候的上海状况，保存一部分的记录"④。此外，文学研究会作家徐雉发表于 20 世纪 30

① 张藤：《写给古城里的姐姐》，载吴子敏编《七月派作品选》（下），人民文学出版社 2011 年版，第 609 页。

② 晋驼：《蒸馏》，载吴子敏编《七月派作品选》（下），人民文学出版社 2011 年版，第 748 页。

③ 唐湜：《师陀的〈结婚〉》，《文讯》1948 年 3 月 15 日第 8 卷第 3 期。

④ 尹雪曼：《师陀与他的〈果园城记〉》，载《抗战时期的现代小说》，台北：台湾成文出版社 1980 年版，第 153 页。

年代初期的《嫌疑》，也是以"内视点"表征"外倾型"群体意识的书信体小说。

三　诗意体小说与教化功能

"诗歌"从未与小说绝缘，它于任何时段皆与现代小说渗透交融，然而，诗文互渗形式表征的功能和意义很不相同。别林斯基说："当诗人不自由自主地遵循他的想象的瞬间闪烁而写作的时候，他是一个诗人；可是，只要他一给自己设定目标，提出课题，他就已经是哲学家、思想家、道德家。"① 五四时期的一些诗人到了三四十年代便不由自主地给自身"设定目标"："捉住现实，歌唱新世纪的意识。…… 要使我们的诗歌成为大众的歌调，我们自己也成为大众中的一个。"② 诗本有情已无"情"，于是，以大众化的"诗语"融入现代小说。"诗语"形式主要是民间歌谣，其完全隐匿了五四时期古典诗词和现代诗歌的整体嵌入体式，叙述者从"内视点"转变为"外视点"叙述，在一定程度上成了"思想家""道德家"甚至"说教家"。萧乾的《邓山东》、芦焚的《过岭记》《百顺街》、萧军的《鳏夫》《夹谷》、卞之琳的《山山水水》、胡正的《民兵夏收》、冯至的《伍子胥》、孙犁的《荷花淀》《芦花荡》《村歌》、孔厥的《凤仙花》、路翎的《滩上》、胡田的《我的师傅》、林浦的《渔夫李矮子》、邢楚均的《棺材匠》等可谓这类小说的代表。

民间歌谣具有"外倾型"的叙事特征。《汉书·艺文志》云："自孝武立乐府而采歌谣，於是有代赵之讴，秦楚之风，皆感於哀乐，缘事而发，亦可以观风俗，知薄厚云。"③北魏贾思勰《〈齐民要术〉序》曰："今采捃经传，爰及歌谣，询之老成，验之行事，起自耕农，终於醯醢，资生之业，靡不毕书。"④ 可见歌谣多"缘

---

① ［苏］维·格·别林斯基：《文学的幻想》，载《别林斯基选集》，满涛译，上海译文出版社1979年版，第24页。

② 穆木天：《新诗歌》发刊词，《新诗歌》1933年2月11日第1卷创刊号。

③ 班固：《汉书·艺文志》，中华书局1952年版，第1756页。

④ （北魏）贾思勰：《齐民要术》，中华书局2015年版，第4页。

事而发"。罗吉·福勒认为，传统民谣"往往是一些家喻户晓的故事的片断，经过浓缩后再以客观的方式讲述出来"，[①] 具有"明理性"的讽喻特征，如"时政歌谣"便富有相当的讽喻性和批判性。至于民间的"爱情歌谣"，虽然表现了男女之间的微妙情感，但也全非个性化的，它往往是民间群体情感和心声的载体，指涉一定程度的教化功能，如《探妹》《五更鼓》等。民间歌谣与20世纪三四十年代的小说创作渗透融合，奏响了时代的强音。

芦焚的《过岭记》中穿插了两首歌谣，皆是主人公小茨儿唱的，前一首是爱情歌谣，后一首是时政歌谣，例如：

> 两行杨柳一行堤，
> 开运河，就是隋炀帝。
> 野鹧鸪打它打也不去。
> 桃花开在二月底。[②]

穿插的时政歌谣篇幅较长，运用起兴修辞而引发叙述人介入叙事进行思考："同道德，习俗，一国的统治是不是有关系呢？我不说甚么，只默愿着，听那曲子自己煞尾。"[③] 另一篇《百顺街》中穿插了一首现代民谣：

> 百顺街，百不顺：
> 开家医院史和仁；
> 阎王的马，肥又肥，
> 踏人好比踏烂泥；
> 药材店，生意好，

---

① ［英］罗吉·福勒：《现代西方文学批评术语词典》，袁德成译，四川人民出版社1987年版，第22页。
② 芦焚：《过岭记》，《太白》1935年1月20日第1卷第9期。
③ 芦焚：《过岭记》，《太白》1935年1月20日第1卷第9期。

一场大火烧。①

该小说嵌入的两首歌谣内容均关乎"政治"，仅仅以富有节奏韵律的"诗歌"形式作为载体，通过隐喻（"开运河，就是隋炀帝"）和双关（"开家医院史和仁"）的叙述修辞揭示了那个年代的社会现实。因此，《果园城记》固然是"一篇朴素的诗"，但更像是"古老的内地中国的一个投影"，② 其教化功能不言而喻。萧乾的《邓山东》中穿插了六首现代民谣，其中一首是：

三大一包哇，两大一包哇，
学生吃了程度高呀！
中学毕业大学考呀，
欧美留洋好办学校！③

歌谣形式合乎诗的旋律和节奏，但内容具有明确的政治批判指向。这类民谣嵌入体文体样式的好处在于能轻易便利地向民众传达和教化，如萧乾否定乔伊斯之"奥"："乔艾思走的死路是他放弃了文学的'传达性'，以致他的巨著尽管是空前而且大半绝后的深奥，对于举世，他的书是上了锁的。"④ 即沉入"诗思"的创作风格不必赏识，因为缺了"传达性"。萧乾认为小说毕竟不能"脱离了血肉的人生，而变为抽象，形式化"，⑤ 而《邓山东》正是以"具象"传达"教化"的有效实践。同是京派作家的林浦和邢楚均，其诗意体小说中的"歌谣"均是寄讽喻和批判于一体，"合理性"意识消解了"诗性"的自适。林浦在《渔夫李矮子》中嵌入

① 芦焚：《百顺街》，《文学》1936 年 3 月 1 日第 6 卷第 3 期。
② 唐迪文：《果园城记》，《大公报》（上海）1946 年 7 月 12 日。
③ 萧乾：《邓山东》，《大公报·文艺副刊》1934 年 6 月 20 日。
④ 萧乾：《小说艺术的止境》，《大公报·星期文艺》（天津）1947 年 1 月 19 日第 15 期。
⑤ 萧乾：《詹姆士四杰作》，《益世报·文学周刊》1947 年 9 月 20 日第 58 期。

了一首现代歌谣：

> 月亮弯弯——哟咿哟；照破头——呵哟咿哟，
> 日本鬼子——是哥而梭，斯而梭，梭咯美，
> 宰耕牛——啰喂；
> 杀了牲口——哟咿哟；杀人口——呵哟咿哟，
> 男女老幼——是哥而梭，斯而梭，梭咯美，
> 都不留——啰喂！①

歌谣采用了《诗经》中的"起兴"手法，然而下文的"教化"内容——"日本鬼子"的行为完全消解了歌谣指涉的诗意情境。

七月派作家的小说创作也试图以诗歌嵌入体营造诗意氛围，然而，不自觉的批判向度使得这些歌谣成为教化的载体，每每稀释了诗意本然之美。孔厥《凤仙花》中穿插的民谣消解了凤仙花的优美，只有如此情形：

> 战斗的号声响亮！
> 战斗的旗帜飘扬！
> 战斗的火焰，燃烧在
> 大西北的原野上……②

萧军《夹谷》中穿插的民谣由诗意徜徉突变为革命教育：

> 我的家在东北松花江上，
> 那里有，森林，煤矿；

①　林浦：《渔夫李矮子》，载吴子敏编《七月派作品选》（下），人民文学出版社2011年版。

②　孔厥：《凤仙花》，《希望》1946年6月16日第6期。

> 那里有……我的同胞，
> 还有那……衰老的爹……娘……①

丘东平《一个连长的战斗遭遇》里反复回荡着一段唱词：

> ——我们这些蠢货，
> 要拼命地开掘呵，
> 今天我们把工作做好了，
> 明天我们开到他妈的什么包家宅，
> 后天日本兵占领我们的阵地。②

歌谣旋律带来的不是对个体心灵的慰藉，而是对现实的批判及某种合理性的期待。孙犁的《村歌》从标题上即能感受到一种悠远的牧歌情调，小说中也穿插了许多诗歌，并运用了起兴手法，企图强化诗意效果，例如：

> 七月里来呀高粱红
> 高粱红又红
> 姐妹们呀
> 集合齐了
> 开大会呀
> 来斗争
> 风吹枝儿树猫腰
> 今年梨儿挂的好
> 上好的梨儿谁先尝哪
> 我提着篮儿上前方呀
> 送梨的人儿回去吧

---

① 萧军：《夹谷》，《七月》1937 年 7 月第 19 期。
② 丘东平：《一个连长的战斗遭遇》，《七月》1938 年 5 月 16 日第 14 期。

前方的战斗正紧张啊①

但很显然，诗意想象终究敌不过残酷的现实，貌似轻松快乐的备战和激情盎然的战斗与"诗意"不太沾边，这大概是孙犁诗意体小说的通则，代表作《荷花淀》亦然。师陀小说《牧歌》穿插的诸如"强盗来了！枪刀剑戟！"等战斗式歌谣，受到王任叔的批评，认为"牧歌"款款不合时宜，因为这时代"需要的是叙事诗，是《浑河的激流》，而不是牧歌。作为一种寓言，一种情绪的激动，我们的作者是借这牧歌，做到了相当的程度。但我们却需要更有理性的反抗啊！"②"更有理性的反抗"指涉了20世纪三四十年代歌谣体小说的文体价值和旨归。也正是为了契合这种"合理性"的教化功能，此一时期的歌谣便在语体形式上追求篇幅简短，少则两句，多则六句，以便于民众的喜闻乐见："长短是大可成问题的。如为教育大众起见，太长是尤当切忌的。"③ 由此观之，三四十年代的歌谣体小说似乎闯出一条新路，那就是将民谣"演化出煤矿工人的歌谣、劳动号子、示威抗议歌曲，以及为政党斗争服务的歌谣"，并要"努力化除个人的意气，坚定思想上的立场，作时代的前茅"，④ 这实在与五四诗意体小说的文体价值大相径庭了。

钱理群先生说："文学内容的变化必然引起文学形式的变化，如果说注重个性解放与思想解放的'五四'是抒情的时代，着重社会解放的现代文学第二个十年就是叙事的时代。"⑤ 的确，五四时期的日记体、书信体、诗意体小说在一定程度上适应了文学内容的发展并取得了显著的实绩，但到了以"叙事"为潮流的三四十年代，这些文体的内聚焦叙述方式必须要服从于时代意识和说教功能的客观化呈现，因而在一定程度上削弱了人物形象的饱满

① 孙犁：《村歌》，《天津日报》1949年5月6日—5月12日。
② 王任叔：《评〈谷〉及其他》，《文学杂志》1937年8月1日第1卷第4期。
③ 郭沫若：《郭沫若诗作谈》，《现世界·创刊号》1936年8月16日。
④ 郭沫若：《郭沫若诗作谈》，《现世界·创刊号》1936年8月16日。
⑤ 钱理群：《中国现代文学三十年》，北京大学出版社1998年版，第211页。

度和作品的深度。然而，如若这类小说既要保持自身的"诗性"自适，又要符合时代的"叙事"诉求，那将处于两难之境。因此，形式与内容不可二元对立，个性抒情必须呼应主观化的文体形式，时代叙事则需要契合客观化的文体形式，"咱们只能够作一元论的想法，内容寄托在形式里头，形式怎么样也就是内容怎么样"①。随着战时布幕的完全拉开，日记体等抒情体式便逐渐淡出人们的视野，也可谓情理之中了。

第二节　情与理的缠绕：诗化小说的合奏音符

20世纪三四十年代，诗人和诗意从未消隐于现代文坛，它以各种形式显示自身的生命力。王统照、沈从文、孙犁、卞之琳等创作的诗化小说堪称此一时期的代表。然而，特殊时期的环境氛围和价值趋归总在修正创作者的文体意识和诗性感怀，如王统照诗化小说文体形式蕴含着时代暗影的来临，沈从文诗化小说文体形式寄寓着辟谬理惑的意旨，孙犁等人诗化小说的文体形式则标志着个体生命情怀的消隐。

一　暗影来临与时代的自觉

王统照是小说家也是诗人，"富于诗人的气质和热情"。② 作家曾追忆阅读《老山道士》时的诗意感怀："读到终篇，却真有唐人诗句'曲终人不见、江上数峰青'的余感留在脑中。"③ 五四时期，王统照的创作往往诉求于诗的余感韵致，认为《春雨之夜》是"凭一时的直觉而没曾精思润色写下来的作品"，④ "什么风格，趣味，方法，我向来就是提笔茫然；更说不到'为什么'而来创作了。我只想将我这真实的细弱的'心声'写出；至于写的好坏那

---

① 叶圣陶：《叶圣陶选集·自序》，北京开明书店1951年版，第2页。
② 王亚平：《忆诗人王统照》，《前哨》1958年1月。
③ 王统照：《我读小说与写小说的经过》，《读书杂志》1933年2月第3卷2号。
④ 王统照：《王统照文集》第1卷，山东人民出版社1980年版，第3页。

只有无可奈何也"①。其实质上彰显了主体青春时期的一种生命感怀。当然，王统照五四小说中的诗意渲染也间有"人间的苦味"，②但这个"人间"只关乎生命，命运之悲、生老病死之感及美好瞬间之思，如《春雨之夜》集子的《春雨之夜》《鞭痕》《自然》《月影》，《霜痕》集子里的《河沿的秋夜》等，皆寄托着诗人"美丽的理想"③。然而，这"美丽的理想"在 20 世纪 30 年代以后的小说创作中逐渐隐匿，此一时期的诗意文体形式则标志了"时代暗影的来临"④。

　　王统照自述，20 世纪 40 年代之前短篇小说"第一辑中那几篇，只是从理想中祈求慰安，……第三辑以后所写的客观方面较为扩大，也想更向现实生活深入分析。对腐朽与不合理的一切，除冷讽外加以抨击"。⑤"第三辑"指的就是 30 年代以后的小说创作，逐渐消隐了青春情怀而关怀现实，从"理想的诗的境界走到《山雨》那样的现实人生的认识"，⑥ 思想认识在不断地修正小说文体的诗化形式。王统照说："时间与环境常常可将我们的生活在无形中变化了，而时代的机轮更在我们的生活的挣扎中不息的转动。由此，思想的幻变也随之俱来。一个人跳不出苦闷的生之'法网'，他一定时时有冲出这魔术般的'法网'的希望——希望虽止是空虚中的烛光，却能在前面照引着我们，闪动出我们的力，思想，与表现思想的方法。"⑦ 这"方法"就是从诗意到写实，从个

① 王统照：《王统照文集》第 1 卷，山东人民出版社 1980 年版，第 273 页。
② 王统照：《王统照文集》第 1 卷，山东人民出版社 1980 年版，第 275 页。
③ 田仲济：《王统照小说的现实主义精神》，载冯光廉、刘增人编《王统照研究资料》，知识产权出版社 2010 年版，第 202 页。
④ 王统照：《银龙集·序》，载冯光廉、刘增人编《王统照研究资料》，知识产权出版社 2010 年版，第 127 页。
⑤ 王统照：《王统照短篇小说选集·序》，人民文学出版社 1957 年版，第 2 页。
⑥ 茅盾：《中国新文学大系小说一集·导言》，良友图书印刷公司 1935 年版，第 24 页。
⑦ 王统照：《霜痕·序言》，载冯光廉、刘增人编《王统照研究资料》，知识产权出版社 2010 年版，第 92 页。

性讲述到客观展示，从耽于幻想到揭露现实，从注重内心到塑造典型，小说《山雨》便是其转型之代表作。"《山雨》意在写出北方农村崩溃的几种原因与现象，及农民的自觉"，① 其合理性旨归使得这部作品成为描写中国农村最坚实的小说，以至于其"浓重的时代特色"② 一度受到国民党反动派的查禁。③ 作家呼吁："我们的时代，不是黄金的炫光，也少有玫瑰色的娇艳，更不是翠玉般的鲜朗。在这时代里要叫我们唱一支甚么样的歌？作一首甚么样的序曲？虚伪的赞颂？强造的讴歌？无力的诅咒？居心装点的狂唱？我们要怎样才能呼诉出我们对于时代与心中的真感！"④ 时代已不需要"炫光""娇艳"和"鲜朗"的装饰，"真感"迫使作家自觉矫正小说文体的诗意形式，甚至于认为："诗！纵使是如何生动的计划，有力的激发，也不过是笔尖上的空花，口头上的痛快，你的双手在这大时代中就只会弄这点'小技'么？"⑤

尽管如此，虽然诗意文体形式并未从王统照 30 年代以后的小说创作中褪去，然而它总是被赋予事理的场景、时代意识的群像及大众化的语言等文体形式矫正，所谓"《山雨》中某些生活场景的动人描写，也达到了巨大的成功"，⑥ 如陈家庄农民雪天群聚编席场景、龙王庙祈雨景象、萧达子谋生画面，皆是 30 年代的时代标志，是农村破产的文学纪实。及至 40 年代，王统照小说合理性的文体特征愈加突出，"敢于直面人生苦难和社会现实，将苦难的

---

① 王统照：《山雨·跋》，载冯光廉、刘增人编《王统照研究资料》，知识产权出版社 2010 年版，第 149 页。

② 金梅：《谈王统照的长篇小说〈山雨〉》，载冯光廉、刘增人编《王统照研究资料》，知识产权出版社 2010 年版，第 233 页。

③ 田仲济：《王统照小说的现实主义精神》，载冯光廉、刘增人编《王统照研究资料》，知识产权出版社 2010 年版，第 208 页。

④ 王统照：《这时代·自序》，载冯光廉、刘增人编《王统照研究资料》，知识产权出版社 2010 年版，第 96 页。

⑤ 王统照：《〈江南曲〉自序》，载冯光廉、刘增人编《王统照研究资料》，知识产权出版社 2010 年版，第 124 页。

⑥ 孙克恒：《谈〈山雨〉的现实性与艺术创造》，载冯光廉、刘增人编《王统照研究资料》，知识产权出版社 2010 年版，第 192 页。

社会、痛苦的人生和作者的真情实感一起倾注于笔端"①。如小说《春花》，便以纪实化的群像展示来消弭个性化的情感倾诉，从而使读者印象深刻的便是坚石、义修、身木、坚铁、巽甫、圆符、金刚等群像，而义修的原型则是"励新学会"的主要成员王纯瑕，现名王景鲁。此外，小说《双清》的文体特征在于语言的朴实化和结构的单一化。作家说："我在文艺作品中着力于农民生活的解剖，从微小事体上透出时代暗影的来临。这等启示不止从表现上在意，确实希望细心读者对此重大问题，因文艺的感发能予以缜密思考。这是我那些年写成几个长短篇小说的集中观念。"② 透出"时代暗影"的创作观决定了文体形式的被选择机缘与功能效用，从 20 年代"美的幻想"到 40 年代"时代暗影的来临"，王统照小说文体嬗变轨迹清晰地昭示了生命个体与时代环境的互文关系及其意义。

二　辟谬理惑与现实的诉求

自 20 世纪 30 年代后期始，沈从文小说的文体修辞呈现出由诗意化向讽刺化的位移态势，作家似乎越来越关注现实的"真"，由对神性的膜拜转向对于现实的愤慨。

1937 年，朱光潜论沈从文之作："从题材，作风以及作者对于人物的态度看，《大小阮》在沈先生的作品中似显示转变的倾向。"③ 这"倾向"到了 40 年代中后期就更为明显，沈从文自述："问题在分析现实，所以忠忠实实和问题接触时，心中不免痛苦，唯恐作品和读者对面，给读者也只是一个痛苦印象，还特意加上一点牧歌的谐趣，取得人事上的调和。"④ 以此观之，"牧歌"并非

---

① 王学军：《从古典主义到现实主义——论王统照小说创作的转变》，《文史哲》1987 年第 6 期。

② 王统照：《银龙集·序》，载冯光廉、刘增人编《王统照研究资料》，知识产权出版社 2010 年版，第 127 页。

③ 吴立昌：《沈从文——建筑人性神庙》，复旦大学出版社 1991 年版，第 29 页。

④ 沈从文：《〈长河〉题记》，《大公报·战线副刊》（重庆）1943 年 4 月 23 日第971 期。

小说的主旋律，关键问题还在于"分析现实"。作家甚至颇为欣赏改行当记者的作家，1947 年写给周定一的信中说："添一批生力军进来，产生百十部别具一格的现代史，这点希望对于一个兼具记者的作家，比寄身大都市纯职业作家尤有把握。因为生活接触范围比较广，且贴近大地人民。"① "贴近大地人民"即意味着切近了真的现实人生而非"梦幻的抒情"，② 从而揭示的是牧歌下的残忍，如诗意葱笼的《边城》。

该小说避免了对人物心理活动的剖析，而尽可能地对事件的前因后果加以展示，"只是以我的客观态度描写一切现实，而内中人物在我是无爱憎的"，③ 即把人物关系、情感变化隐含于场景中进行展示。翠翠喜欢二佬，小说中有一段堪称诗意葱笼的场景展示："翠翠不能忘记祖父所说的事情，梦中灵魂为一种美妙歌声浮起来了，仿佛轻轻的各处飘着，上了白塔，下了菜园，到了船上，又复飞窜过悬崖半腰——去作什么呢？摘虎耳草！白日里拉船时，她仰头望着崖上那些肥大虎耳草已极熟习。崖壁三五丈高，平时攀折不到手，这时节却可以选顶大的叶子作伞。"④ 白塔、菜园、船上、悬崖半腰、摘虎耳草等属于场景展示的叙述方式，"摘虎耳草"更是以景寓意，"虎耳草"属于爱情的象征物，一种寄情符号，契合美学家桑塔耶那的"两项"论："第一项是实际呈现出的事物，一个字，一个形象，或一件富于表现力的东西；第二项是所暗示的事物，更深远的思想感情。"⑤ 那么，虎耳草便被寄寓了"实际呈现出的事物"与"暗示的事物"这两重意蕴，"摘虎耳草"便是对情爱情欲的暗示，即以诗意化的场景进行展示，这就

---

① 沈从文：《沈从文全集》第 17 卷，北岳文艺出版社 2002 年版，第 470 页。
② 沈从文：《短篇小说》，《国文月刊》1942 年 4 月 16 日第 18 期。
③ 沈从文：《沈从文全集》第 5 卷，北岳文艺出版社 2002 年版，第 2 页。
④ 沈从文：《边城》，《国闻周报》1934 年 1 月 1 日第 1 卷第 1 期。
⑤ ［美］乔治·桑塔耶那：《美感》，缪灵珠译，中国社会科学出版社 1982 年版，第 132 页。

是沈从文所谓的"机智的说教"①。40 年代以后，"机智的说教"则被更为明确的现实分析所取代："一面是受过去所束缚的事实，实在令人痛苦，一面却是某种向上理想，好好移植到年青生命中，似乎还能发芽生根，然而刚到能发芽生根时又不免被急风猛雨摧折。"② 现实的"急风猛雨"显然难以呈现诗意葱茏的优美，"一支笔即再残忍也不能写下去，有意作成的乡村幽默，终无从中和那点沉痛感慨"③。于是乎，强抑愤怒的讽刺笔调突破了那点牧歌的谐趣，从而达向"辟谬理惑的效果"，④《长河》《大小阮》《宋代表》《传事兵》《张大相》《烟斗》《三贝先生家训》《哨兵》和《参军》等小说无不如此。

《长河》中叙述保安队长的时候，嘲讽的口吻显露无余，此处可以把同样叙述爱情悲剧的《贵生》与《边城》作一比较。《贵生》中的主人公贵生具有湘西青年的典型特征——健壮结实、勤劳勇敢、开朗乐观、自由自在，贵生的人际关系是融洽的，日常生活是淳朴的，与翠翠的生活世界相差无二。然而，贵生的爱情悲剧不再像翠翠那般缘于命运的巧合偶然与误会误解，而是现实世界的障碍——地主东家的阻遏。因此，与《边城》的牧歌谐趣不同，《贵生》更多地凸显了憎恨与讥讽，即对于以四爷、五爷为代表的道德沦丧与人性堕落者的愤慨。除了小说，沈从文的散文集《湘西》（1941 年商务印书馆）在某种程度上可以将其视为小说来阅读，其标志了沈从文小说从诗意化向讽刺性文体修辞的趋归。莫言认为《湘西》和《湘行散记》是沈从文最大的贡献，这两本散文集子的文体互渗特征鲜明，如"小说的笔法""虚构的成

---

① 沈从文：《短篇小说》，《国文月刊》1942 年 4 月 16 日第 18 期。

② 沈从文：《〈长河〉题记》，《大公报·战线副刊》（重庆）1943 年 4 月 23 日第 971 期。

③ 沈从文：《〈长河〉题记》，《大公报·战线副刊》（重庆）1943 年 4 月 23 日第 971 期。

④ 沈从文：《〈长河〉题记》，《大公报·战线副刊》（重庆）1943 年 4 月 23 日第 971 期。

分"，而《一个爱惜鼻子的朋友》《一个多情水手》等篇又像散文，又像人物特写，① 可见《湘西》与沈从文的小说具有互文性。散文集《湘西》是沈从文 1937 年第二次回乡的产物，心境自然与写《湘行散记》（1936 年商务印书馆）时有很大的差别，它本来是一份写给家人报平安的家书，所以作家就"写得十分轻松愉快而有趣"，"人事接触多一些，并较深明白家乡的变化和不少问题，因就我熟悉热爱的故乡种种见闻，写了一组散文，题名为《湘西》"。② 其意境与《边城》相类，颇有《猎人笔记》之味："揉游记散文和小说故事而为一，使人事凸浮于西南特有明朗天时地理背景中。"③ 可谓 40 年代散文与小说互渗的一种尝试。作者尤其注重现实层面的分析探讨，譬如质问为何"湘西到今日，事事都显得落后，……对任何改革都无热情，难兴奋"，④ 因此叙述细腻，以取"辟谬理惑的效果"，⑤ 在文辞上不乏讥讽之意气。

然而，由于本然的诗人质素，沈从文小说的诗意化色彩从未褪去，即使在烽火连天的 40 年代，他仍然强调"应当把诗放在第一位，小说放在末一位。一切艺术都容许作者注入一种诗的抒情"，⑥ 然而，诗的抒情或牧歌的谐趣终究还是被合理性的现实诉求稀释或消解，"从一般平凡哀乐得失景象上，触着所谓'人生'"⑦。

三 另类诗意与合理性诉求

长期以来，孙犁、卞之琳及耶林等作家的小说创作皆以诗意化特征而引人注目，研究者往往也是从这个角度认同他们的"越轨和另类"⑧。然而细读文本会发现，这种诗意化的文体形式几乎是

① 莫言：《莫言北海道文学之旅》，《小说界》2005 年第 3 期。
② 沈从文：《沈从文文集》第 12 卷，花城出版社 1982 年版，第 80 页。
③ 沈从文：《沈从文文集》第 12 卷，花城出版社 1982 年版，第 67 页。
④ 沈从文：《沈从文文集》第 12 卷，花城出版社 1982 年版，第 88 页。
⑤ 沈从文：《沈从文文集》第 12 卷，花城出版社 1982 年版，第 88 页。
⑥ 沈从文：《短篇小说》，《国文月刊》1942 年 4 月 16 日第 18 期。
⑦ 沈从文：《短篇小说》，《国文月刊》1942 年 4 月 16 日第 18 期。
⑧ 樊星：《孙犁的"另类"作品及其文学史意义——孙犁的〈冯前〉欣赏》，《名作欣赏》2008 年第 19 期。

一个表象，实质上其依然诉求于特别的信念或理趣，个体生命的诗性表达往往是不充分的。贾平凹说："作品能否升腾，在于文学中弥漫或文字后的一种精神传达，能唤起阅读者的心灵颤动。……如果作品没有形而上的东西，没有维度，没有感应天地自然的才情，即使你写的是诗，文学有所谓诗意，那也不是诗人。"① 毋庸置疑，贾平凹的文学创作确实受到孙犁诗意文体的影响。然而，孙犁的一些小说作品虽然诗意葱茏，但他不是真正意义上的"诗人"，因为缺乏诗意化作品所应有的诗性表达，甚至"是以牺牲创作主体的自我，扼杀人作为个体的存在和生命的本身作为代价的"②。

1941 年，孙犁著文认为："在文学中，表现我们的胜利当然是主要的，但有些作品把胜利之取得写得太容易，则是不符合实际的，缺乏力量的。"③ 这大概是孙犁文学创作的自省精神，名篇《荷花淀》即展现了来之轻易的胜利，因此"缺乏力量"。所谓"力量"显然饱含了超越现实的诗性和诗力，合乎贾平凹所言的"形而上的东西"。别林斯基认为："当诗歌走到悲剧这一步时，就达到了自己行程的顶点；而当它转到喜剧方面时，就往下走了。"④ "诗"不适宜与喜剧结缘，如果把孙犁后来创作的《荷花淀》《芦花荡》等"白洋淀"系列小说视为"诗作"的话，那么确实有点"往下走了"，这似乎与作家的初衷不相一致。比如最富有诗情画意的《荷花淀》，小说开篇运用起兴修辞："月亮升起来，院子里凉爽得很，干净得很，白天破好的苇眉子潮润润的，正好编席。"⑤然而，起景兴情的诗意氛围并未延续开来，而是不断阻滞和游离，

---

① 贾平凹、曾令存：《关于散文创作的对话》，《东方文化》2003 年第 3 期。

② 陈剑晖：《诗性散文》，广东教育出版社 2009 年版，第 4 页。

③ 孙犁：《论战时的英雄文学》，载《孙犁文集》第 4 卷，百花文艺出版社 2002 年版，第 335 页。

④ ［俄］维·格·别林斯基：《诗歌的分类和分科》，载《别林斯基选集》，满涛译，上海译文出版社 1979 年版，第 81 页。

⑤ 孙犁：《荷花淀》，《解放日报》1945 年 5 月 15 日。

逐渐被"不要叫敌人汉奸捉活的，捉住了要和他拼命"等"合理性"的话语和旨归消解。而且，类似的热闹场景和理性话语不断被强化，如"后面大船来的飞快。那明明白白是鬼子！这几个青年妇女较紧牙制止住心跳，摇橹的手并没有慌，水在两旁大声哗哗，哗哗，哗哗哗！"①"摇橹的手并没有慌"可见出勇敢、镇定的妇女形象，"哗哗"的水声是写照和礼赞，此时此刻是不关乎"诗"的，亦如小说结尾："这一年秋季，她们学会了射击。冬天，打冰夹鱼的时候，她们一个个登在流星一样的冰船上，来回警戒。"② 火热的生活，喜气洋洋的战斗场面，难以承载诗性之美。《荷花淀》的叙事形式与作家另一篇小说《村歌》中的民谣叙事几乎一致，如《村歌》写道：

> 七月里来呀高粱红
> 高粱红又红
> 姐妹们呀
> 集合齐了
> 开大会呀
> 来斗争。③

其歌谣体亦然稀释了个体生命的诗性诉求，而是表征了开大会来斗争的合理性意旨。郁达夫说："热情的成为诗，要经过一道事后静静的思索与反省的。恋爱者在热恋中，悲哀者在棺材前头，决做不出伟大的作品来。"④ 以此观之，孙犁的创作情感过于"热情"，乃至于许多篇章可归为速写或报告文学体小说的范畴了。

---

① 孙犁：《荷花淀》，《解放日报》1945 年 5 月 15 日。
② 孙犁：《荷花淀》，《解放日报》1945 年 5 月 15 日。
③ 孙犁：《村歌》，《天津日报》1949 年 5 月 6 日—5 月 12 日。
④ 郁达夫：《战时的小说》，《自由中国》1938 年 6 月 20 日第 1 卷 3 号。

20 世纪三四十年代，不唯孙犁，卞之琳、耶林等人的小说创作也循着同一向度。40 年代，卞之琳逐渐"不满足于写诗"，[1] 转而从事更为"狂妄"[2] 的小说创作，完成了 70 多万字的长篇小说《山山水水》。作家曾说："散文的小说体却可以容纳诗情诗意，……小说叫《山山水水》。我也曾想叫它《山远水长》，带点抒情气息。"[3] 可见诗人卞之琳刻意经营"诗味"小说的努力。

然而实际上，《山山水水》中的诗情画意并不以作家的意志为标志，其个性化的抒情总是被某种宏大理念所僭越："《山山水水》只是名字而已。书中主要写男男女女，人，抗日战争初期的邦国、社会。"[4] 因此，"山山水水"的诗情画意也只是作者及读者的"幻象"而已，而展现特定时期的邦国社会之运命才是其"真相"，个体性情往往被群体观念取代，如《海与泡沫》一节被视为"'个体话语'的彻底丧失，只剩下了'群体话语'"，[5] 此乃切题之论。《海与泡沫》这节无论标题还是文中穿插的歌谣叙述皆遵循着作家的"诗情画意"原则，首先以"二月里来好春光，家家户户种田忙"的民歌起兴，其次以"这一片松土正是波浪起伏的海啊！"奠定基调，最后却以展示场景结束——主人公纶年"两只手掌里指根处都起了泡，有一处已经破了，出了血"，[6] 其赫然地宣告了海浪般的诗情画意终究敌不过火辣辣的严酷现实。狄尔泰说："最高意义上的诗是在想象中创造一个新的世界。"[7] 虽然《海

---

① 卞之琳：《山山水水》，载《卞之琳文集》（上卷），安徽教育出版社 2002 年版，第 267 页。

② 卞之琳：《山山水水》，载《卞之琳文集》（上卷），安徽教育出版社 2002 年版，第 269 页。

③ 卞之琳：《山山水水》，载《卞之琳文集》（上卷），安徽教育出版社 2002 年版，第 261—264 页。

④ 卞之琳：《山山水水》，载《卞之琳文集》（上卷），安徽教育出版社 2002 年版，第 264 页。

⑤ 钱理群：《对话与漫游——四十年代小说研读》，上海文艺出版社 1999 年版，第 344 页。

⑥ 卞之琳：《山山水水》，载《卞之琳文集》（上卷），安徽教育出版社 2002 年版，第 491 页。

⑦ ［德］威廉·狄尔泰：《论德国诗歌和音乐》，载刘小枫《诗化哲学》，山东文艺出版社 1986 年版，第 171 页。

与泡沫》凭借想象营造了海浪般的诗意世界，但这世界布满了血与泪的印痕，实质上其构建了延安大生产运动的知识分子在垦荒生活中聊以自慰的幻境而已，个体生命的诗性表达几乎为零，因此可视其为"作家表达对时代、政治思考的一次精巧的文体实验"①。这实则与卞之琳的诗歌创作具有互文性，其诗歌往往充满哲理化理性色彩，具有非个人化特征，呈现出对新诗主观化情感的反叛姿态。

耶林（1901－1934）属于左联作家，代表作有《村中》《开辟》《月台上》等，文体形式不无诗意葱笼。《村中》开篇采用起兴笔法，小村庄是"平静的，古旧的，而且多少还有点快乐的"，②然而蚊子似的声音陡然而至，渐近渐响，村人不安，猜测惶恐，但看见是飞机时，则欢快起来。当欢快气氛达到顶点时，灾难突降人间，"人们全然昏迷在臭气的烟气当中，大声的叫，飞去了一些肢体"，③起兴辞格营造的诗意氛围被突发的残酷现实消解殆尽。钱杏邨说："'三次围剿'是一九三一年的中国一件最重大的事件，特殊是左翼作家应该抓取的主题之一，这是阶级斗争更尖锐的表现，可是他们都是忽略了这一主题，只有耶林的这一篇展开了'一场小景'。"④然而"景"难容情，完全是"合理性"的主题诉求。

冰心的切身体验很有代表性："一个人不是生活在真空里，生活的圈子无论多么狭小，也总会受到周围气流的冲击和激荡。三十年代，中国已经临到了最危急的关头，外有帝国主义尤其是日本军国主义的压迫侵略，内有腐败软弱的北洋军阀和蒋介石政府的欺凌剥削，任何一个中国人，对于国家民族的前途，都开始有

---

① 李松睿：《政治意识与小说形式——论卞之琳的〈山山水水〉》，《中国现代文学研究丛刊》2012 年第 4 期。

② 耶林：《村中》，《北斗》1931 年 12 月第 1 卷第 4 期。

③ 耶林：《村中》，《北斗》1931 年 12 月第 1 卷第 4 期。

④ 钱杏邨：《一九三一年中国文坛的回顾》，《北斗》1932 年 1 月 20 日第 2 卷第 1 期。

自己的、哪怕是模糊的走出黑暗投降光明的倾向和选择。"① 由内向外、由自我走向群体、由个体生命转向社会生活，可谓 20 世纪 30 年代以后现代作家普遍的人生轨迹。作品的叙事形式游离于主题内容，作品的自我表达受制于时代矫正，正是这种矛盾冲突形成了三四十年代小说情理对峙缠绕的特别镜像。

---

① 冰心：《从"五四"到"四五"》，载《冰心选集》（下册），人民文学出版社 2004 年版，第 294 页。

第 四 章

现代小说文体互渗
现象与生命形态

中国现代小说文体互渗文本中主要有两类文学形象，即诗意化形象与写实化形象。诗意化形象总是与倾向"内倾型"人格的生命形态相关联，它们昭示了主体人格对于诗性生命形态的体验与守望，从而彰显为"自适的心性""青春的忧郁"和"生命的超越"三种情态；写实化形象总是与倾向"外倾型"人格和意识形态高蹈的社会生活相关联，它们标志着主体人格逐渐走向现实人生，从而彰显了主体的合理性旨归，即"清醒的时代意识""历史的必然性信念"与"审美教化功能"三种状态。

第一节　诗性之维：五四小说文体
互渗与主体人格

王统照认为文学"体裁中的类型与作者的个性有关",① 表明了文体形式往往指涉创作主体的人格质素。瑞士心理学家卡尔·荣格依据人的心理倾向创立"内倾型"和"外倾型"的人格类型理论②：以"力比多"（libido）③ 的流向作为标准，内流占优势者

---

① 王统照：《〈青纱帐〉自序》，生活书店1936年版，第2页。
② ［瑞士］卡尔·荣格：《心理学类型》，载《荣格文集》第3卷，储昭华、沈学君、王世鹏译，国际文化出版公司2011年版，第255、286页。
③ "力比多"（libido）是精神分析学术语，亦称"欲力""性力""心力"。"性"并非生殖意义上的性，泛指一切身体器官的快感。力比多是本能，是力量，是人的心理现象发生的驱动力，是人的基本心理能量的表现形式。弗洛伊德于1894年始用"力比多"术语。

属于内倾型，其特征表现为兴趣和活动行为往往面向主观世界，孤僻善感、沉浸于自我欣赏和幻想之中；外流占优势者属于外倾型，其特征表现为兴趣和活动行为往往面向外部世界，自信理性、善于交际和应付各种情况。"内倾型"者的主观幻想性和孤僻特点决定了其话语风格趋向诗意化，在文学形式上与日记、书信、童话、诗歌等极具个性化的抒情型文体形式较为契合。

五四时期，现代文坛涌现一批富有"内倾型"人格质素的作家，如郁达夫、郭沫若、庐隐、冰心、宗白华、王统照、陈翔鹤、王以仁、滕固、朱湘等。郭沫若于20世纪20年代著文论及"内倾型"人格类型，认为"神经质的人感受性很敏锐，而他的情绪的动摇是很强烈而且能持久的。这样的人多半倾向于文艺。因为他情绪的动摇强而且持久，所以他只能适于感情的活动而且是静的活动"，① 其所言的"神经质"类型即属于"内倾型"人格范畴，可谓夫子自道。宗白华说："我喜欢一个人坐在水边石上看天上白云的变幻，心里浮着幼稚的幻想。……一种罗曼蒂克的遥远的情思引着我在森林里，落日的晚霞里，远寺的钟声里有所追寻，一种无名的隔世的相思，鼓荡着一股心神不安的情调。"② 所谓"看白云"和"浮幻想"等习性即是"内倾型"质素的典型表现，这实质上源于生命深处的"诗意和诗境"。无论是郭沫若所谓的"感情的活动"，还是宗白华所言的"罗曼蒂克的遥远的情思"，最终都会外化为一种独特的话语范式——以表达"个性之情"为主要特征的言说方式、结构形态或氛围情调。而五四时期日记的私语体式、书信的倾诉体式、童话的想象体式和诗歌的抒情体式正是这种"内倾型"人格质素的外化，它们在与五四小说互渗融合的过程中形成了独特的叙述修辞，如复合叙述视点、感伤氛围渲染和自然意象叙事。该叙述修辞映现了这一时期创作主体独特的生命情怀：自由自适的心性、青春的忧郁及超越现实的姿态，烛

---

① 郭沫若：《革命与文学》，《创造月刊》1926年5月16日第1卷第3期。
② 宗白华：《美学与意境》，人民出版社2009年版，第158页。

照出五四时期生命个体普遍诉求的诗性的精神维度。

一 复合叙述视点：自由自适的心灵维度

"视点"指的是叙事作品中讲述故事内容的角度，即叙述者立于怎样的位点进行叙述。"视点"与人类叙事一同诞生，但它作为叙事元素而被充分重视却是在现代叙事学诞生以后。现代叙事诉求于作者的消隐、客观化叙事或艺术自律性，[①]"视点"则契合了这种创作心理和叙事需求。然而，"视点"不仅仅属于叙事技术层面的概念，而且也是内含"观点"的一种文体表现形式，即"观看一个事件的角度就决定了事件本身的意义"[②]。"视点"的内容和观点属性左右了叙事的走向和文本的意义。叙事学家马克·柯里说："最为重要的是，对视角的分析使批评家们意识到，对人物的同情不是一个鲜明的道德判断问题，而是由在小说视角中新出现的这些可描述的技巧所制造并控制的。……故事能以人们从前不懂的方式控制我们，以制造我们的道德人格。"[③] 因此，作为叙事元素的"视点"实质上关涉了作者、叙述者、读者及故事之间的复杂意义关系。"视点"一般有三个层面：全知叙事（零度焦点叙事）、限制叙事（内焦点叙事）、纯客观叙事（外焦点叙事）。[④] 从主体层面来看，"视点"包含作者视点、叙述者视点（与作者视点并非总是一致）及人物视点，其叙事意义在于作者与"视点"选择之间的互动情形，即无论叙述者处于何种位点讲述，其最终的选择主体是作者（不排除作者无意识选择行为），该选择情形隐含着主体欲传达给接受者的价值或意义。中国现代批评家何穆森于20 世纪 30 年代论及："无论长篇短篇，小说的性质，从发生的方

① ［美］诺曼·弗里德曼：《关于小说的视点》（上），林均译，《语文导报》1987年第 7 期。

② ［美］约翰·霍华德·劳逊：《戏剧与电影的剧作理论与技巧》，邵牧君、齐宙等译，中国电影出版社 1978 年版，第 466 页。

③ ［英］马克·柯里：《后现代叙事理论》，宁一中译，北京大学出版社 2003 年版，第 22 页。

④ 陈平原：《中国小说叙事模式的转变》，北京大学出版社 2003 年版，第 62、63 页。

面和机能的方面来看，根本上'话术'是很重要的。所谓'话术'就是运用巧妙的言辞，以达成其高度形式的小说意识。"① 而"视点"即属于何穆森所言的"话术"之一种，它广泛存在于五四小说"文体互渗"批评话语和小说创作中。

五四时期的文学批评界对于叙述视点的认识尚处于萌芽期，甚至一度把"人称与视点混同"，② 以叙述人称代替叙述视点。《短篇小说作法》第六章专门谈到"短篇小说的述法"：第一人称的述法即涵盖"主要人物所述的小说，也有用配角的口吻叙述，配角的嘴里述他的敌人——篇中的中坚人物——的事情"，③ 这些人称的"述法"其实相当于"内视点"。1925 年，著名语文学家夏丏尊著文翔实分析了郁达夫、叶圣陶及冰心三人小说中叙述人称不统一的地方，认为《沉沦》《潘先生在难中》运用"第三人称的小说，而于中却夹入着作者主观的议论或说明，就是作者忽然现出。文字在形式上失了统一，应认为手法上的不周到，须改善的"④。夏先生言之有理，但"改善"大可不必，因为"作者忽然现出"就是一个关乎叙述"视点"的问题，属于第三人称的不纯客观叙述，可归于复合叙述视点的范畴。这种情况较为普遍地存在于五四小说"文体互渗"文本中，并非像清华小说研究社所言第三人称小说"竟没有观察点可言，作者不过述情节的始末而已，其目的也只在解颐"。⑤ 因此，五四小说虽然运用第三人称叙事，但存在着全知叙述视点、限制叙述视点、纯客观叙述视点及不纯客观叙述视点的复合运用情形，标志了五四时期小说叙事形式指涉的独特意义——自由的心性。至于以第一人称为主的"内视点"——

---

① 何穆森：《短篇小说的性质》，《新中华》1933 年 12 月 10 日第 1 卷第 23 期。

② 吴福辉编：《二十世纪中国小说理论资料·前言》，北京大学出版社 1997 年版，第 11 页。

③ 清华小说研究社编：《短篇小说作法》，北京共和印刷局 1921 年版，第 31 页。

④ 夏丏尊：《论记叙文中作者的地位并评现今小说界的文字》，《立达季刊》1925 年第 1 卷 1 号。

⑤ 清华小说研究社编：《短篇小说作法》，北京共和印刷局 1921 年版，第 31 页。

"作品中重要人物之视点、配角的视点、混合的视点、信札的视点、内的视点的变形"① 等，它们在五四小说"文体互渗"文本中也是以"复合式"的面貌出现，同样标志了小说叙述人和创作主体的个性之情。清华小说研究社认为书札体视点"最大的用处，不过泄露述者的品格之一斑而已"，而日记体视点的"长处就在只知面前事，不知将来的遭遇，所以作者可信笔书其希望及疑虑"，②即是说，无论第一人称还是第三人称叙事中的信札体视点或日记体视点，它们都关联着叙述者和创作主体的"个性之情"，从而形成"风格"，即"精神个体性的形式"③。此一时期，"风格"也被视为"文调"，其构成的第一要素就是要"保存他的观察点"，"不是让作者将他的脚色所作所说的全用他自己的观察点写出来。篇中的脚色所作所为的，还是应当照各脚色的身份写。假若话是由别的脚色说的，应当用那个脚色的身份写，不过文调还是作者自己的。是与各人的本性极有关系"，④ 言下之意，"观察点"（单用或复合运用）最终凸显的仍就是创作主体的本性——个性之情。

五四小说"文体互渗"文本的复合叙述视点所映现的"个性之情"即自由自适的心性。这类文本几乎都采取了"内视点"的叙述方式，即使采用"外视点"也往往在叙述进程中转换为"内视点"："立场可以确定（在一个人物或其他人物身上）且需要感知或认知约束（所呈现的内容受控于一个人物或另一个人物的视角）。"⑤ 如王任叔认为："即使形式上用第三人称，也总贯穿着身边杂事式个人主义的精神，使读者很容易把作品中出现的人物和作者自身混

---

① 高明：《小说作法·视点及形式》，载光华书局编辑部编《文艺创作讲座》第1卷，光华书局1931年版，第333页。

② 清华小说研究社编：《短篇小说作法》，北京共和印刷局1921年版，第63页。

③ ［德］卡尔·马克思：《评普鲁士最近的书报检查令》，载《马克思恩格斯全集》第1卷，人民出版社1956年版，第7页。

④ 清华小说研究社编：《短篇小说作法》，北京共和印刷局1921年版，第101页。

⑤ ［法］杰拉尔德·普林斯：《叙述学词典》，乔国强、李孝弟译，上海译文出版社2011年版，第75页。

合起来。"① 因此，内外视点最后都化成以"内视点"为主的"复合式"叙述，亦称为"多重内聚焦"②。现代文学批评家高明认为内视点以"叙述自己的情绪"③ 为主，孙俍工认为该叙述视点多"采用主观的态度，是耽于感情，驰于空想的。用这种态度创作的作家，多半是理想主义。……文体多半是抒情的小说"④。

　　20 年代的批评家从予认为鲁迅小说《孤独者》和《伤逝》之所以较多"理想主义的成分"，那是因为小说采用第一人称叙述视点——"内视点"的缘故。⑤ 以郁达夫为代表的浪漫抒情派作家，其小说的复合叙事"视点"的功能也在于此。黎锦明指出，郁达夫一些"作品的体裁是那样的散浪，几乎完全打破一切文学艺术的范围；那更其单纯的抒情方式却更能画出他生活的纯真和个性的影像来"，⑥ 《沉沦》即是一部"真实的情感的启示（Revelation）"录。⑦《沉沦》采用第三人称叙述但并未阻碍"个性之情"，其原因即在于叙述"视点"的复合安排。小说开头第一句"他近来觉得孤冷得可怜"⑧ 即宣告了这是一篇第三人称全知视点叙事的作品。但随着主人公"他"的行动进程，则很容易发觉它实际上属于第三人称的"内聚焦"限制叙事，如其中的"日记"独白便指涉了叙述人——"我"的视点，而说明文字的插入则指涉了创

---

　　① 王任叔：《中国现代小说发展的动向的蠡测》，《创作月刊》1935 年 9 月 15 日第 1 卷第 3 期。

　　② "多重内聚焦"指"不止一次表现相同的情境与事件，每次都藉以不同的视角"。见［法］杰拉尔德·普林斯《叙述学词典》，乔国强、李孝弟译，上海译文出版社 2011 年版，第 75 页。

　　③ 高明：《小说作法·视点及形式》，载光华书局编辑部编《文艺创作讲座》第 1卷，光华书局 1931 年版，第 333 页。

　　④ 俍工编：《小说作法讲义》，中华书局 1923 年版，第 23 页。

　　⑤ 从予：《彷徨》，《一般》1926 年 11 月 5 日第 1 卷 3 号。

　　⑥ 锦明：《达夫的三时期：〈沉沦〉—〈寒灰集〉—〈过去〉》，《一般》1927 年 9月 5 日第 3 卷 1 号。

　　⑦ 锦明：《达夫的三时期：〈沉沦〉—〈寒灰集〉—〈过去〉》，《一般》1927 年 9月 5 日第 3 卷 1 号。

　　⑧ 郁达夫：《沉沦》，泰东图书局 1921 年版，第 1 页。

作主体的视点，以第二节末穿插主人公的日记为例：

> 我何苦要到日本来，我何苦要求学问。既然到了日本，那自然不得不被他们日本人轻侮的。中国呀中国！你怎么不富强起来，我不能再隐忍过去了。
>
> 故乡岂不有明媚的山河，故乡岂不有如花的美女？我何苦要到这东海的岛国里来！①

本来，日记独白的运用对小说抒情氛围的营造及个性情感的倾诉都不啻为一种简便有效的手段，尤其以第一人称或第三人称的"内聚焦"人物独白来展开便不会显得突兀失真。然而，文中"中国呀中国！你怎么不富强起来，我不能再隐忍过去了"②的独白显得突兀，联系语境则可以见出这两句话实际上是叙述人的行为，而不是"他"的视点，实属于第三人称的"内聚焦"限制叙事。至于小说里的说明文字如"在生活竞争不十分猛烈，逍遥自在，同中古时代一样的时候，在风气纯良，不与市井小人同处，清闲淡雅的地方，过日子正如做梦一般"③则是作者的插入语，即"讲述"式的文字，是叙述人主观情怀的不经意显现，暴露了作者视点的干预性。因此，《沉沦》并非完全是第三人称全知视点叙事。《采石矶》中第三人称内聚焦下的复合叙述视点映射的同样是"达夫的心性"和"单纯的情感"④。另外还有《茫茫夜》《南迁》《秋河》《空虚》《出奔》《蜃楼》等篇亦是如此。总之，郁达夫第三人称小说中的叙述视点，是由"内聚焦"限制视点到"叙述人"视点再到"作者"视点的不断复合，传递了个体心性的自由度与理想色彩："虽然含有各种体裁的萌芽，而它的基调，乃是作者自

---

① 郁达夫：《沉沦》，泰东图书局 1921 年版，第 15 页。

② 郁达夫：《沉沦》，泰东图书局 1921 年版，第 15 页。

③ 郁达夫：《沉沦》，泰东图书局 1921 年版，第 31 页。

④ 锦明：《达夫的三时期：〈沉沦〉—〈寒灰集〉—〈过去〉》，《一般》1927 年 9 月 5 日第 3 卷 1 号。

己生活的叙述。这是一部主观的记录。"①

当然，"主观的记录"式的复合叙述视点不只有郁达夫采用，同是创造社作家的陶晶孙的《木犀》、倪贻德的《花影》、周全平的《林中》等也是第三人称"内聚焦"叙事，其异于《沉沦》之处在于，这些小说多采用"逆溯"结构，运用"主角的追叙"视点来建构生命个体的诗意世界，而"追叙或回想以后，又复归原地，出了现实界到了空灵界以后又由空灵界再回到现实界"②。比如，倪贻德的《花影》中多次变换叙述视点以实现独特的叙事功能：开篇的诗歌采用第一人称叙述，属于男性叙述人的视点；第一节以女主人公蕙妹的视点叙述；第二节以男主人公三哥的视点叙述；第三节和第四节都是以男女主人公为双向叙述视点，并且插入书信体视点；第五节又回到男主人公三哥的叙述视点上，尤其是三哥吟唱的《浪淘沙》词与开篇的现代诗歌形成呼应之势，即古典词句"别时容易见时难。流水落花春去也，天上？人间？"和现代诗句"无意中，姗姗地来了；待要搂抱住，却又忸忸怩怩地逃走了"③ 之间的呼应，于是就把第三人称内聚焦叙述视点引向了叙述者的身上，甚至是作者（小说中的男主人公三哥）的身上，以传达聚少离多、青春易逝的生命感怀。周全平的《林中》采用了第一人称中的"主角的视点"进行叙事，"我"却是配角，而林中的老人（即少年仙舟）是主角，老人在林中追忆往事最后又回到林中，与配角"我"的视点达成一致。浅草·沉钟社会聚了一批青年作家，他们的小说叙事多采用第一人称"内聚焦"，"普遍反映出一种对于爱与自由的追求"，④ 如陈翔鹤的《西风吹到了枕边》《不安定的灵魂》《See！……》、陈炜谟的《炉边》等。文学研究会作家冰心早期的小说差不多都是"自叙体"，"差不多都是

---

① 郑伯奇：《〈寒灰集〉批评》，《洪水》1927 年 5 月 16 日第 3 卷第 33 期。
② 赵景深：《短篇小说的结构》，《文学周报》1927 年 9 月 25 日第 283 期。
③ 倪贻德：《花影》，《创造季刊》1924 年 2 月 28 日第 2 卷第 2 期。
④ 张铁荣：《〈浅草·沉钟社作品选〉前言》，人民文学出版社 2011 年版，第 7 页。

表现自己，每篇小说中都有一个'我'在。自然表现个性，是真文艺作品的特质"①。小说《六一姊》是第一人称限制叙事，以"我"的视点进行追忆叙事，中间穿插了六一姊的叙述视点，最后仍由空灵的世界回到现实中来，所谓"我一路拉杂写来"便宣告了主角"我"和叙述人及作者是三位一体的。《超人》虽以第三人称进行全知叙事，但仍然传递出"个性之情"，夏丏尊先生于20世纪20年代就评价道："姑勿论贫苦的禄儿能否识字写信，即使退若干步说，禄儿曾识字能写信，但这样拗曲的论理，究竟不是十二岁的小孩的笔端所能写得出来，揆诸情理殊不可通。其病院完全与上述各例一样，是作者在作品中露出马脚来。"② 可见，夏丏尊先生对《超人》的第三人称全知叙事方式持以质疑，然而，这恰恰说明一个问题，即以冰心为代表的五四作家在叙事过程中往往会以叙述人（包括作者）的姿态僭越叙述视点的小说创作事实。

这些现象无不表明创作主体心性的自由度和情感的扩张力。鲁迅认为："倘有读者只执于体裁，只求没有破绽，那就以看新闻纪事为宜，对于文艺，活该幻灭。而其幻灭也不足惜，因为这不是真的幻灭，正如查不出大观园的遗迹，而不满于《红楼梦》者相同。倘作者如此牺牲了抒写的自由，即使极小部分，也无异于削足适履的。"③ 文艺创作关乎体裁，但更关乎叙事的视点，鲁迅的"抒写的自由"观与郭沫若"最尊重自由，尊重个性"④ 的浪漫主义文学论及茅盾"感情主义和个人主义"⑤ 的写实主义文学观不谋而合，共同指涉了五四小说"文体互渗"文本中复合叙述视点所表征的自由自适的诗性情怀。

---

① 静观：《读〈晨报小说〉第一集》，《文学旬刊》1921 年 5 月 20 日第 2 期。
② 夏丏尊：《论记叙文中作者的地位并评现今小说界的文字》，《立达季刊》1925年第 1 卷 1 号。
③ 鲁迅：《怎么写》，《莽原》1927 年 10 月 10 日第 2 卷第 18、19 期合刊。
④ 郭沫若：《革命与文学》，《创造月刊》1926 年 5 月 16 日第 1 卷第 3 期。
⑤ 茅盾：《读〈倪焕之〉》，《文学周报》1929 年 5 月 12 日第 8 卷 20 号。

二　感伤情调：青春忧郁的性格维度

钱理群先生认为："在新文学第一个十年，笼罩于整个文坛的空气主要是感伤的。"① "感伤"俨然成为现代文学的"精神标记"。② 然而，研究者往往把"感伤"与社会环境对于人生的搁置联系起来，认为"表现'感伤'就是表现历史。现代中国的感伤源于时代的大变动，与生活在这个时代的个人对它的承受能力"③。诚然，现代文学早期的"感伤"与时代有着关联，犹如创造社作家周全平于 20 世纪 20 年代后期发出的愤慨："这是一群独身的'南爵'（青年鳏夫）""一群枯鱼一般的爵士"，"桃色悲哀，咖啡店的春梦，黄金的诱惑，啊啊，国家的悲感，民族的痛苦"。④ 然而，综观五四小说"文体互渗"批评话语和小说文本则会发现，这一时期的感伤不仅仅是时代使然，在很大程度上还是因为个体生命的本然性，即青春的忧郁——莫名的惆怅、爱的忧伤及终极之思。

以王统照为代表的五四作家有着切身体验，他们认为 20 年代末期随着年龄的增长和思想的成熟，便逐渐淡化了"已往的青年心理与对人事的简易看法"，而"增加了人生的清澈认识"，⑤ 若"有意把人人引到'伤感'的路上，同声作无力的哀哭，不但在这个急风暴雨的大时代中不相宜，即在十分安定的时代中也不象一回话"⑥。所谓"已往的青年心理"即是五四时期的青春忧郁，它异于"急风暴雨"的三四十年代。台静农于 20 年代认为"感于朦胧的爱情，踏空的现实，闪烁的光明又捉摸不住，于是沉郁、绝望"。⑦ 茅盾甚至宣称五四时期的作品"只描写了一些表面的苦

---

① 钱理群等：《中国现代文学三十年》，北京大学出版社 1998 年版，第 26 页。
② 朱栋霖、丁帆、朱晓进：《中国现代文学史》（上册），高等教育出版社 1999 年版，第 28 页。
③ 王嘉良：《现代中国文学思潮史论（下）》，上海文艺出版社 2011 年版，第 37 页。
④ 骆驼（周全平）：《我们的〈幻洲〉》，《幻洲》1926 年 6 月 12 日第 1 期。
⑤ 王统照：《〈银龙集〉序》，文化生活出版社 1947 年版，第 1 页。
⑥ 王统照：《〈王统照短篇小说集〉序》，开明书店 1937 年版，第 5 页。
⑦ 台静农：《〈台静农短篇小说集〉后记》，《联合报·联合副刊》1980 年 2 月 1 日。

闷"，"缺乏浓郁的社会性"，[①] "表面的苦闷"实质上就是"青春的忧郁"，五四时期恰恰为"青春"提供了一个尽情"忧郁"的自由空间。30 年代以后的社会环境很难允许主体去"忧郁"自己的青春，如郭沫若的预告："青年！青年！我们现在处的环境是这样，处的时代是这样，你们不为文学家则已，你们既要矢志为文学家，那你们赶快要把神经的弦索扣紧起来，赶快把时代的精神提着。"[②] 到了 40 年代，孙犁甚至"很不愿意作品给人以'伤感'的印象"，以至于把《琴和箫》排斥在自己所编集子之外。[③] 于是，萦绕于五四书信体小说、日记体小说、童话体小说及诗意体小说里的"感伤情调"则源于"青春的忧郁"，它们弹奏了中国现代文学史上诗性放歌的最强音符。

五四时期，创造社作家的创作一直被视为"青春文学"的典范。30 年代的一位文学青年著文认为："当年，在青年读书界发生着最大的影响的，是创造社。这一集团，以一种活泼的青春的力量，从事着文学的活动。"[④] 比如，引起文坛轰动的《沉沦》不被视为一部反帝爱国的作品，而是青春感怀之作。郁达夫自述："第一篇《沉沦》是描写着一个病的青年的心理，也可以说是青年忧郁病 Hypochondria 的解剖，……也有几处说及日本的帝国主义对于我们中国留学生的压迫的地方，但是怕被人看作了宣传的小说。"[⑤] 不想被视为"宣传的小说"即意味着此作与时代大变动无关，而

---

① 茅盾：《读〈倪焕之〉》，《文学周报》1929 年 5 月 12 日第 8 卷 20 号。

② 郭沫若：《革命与文学》，《创造月刊》1926 年 5 月 16 日第 1 卷 3 期。

③ 孙犁小说《琴和箫》发表于 1943 年《晋察冀日报》，原题是《爹娘留下琴和箫》，后被孙犁所编集子收录。1962 年 8 月 7 日，作者重读此篇说："这一篇文章，我并没有忘记它，好像是意把它放弃了。原因是：从它发表以后，有些同志说它过于'伤感'。有很长一个时期，我是很不愿意作品给人以'伤感'的印象的，因此，就没有保存它。现在——我重读了一遍，觉得并没有什么严重的伤感问题，同时觉得它里面所流露的情调很是单纯，它所包含的激情，也比后来的一些作品丰盛。"见孙犁《孙犁集》，花城出版社 2009 年版，第 5 页。

④ 韩侍桁：《写实主义文学的发生》，载《文学评论集》，现代书局 1934 年版，第 69 页。

⑤ 郁达夫：《〈沉沦〉自序》，泰东图书局 1921 年版，第 1 页。

关乎青春的忧伤，其意旨则蕴涵于文体互渗形式之中，如《沉沦》里多次采用诗歌"插入体"，反复渲染诵诗含泪的感伤氛围（小说中十多次写到主人公流泪场面），意在凸显生命个体的青春忧郁。小说开篇，主人公握着 Wordsworth 的诗集吟诵诗句"Oh, you serene gossamer! You beautiful gossamer! ……就涌出了两行清泪来，他自己也不知道是什么缘故",① 为什么念出这两句诗就流出莫名其妙的"清泪"呢？实际上是有原因的，皆因威廉·华兹华斯其人。英国诗人威廉·华兹华斯的青春是忧郁的，他曾自述"为并非不光彩的忧郁所压抑",② 并吟唱"只是唱自然的哀伤苦痛——昨天经受过，明天又将重逢"③ 这般忧郁的诗篇。因此，《沉沦》主人公与华兹华斯的青春忧郁发生了自在的共鸣。之后，主人公又阅读和翻译了随身携带的海涅诗集，其效亦然，因为海涅也是位青春忧郁症患者。

小说《采石矶》是一篇关于清代诗人黄仲则的"画像"，文中以诗歌"插入"反复渲染感伤情调，借此凸显青春生命的忧郁。黄仲则是典型的内倾型人格类型，"自小就神经过敏的黄仲则，到了二十三岁的现在，也改不过他的孤傲多疑的性质来。……他一个人，无论上什么地方去，有时或轻轻的吟诵着诗或文句，有时或对自家嘻笑嘻笑，有时或望着了天空而作叹惜，况似忙得不得开交的样子。……他的很易激动的感情，几乎又要使他下泪了",④ 其青春倍显忧郁，并作出"诗意化"实践，不是整晚看月亮，就是徘徊于夜影之下。小说中穿插的含"泪"的诗句便是青春忧郁的外化，如"听猿讵止三声泪""竹枝留惋泪痕新""泪添吴苑三更雨"等。总之，无论是《沉沦》中的"他"，还是《采石矶》

---

① 郁达夫：《沉沦》，泰东图书局 1921 年版，第 2 页。
② ［英］华兹华斯：《〈抒情歌谣集〉序言》，载《英国散文经典》，陆钰明译，汉语大词典出版社 2005 年版，第 219 页。
③ ［英］威廉·华兹华斯：《华兹华斯诗选》，杨德豫译，外语教学与研究出版社 2012 年版，第 190 页。
④ 郁达夫：《采石矶》，《创造季刊》1923 年 2 月 1 日第 1 卷第 4 期。

中的黄仲则，其青春忧郁都与创作主体极其相合，如郁达夫自述
"从小就习于孤独"；① 王映霞认为"达夫的个性自幼孤独，青年时
期没有开朗的机会"；② 司马长风说"郁达夫是一个哀哀而泣，幽
幽而说的'零余者'"③。

周全平、叶灵凤、倪贻德、陶晶孙、王以仁等可谓郁达夫的
"精神兄弟"，他们之间有共通性："匍匐在现实脚下的自卑——自
我封闭的孤独——缓解紧张而呼唤理解（呼唤金钱、名誉、美
人）——爱与理解不可得则沉沦或最终转移升华而摆脱心理的紧
张催逼。"④ 其实，共通的不止于"精神"，还有文体互渗形式。倪
贻德几乎所有的作品都"富于感伤情调"，⑤ 如书信体小说《花
影》的标题和文首插入的小诗首先渲染了"花谢花飞花满天，红
消香断有谁怜？"⑥ 的忧伤氛围，然后以主人公的"泪水"强化忧
伤感："今晨虽有晴意，而几阵凉温的南风吹来，更使人有无限悲
凉之感。啊！光阴一去不复返！过去的欢乐也只得向梦里找了！
回想到四年来我们梦一般的欢情又不觉悠然神往，潸然涕下呢！"⑦
篇末以南唐后主李煜《浪淘沙》中名句"流水落花春去也"作结。
李煜的词还出现在倪贻德另一篇小说《下弦月》中，主人公"看
着这幅月夜幽静的景色"，吟诵着李后主的词"数声和月到帘栊"，
思慕的是"倘使我此刻坐在湖边上呢，一定可以看见月儿在波心
微微的荡漾，……或者竟还可以看见童话中所叙述的美丽的妖精
坐在莲花上对月流泪的神情——那是何等幽渺神秘的遭际呢！"⑧

---

① 郁达夫：《郁达夫文选》，四川文艺出版社 2009 年版，第 185 页。

② 王映霞：《王映霞自传》，安徽文艺出版社 1991 年版，第 106 页。

③ 司马长风：《中国新文学史》，香港：昭明出版社 1980 年版，第 158 页。

④ 王宜春：《王以仁：郁达夫的精神兄弟——兼论"郁达夫族群"主体人格》，
《安庆师范学院学报》2002 年第 2 期。

⑤ 郑伯奇：《中国新文学大系小说三集·导言》，良友图书印刷公司 1935 年版，
第 20 页。

⑥ 倪贻德：《花影》，《创造季刊》1924 年 2 月 28 日第 2 卷第 2 期。

⑦ 倪贻德：《花影》，《创造季刊》1924 年 2 月 28 日第 2 卷第 2 期。

⑧ 倪贻德：《下弦月》，《创造周报》1923 年 8 月 12 日第 14 号。

李煜的"内倾型"人格促成了其词作幽幽愁情般的生命表达，这契合了倪贻德的性格心理，作家曾自述"思想便一天一天的沉郁下去"，① 好在"色的韵律与形式的节奏上感到了新生命的活跃"，② 从而他以笔抒写下诗性的生命形态。周全平的中篇小说《林中》叙述了一对自幼相恋的男女因受顽固家庭与礼教束缚之苦而酿成悲剧的故事。其文体形式的最大特点即是以"月色""月夜""月景"来充分渲染感伤氛围，借此凸显主人公仙舟的忧郁气质："天真烂漫的孩童仙舟，已变成了一个沉默抑郁的青年。……他悄坐在书台旁底靠椅上，眼望着窗外幽凉的夏夜的月色；……无限怅惘，无限凄凉，缕缕的愁丝，又把多感的心儿纠缠住了。"③这"幽凉的夏夜"和"缕缕的愁丝"也存在于另一篇诗意体小说《楼头的烦恼》中，同样彰显了生命个体的忧郁情怀，如作家言："吃的是悲哀，饮的是忧愁。"④ 郭沫若诗意体小说《残春》中的主人公"我"触景生情，特别珍重朋友寄赠的蔷薇花，把花瓣藏于雪莱诗集，以花喻人，以诗寄情：

> 谢了的蔷薇花儿，
> 一片两片三片，
> 我们别来才不过三两天，
> 你怎么便这般憔悴？
> 啊，我愿那如花的人儿，
> 不也要这般的憔悴！⑤

睹花思人，仅剩残春，其感伤情调折射出生命的青春之忧。总之，创造社作家的青春忧郁不仅源于自身的生命潜流，而且感染

---

① 倪贻德：《东海之滨》，光华书局 1931 年版，第 1 页。
② 倪贻德：《东海之滨》，光华书局 1931 年版，第 2 页。
③ 周全平：《林中》，《创造季刊》1924 年 2 月 28 日第 2 卷 2 号。
④ 周全平：《苦笑背后的冷笑》，载《残兵》，现代书局 1932 年版，第 19 页。
⑤ 郭沫若：《残春》，《创造季刊》1922 年 8 月 25 日第 1 卷第 2 期。

了当时的一众青年，"对青年的影响实在大得出奇"①。

　　浅草·沉钟社同人血管里流淌的依然是"青春的激昂的声音"②。陈翔鹤的《西方吹到了枕边》《不安定的灵魂》《命运》《See！……》等诗意体小说，充盈着挥之不去的感伤情调，彰显了生命青春的忧郁，如鲁迅说："陈炜谟在他的小说集《炉边》的'proem'里说——'但我不要这样；生活在我还在刚开头，有许多命运的猛兽正在那边张牙舞爪等着我在。可是这也不用怕。'自然，这仍是无可奈何的自慰的伤心之言。"③ 未名社小说文体互渗文本中频频流露出孤寂忧郁的情绪，如台静农说："我生息于这古老的城堡中，一无所有的，除了荒凉和寂寞。"④ 他的小说《负伤的鸟》《懊悔》，李霁野的小说《昼梦》等，仅是标题就已弥漫着忧郁的气息，难见"伟大的欢欣"⑤。文学研究会作家虽以客观写实为主，但当表现知识青年生活的时候，"就带着较浓重的感伤情调和抒情色彩"⑥。王统照早期小说往往以瞬间感觉为原点，以情绪贯穿全篇，感伤情调稍显含蓄，其在自传体小说《一叶》中插入《诗序》，视生命为飘堕在地的落叶，感伤情调笼罩全篇。王统照诗意体小说中的感伤主要源于作家的生命经历与气质类型，诸如父亲亡故、女友蕙子早夭、母亲病故、生离死别等事件都深深烙上生命个体的青春情怀。冰心小说"处处流露着一种轻微的悲哀"，⑦ 回荡"微带着忧愁"的感伤旋律，如"我是一个盲者，看不见生命的道路""心头有说不出的虚空与寂静，心头有说不出的迷惘与糊涂"，⑧ 这些都是青春之忧的音符。《六一姊》中的"我"

---

① 夏志清：《中国现代小说史》，香港：友谊出版社 1979 年版，第 81 页。

② 张铁荣：《〈浅草·沉钟社作品选〉前言》，人民文学出版社 2011 年版，第 7 页。

③ 鲁迅：《鲁迅杂文全集》，河南人民文学出版社 1994 年版，第 781 页。

④ 静农：《梦的记言》，《莽原》1926 年 3 月 10 日第 1 卷第 5 期。

⑤ 鲁迅：《中国新文学大系小说二集·导言》，良友图书印刷公司 1935 年版，第 16 页。

⑥ 李葆炎：《文学研究会小说选·前言》，人民文学出版社 2011 年版，第 17 页。

⑦ 毅真：《闺秀派的作家——冰心女士》，《妇女杂志》1930 年 7 月第 16 卷 7 号。

⑧ 冰心：《〈往事〉以诗代序》，载《往事》，开明书店 1930 年版，第 2 页。

到文尾时"泪已盈睫"，仅剩"忧郁的心"，① 甚至于其笔下的风景"同样也呈现着一种忧郁的颜色"，② 如孤独的灯塔、漫长的海岸、荷枪的士兵、萧索的村庄，等等。

　　五四时期生命个体的青春之忧并非"矫情"，而是源于生命深处的"真情"。现代评论家韩侍桁曾比较分析郁达夫和郭沫若的"狂热式"青春："一切的创作，全由于青春的狂热所构成。郁达夫先生的伤感，只是一个懦弱的性格在生命的初期将接近现实生活时所起的一种自然的叫嚷，就连郭沫若先生的反抗的呼声，也是空洞的好像是无目的地在对着某一种幻想的东西而斗争，他的行为是显示出孩子似的真纯，这真纯并没有经过艺术的修炼，而便直现在作品里。"③ 他中肯地道出了五四时期个体青春的"自然真纯"和"感伤忧郁"是以文体互渗形式表征出来的事实。

三　自然意象叙事：超越现实的审美维度

　　歌德认为东方国的"人和大自然是生活在一起的。你经常听到金鱼在池子跳跃，鸟儿在枝头歌唱不停，白天总是阳光灿烂，夜晚也总是月白风清"，④ 他形象地揭示了中国人的生存境况及中国文化所隐含的人与自然的复杂关系，如"天人合一""情景交融"等。"天人合一"观实际上关涉审美层面，即人与自然的交融谐和，超越主客二分模式而进入"物我两忘"之境，实质上这与海德格尔本体论层面的"诗意"栖居一致。所谓"天地间清气为六月风，为腊前雪，于植物为梅，于人为仙，于千载为文章，于文章为诗"，⑤ "天地间清气"在心为"象"，是为诗意人生的审美表征——自然意象，抵达了生存的形而上层面而成为诗性的生命形

---

　　① 冰心：《六一姊》，《小说月报》1924 年 6 月第 15 卷 6 号。
　　② 范伯群、曾华鹏：《论冰心的创作》，《文学评论》1964 年第 1 期。
　　③ 韩侍桁：《写实主义文学的发生》，载《文学评论集》，现代书局 1934 年版，第 69 页。
　　④ ［德］约翰·沃尔夫冈·冯·歌德：《歌德谈话录》，朱光潜译，人民文学出版社 1978 年版，第 112 页。
　　⑤ 胡经之：《中国古典美学丛编》（上册），中华书局 1988 年版，第 210 页。

态。这不仅存在于意象繁复的古典诗歌之中，而且也见之于五四小说的文体互渗形式当中。因此，"研究中国叙事文学，必须把意象以及意象叙事的方式作为基本命题之一，进行正面而深入地剖析，才能贴切地发现中国文学有别于其他民族文学的神采之所在、重要特征之所在"①。

现代文学批评家比较早地关注了"自然意象"这一命题。谢六逸认为："描写自然是写环境之一法，在表现方法上很重要。这种方法普通称为写景，其实就是描写自然 nature 和心理之有机的关系。譬如写爱情的，多借'春宵''花月'的景色做背景；写悲哀的，多借'暮秋''残红'的景色做背景。"② 进而探讨并举例俄国作家的"写景"法则，以及自然意象所能寄寓的观念意蕴，如"杜瑾拿夫的自然观偏于暝想的哲学的。……哥尔基的自然观，则为感情的活动的"，③ 揭示了这些作家人化自然的文学叙事。瞿世英论及，抒写自然"不但使我们面前涌现极精细美丽的图画，更使我们确实了解其中的人物与其动作"，④ 并"使书中的各人物，各就适当的地位"⑤。郭沫若、郁达夫、宗白华、冰心、废名等既承继了传统自然意象叙事，又受"泛神论"⑥ 影响，从而膜拜大自然，一度掀起赞叹"自然美"的热潮。⑦ 郭沫若认为"一切自然只是神底表现，我即是神，一切自然都是我的表现"，少年维特是"以自然为慈母，以自然为朋友，以自然为爱人，以自然为师父"。⑧ 郁

---

① 杨义：《中国叙事学》，人民出版社 2004 年版，第 267 页。

② 六逸：《小说作法》，《文学旬刊》1921 年 10 月 11—21 日第 16、17 期。

③ 六逸：《小说作法》，《文学旬刊》1921 年 10 月 11—21 日第 16、17 期。

④ 瞿世英：《小说的研究》，《小说月报》1922 年 8 月第 13 卷 8 号。

⑤ 瞿世英：《小说的研究》，《小说月报》1922 年 8 月第 13 卷 8 号。

⑥ 泛神论（Pantheism）作为一种哲学观点，把自然界与神等同，强调自然界的至高无上，认为神存在于自然界一切事物之中，并无其他超自然的主宰或精神力量。该观点流行于 16 世纪到 18 世纪的欧西，代表人物为布鲁诺、斯宾诺莎等。

⑦ 郎损（沈雁冰）：《评四、五、六月的创作》，《小说月报》1921 年 8 月第 12 卷第 8 期。

⑧ 郭沫若：《〈少年维特之烦恼〉序引》，《创造季刊》1926 年 9 月第 1 卷第 1 期。

达夫说："欣赏自然，欣赏山水，就是人与万物调和，人与宇宙合一的一种谐合作用。……山水、自然，是可以使人性发现，使名利心减淡，使人格净化的陶冶工具。"① 人格净化与性情陶冶在乎山水之间也，自然乃人性之良方。宗白华认为"湖山的清景在我的童心里有着莫大的势力。……我仿佛和那窗外的月光雾光溶化为一，飘浮在树杪林间，随着箫声、笛声孤寂而远引——这时我的心最快乐"②，生命的"快乐"是与月雾林籁等恒性的自然相映生辉的。废名宣称"自然"是他"做小孩时的好学校也"③。冰心笔下的"慰冰湖，青山，沙穰，大西洋海滨，戚叩洛亚，银湖，洁湖等佳山水处"助长了其诗思，"美化了她的文体"。④ 总之，五四小说中的自然意象纷繁复杂，标志了超越现实的审美维度，寄寓着生命个体的诗性情怀，具体表现为两类形态：一是"原野"意象昭示的救赎功能，二是"田园"意象彰显的超越姿态。

"原野"是自然生命力的象征，它普遍存在于五四小说文体互渗文本中，在文体形式上表现为"原野"景象对叙事的渗透融合，以凸显生命个体不断超越现实的审美情怀。郁达夫的自叙传抒情小说情节简单，事件叙述中既有各种抒情型文体形式的插入，又有"原野"景物片段的植入。《沉沦》中多次植入原野景象（包括表征原野的抒情诗篇《孤寂的高原刈稻者》和海涅诗选），这些意象十分契合主人公的生存状态并帮助了他超越困境。主人公"他"是个"零余者"，"孤冷得可怜"，唯有山野成为"他"暂时的避难所："只有这大自然，这终古常新的苍空皎日，这晚夏的微风，这初秋的清气，还是你的朋友，还是你的慈母，还是你的情人，你也不必再到世上去与那些轻薄的男女共处去，你就在这大

---

① 郁达夫：《山水及自然景物的欣赏》，《申报·每周增刊》1936年第1卷第3期。

② 宗白华：《美学与意境》，人民出版社2009年版，第158页。

③ 废名：《教训》，载陈振国编《冯文炳研究资料》，知识产权出版社2010年版，第43页。

④ 郁达夫：《中国新文学大系散文二集·导言》，载《郁达夫全集》第11卷，浙江大学出版社2007年版，第194页。

自然的怀里，这纯极的乡间终老了罢。"① 山涧野岭散发着母性的光辉，能救他出世间苦。如作家言："自然的美，……以及其他一切美的情愫，便是艺术的主要成分。艺术对于我们所以这样的重要者，也只因为我们由艺术可以常常得到美的陶醉，可以一时救我们出世间苦（Weltschmerz），而入于涅槃（Nirvana）之境，可以使我们得享乐我们的生活。"② 郭沫若《歧路三部曲》中的友人为排遣爱牟的愁怀，邀他游览无锡的惠山太湖，面对惠山梅影、太湖水色，便觉得之前那"被幸福遗弃了的囚人"，如今被山水给予着"无穷的爱抚，无穷的慰安，无穷的启迪，无穷的滋养"。③《残春》主人公爱牟的梦境是高峰、明月、海面、古木等，这些充满生命活力的原野之象与病弱的 S 姑娘形成比照，寄寓了静美原野乃救"我"和 S 姑娘出世间苦的良药。成仿吾《一个流浪人的新年》中的主人公在聆听"大自然在不住地奏她庄严的交响乐"时，自己如小儿般"在这慈母的谐音中"做着"酣梦"。倪贻德的日记体小说《玄武湖之秋》以湖上箫声极力渲染"残秋的景色"之衰与"生世的沦落"之悲，《零落》仿佛吹奏着荒野中的悲笛，以景寓象，烛照生命的希望之火。

周全平的诗化小说《林中》可谓原野意象的集大成者，其文体形式的特别之处在于原野意象的"复沓"。小说一共 12 节，其中 6 节以"林中""薄暮"（2 节）"湖畔""秋雨""月夜"等自然景物为标题，构成原野意象群，抒情力极度扩张，以至于郑伯奇认为作者"主观的情绪常常妨害他的客观的写实"④。如"林中"这节充分描绘大自然的庄严美丽："一面是明爽的湖，阵阵的湖上的和风从林隙里透进来，夹着野草底芬芳和森林底幽香。无

① 郁达夫：《沉沦》，载《郁达夫全集》第 1 卷，浙江大学出版社 2007 年版。

② 郁达夫：《艺术与国家》，《创造周报》1923 年 6 月 23 日第 7 号。

③ 郭沫若：《〈少年维特之烦恼〉序引》，《创造季刊》1926 年 9 月第 1 卷第 1 期。

④ 郑伯奇：《中国新文学大系小说三集·导言》，良友图书印刷公司 1935 年版，第 20 页。

数底秋虫的鸣声从四围林中叫出，恰如夏日急雨。"① 这都为后文叙述主人公仙舟"可以在那种自然的山野中养养身体"② 的救赎功能埋下了伏笔。冰心小说《超人》中的何彬起初"是一个冷心肠的青年"，但最终还是回归自然的怀抱，梦到"慈爱的母亲，天上的繁星，院子里的花，半弦的月光，灿烂的星光"，③ 母亲、繁星、月光、星光和花儿共同构起宇宙之宽厚和自然之纯净，表征了拯救何彬出世间苦的乃是原野式的博爱情怀；《月光》中的主人公维因以投水拥抱大自然的美真——"我绝对不以这样的自杀为自杀，我认他为超凡的举动"，④ 维因坐于湖畔静观自然、聆听宇宙，于"林清月黑"时结束生命魂归自然。庐隐的书信体小说《海滨故人》中的男主人公蔚然于愁绪满怀、忧伤萦绕时，"想到西湖，或苏州跑一趟"，⑤ 西湖苏州之景是蔚然超越现实之苦的精神良方。王统照也常常"在苦恼悲思之余，便有'回到大自然'的冲动"，流露出"永远，永远，沐浴着大自然"的呼声，⑥《春雨之夜》即是原野与心灵两相契合的优美之作。总之，五四小说文体形式中的"原野"叙事不仅仅是现实生活的反映，而且还以此昭示主体的心灵渴望与生命救赎。

　　"田园"并非纯粹的自然景象，它泛指乡村自然之景，并关乎人的日常生活，苗圃、炊烟、牧童、歌谣、鸡鸣、犬吠等皆是田园景象的标识，往往渲染着"牧歌"情调。"牧歌"（Pastoral）即古典主义时期那种具有传统背景和自然韵味的文学样式，以"阿卡迪亚式"（希腊的优美风景和优越位置之所在）的田园生活为理想态。⑦ 古罗马诗人维吉尔的长诗《牧歌》被认为是拉丁语文学的

---

① 周全平：《林中》，《创造季刊》1924 年 2 月 28 日第 2 卷 2 号。
② 周全平：《林中》，《创造季刊》1924 年 2 月 28 日第 2 卷 2 号。
③ 冰心：《超人》，《小说月报》1921 年 4 月 10 日第 12 卷 4 号。
④ 冰心：《月光》，《晨报》1921 年 4 月 20 日至 21 日。
⑤ 庐隐：《海滨故人》，《小说月报》1923 年 10 月第 14 卷 10—12 号。
⑥ 卢春霖：《〈童心〉和〈这时代〉》，《现代》1934 年 1 月第 4 卷第 3 期。
⑦ ［英］罗吉·福勒：《现代西方文学批评术语词典》，袁德成译，四川人民出版社 1987 年版，第 196—199 页。

典范，充满浓郁的古罗马田园风采，如牧人生活、爱情佳话及美妙的田园风光。从此，田园牧歌便被标识为主体对于理想化生活状态的憧憬，有论者称之为"乡土乌托邦"。① 卡尔·曼海姆认为意识形态一般指涉两类集体无意识：一是与意识形态相关的集体无意识，受到利益与形势的引导；二是与乌托邦相关的集体无意识，由愿景的想象和行动的意愿引导。前者是"统治集团将利益与形势相联系而带来的"，后者是"受压迫群体以想象代替现实而形成的，共性在于掩饰社会现实的某些方面"。② 由此可见，以"乌托邦"指涉五四小说的田园牧歌情调并不准确，因为它既非"想象代替现实"，又非"掩饰社会现实"。

　　五四小说的田园牧歌始终伴随着悲鸣，田园景象的渗透融合往往标志着主体企图超越现实抵近彼岸的诗性情怀。比如，王统照一边发出"永远，永远，沐浴着大自然"的呼声，一边关注着乡村的悲苦，认为"真实的悲哀"是不能用"幻想"打消的。③ 创造社作家绍宗的《悲哀的安哥儿》开篇即勾勒出一派田园风光："一片碧空，无丝云影……一声鸡鸣，一声犬吠断续地从村中发出，蝉声不知在那一棵树上颤动着……村塘的樟树荫下，是三个少女同两个女人在浣洗着衣裳。"④ 但这牧歌情调旋即被爱情悲剧冲击，如穿插牧子歌声"郎在东……来……姊在西，牛郎织女……两……分……离"⑤ 以强化牧歌的虚幻性，笼罩着牧歌与悲鸣的二重奏，表征了主体企图超越现实困境的诗意生命情怀。废名《竹林的故事》的"竹园"也只是生命的遥想和青春的梦。记忆中的三姑娘可爱如此："只是不住的扣土，嘴里还低声的歌唱；

---

　　① 吴晓东：《中国文学中的乡土乌托邦及其幻灭——以阎连科的〈受话〉为中心》，《北京大学学报》2006 年第 1 期。

　　② ［德］卡尔·曼海姆：《意识形态与乌托邦》，姚仁权译，中国社会科学出版社2009 年版，第 65—67 页。

　　③ 卢春霖：《〈童心〉和〈这时代〉》，《现代》1934 年 1 月第 4 卷第 3 期。

　　④ 绍宗：《悲哀的安哥儿》，《幻洲》1926 年 12 月第 1 卷第 5 期。

　　⑤ 绍宗：《悲哀的安哥儿》，《幻洲》1926 年 12 月第 1 卷第 5 期。

头毛低到眼边，才把脑壳一扬，不觉也瞥到那滔滔水流上的一道白沫，顿时兴奋起来，然而立刻不见了，偏头又给树叶子遮住了——使得眼光回复到爸爸的身上，是突然一声'啊呀'。"① 可谓牧歌款款，但现实的悲歌与之相随：两位姐姐的夭折、父亲老程的离世及世俗礼教的束缚。然而"竹林"的牧歌情调依然昂扬："春天来了，林里的竹子，园里的菜，都一天一天的绿得可爱。老程的死却正相反，一天比一天淡漠起来…… 三姑娘是这样淑静，愈走近我们，我们的热闹便愈是消灭下去。"② 人与"田园"和谐得恰到好处，其田园景象和牧歌氛围不无昭示了生命主体渴望超越现实的诗性情怀。

废名自述："《竹林的故事》，《河上柳》，《去乡》，是我过去的生命的结晶，现在我还时常回顾他一下，简直是一个梦，我不知这梦是如何做起，我感到不可思议！这是我的杰作呵，我再不能写这样的杰作。莎士比亚的剧多包含可怖的事实，然而我们读着只觉得他是诗。这正因为他是一个梦。"③ 作者比照现实与梦，穿梭于梦与现实，如周作人认为"梦并不是醒生活的复写，然而离了醒生活梦也就没有了材料"，④ "醒生活"就是现实生活，有恶与丑，而看似虚幻的梦在作家心中"依然是真实"，⑤ 是美的世界，是梦过滤了现实而构筑的精神栖息地。于是乎，主体畅游于牧歌款款的村野山涧，观望"放牛的小孩，……他们把系在牛鼻上的绳索沿着扭头缠住，让它们在山底下吃草，我们走上山顶折杜鹃"；⑥ 回到了慵懒悠闲的村边河畔，感受"傍晚，河的对岸以及宽阔的桥石"；⑦ 走进了凉风习习的城门洞，数数"天上许多

① 废名：《竹林的故事》，《语丝》1925 年 2 月 16 日第 14 期。
② 废名：《竹林的故事》，《语丝》1925 年 2 月 16 日第 14 期。
③ 废名：《说梦》，《语丝》1927 年 5 月第 133 期。
④ 周作人：《〈竹林的故事〉序》，《语丝》1925 年 10 月 12 日第 1 卷第 48 期。
⑤ 废名：《说梦》，《语丝》1927 年 5 月第 133 期。
⑥ 废名：《柚子》，《努力周报》1923 年 7 月 1 日、8 日第 59、60 期。
⑦ 废名：《浣衣母》，《努力周刊》1923 年 10 月 7 日第 73 期。

星"①。这是田园、情怀与生命融合而成的澄明之境，是梦，是真，是美，是超越现实的审美之维。叶圣陶的诗意体小说《苦菜》的田园之景——"嫩绿的叶一顺地偃在畦上，好似一幅图案画，心中引起一种不可名状的快感",② 此景稀释了主人公福堂的丧子之痛；王统照的诗意体小说《湖畔儿语》的田园之景——"一边散步，一边听着青蛙儿在草中奏的雨后之歌，看看小鸟啾的争向柳枝上飞奔",③ 此景冲淡了主人公小顺的悲苦；庐隐书信体小说《或人的悲哀》连续穿插的田园之景——"山涧里的白云，随风袅娜，真是如画境般的湖山，我好像作了画中的无愁童子"④ 等，过滤了女主人公亚侠深重的愁苦。以上文体互渗形式的悲喜格调——牧歌之景与忧愁之怀，不无表征了主体渴望心灵安宁与超越现实困境的诗性生命情怀。

综上所述，五四小说文体互渗现象（包括批评话语和互渗文本）与文类等级着实没有什么关联，而在更大程度上互文了主体与客体之间共存共生的一种互动状态，即"诗性"生命形态。时至30年代，由于时代环境和创作主体的发展变化，现代小说文体互渗现象主要表现为速写、传记、戏剧、评书、报告文学等倾向写实的文体形式与现代小说的相渗融合，它们已然消隐了五四时期的自适格调与自在情态，从"个体生命"向"群体生活"位移、嬗变，因此不再反映"整个内部世界"，而是再现"整个外部世界"，这同样彰显了特定历史阶段的主客体之间共存共生关系的境遇情形。

第二节 合理性图式：三四十年代小说 文体互渗与时代境遇

20世纪三四十年代，现代小说的文体互渗现象主要呈现为从

---

① 废名：《火神庙的和尚》，《语丝》1925年3月16日第18期。
② 叶圣陶：《苦菜》，《晨报副刊》1921年3月22日至3月24日。
③ 王统照：《湖畔儿语》，《东方杂志》1922年9月。
④ 庐隐：《或人的悲哀》，《小说月报》1922年12月第13卷12号。

诗意化文体向写实化文体的位移，文体形式的位移情形互文了此一时期特定的时代风貌和社会内容。郭沫若于 1926 年即认为"革命的感情是最强烈最普遍的一种团体感情，由这种感情而表现为文章，来源不穷，表现的方法万殊，以得出一个数学的方式，便是'革命文学 = F（时代精神）'"。[①] 所谓万殊之方法就是适宜于表现时代"团体感情"的方法，而那些个性化色彩的书信、日记等文体形式和创作方法就显得不合时宜。1927 年，郑伯奇评价郁达夫的《寒灰集》说："最后两三年，中国的社会急转直下地转入了最大最速的转形程序中，作者恰于这个时候，对于自己的过去的生活和艺术，作一回自己的清算。希望作者在最近的将来有一种意想外的方向转换，来给中国文坛开一个新的局面。"[②] "方向转换"指的就是文学内容和形式的转型，郁达夫自 1927 年始便突破浪漫抒情风格而创作出《微雪的早晨》《她是一个弱女子》《出奔》等一系列反映现实的叙事型散文体小说，十分自觉地迎合了时代的需要。王统照自 20 年代末期也"从这理想的诗的境界走到《山雨》那样的现实人生的认识"，[③] 创作了一批写实化风格的小说。因此，特定时段的社会内容主导作家普遍地由"以诗为文"的个性化抒情向"以叙为文"的社会化写实风格转变，于是传记、速写、报告、评书、戏剧、电影、政论等去诗意化的文体形式备受欢迎。它们与现代小说渗透融合，形成单一叙述视点、封闭式结构和大众化语言的叙事形式，表征了特定历史阶段的"合理性"社会图式。

一 单一叙述视点：清醒的时代意识

小说的叙述人称和视点问题是 20 世纪 30 年代文坛热衷的形式话题，以穆木天和陈君冶两人关于"第一人称与写实小说"的反

---

① 郭沫若：《革命与文学》，《创造月刊》1926 年 5 月 16 日第 1 卷第 3 期。

② 郑伯奇：《〈寒灰集〉批评》，《洪水》1927 年 5 月 16 日第 3 卷第 33 期。

③ 茅盾：《中国新文学大系小说一集·导言》，良友图书印刷公司 1935 年版，第 24 页。

复讨论最为瞩目。陈君冶提出"形式的新旧，是由内容来决定它的"① 观点之后，穆木天则认为："一种文学的样式，有他的时间性空间性，有他的支配的时代与疆域。形式的新旧，是以时代做标准的。"② 穆木天预示了一个信号，即 30 年代文学要以时代为轴心，时代不仅是文学的内容，而且也决定着文学的表达形式，"时代轴心论"呼应了同时期作家的创作观念和文学实践。茅盾认为，五四时期作家"很少人是有意地要表现一种时代现象，社会生活"，③ 然而时至 30 年代，由于时代对于人心的极大影响而促成作品的内容向度："一是时代给与人们以怎样的影响，二是人们的集团的活力又怎样地将时代推进了新方向。"④ 进而认为此一时期的创作应当遵循"锐利的观察，冷静的分析，缜密的构思"⑤ 等方式方法。郁达夫与茅盾的观念相近，认为 30 年代"新的小说内容的最大要点，就是把从前的小我放弃了，换成了一个足以代表全世界的多数民众的大我…… 新小说的技巧，是系和内容紧接在一起的技巧"，⑥ 其表现方式"都有背景，都有深意存在着的"，⑦ 新技巧与新方法的文学时代已然来临。无论穆木天的"时代标准"，还是茅盾的"冷静分析"抑或郁达夫的"背景深意"，皆昭示了此一时期的创作主体已具备清醒的时代意识，而这种"意识"主要是由文体互渗文本的"单一叙述视点"凸显的。

"单一叙述视点"隐现于第三人称客观化叙述之中，是谓 20 世纪三四十年代小说普遍的叙事形式。吴福辉先生认为，30 年代中期以后现代小说叙事已经成熟，"第三人称限制叙事、纯客观叙

① 陈君冶：《谈第一人称写法与写实小说》，《申报·自由谈》1934 年 1 月 7 日。
② 穆木天：《再谈写实的小说与第一人称写法》，《申报·自由谈》1934 年 1 月 10 日。
③ 茅盾：《读〈倪焕之〉》，《文学周报》1929 年 5 月 12 日第 8 卷 20 号。
④ 茅盾：《读〈倪焕之〉》，《文学周报》1929 年 5 月 12 日第 8 卷 20 号。
⑤ 茅盾：《读〈倪焕之〉》，《文学周报》1929 年 5 月 12 日第 8 卷 20 号。
⑥ 郁达夫：《关于小说的话》，载光华书局编辑部编《文艺创作讲座》第 1 卷，光华书局 1931 年版，第 394 页。
⑦ 郁达夫：《关于小说的话》，载光华书局编辑部编《文艺创作讲座》第 1 卷，光华书局 1931 年版，第 394 页。

事的运用，已极寻常"。① 吴先生对 38 位现代作家的 94 篇（部）小说作了抽样分析并得出结论：外视点②叙事的有 42 篇，第三人称叙事的有 63 篇，全知叙事的有 60 篇，纯客观叙事的有 31 篇，因而"客观叙事的作品仍占上风"。③ 其实早在 1935 年，作家王任叔便选取各类题材小说 53 篇（包括散文体小说、速写体小说和传记体小说）进行抽样分析并得出结论：第一人称的写法减少，仅有 7 篇；此一时期的第一人称写法却又与五四时期的小说不同，此一时期的"第一人称，却大都为描写的方便，将事象的发展，用第一人称来贯穿一下的"。④ 也就是说，这一时期的第一人称仅仅承担了内视点的"叙述者"角色，而非"参与者"身份，不关涉主体的情绪情感和价值判断，只是发挥客观化"展示"（模仿）效用，基本等同于第三人称客观化叙事，因此属于单一叙述视点范畴。

例如，芦焚的散文体小说《过岭记》中有三个人物形象，即小茨儿、退伍军人和"我"。而"我"只是一个观察者角色，"我"把在岭上的所见所闻叙述出来，"我"没有参与小茨儿和退伍军人的对话关系和生活世界，"我"仅仅作为"叙述"的线索而已。正因为此，小说开篇许久都难以看出这是第一人称叙事的小说，直至后文出现了"我"才得以确定，然而读者对于"我"的身份特征一无所知。于是乎，《过岭记》就与五四小说第一人称内视点叙事有着极大的差异，如王任叔所言，五四小说"即使形式

---

① 吴福辉：《二十世纪中国小说理论资料·前言》第 3 卷，北京大学出版社 1997 年版，第 11 页。

② 外视点亦称之"外聚焦""外视角"，指"所呈现的内容限定于人物的外在行为（语言、行动，但不是思想或者情感）、外表及其人物出现的环境。"见［法］杰拉尔德·普林斯《叙述学词典》，乔国强、李孝弟译，上海译文出版社 2011 年版，第 67、76 页。

③ 吴福辉：《二十世纪中国小说理论资料·前言》第 3 卷，北京大学出版社 1997 年版，第 11 页。

④ 王任叔：《中国现代小说发展的动向的蠡测》，《创造月刊》1935 年 9 月 15 日第 1 卷第 3 期。

上用第三人称，也总贯穿着身边杂事式个人主义的精魂，使读者很容易把作品中出现的人物和作者自身混合起来"，① 然而这一时期文体互渗小说中的第三人称叙事绝对不会混淆人物形象与作者自身，其原因就在于单一叙述视点形成的客观化效果。由此观之，无论是第一人称还是第三人称，只要保持叙述视点的单一化，也就不会影响对于现实的真实反映程度。从这个层面来看，穆木天认为"第一人称自白式的手法，是不能表现客观的复杂的现实"② 的观点的确合乎三四十年代的文学实情。因为，"自白式的手法"相当于第一人称复合叙述视点，会有个性情绪情感的参与，并且主人公、叙述人和作者自身往往发生视点的重合，因此难以表现复杂深广的客观现实。为此，穆木天专门举例草明的散文体小说《倾跌》和丁玲的日记体小说《杨妈的日记》，认为它们之所以给读者以虚假的感觉，就是因为它们以复合叙述视点来讲述30 年代的社会内容。由于"作者的观念的虚构而不是现实的"，③ 从而造成文（形式）不合题（内容）的"怪相"。于是可见，第三人称或第一人称的单一叙述视点便是三四十年代小说叙事的正则，所谓"我们的责任，只是观察和纪实。这便是我们的艺，我们的术"④。

单一叙述视点生成的客观化效果，往往是由场面或场景"展示"得以实现的。此一时期的速写体小说、散文体小说皆由单一叙述视点而发挥展示功能。速写的目标即在于通过真实生活（场面或场景）来传递某种合理性的内容意识："由形象的侧面来传达或暗示对于社会现象的批判。它的主人公是现实的人物，它的事件是实在的事件。"⑤ 因此，唯有运用第三人称或第一人称单一叙

---

① 王任叔：《中国现代小说发展的动向的蠡测》，《创造月刊》1935 年 9 月 15 日第 1 卷第 3 期。
② 穆木天：《谈写实的小说与第一人称写法》，《申报·自由谈》1933 年 12 月 29 日。
③ 穆木天：《谈写实的小说与第一人称写法》，《申报·自由谈》1933 年 12 月 29 日。
④ 叶公超：《写实小说的命运》，《新月》1928 年 3 月 10 日创刊号。
⑤ 胡风：《关于速写及其他》，《文学》1935 年 2 月 1 日第 4 卷 2 号。

述视点才能以场面的展示逼近真实。茅盾认为，吴组缃的速写体小说《一千八百担》即显示着叙述人的"纯客观"态度，"吴先生自己不参加意见"，① 而是让人物和事件以场景化的连缀方式进行客观展示。朱自清认为叶圣陶此一时期的散文体小说"因为是'如实地写'，所以是客观的。不大用第一身，笔锋也不常带感情"，② 仅以场景展示发挥合乎某种意识形态的效应。李健吾认为萧乾的散文体小说《篱下集》虽然"属于浪漫主义"，但是作家"知道怎样压抑感情，从底里化进造型的语言"，③ 即以造型展示而获得合理性的效果。甚至于此一时期的爱情题材小说如《恋爱神圣主义曲》（屈轶）、《春愁》（周楞伽）、《忙人》（祝秀侠）、《一个女教师的故事》（徐中玉），也同样摒弃了个性化的情绪渲染，而是"强调着恋爱的时代性与其社会性"，侧重于 20 世纪三四十年代"新女性型的塑铸"，④ 亦然是以场景展示的单一叙述视点来凸显特定时期的情爱"合理性"。

另外，20 世纪三四十年代小说文体互渗的"插入语"形式也标志了单一叙述视点的合理性旨归。赛珍珠评价三四十年代的文学："还看不出有多少自由，那就是说自由表现他们的自己。"⑤ 郑伯奇认为"尊重主观，主张自我表现，自然不能冷静地观察事实，描写客观现象了"，于是"作者不得不放弃一己的主观"⑥。这可谓三四十年代文学的"时代"律例，然而尽管如此，叙述人或作者仍会不自觉地进入文本发生干预，"指出道德的观念，或是把自己

---

① 茅盾：《西柳集》，《文学》1934 年 11 月 1 日第 3 卷第 5 期。

② 朱自清：《叶圣陶的短篇小说》，载《朱自清讲文学》，百花洲文艺出版社 2016 年版，第 235 页。

③ 刘西渭：《咀华集》，文化生活出版社 1936 年版，第 89 页。

④ 王任叔：《中国现代小说发展的动向的蠡测》，《创造月刊》1935 年 9 月 15 日第 1 卷第 3 期。

⑤ ［美］勃克夫人（赛珍珠）：《东方，西方与小说》，小廷译，《现代》1933 年 3 月 1 日第 2 卷第 5 期。

⑥ 郑伯奇：《中国新文学大系小说三集·导言》，良友图书印刷公司 1935 年版，第 23 页。

的哲学穿插进去"①。不过这类"穿插"完全异于五四小说复合叙述视点下的叙述人代言，因为此一时期的"穿插"着重强调对于时代现实的认识程度，"同在其中所反映的复杂的现实的分量成正比例的"②。比如芦焚的散文体小说《过岭记》，"我"虽然只是担任叙述者角色，但"我"于第二次露面时还是未能把持自己，当得知主人公的经历后，"我"插入一句话"他的路太窄了"，这句类似代言的插入语显然浸染着浓郁的时代色彩。此外，萧乾的《篱下》《邓山东》及靳以的《圣型》等散文体小说均为第三人称客观化叙事，其中不乏叙述人的"插入语"。如《篱下》以环哥的视点进行客观化讲述时，文中插入如"这，环哥哪儿成，一个爬惯了树钻惯了高粱地的孩子"③ 等句，这显然不属于个性化语言，而是饱含时代认知的群体情感，是谓某种意识合理性的社会图式。

二　封闭式结构：历史的必然性信念

中国现代小说的叙事结构大致由20世纪20年代的画面结构、散文结构逐渐推进到30年代以后的线状结构、网状结构和事理结构。40年代小说以线状结构和事理结构为最，它们与写实化的文体形式渗透融合而形成所指性极强的封闭式或圆形结构："故事有头，有尾，有高潮，有变化穿插，这就说明了它的本身有发展。小说有发展，是由于所表现的现实有矛盾。情节的变化穿插表现出故事的发展过程，同时也表现出这过程实在是交织着必然与偶然。"④ 但凡有头有尾且交织着必然和偶然的故事，往往包含着矛盾冲突的解决与完成，其圆形结构实质上诉求于某种可预料的必然性信念："对人间的本质，人生的归趋，生活的将来，不能稍有怀疑，而且正确的勇敢的科学的持有断然的自信，和并非冷淡的

---

① 余楠秋：《短篇小说的构造法》，《当代文艺》第1卷第5期，1931年5月15日。
② 陈君冶：《论写实小说答穆木天》，《申报·自由谈》1934年1月。
③ 萧乾：《篱下》，《水星》1934年11月10日第1卷第2期。
④ 姚雪垠：《小说是怎样写成的？》，载钱理群编《二十世纪中国小说理论资料》第4卷，北京大学出版社1997年版，第226页。

旁观者而是实践的献身于生活的活人。"① "断然的自信"属于
"对人的理性力量以及意识形态夸大了的自信",② 从而生成乐观精
神——"坚信战争的一切都是按照人或某些集团所能驾驭的必然
规律进行的"③。于是乎,此一时期文体互渗作品的封闭式结构彰
显的是"意识形态照亮的明晰的文学图景"④。

　　首先,20 世纪三四十年代小说的封闭式结构以时间维度为其
标志。故事叙述的感染力和生命力既取决于空间结构,也取决于
时间顺序的设置,如福斯特认为小说结构的内部时间观念被抛弃
后,叙述者将会变得不可理喻。⑤ 小说的空间结构往往是指小说本
身具备的审美空间,即由小说叙事元素构成的张力结构:"在文本
中并列地置放那些有利于叙述过程之外的各种意象和暗示、象征
和联系,使它们在文本中取得连续的参照与前后参照,从而结成
一个整体;换言之,并置就是'词的结合,就是对意象和短语的
空间编织'。"⑥ 以此观之,五四时期小说的个性化叙事与生命表达
更接近于空间结构,而三四十年代小说的非个性化叙事与信念诉
求更接近于时间结构。郁达夫说:"在战时,行动高于一切,步骤
要快,时间要速,而效果要大。所以非但作者没有了推敲的余裕,
就是读者也决没有焚香静坐,细读一部平面大小说的闲暇。"⑦ 郁

---

① 上官筝:《新英雄主义、新浪漫主义和新文学之健康的要求》,《中国公论》
1943 年 2 月 1 日第 8 卷第 5 期。
② 钱理群:《二十世纪中国小说理论资料·前言》,北京大学出版社 1997 年版,
第 4 页。
③ 钱理群:《二十世纪中国小说理论资料·前言》,北京大学出版社 1997 年版,
第 4 页。
④ 钱理群:《二十世纪中国小说理论资料·前言》,北京大学出版社 1997 年版,
第 4 页。
⑤ [法] E. M. 福斯特:《小说面面观》,载珀西·卢伯克、爱摩·福斯特、埃德
温·缪尔《小说美学经典三种》,方土人、罗婉华译,上海文艺出版社 1990 年版,第
224 页。
⑥ [美] 约瑟夫·弗兰克:《现代小说中的空间形式》,秦林芳编译,北京大学出
版社 1991 年版,第 6 页。
⑦ 郁达夫:《战时的小说》,《自由中国》1938 年 6 月 20 日第 1 卷 3 号。

氏观点具有代表性，揭示了此一时期小说创作理应恪守的时间维度，具体表现在两个方面：一是封闭式结构的外部时间，即作家创作和读者阅读的时间；二是封闭式结构的内部时间，即题材内容在过去、当下与未来的历时链条上的行进时间。前者指向三四十年代流行于文坛的速写体小说，如张天翼《华威先生》、沙汀《航线》、丁玲《水》、吴组缃《一千八百担》、叶圣陶《多收了三五斗》、罗洪《群像》、魏金枝《留下镇上的黄昏》、葛琴《总退却》、周文《雪地》等。

胡风于 30 年代中期指出："在对于瞬息万变的社会现象之有警惕性的正确认识和事故的发生同时被要求着的现状下面"，速写是"能够把变动的日常事故更迅速地更直接地反映，批判"。[①] 及时迅速地反映和批判日常以实现人们对于自身理性充分自信的书写目标。后者指向报告文学体小说和评书体小说，如欧阳山创作的《三水两农夫》《好邻居》《抗到底》《流血纪念章》等报告文学体小说，即在过去与现在的历时链条中传递了战时乐观主义精神，迎合了民众"认识生活比过去的任何时候更为迫切"[②] 的战时需要。沙汀的报告文学体小说《敌后琐记》本着"印象新鲜的时候动笔"[③] 的原则，追求故事的明晰性和结构的完整性。邵荃麟的报告文学体小说《英雄》题记中论及小说结构的时间价值："新和旧的意识，正在他们生活中间进行搏斗。这种新的意识随着历史与社会生活的变化，逐渐渗入于人民日常生活，在这中间，带给他们的诞生新的英雄的因素。纵然这些因素极其稀薄，多半还是不自觉的，甚至是一瞬即逝的，但这正是至可珍贵的民族新生的曙光，我们从这曙光中，才能现实地去瞭望我们的未来。"[④] 其小说结构正是在过去（旧的意识）——现在（新的英雄）——未来

---

① 胡风：《关于速写及其他》，《文学》1935 年 2 月 1 日第 4 卷 2 号。
② 欧阳山：《我写大众小说的经过》，《抗战文艺》1941 年 1 月 1 日第 7 卷第 1 期。
③ 沙汀：《这三年来我的创作活动》，《抗战文艺》1941 年 1 月 1 日第 7 卷第 1 期。
④ 邵荃麟：《〈英雄〉题记》，《野草》1942 年 5 月 15 日第 4 卷第 1、2 期。

（新生的曙光）的时间链条上呈现了某种合乎历史必然性的社会图式。丘东平的报告文学体小说《第七连》《一个连长的战斗遭遇》与《英雄》的结构功能相一致，犹如作者的心声："我们要大胆的写呵，我们一定要用我们过去的实生活，谱出雄伟的调子，压灭那些蜚声和呓语啊！"①　以过去的生活促成当前需要的基调和氛围。赵树理说："群众爱听故事，咱就增强故事性；爱听连贯的，咱就不要因为讲求剪裁而常把故事割断了。"②　赵树理小说故事的封闭式结构往往标志着内部时间的意义，即新与旧、过去与未来的比照可以视为评书体小说《小二黑结婚》的应有之义，在一定程度上"讴歌新社会的胜利"③。路翎评价沙汀的《淘金记》说："假如作者应该把他目前的生活当作向着未来的人类的生活来创造的话，那么，即使是从微贱的人物里，也能够得到对于人民的热情和力量的启示和注释的。"④　且不论路翎的评判是否准确，仅就其言说倾向而言，已然能发现三四十年代小说中的时间意义与价值诉求是何等的深入民心。

其次，20世纪三四十年代小说的封闭式结构以对照图式为其特征。"对照"是指把两种相差、相反或相关的事物进行比照，以更加鲜明地凸显事物的本质特征。路翎说："对于丑恶的表示最强烈的憎恶，对于英勇的表示最强的赞颂，但应该一律地以斗争的热情来对付。"⑤　路翎实践了这种对照，如小说《饥饿的郭素娥》的戏剧化形式，胡风认为是"用原始的强悍碰击了社会的铁臂，作为代价，她悲惨地献出了生命"，⑥　这属于人物对照，将人物身体的弱小与精神的强悍及环境的恶劣进行比照，暗示了历史行进

---

①　石怀池：《东平小论》，《希望》1946年7月第2集第3期。

②　赵树理：《也算经验》，《人民日报》1949年6月26日。

③　周扬：《论赵树理的创作》，《解放日报》1946年8月26日。

④　冰菱（路翎）：《淘金记》，《希望》1945年12月第1集第4期。

⑤　冰菱（路翎）：《淘金记》，《希望》1945年12月第1集第4期。

⑥　胡风：《一个女人和一个世界——路翎作中篇小说〈饥饿的郭素娥〉序》，《野草》1942年9月1日第4卷第4、5期。

的某种必然性。及至 40 年代，人物对照被赋予全新的意义。姚雪垠说："没有斗争，没有戏剧。"① 其戏剧体小说《牛全德和红萝卜》凸显了这一观念，主人公牛全德和红萝卜分别属于"典型的农村流氓无产者"和"一个相当富裕的自耕农"，② 家乡沦陷后一起参加了游击队，于是开始了他们各自人生的蜕变。其中以富裕中农红萝卜"当天和尚撞天钟"的暗淡形象来比照"典型的农村流氓无产者"牛全德之光辉形象，可谓泾渭分明。这便是 40 年代文体互渗小说二元图式的创作实践："时代、现实、文学都应该是二元对立的：侵略（侵略者）与被侵略（被侵略者）、正义与非正义、敌与我，两军对垒，阵线分明。"③ 无论二元图式还是三元图式抑或多元图式，其实质皆指涉"是非"之分。如茅盾提出的三分法："敌"分"外敌"与"内奸"，"我"分"先进""中间"与"落后"，本质上仍是二分法，④ 这与 40 年代郭沫若所反对的战时"差不多"⑤ 论调相一致。例如，评书体小说《小二黑结婚》存在三组对照图式：小二黑和小芹的先进型，二诸葛和三仙姑的中间型，金旺兄弟的落后型。然而，一旦将其纳入小说故事的封闭式结构中进行考察，其依然属于先进与落后两种类型的对照而已。因此，无论是二分法还是三分法，皆属于对照的图式，促成了人物关系或叙事内容的二元对立，使作者、读者和人物形象的审美情感皆处于爱憎分明的两极，契合了战时的乐观主义精神和某种必然性的信念。

三　大众化语言：审美的教化功能

1933 年，何穆森著文论述："无论长篇短篇，小说的性质，从

---

① 姚雪垠：《小说是怎样写成的?》，载钱理群编《二十世纪中国小说理论资料》第 4 卷，北京大学出版社 1997 年版，第 224 页。

② 姚雪垠：《牛全德和红萝卜》，《抗战文艺》1941 年 11 月 10 日第 7 卷第 4、5 期合刊。

③ 钱理群：《二十世纪中国小说理论资料·前言》，北京大学出版社 1997 年版，第 5 页。

④ 茅盾：《八月的感想》，《文艺阵地》1938 年 8 月 16 日第 1 卷第 9 期。

⑤ 郭沫若：《抗战与文化问题》，《自由中国》1938 年 6 月 20 日第 3 号。

发生的方面和机能的方面看来，根本上'话术'是很重要的。所谓'话术'，就是运用巧妙的言辞，以达成其高度形式的小说意识。"①"话术"可以促成高度的小说形式，因此，小说创作应关注语言的"术"。当一个时代的小说语言之术有了较为固定的呈现模式时，则说明这一时期的小说在文体层面已形成固定的审美图式，它必然指向一定的功能，如哲理、认识、娱乐、教化，等等。三四十年代小说文体互渗中的语言之术如口语化、方言化、说唱化、简短化和民间化等，以其通俗易懂的形式构建了大众化审美感知的图式，承载着对于大众的教化功能。

　　首先，是"听得懂"②的大众化语言。1938年，郭沫若著文说："抗战必须大众动员，因而一切文化活动必须充分地大众化。在使大众与文化活动迅速并普遍的接近上，当要求言论出版集会结社的彻底的自由，并要求战时教育的实施。"③战时教育需要相应的文学形式，"不仅民间形式当利用，就是非民间的士大夫形式也当利用。用鼓词、弹词、民歌、章回体小说来写抗日的内容固好，用五言、七言、长短句、四六体来写抗日的内容，亦未尝不可"④。文学形式的"话术"格外引起作家或批评家的注目，他们皆认为话术的旨归在于吸引民众，"在形式上力求明白通俗，使能为大众所接受"⑤。于是，鼓词、弹词、民歌、章回、评书、报告、说话、速写等通俗易懂的文体形式渗透融合于现代小说，便达到了"能将所谓白话的文学作品做到使民众毫无困难的听得懂"⑥的目的。郑伯奇甚至认为"只有说话体既有力，又容易为读者理解"，便是30年代以后新小说"顶为适当的表现手法"，⑦并且预

---

① 何穆森：《短篇小说的性质》，《新中华》1933年12月10日第1卷第23期。
② 姚雪垠：《抗战文学的语言问题》，《大众时代文艺丛书》1943年6月第2集。
③ 郭沫若：《抗战与文化问题》，《自由中国》1938年6月20日第3号。
④ 郭沫若：《"民族形式"商兑》，《大公报》（重庆）1940年6月9—10日。
⑤ 上官筝、楚天阔等：《小说的内容形式问题》，《国民杂志》1942年10月号。
⑥ 姚雪垠：《抗战文学的语言问题》，《大众时代文艺丛书》1943年6月第2集。
⑦ 郑伯奇：《两栖集》，上海书店出版社1987年版，第37页。

言小说的将来定会出现以"播音小说"为代表的"肉声的言语"的回归，期待"这新机械的发达，文学不能不大众化"①。沈从文于1929年出版小说集《入伍后》，其散文化和说书化的特征都十分明显。《我的小学教育》中的说书人痕迹较重，日常口语格言色彩鲜明，例如"在打架时，是会要影响到戏的演奏么？我才说到，那请放心，决不会到那样！……骂，让他点罢，眼前亏好汉是不吃的。你一回嘴，情形准糟"，②这些插入语既有说书体特点也有口语化倾向。此外，其作品还互渗了上古文章体裁月令形式，如"正月，到小教场去看迎春；三月间，去到城头放风筝；五月，看划船；六月，上山捉蛐蛐，下河洗澡；七月，烧包；八月，看月；九月，登高；十月，打陀螺；十二月，初三牲盘子上庙敬神；平常日子，上学，买菜，请客，送丧"，③一年四季的活动行为和风俗表达皆是"日常生活中的言语"，④简洁明了，通俗易懂，文化水平不高的读者易于接受。再比如《入伍后》中的对话：

"七叔，怎么要牢？"

"我七叔就说：牢是押犯人的！"

"我又说：并没见一个犯人；犯人该杀的杀，该放的放，牢也是无用！"

"七叔又说：那些不该杀又不能放的，我们把他押起来，他钱就屙马屎样的出来了。不然大家怎么有饷关呢？"

"我就说：那么，牢可以放到别处去，我们并不是来看管犯人的。"

"这些都是肥猪，平常同叔叔喝酒打牌，要你们少爷去看

① 郑伯奇：《小说的将来》，《新小说》1935年6月15日第1卷第5期。
② 沈从文：《入伍后》，载《沈从文全集》第1卷，北岳文艺出版社2009年版，第269页。
③ 沈从文：《入伍后》，载《沈从文全集》第1卷，北岳文艺出版社2009年版，第269页。
④ 老舍：《言语与风格》，《宇宙风》1936年12月16日第31期。

管也不是委屈你们——七叔又是这么说。"

　　"我也无话可说，只好行个礼下来了。"①

　　无论是插话还是对话，乃至月令，皆遵循了民间形式的话术原则，这与沈从文此一时期的文学观念相一致，他认为："六朝志怪、唐人传奇、宋人白话小说，在形体方面如何发生长成，只据支配材料的手段组织故事的文体而言，实在也可作为'大众文学'的参考。"② 既然有大众文学的功利化诉求，就自然会注重小说语言的民间形式问题，其标志了沈从文小说趋向写实的审美图式。

　　其次，是担负"伟大责任"③ 的纪实化语体。"民间形式的利用，始终是教育问题，宣传问题"，④ 这表明了 20 世纪三四十年代小说语体形式不仅要求民众能够听得懂，而且还需要使其懂得一番道理，并且起到教化的效果。因此，文学形式与内容的趣味化、娱乐化理当摒弃，而要使得小说"本身必先具备一样背负将来伟大责任的锻炼。改变文学消闲的态度，郑重的写作，抱定宁缺毋滥的见解，以改变阅读界的视听"，⑤ 所谓"伟大责任的锻炼"，主要指的就是形式所能承载的审美教化功能。郭沫若评价自己的小说《豕蹄》是"被火迫出来的'速写'，目的注重在史料的解释和对于现世的讽喻"，⑥ 语体形式倾向大众化，才能起到解释和讽喻的效果。胡风认为速写是"杂文的姊妹"，不诉求语言的优美华丽、含蓄委婉，"不是经过综合或想象"来架构的，而是"一种文艺性的记事"，是对于社会现实"更迅速地更直接地反映，批判"。⑦ "记事"的语体形式自然是朴素无华的，从而才能更直接地反映和批判现实，起到担负"伟大责任"的作用。报告文学的语

　　① 沈从文：《入伍后》，载《沈从文全集》第 1 卷，北岳文艺出版社 2009 年版，第 248 页。

　　② 沈从文：《〈月下小景〉题记》，现代书局 1933 年版，第 1 页。

　　③ 上官筝、楚天阔等：《小说的内容形式问题》，《国民杂志》1942 年 10 月号。

　　④ 郭沫若：《"民族形式"商兑》，《大公报》（重庆）1940 年 6 月 9—10 日。

　　⑤ 上官筝、楚天阔等：《小说的内容形式问题》，《国民杂志》1942 年 10 月号。

　　⑥ 郭沫若：《从典型说起》，《质文》1936 年 10 月 10 日第 2 卷第 1 期。

　　⑦ 胡风：《关于速写及其他》，《文学》1935 年 2 月 1 日第 4 卷 2 号。

体首先要具有"信度"："当以信实为前提，不可铅华虚浮。"① 然后要具有"力度"："文字都较简省，但意蕴深邃，精警透辟，启人三思。这种语言表现出一种大当量的力度。"② 无论信度还是大当量的力度，其语体形式最适于承载当时发生的社会内容。如茅盾说："抗战初期，'报告'盛行一时，火线上士兵的英勇壮烈，战地民众的见义勇为，敌人的野蛮熊抱，这都是当时最主要的描写对象。"③ 场面叙述的真实感人恰与纪实化的语体形式相一致，丘东平、孙犁等作家的报告文学体小说堪为代表，如孙犁的《麦收》：

> 前方发生了一场保卫麦收的战斗。战斗结束了，抬伤员的担架下来了——
>
> 还空着一副担架。她们回来，路过二梅家地边，爷爷正靠在一个抽了牛的大麦个子上等候，他担心他的孩子，眼望着东边的路。二梅说笑着回来了，看见爷爷，她说："把麦个子放在担架上，我们给你抬回去！"
>
> 第一副担架上是指导员，第二副是通讯员，第三副是重机枪，第四副是麦子。④

这段富有信度和力度的话语真实地勾勒出肩负战争和生活重任的人民形象，凸显了"伟大责任"的时代意旨，十分契合此一时期合理性的审美图式："一种历史的必然的方向的认识，一种对于光明的未来的向往和为争取它的实现的斗争的热情。"⑤

---

① 丁晓原：《报告文学的语言特征》，《镇江师专学报》（社会科学版）1993 年第 3 期。

② 丁晓原：《报告文学的语言特征》，《镇江师专学报》（社会科学版）1993 年第 3 期。

③ 茅盾：《对于文坛的一种风气的看法》，《青年文艺》1945 年 2 月 15 日第 1 卷第 6 期。

④ 孙犁：《麦收》，《解放日报》1945 年 7 月。

⑤ 石怀池：《东平小论》，《希望》1946 年 7 月第 2 集第 3 期。

第 五 章

·┼·┼·┼·┼·┼·

现代小说文体互渗
现象与文化意蕴

五四以来，传统或现代文体与新小说互渗融合，生成了形式多样的小说文本，比如书信体、日记体、速写体、评书体、报告文学体小说等，它们与同时期的文体互渗批评话语一道构建了现代小说的丰富样式，彰显了中国现代文学每一时段的社会内容和精神文化，赋予了中国新文学以全新的历史意义和美学价值。

第一节 和合文化与"中和"文体

"和合"是中国诗性文化传统的重要质素，源于中国人的宇宙观和认识论。庄子认为："有人，天也；有天，亦天也。人与天一也。"① 《中庸》云："中也者，天下之大本也；和也者，天下之达道也。致中和，天地位焉，万物育焉。"② 即世间万物唯有达向中和一致的平衡境界才能育化繁衍。其表现在社会生活方面，则以伦理和心理的平衡为目的，主体的外部经历与内部体验往往呈现为一种圆形图式。"和合"诗性观影响了文体形式的生成和新变，如中国古代诗画追求诗中有画、画中有诗之境，中国古代小说以近史而有价，言称《水浒》像《左传》《史记》等，中国现代小

---

① （战国）庄子：《山木》，载王先谦校注《庄子》，上海古籍出版社 2009 年版，第 199 页。

② （西汉）戴圣：《礼记》，安徽文艺出版社 2008 年版，第 35 页。

说的文体互渗情形显然也受到"和合"诗性观的影响。

首先，是现代小说语体的"中和"风格。20世纪初，公奴在《金陵卖书记》中认为小说之所以不够畅销，其原因在于"小说体裁多不合也"，若要小说趋向精妙，则必须和合"词章之精神"，若无词章之学，"究不能显难显之情"。①其意是指词章合入小说而有特别的意蕴，"小说者，实举想也、梦也、讲也、剧也、画也，合一炉而冶之者也"②，新小说只有"合"多种语体（想象、梦境、讲说、戏剧、绘画）才能生长繁荣。姚鹏图在《论白话小说》中举例古代《四库》所持和合之法则："盖体非严整，则著书者易于为功；言杂庄谐，则读书者乐于终卷"，以此说明白话小说必须言文一致，"文字改为浅近，言语改为高等，以两相凑合"。③即语体层面追求"凑合"，新小说才能获得崭新的生命活力和审美质素。由此可见，中国现代文学发生期的小说语体往往诉求以"合"为贵，其本质上则合乎中国传统文学的诗性精神，这也能从新文学作家探讨中外小说的体裁分类情况方面加以佐证。周作人认为"日本新文学便是不求调和"，④"泰西事事物物，各有本名，分门别类，不苟假借。即以小说而论，各种体裁，各有别名，不得仅以形容字别之也"，⑤而中国小说体裁分类比较模糊，因为它们是和"历史以及伦理与宗教作品混在一起的"⑥。比如短篇小说，也只不过是"于'小说'之上，增'短篇'二字以形容之，而西人则各类皆有专名。如 Romance，Novelette，Story，Tale，Fable 等皆

---

① 公奴：《金陵卖书记》，载陈平原、夏晓虹编《二十世纪中国小说理论资料》第1卷，北京大学出版社1997年版，第65页。
② 楚卿：《论文学上小说之位置》，《新小说》1903年第7号。
③ 姚鹏图：《论白话小说》，《广益丛报》1905年第65号。
④ 周作人：《日本近三十年小说之发达》，《新青年》1918年7月第5卷第1号。
⑤ 周作人：《日本近三十年小说之发达》，《新青年》1918年7月第5卷第1号。
⑥ ［美］勃克夫人（赛珍珠）：《东方，西方与小说》，小延译，《现代》1933年3月1日第2卷第5期。

是也"①。中国现代短篇小说若要发展，"宜兼收并蓄，弗宜专持一体"，②并期待长篇小说"更为和合而有力"③。

其次，是现代小说题材的"中和"特征。20 世纪初，蛮认为："小说中非但不拒时文，即一切谣俗之猥琐，闺房之诨，樵夫牧竖之歌谚，亦与四部三藏鸿文秘典，同收笔端，以供馔箸之资料。而宇宙万有之运于炉锤者，更无论矣。"④ 进而比照了新旧小说题材的意趣倾向："旧小说，文学的也；新小说，以文学的而兼科学的。旧小说，常理的也；新小说，以常理的而兼哲理的。"⑤ 以此凸显新小说题材的"和合"内涵。由题材内容的"和合"延伸到创作主体观念的"和合"，从主客体之关系层面来强化新小说的"和合"意蕴，如成之认为"主观的文学，易流于直率；而客观的则多婉曲。主观的文学，每失之简单；而客观的则多复杂也。故其最妙者，莫若合主、客观而一也"⑥。即创作主体应当把握好主客观之度，唯有和合，方显其妙。

现代作家王任叔认为师陀的一些短篇小说文体"正同大自然相配合，是极其芜杂与凌乱的。爱好自然的美，也许在他那芜杂与凌乱：长松与荆刺，野花与篱槿，细草与苔痕，并未经过人的编排而深得自然的'和谐'"。⑦ 因此，阅读现代小说文本，能充分感受到文体形式和文学内容之间交互相融的"和合"之美。

第二节　民间精神与"童化"形态

中国小说的发生离不开民间精神，"它从一开始就表达出对人

---

① 紫英：《新庵谐译》，《月月小说》1907 年第 1 年第 5 号。
② 许与澄：《致〈小说月报〉编者书》，《小说月报》1915 年第 6 卷第 12 号。
③ 张舍我：《短篇小说泛论》，《申报·自由谈》1921 年 1 月 9 日。
④ 蛮：《小说小话》，《小说林》1907 年第 1 期。
⑤ 蛮：《小说小话》，《小说林》1907 年第 1 期。
⑥ 成之：《小说丛话》，《中华小说界》1914 年第 8 期。
⑦ 王任叔：《评〈谷〉及其它》，《文学》1937 年 8 月 1 日第 9 卷第 2 期。

生的关注，对民间生存样态的关注，对积极生存态度的肯定"①。
五四以来，现代知识分子同样深入民间，胡适认为"一切新文学
的来源都在民间"②。废名、王统照、老舍、萧红、沈从文、艾芜、
路翎、赵树理等现代作家作品中的民间文化审美形态气象万千、
生机盎然，而文体互渗现象是文学审美形态的重要一极，体现了
"由民间文化到民间审美表现之间的符号及形式生成关系"，③ 因
此，现代小说发生期的"童化"文体形态正是民间文化精神滋养
的结果。

　　废名称得上是现代作家中最亲近民间精神的一位，其小说的
"童化"文体形态最为丰盈。作家自述："记得小时我在家里每每
喜欢偷偷地把和尚或道士法坛上的锣或鼓轻轻地敲打一下，声音
一发作，我自己不亦乐乎又偷偷地跑了，和尚或道士，他们正在
休息，似乎也乐得这个淘气的空气，并不以为怎么'犯法'，这个
淘气的空气很有点像我在北平看小孩们淌河，听蛙鼓一声两声。
总之北平总是近乎素朴这一方面。"④《教训》中也述及"喜欢打
锣"。⑤ 锣鼓是中国民间文艺形式的一种，是生命力、情感力和自
由力的象征，这成为作家恒久的抒写资源，如散文《打锣的故
事》、诗化小说《竹林的故事》《桃园》《桥》等。《竹林的故事》
中有一段插入语："三姑娘不上街看灯，然而当年背在爸爸的背上
是看过了多少次的，所以听了敲在城里响在城外的锣鼓，都能够
在记忆中画出是怎样的情景来。"⑥ 三姑娘心中的锣鼓不仅是她记
忆中的儿童光线，更是她的生命光线。除了民间锣鼓精神，民俗
的自在性也影响了废名小说文体的"童化"形态。废名的故乡黄

---

① 曹斌：《中国小说民间精神管窥》，《文艺争鸣》2005 年第 5 期。
② 胡适：《胡适诗话》，四川文艺出版社 1991 年版，第 281 页。
③ 王光东：《20 世纪中国文学与民间文化》，复旦大学出版社 2007 年版，第 3 页。
④ 废名：《北平通信》，《宇宙风》1936 年 6 月 11 日第 19 期。
⑤ 废名：《教训》，载陈振国编《冯文炳研究资料》，知识产权出版社 2010 年版，
第 351 页。
⑥ 冯文炳：《竹林的故事》，《语丝》1925 年 2 月 16 日第 14 期。

梅是山歌渔曲之乡，民间风物与黄梅山水融合而成的自在风情是废名的生命之源。他说："外家在距离二里的乡村，十岁以前，乃合于陶渊明的'怀良辰以孤往'，而成就了二十年后的文学事业。"① 徜徉于自然山水间，"冬天里看人家'报日'，看人家抬花轿，都在这沙滩上。对于我影响最深的，一是外家，一是这位姆母家（小说《浣衣母》原型，笔者注）"②。废名曾题诗赠友："小桥城外走沙滩，至今犹当画桥看。最喜高低河过岸，一里半路岳家湾。"③ 岳家湾即外家，小桥、沙滩、高低河也实有其地，这些民间风物定格为废名内心深处永恒的"画桥"，从而以"童化"形态呈现于文学作品中。

　　冰心早期小说文体的"童化"形态也很明显，其指涉了冰心浸染的自在民间精神。冰心说："环境把童年的我，造成一个'野孩子'"，"我喜欢爽快，坦白，自然的交往"。④ 变野的因素除了"金盆似的朝日、银盘似的月亮"⑤ 等自然山水的诱惑之外，还有民间文艺自适精神的熏陶，"刮风下雨，我出不去的时候，便缠着母亲或奶娘，请她们说故事。把'老虎姨'、'蛇郎'、'牛郎织女'、'梁山伯祝英台'等都听完之后，我又不肯安分了"⑥。故乡的儿歌民谣及泰戈尔的民歌体诗歌等民间文学与自然山水一道促成了冰心小说的"童化"文体形态。冰心并不认为自己书写的儿童题材只适合于儿童阅读，她说："我曾描写过儿童的作品，如《离家的一年》、《寂寞》，但那是写儿童的事情给大人看的，不是为儿童而写的。"⑦ 言下之意，作品虽然以儿童视角叙事，并萦绕

---

　　① 废名：《黄梅初级中学同学录序三篇·之三》，《大公报·星期文艺》1936 年 11 月 17 日。

　　② 废名：《散文》，载陈振国编《冯文炳研究资料》，知识产权出版社 2010 年版，第 101 页。

　　③ 废名：《散文》，载陈振国编《冯文炳研究资料》，知识产权出版社 2010 年版，第 101 页。

　　④ 冰心：《我的童年·一》，《中央日报》副刊（重庆）1942 年 4 月 6 日。

　　⑤ 冰心：《海恋》，载《冰心选集》第 2 卷，河北教育出版社 1992 年版，第 225 页。

　　⑥ 冰心：《冰心小说集》，开明书店 1947 年版，第 4 页。

　　⑦ 冰心：《我是怎样被推进儿童文学作家队伍里去的》，载范伯群编《冰心研究资料》，知识产权出版社 2009 年版，第 147 页。

着幻想式的诗意情愫，但其折射的却是成年情怀，因此冰心的小说往往属于"童化"而非"童话"。

叶圣陶的"童话"更倾向于"童化"，"像小说一样，对于社会现象有个精细的分析；虽然还保存着童话的形式，却具有小说的内容，它们是介于童话和小说之间的一种文学作品，而且带有浓烈的灰色的成人的悲哀"①。"成人式的悲哀"折射了叶圣陶童话体小说的民间叙事模式——惩恶扬善的二元结构。他对民间体认如此："文艺家还当居于乡僻之区，贫民之窟。愚昧和贫苦一样是不幸的事，我们的伴侣陷于其中，当然最先要帮助他们一跃而起，离去这不幸的魔窟。他们虽然不幸，但也具有人类极高美的根荄——爱好唱歌。文艺家领受了他们的期求，创作很好的歌给他们唱，使他们的叫喊化为乐律，哭泣转成笑声。"② 叶氏童话被赋予"叫喊化为乐律，哭泣转成笑声"的理想主义色彩，因此呈现出"童化"而非"童话"的意义。如《燕子》揭示人间的残忍、《鲤鱼的遇险》揭示同类的相残、《克宜的经历》揭示都市的罪恶。作家"努力把人生描写成童话一样的理想世界，自己也想沉浸在这种梦境里"③，然而"隐藏在童话里的这个'悲哀'的分子，也与柴霍甫在他短篇小说和戏曲里所隐藏的一样，渐渐的，一天天的浓厚而且增加重要"④。

第三节 时间价值与"现代"格调

20世纪的中国文学在很大程度上是借助于西方的现代性契机

---

① 贺玉波：《叶绍钧的童话》，载《现代中国作家论》第1卷，大光书局1936年版，第180页。

② 叶圣陶：《文艺谈·二十九》，《晨报》1921年5月15日。

③ 蒋风：《试论叶圣陶的童话创作》，载刘增人、冯光廉编《叶圣陶研究资料》，十月文艺出版社1988年版，第485—486页。

④ 郑振铎：《稻草人·序》，载刘增人、冯光廉编《叶圣陶研究资料》，十月文艺出版社1988年版，第368页。

而得以转型的，这在很大程度上是"一种新的时代意识"① 的启蒙需要，具体则表现为时间价值的诉求。李大钊的《青春》、鲁迅的《现在的屠杀者》，以及胡适批判"古文"的一些文章，都很明确地把历史、社会和人性理解为某种"历时性"发展的产物，并以时间范畴来界定何谓"现代"，所谓"少年中国"和"老中国"、"青春的种族"和"白首的种族"，以及语言则有"活语言"和"死语言"等。在时间价值的现代语境下涌现了新文学、新小说、新戏剧、新诗歌等众多名目，其中，新小说因为"文体互渗"的现代性诉求而最为璀璨夺目，以至于 20 世纪成为"小说的世纪"②。

　　五四时期，刘半农认为诗歌与小说等文学语体在现代精神追求上具有一致性，"诗与小说仅于形式上异其趋向，骨底仍是一而二，二而一，即诗与小说而外，一切确有文学的价值之作物，似亦未必不可以此等思想绳之"③。正是时间价值诉求于白话语体方催生了此一时期书信体、日记体、诗歌体、童话体和散文体小说的兴盛，它们深受欧美小说的影响，采取"西洋短篇小说里显而易见的一点特别布局法"④。"布局法"即文体形式中的结构，它之所以受到现代作家的青睐，本质上缘于理性自觉的现代意识。郁达夫认为小说的结构是"指这一时候的小说家的活动而言"⑤，它是小说的形式要素，是小说各部分之间的内部组织构造和外在表

---

　　① "一种新的时代意识"语出哈贝马斯。哈贝马斯特别强调"现代"与"古代"的联系，将"现代"界定为"一种新的时代意识"，"一种与古典性的过去息息相关的时代意识"，这种新的时代意识是"通过更新其与古代的关系而形成自身的"，是"一个从旧到新的变化的结果"（见［德］尤尔根·哈贝马斯《论现代性》，载王岳川、尚水编《后现代主义文化与美学》，北京大学出版社 1992 年版，第 9—10 页）。福柯认为："人们是否能把现代性看作一种态度而不是历史的一个分期。我说的态度是指对于现实性的一种关系方式：一些人所作是自愿选择，一种思考和感觉的方式，一种行动、行为的方式。"见［法］米歇尔·福柯《何为启蒙》，载杜小真编《福柯集》，上海远东出版社 1998 年版，第 534 页。

　　② 郁达夫：《小说论》，光华书局 1926 年版，第 7 页。

　　③ 刘半农：《诗与小说精神上之革新》，《新青年》1917 年 7 月第 3 卷第 5 号。

　　④ 沈雁冰：《自然主义与中国现代小说》，《小说月报》1922 年 7 月 10 日第 13 卷第 7 期。

　　⑤ 郁达夫：《小说论》，光华书局 1926 年版，第 46 页。

现形态，能见出人的理性自觉，即赵景深所谓小说结构能折射出"这事实是如何经过有机组织"①的情形。因此契机，这一时期出现了关于短篇小说结构"程度深浅"的讨论。周作人说："内容上必要有悲欢离合，结构上必要有葛藤，极点与收场，才得谓之小说：这种意见，正如十七世纪的戏曲的三一律，已经是过去的东西了。"②言下之意，作为现代短篇小说的形式要素——空间结构（情调氛围）是必需的，但也逐渐成为过去时。现代批评家赵景深认为郭沫若的小说《橄榄》、郁达夫的小说《茑萝行》和王以仁的小说《孤雁》等都是随便写下去的，"事实上的结构固然没有，情调却依然是统一的，所以仍旧是有结构了"③。总之，自五四时期至30年代初，现代小说在文体类型上较为一致，即比较倾向于空间（情调）而非时间（事实）的叙述结构，然而到了30年代后期，现代小说则强调后者——时间（事实）的叙述结构。

20世纪40年代，随着时代意识的骤然强化（战时环境），"时间"结构的现代叙事尤甚，只要"立脚于现实的基础上，抓住人生的一个片断，革命也好，恋爱也好，爽快的一刀切下去，将所要显示的清晰地显示出来，不含糊，也不容读者有呼吸的余裕"，④它的任务就算是完成了。这种理性自觉标志了战时环境下的某种"合理性"趋向，从而使以场面叙事为特征的速写文体成为30年代后期小说创作的一时之兴。冯雪峰在《关于新的小说的诞生》中肯定了丁玲的速写体小说《水》，认为"在《水》里面，不是一个或二个主人公，而是一大群的大众，不是个人的心理的分析，而是集体的行动的展开（这二点，当然和题材有关系），它的人物不是孤立的，固定的，而是全体中相互影响的，发展的"。⑤所谓"集体的行动的展开"指的就是在时间轴上显示"场面"的感染力量，以发挥宣传教育的合理性效果。于是，现代小说由空间结构

① 赵景深：《短篇小说的结构》，《文学周报》1927年9月25日第283期。
② 周作人：《〈晚间的来客〉译后附记》，《新青年》1920年4月第7卷第5号。
③ 赵景深：《短篇小说的结构》，《文学周报》1927年9月25日第283期。
④ 叶灵凤：《谈现代的短篇小说》，《文艺》1936年4月15日第1卷第6期。
⑤ 冯雪峰：《关于新的小说的诞生》，《北斗》1932年1月20日第2卷第1期。

和情调结构陡然转变到时间结构和事实结构上来。

　　现代小说的时间结构和事实结构主要是由大众化语言彰显和承载的。20 世纪三四十年代，语言的大众化和通俗化讨论风起云涌，小说文体的实验花样百出（速写、报告、政论、评书、电影等文体形式融入小说）。郑伯奇可以成为其中的代表，他曾发表多篇文章以探讨小说的语言形式与民众之关系问题。在《通俗小说和民话》一文中考察了"民话"之于新小说的重要性；① 在《通俗小说的形式问题》一文中探讨了"说话体"之于新小说的重要性；② 在《小说的将来》一文中设想了"播音小说"的功能，肯定了"肉声的言语"之于新小说的重要性，认为"小说不能仅仅停留在印刷的言语艺术这一境界是必然的趋势"，而应恢复"言语艺术和肉声的言语是不应该分离的"这一本真面貌。③ 可以说，只有到了30 年代的左翼文坛，这种"肉声的言语"才既合乎大众化潮流而又不失其现代性品格。正如文学史家吴福辉所言："综观三十年代对小说现代性的追求，其重要特征之一，便是受到左翼文化的强有力的渗透。"④ 大众化潮流下的现代性诉求一直持续到 40 年代，具体表现为小说语言形式问题的大讨论，如艾芜⑤、上官筝等⑥、欧阳山⑦、吴组缃⑧、沈从文⑨、郭沫若⑩、姚雪垠⑪、周扬⑫、孙

---

① 郑伯奇：《通俗小说和民话》，《新小说》1935 年 5 月 15 日第 1 卷第 4 期。

② 郑伯奇：《通俗小说的形式问题》，《新小说》1935 年 5 月 15 日第 1 卷第 4 期。

③ 郑伯奇：《小说的将来》，《新小说》1935 年 6 月 15 日第 1 卷第 5 期。

④ 吴福辉：《二十世纪中国小说理论资料·前言》，北京大学出版社 1997 年版，第 6 页。

⑤ 艾芜、绀弩等：《文学创作上的言语运用问题》，《文化杂志》1942 年 1 月 15 日第 1 卷第 5 号。

⑥ 上官筝、楚天阔等：《小说的内容形式问题》，《国民杂志》1942 年 10 月号。

⑦ 欧阳山：《我写大众小说的经过》，《抗战文艺》1941 年 1 月 1 日第 7 卷第 1 期。

⑧ 吴组缃：《文字永远追不上语言》，载钱理群编《二十世纪中国小说理论资料》第 4 卷，北京大学出版社 1997 年版，第 136 页。

⑨ 沈从文：《短篇小说》，《国文月刊》1942 年 4 月 16 日第 18 期。

⑩ 郭沫若：《略论文学的语言》，《文坛》1943 年 4 月 30 日第 2 卷第 2 号。

⑪ 姚雪垠：《抗战文学的语言问题》，《大时代文艺丛书》1943 年 6 月第 2 集。

⑫ 周扬：《论赵树理的创作》，《解放日报》1946 年 8 月 26 日。

犁①、朱自清②、赵树理③等作家关于小说语言形式问题的个性化探讨，促使现代小说时间和事实结构的"现代"格调愈加突出。

综上所述，中国现代小说文体互渗现象蕴含着复杂的文化精神内容，其主要源于传统文化与现代精神的合力。

在中国现代小说发生期，由于新旧转型和青春忧郁的历史契机，现代小说更多地彰显了传统文化与民间精神的质素，从而在形式方面倾向于"中和"与"童化"的文体形态，其标志了现代小说的一种"诗性"维度，④ 这主要归咎于现代作家潜在的传统情结和诗性观念。

鲁迅认为："中国人，所擅长的是所谓'中庸'，于是终于佛有释藏，道有道藏，不论是非，一齐存在。"⑤ 鲁迅虽然对中庸之道持以批判姿态，但中庸之"和"却浸润了鲁迅的小说文体，其小说接续了中国诗歌的抒情传统，"如果要在中国旧文学中追溯它们的根源，那么，这根源不在于古代中国散文而在于诗歌"，⑥ 因而鲁迅小说具有浓郁的诗性"和合"特征，如《社戏》《故乡》等篇。郭沫若认为"和谐，是诗的语言的生命"。⑦ 叶绍钧认为小说"要使质和形都是和谐自由的"。⑧ 庐隐说："因感情的节调，而成一种和谐的美。"⑨ 李广田屡次强调现代小说应该具备某种情调，而且要追求"情调谐和"，"所有字句、语气、内容与形式，都在一种'一致'中写出来"。⑩ 李健吾认为"一个伟大的作家，企求

---

① 孙犁：《说书》，载《孙犁文集》第 4 卷，百花文艺出版社 1982 年版。

② 朱自清：《论雅俗共赏》，观察社 1948 年版。

③ 赵树理：《也算经验》，《人民日报》1949 年 6 月 26 日。

④ 王爱军：《"诗性"之维：论五四小说的"文体互渗"现象》，《青海社会科学》2016 年第 3 期。

⑤ 唐俟（鲁迅）：《关于〈小说世界〉》，《晨报副镌》1923 年 1 月 15 日。

⑥ ［捷克］雅罗斯拉夫·普实克：《普实克中国现代文学论文集》，湖南文艺出版社 1986 年版，第 59 页。

⑦ 郭沫若：《略论文学的语言》，《文坛》1943 年 4 月 30 日第 2 卷第 2 期。

⑧ 叶绍钧：《创作的要素》，《小说月报》1921 年 7 月 12 卷 7 号。

⑨ 卢隐女士：《创作的我见》，《小说月报》1921 年 7 月 12 卷 7 号。

⑩ 李广田：《论情调》，《文讯》1948 年 2 月 15 日第 8 卷第 2 期。

的不是辞藻的效果，而是万象毕呈的完整的谐和"。① 诗人唐湜尤其认同汪曾祺的小说叙事，"没有解释，没有说明，没有强调、对照的反拨，参差，绝对的写实，也是圆到融汇的象征"，并且在情感的调节上也是"归于中和"，亦如中国传统的哲学观念。② 一言之，传统文化的"和合"观念成就了鲁迅、叶绍钧、李健吾、汪曾祺等小说创作的文体样式和审美风貌。

在现代小说发展期，因为体裁日益成熟，再加上号召启蒙救亡的时代氛围，现代小说文体更加诉求于形式的新变及如何更好地表达社会内容，因而时间价值的现代品格得以凸显，总体上标志了一种"合理性"旨归，③ 诸如此一时期的速写体小说和报告文学体小说等。

郁达夫说："在战时，行动高于一切，步骤要快，时间要速，而效果要大。所以非但作者没有了推敲的余裕，就是读者也决没有焚香静坐，细读一部平面大小说的闲暇。"④ 郁氏观点具有代表性，揭示了此一时期小说创作理应恪守的时间维度，具体表现在两个方面：一是封闭式结构的外部时间，即作家创作和读者阅读的时间；二是封闭式结构的内部时间，即题材内容在过去、当下与未来的历时链条上的行进时间。前者指向 20 世纪三四十年代流行于文坛的速写体小说，如张天翼《华威先生》、沙汀《航线》、丁玲《水》、吴组缃《一千八百担》、叶圣陶《多收了三五斗》、罗洪《群像》、魏金枝《留下镇上的黄昏》、葛琴《总退却》、周文《雪地》等。胡风于 30 年代中期指出："在对于瞬息万变的社会现象之有警惕性的正确认识和事故的发生同时被要求着的现状

---

① 李健吾：《九十九度中》，《大公报·文艺》1935 年 8 月 18 日。

② 唐湜：《虔诚的纳蕤思——谈汪曾祺的小说》，载《新意度集》，生活·读书·新知三联书店 1990 年版，第 141 页。

③ 王爱军：《论 20 世纪三四十年代小说中的文体互渗现象》，《中国现代文学研究丛刊》2018 年第 9 期。

④ 郁达夫：《战时的小说》，《自由中国》1938 年 6 月 20 日第 1 卷 3 号。

下面"，速写"能够把变动的日常事故更迅速地更直接地反映，批判"。① 及时迅速地反映和批判日常以实现人们对于自身理性充分确信的书写目标。后者指向报告文学体小说和评书体小说，如欧阳山创作的《三水两农夫》《好邻居》《抗到底》《流血纪念章》等报告文学体小说，即在过去与现在的历时链条中传递了战时乐观主义精神，迎合了民众"认识生活比过去的任何时候更为迫切"② 的战时需要。沙汀的报告文学体小说《敌后锁记》本着"印象新鲜的时候动笔"③ 的原则，追求故事的明晰性和结构的完整性。邵荃麟的报告文学体小说《英雄》题记中论及小说结构的时间价值："新和旧的意识，正在他们生活中间进行搏斗。这种新的意识随着历史与社会生活的变化，逐渐渗入于人民日常生活，在这中间，带给他们的诞生新的英雄的因素。纵然这些因素极其稀薄，多半还是不自觉的，甚至是一瞬即逝的，但这正是至可珍贵的民族新生的曙光，我们从这曙光中，才能现实地去瞭望我们的未来。"④ 其小说结构正是在过去（旧的意识）——现在（新的英雄）——未来（新生的曙光）的时间链条上呈现了某种合乎历史必然性的社会图式。

一言之，中国现代小说文体与文化精神交互缠绕，传统文化（和合与民间）与现代精神（时间价值）随着时代变迁而发生位移产生合力，从而促使中国现代小说出现相应的"文体互渗"形式并赋予其全新的意义。

①　胡风：《关于速写及其他》，《文学》1935 年 2 月 1 日第 4 卷 2 号。
②　欧阳山：《我写大众小说的经过》，《抗战文艺》1941 年 1 月 1 日第 7 卷第 1 期。
③　沙汀：《这三年来我的创作活动》，《抗战文艺》1941 年 1 月 1 日第 7 卷第 1 期。
④　邵荃麟：《〈英雄〉题记》，《野草》1942 年 5 月 15 日第 4 卷第 1、2 期。

第 六 章

现代小说文体互渗
现象与文体审美

中国现代小说文体互渗现象表征了小说的"杂"文学特质。小说自诞生起就与书信、日记、诗歌、传记、散文、诗歌、戏剧等文体有着裙带关系，并在趋于小说本体性面貌的过程中显露出新质。同时，中国现代小说文体互渗现象从学理上丰富了文学文体学和文化文体学的价值内涵，把前者的审美形式价值与后者的文化形态价值有效地连缀在一起，标志了小说文体的文化审美特征及其意义。

第一节　小说杂质与文体变异

关于小说的起源，理应明确一个事实，即小说形成独立文体的时段和状态，以及小说成为独立文体之前的形态，"也就是小说前形态过渡到小说形态的过渡形式"，[①] 本文称为小说前形态和小说形态。而无论是前形态还是形态，皆呈现出小说内容的"杂"及其形式的"杂"质特征。

小说前形态表征为故事，此乃小说的源头。"谈论故事，正是小说的起源"，[②] 即小说的文体特征即是叙事，而这些被谈论的故

---

①　李剑国：《小说的起源与小说独立文体的形成》，《锦州师范学院学报》2001 年第 3 期。

②　鲁迅：《鲁迅全集》第 8 卷，人民文学出版社 1982 年版，第 315 页。

事由书记载下来，那么这些书就是小说的起源点，但书不是小说，只有这些"故事"取得独立地位后才能形成小说。关于小说前形态的说法很多，诸如"秘书"说①、"史记"说②、"稗官"说③，等等。以题材类型划分，"故事"大致分为"神话传说、地理博物传说、宗教迷信故事、历史遗闻、人物逸事"④ 五种。由此观之，神话、传说、地理、博物、宗教、迷信、逸闻、人物等皆能构成小说的题材内容，可见小说叙事内容的"杂"质特征。

小说叙事形式的"杂"可从"故事"向小说独立文体的转型中观之。战国时期出现了《伊尹说》《鬻子说》《务成子》《黄帝说》等准小说，由于叙事幼稚和体制不纯的文体形式，所以不算是小说的真正起点。秦汉时期，史说分化促进了各类小说文体的形成和完善。汉代"史传"向小说的转型主要有三类情形：一是半转化，史体体例和异闻遗事内容，史书与小说特征兼而有之，如《越绝书》《吴越春秋》等；二是完全转化，情节结构完整，想象虚构明显，记叙描写突出，如《赵飞燕外传》《燕丹子》等；三是以幻想为主体的志怪小说，如《汉武帝别国洞冥记》等。此一时期的小说多以书、传、记、故事、本纪等为名为题，也正标志着小说从史传分化转型的事实。

由此可见，小说形态的形成过程完全标志了小说富有天生的"杂"质特性。随着历史的行进和文体自身的发展，小说的"杂"质特征不仅一路随行，而且还展现出新的面貌，即小说的"文备众体"与小说的"文体互渗"。

小说的"文备众体"是指在文本中以小说文体为主要文体，穿插的其余文体或文体要素只起到叙事、抒情、议论等辅助作用，

---

① （东汉）张衡：《西京赋》，载霍旭东编《历代辞赋鉴赏辞典》，商务印书馆2011年版，第259页。

② 阿英：《晚清文学丛钞·小说戏曲研究卷》，中华书局1960年版，第41页。

③ 班固：《汉书》，上海古籍出版社1986年版，第531页。

④ 李剑国：《小说的起源与小说独立文体的形成》，《锦州师范学院学报》2001年第3期。

穿插的这些文学或非文学成分仅对小说文体发生部分影响，并未产生新的文本结构，因而主导性文体依然是小说。比如穿插诗词者可称为小说的诗化，穿插议论者可称为小说的杂文化，等等。唐传奇故事内容精彩动人，文体形式互渗融合众体之长："唐之举人，先藉当世显人，以姓名达之主司，然后以所业投献，逾数日又投，谓之温卷，如《幽怪录》、《传奇》等皆是也。盖此等文备众体，可以见史才、诗笔、议论。"[①] 史才、诗笔和议论等体式穿插融入唐传奇，从而丰富了此一时期小说的文体面貌，而所谓"'史才'就是用史家写传记的笔法写小说，'诗笔'就是在叙事文学中融合诗歌，'议论'则只是'史才'的一个组成部分，模拟《左传》的君子曰、《史记》的太史公曰"，[②] 构建了唐代传奇小说"文备众体"的繁盛格局。当然，能真正做到"史才""诗笔""议论"兼而有之并非易事，一般都有所侧重，或偏重史才，或偏重诗笔。偏重诗笔的小说家，他们的作品往往有着比较高的文学色彩和艺术水平，除了唐代的《幽怪录》《传奇》等，唐以后的《宋代传奇集》《三国演义》《水浒传》《西游记》《金瓶梅》《儒林外史》等皆是"文备众体"之作，它们较多地偏重于诗笔，可谓之小说的诗化现象。

小说的"文体互渗"指的是文本中的另一种主要文体与小说相互借鉴、渗透与融合，在整体上影响着小说并产生新的文本结构，表达了创作主体独特的人生经验、心灵情感和审美创造力，折射出特定时代的文化精神与审美趋向，其中的主导性文体依然还是小说。诗歌的意境融入小说则称为诗意体小说，散文的形神融入小说则称为散文体小说，日记的语格融入小说则称为日记体小说，书信的倾诉倾听融入小说则称为书信体小说，评书的程式融入小说则称为评书体小说，等等。以诗意体小说为例，小说的叙事与诗歌的抒情相互借鉴和融合，小说便具有了诗歌的抒情性，

① 赵彦卫：《云麓漫钞》，中华书局1996年版，第135页。
② 程毅中：《文备众体的唐代传奇》，中共中央党校出版社1994年版，第80页。

文采斐然，意境优美，韵味无穷。即"小说的诗意，是艺术化、审美化了的寓意。如果作家对人生有了某种独到的领悟，把它寄托在小说中，而又能同小说的叙述内容协调、融洽，小说便可能有了诗意"，① 这从古典小说《红楼梦》中可以见出。《红楼梦》诗意葱茏，是一部完全诗化的小说，② 它不仅成功地将诗体杂糅于其中，而且还运用诗歌的手法结构全篇，将自己深沉的情感融入其中，具有较浓的主观抒情色彩，展现出诗歌的审美意境，"诗人传神造境的手法，以小说家准确而客观的本领，表达了他的伟大崇高的思想哲学"③。因此，《红楼梦》可谓"文体互渗"的典范，具有重要的文体价值和文体学意义。

然而，我国古代小说作品中诸如《红楼梦》这般的"文体互渗"现象并不多见，而更多的是"文备众体"现象，诸如小说文本局部的诗词插入、议论介入、史才植入，等等。究其原因，一方面固然缘于文体自身的发展规律和要求，另一方面大概由于传统观念、文类等级与作者才情所致。文体发展自有其必然性因素，犹如诗词歌赋乃源于个体生命的情感情绪表达需要那般，小说形态的最终成型也是因为情感、心灵、思想表达的需要。因而要突破纯粹的史传模式而确立自身的独立地位，并且要保持这种地位的生命力、清晰度和分界性，就势必既要穿插其他文体以强化"说话"的艺术技巧和体制格式，又要强调"有意为小说"的创作意识。所以，无论是穿插还是互渗，小说终归是小说，即使如《红楼梦》这般的"文体互渗"之作，虽然在某种程度上可以称为一篇抒情诗，但从创作动机和接受角度观之，它依然也是以全知视角讲述的一个"故事"，主导性文体依然是"小说"。与此同时，小说文体在保持自身独立地位的时候又不断地被其他文体"越界"，这着实与传统观念、文类等级、作者才情有关。首先是因为

① 王先霈、张方：《徘徊在诗与历史之间》，长江文艺出版社1987年版，第90页。
② 王芳：《浅谈中国古代小说诗化的两种形态》，《语文学刊》2006年第11期。
③ 周汝昌、周伦苓：《红楼梦与中华文化》，中国工人出版社1989年版，第94页。

我国的"和合"传统文化观。"和合"是中国诗性文化传统的重要质素，源于中国人的宇宙观和认识论，其影响了文体形式的生成和新变。如我国古代诗画追求诗中有画、画中有诗之境，古代小说也是认同作品与史书相合而有价，言称《水浒》像《左传》《史记》等。其次，诗词歌赋等文体插入小说文本所形成的"文备众体"现象，反映了"俗文学"逐渐雅化的发展趋势。作为"俗文学"的小说要想向"雅文学"靠拢，除了在文章内容上要有思想的衔接之外，在语言的运用和技巧的使用上，也要最大限度地采用"雅文学"所采取的形式，以增强小说的艺术表达效果，弥补小说文体"言不尽意"和长篇大论的不足，更有效地与读者发生互动，获得独特的审美体验，从而提升小说的文类地位。[①] 再次，古代小说多"文备众体"而少"文体互渗"亦与作者的才情相关。比如，小说局部可以有诗词穿插，但未必会有整体性的诗意互渗融合，即诗情画意与寓意哲思。这是因为，文体互渗是与作者的文化涵养、文学素养紧密联系在一起的，如果作者没有足够高的诗歌创作或鉴赏水平，是不可能创作出诗文互渗得很好的作品的；而假如作者有着较高水平的感受能力和诗歌能力，他也未必会创作出文体互渗的小说作品，除了会有文类等级观念的影响之外，还会受到全知叙事体制格式的制约，因为"讲故事"是一门艺术。所以，曹雪芹这般既善于以全知视角"讲故事"、同时又能经营"诗意"文体的创作者在我国古代文学界少之又少。

中国现代文学诞生后，小说的叙事形式迎来了全新的面貌，"文备众体"和"文体互渗"兼而有之，尤其后者，在很大程度上刷新并发展了小说的"杂"质特征。相较而言，现代小说有别于传统小说之处在于"文体互渗"胜于"文备众体"。即是说，现代小说与现代文学其他文体相互融合，从而生成新的文本结构和样式，彰显了创作主体独特的生命体验和人生经验，表征了特定时

---

① 谭海娟：《中国古代小说"文备众体"现象研究》，硕士学位论文，扬州大学，2017 年。

代的精神生态与审美诉求。如现代诗意体小说、现代书信体小说、现代童话体小说、现代散文体小说、现代传记体小说、现代速写体小说、现代报告文学体小说、现代评书体小说、现代戏剧体小说，等等。之所以出现诸多的"文体互渗"小说文本，这主要是受到小说叙事视角、创作主体性情及社会时代意识的影响。

叙述视角是指叙述者讲述故事内容的角度，即"主体在叙述时观察和感知故事的角度及所涉及的视域"，① 相同的故事从不同的角度讲述就会呈现不同的面貌，因而也会有不同的意义。因此，叙述视角不仅是小说的修辞格，而且还是故事的重要组成要素，关涉意识形态层面的意义。我国古代小说以第三人称全知叙事为多，"第三人称写作，作一个'全知全能'的作家。这无疑是传统的和'自然的'叙述模式。作者出现在他的作品的旁边，就像一个演讲者伴随着幻灯片或纪录片进行讲解一样"②。全知叙事固然有其优势——在于无所不知，而缺点也较显然——在于掌控性和驾驭力，读者接受具有被动性，因此其叙述缺陷往往表现为叙事的真实可信性受到怀疑。"这种过程的不真实性，往往破坏了故事的幻觉。除非作者本人的风度极为有趣，否则他的介入是不受欢迎的"，③ 即全篇唯作者或叙述人的一种声音，因而留给读者再创造的空间十分有限，读者只有被动地跟着叙事行进，这显然不合乎现代人的接受心理。于是乎，现代小说的第一人称内视角叙事就广受欢迎，其叙述者等同于小说中某个人物形象，凭借人物形象的感知去传递一切，话语的亲历性、亲切性和可信度优越于全知叙事，这正是现代小说叙事方式被广泛接受的原因所在。因此，诗歌、散文、书信、日记、传记等比较倾向于个性化、主情化的文体样式往往就成为现代小说家所热衷的，因为它十分合乎现代

① 陈思羽：《小说叙事视角研究》，博士学位论文，山东大学，2011 年。
② ［美］勒内·韦勒克、奥斯汀·沃伦：《文学原理》，刘象愚译，江苏教育出版社 2005 年版，第 262 页。
③ ［美］苏珊·朗格：《情感与形式》，刘大基、傅志强、周发群译，中国社会科学出版社 1986 年版，第 340 页。

作家主体的个性精神与审美趋向，其叙述者和人物形象常常不分彼此、融为一体。这些文体的形式结构与现代小说文本进行了整体性的互渗融合，而非部分形式特征的穿插补充，于是乎就有了新的文本结构，诞生了文体互渗新文本。甚至有时，由于作者、叙述者和人物形象交织缠绕，主导文体（小说）与互渗文体（诗歌、散文、书信、日记、传记）难分难解，从而造成主导文体的模糊化，如郁达夫的《迟桂花》既像小说又似散文，谢冰莹的《女兵自传》既像小说又如传记，等等。

当然，现代小说并未摒弃全知视角（零视角）叙事，因为这种叙述视角具有自身的优势：视域开阔，适于表现人物众多和矛盾复杂的题材；叙事清晰，阅读轻松而利于读者接受认同；等等。该优越性促成其生命力，当某一阶段的社会时代意识需要被凸显的时候，全知视角（零视角）叙事就能派上用场，尤其是在与速写、报告文学、评书、戏剧等倾向于客观写实的文体结合后能产生一种"讲解"或"演示"的合力，从而发生较大的功利效应。同样的，速写、报告文学、评书、戏剧等样式与现代小说的结合也是在文体的整体形式结构上互渗融合，从而便有了新的文本结构。但也因为虚构形象与客观写实交织缠绕，主导文体（小说）与互渗文体（速写、报告文学、评书、戏剧）难分难解，从而容易造成主导文体的模糊化，如丘东平于20世纪40年代创作的《第七连》《一个连长的战斗遭遇》等，可以小说冠之，也可以视为报告文学。

总之，中国现代小说涌现的文体互渗现象，在很大程度上拓展了小说的边界和文体意识，既标志了小说的天生杂质特征，又昭示了小说文体的包容度、多元化、灵活性和生命力。而这正是其他文学文体样式所不能的，比如诗歌就难以互渗日记等文体，散文难以互渗评书等文体，戏剧也难以互渗速写等文体。当然，小说文体的灵活性也会使得主导文体（小说）与一些互渗文体（散文、传记、速写、报告文学等）难分难解，从而造成文体的模糊性，然而这种模糊性反倒拓宽了文本的阐释空间，彰显了小说文体的生命力。综上所述，中国现代小说文体互渗现象显然参与了现代文体学的建构过程，因而具有相当重要的文体演变与认知意义。

第二节　文体互渗与文化审美

20 世纪 60 年代，文体学与叙事学几乎同时兴盛。由于研究内容和方法的差异，文体学派系繁多。然而，"文体"的概念内涵不外乎两类：一是狭义的文学文体，即语言风格和艺术形式等；二是广义的各种语言变体，即新闻广告语体、影视网络语体、口语书面语体等。狭义文体属于文学文体学的范畴，广义文体则具有文化文体学的属性。卡特和辛普森将现代文体学分为六类："形式文体学、功能文体学、话语文体学、社会历史文化文体学、文学文体学和语言文体学。"① 而"文学文体学"和"社会历史文化文体学"与叙事学的关系比较密切，尤其是前者中的"小说文体学"更是成为叙事学的中心，如罗兰·巴特认为："叙事学对象包括文学、电影、绘画、连环画、社会杂闻以及书面或口头的有声语言、固定或活动的画面手势等，以及它们的混合。"② 然而，叙事学的研究对象终究没有离开文学，诸如小说、神话和民间故事等。既然是文学叙事，它首先就具备了文学文体学的审美形式属性，然而又由于文体互渗的缘故——即书信、日记、传记、速写、报告、绘画、影视、评书等文体渗入现代小说，它便又具备了文化文体学的"意识形态"③ 属性。

---

①　R. Carter, P. Simpson, *Language, Discourse and Literature: An Introductory Reader in Discourse Stylistics*, London and New York: Routledge, 1989, pp. 121 – 136.

②　[法] 罗兰·巴特：《叙事作品解构分析导论》，李幼蒸译，《交际》1966 年第8 期。

③　"意识形态"起初具有哲学属性，是对事物的感观思想，是观念、观点、概念、思想、价值观等要素的总和。它并非人脑固有的意识，而是源于社会存在，受到思维能力、环境、信息（教育、宣传）、价值取向等因素的影响。不同的意识形态对同一种事物的理解和认知也不相同。见 [法] 德斯蒂·德·特拉西《意识形态的要素》（四卷本1801—1805）。特拉西之后，马克思把"意识形态"看作阶级社会中统治阶级的意识形式。见 [德] 马克思、恩格斯《德意志意识形态》，载《马克思恩格斯全集》第3 卷，人民出版社1960 年版，第54 页。

　　小说文体与审美形式关联密切。一般而言，主体与客体之间的关系有四类，即科学的、伦理的、宗教的和审美的。其中，"审美"具有形象的、情感的和无功利的质素和属性。"审美"的表现性体现于形象生动或抽象可感的样式或形式，具有主观性、自由性和差异性，是合规律性与合目的性的统一。如文学、戏剧、影视、音乐、美术、舞蹈等，它们作为"表现形式"带给人们的是审美愉悦和审美体验。既然审美的表现关系专注于对象的"表现形式"，那么就小说这一文学样式而言，其审美对象除了故事内容之外主要就是文体形式，包括小说语言、叙述方式、文本结构和作品风格等。而"故事"并非"小说"，所以，小说作为审美对象主要就是人们对于其文体形式——小说语言、叙事方式、文本结构和作品风格（包括叙述、悬念、陌生化、象征、巧合、讽喻、心理时空等）的审美，而"审美"小说的文体形式实质上在于探寻小说审美意义的本源。①

　　传统研究较为侧向于小说的审美内容，如福斯特的"虚构故事"② 论，劳伦斯的"富有生气的生活之书"③ 观。而现代哲学、语言学的兴起则使得小说的审美意义被重新探讨，例如文学理论家托多洛夫从叙事学角度定义小说为叙述性的文学体裁，即关于叙事作品的科学，叙事学着重于对小说文本叙述结构的探究；语言学家道拉斯·罗宾逊认为小说是"私人的事件在私人声调中的叙述"；④ 现象学家罗曼·英伽登认为小说具有语音、意义、被表现客体和形而上四种属性。⑤ 而叙事学研究使得小说美学进入了现

　　① 田若虹：《艺文论稿》，上海三联书店2006年版，第240页。

　　② ［英］E. M. 福斯特：《小说面面观》，载珀西·卢伯克、爱摩·福斯特、埃德温·缪尔《小说美学经典三种》，方土人、罗婉华译，上海文艺出版社1990年版，第238页。

　　③ ［英］D. H. 劳伦斯：《小说何以重要》，载《劳伦斯文艺随笔》，漓江出版社1991年版，第20页。

　　④ 林骧华：《文艺新科学新方法手册》，上海文艺出版社1987年版，第324页。

　　⑤ ［波兰］罗曼·英伽登：《对文学的艺术作品的认识》，陈燕谷译，中国文联出版公司1988年版，第10页。

代的高度。因此，无论传统观点还是现代理论，皆以文体形式来规定小说的审美意义，诸如虚构、形象、叙述、结构、声调、语音等形式层面。这种"有意味的形式"正是小说异于其他文学艺术样式的审美特征所在，它建构了小说审美的自由性，强化了小说的魅力和生命力，彰显了小说审美形式的价值和意义。然而，由于小说文体与生俱来的"杂"质特征，它总是不能保证自身的纯正与完整，诸如虚构或间以纪实（报告文学的介入）、叙述或间以抒情（诗歌散文的介入）、形象或间以具象（速写传记的介入），等等，此所谓小说文体的附加值——文备众体或文体互渗。文备众体倒也不能撼动小说文体的原有特征，并未在很大程度上冲击了小说原本文体的审美形式，例如小说中插入诗歌、书信、日记或评书等。然而文体互渗则不然，它在极大程度上改变了小说文体的原有特征——于虚构、形象、叙述、结构、声调、语音等形式层面，例如现代诗意体小说、现代书信体小说、现代童话体小说、现代散文体小说、现代传记体小说、现代速写体小说、现代报告文学体小说、现代评书体小说、现代戏剧体小说。其文体互渗或者扩大了小说文体审美形式的价值——使之更自由、更形象、更复杂，即诗歌、戏剧、散文、书信、日记等与小说文体的互渗价值；或者缩小了小说文体审美形式的价值——使之较集中、较具象、较简单，即速写、报告、书信等应用文体的互渗价值。然而，若从小说文体自身发展和历时演变的角度观之，它显然丰富了小说文体的审美内涵，因而具有重要的文体学意义。

文体互渗与文化形态的关系紧密。小说文体在发展演变过程中，自身的审美内涵被不断丰富着，这是文学的审美属性和本然规律使然。然而小说文体的发展变迁也受制于彼时的文化特性："文学既是一种复杂的人文现象和文化现象，又是独特的艺术现象和审美现象；它既植根于广泛的文化结构之中，关联着人类的文化精神、文化心理与文化人格，有普遍的文化品格和文化属性，又依存于特定的语言形态，关联着人类的情感、心智与形象，有

突出的审美品格和审美属性。"① 因此，特定的文化结构网和文化
精神心理影响和制约着文学表达和文体形式，而格调形式又互文
和契合着丰富的文化内容，且形式与内容相互依存并统一于特定
的文化背景和结构之中："其话语活动行为，既维系着主体的心
理——精神结构，也维系着一个广阔的社会文化背景……如果切断
了文学作品的精神文化关联域，把作品仅仅当作封闭孤立的语言
系统，这便是对作品的人类学根源和价值学内涵的忽视，必将使
作品丧失人文意识而转化为文字游戏……"② 然而，形式主义、结
构主义的文学文本研究只注重语言和文本结构的剖析，有意地忽
略了文学的文化属性。文学的文化属性往往凸显着某一时期、某
一民族国别和某一历史空间的群体意识形态内容，韦勒克说："艺
术品的全部意义是不能仅仅以其作者和同时人的看法来界定的。
它是一个积累过程的结果，也即历代的无数读者对此作批评过程
的结果。"③ 文学作品的最后完成者是一个个读者，读者的感情心
理与作品发生情感共鸣，原因即在不同时期或不同国别的读者具
有相同相近的志趣愿望，甚至相似相近的人生经历和历史文化环
境等。因此，我国新时期的文论研究特别着眼于文学的内在规律
和特征，最终的成果是把文学的本质属性归结为"审美"，并与传
统的文学"意识形态本性论"相融，生成了"审美意识形态论"
或"审美意识形式论"。④ 然而无论是"审美意识形态"还是"审
美意识形式"，它皆具文化审美属性，即文学以其超功利性、形象
性、情感性的特征对世界作出审美价值判断，突出表现了人类文
化的审美性。其中，小说的文体互渗现象堪称代表。

　　小说的"文体互渗"是指其他文体与小说文体互渗融合而生

---

① 畅广元：《文学文化学》，辽宁人民出版社2000年版，第98页。

② 畅广元：《文学文化学》，辽宁人民出版社2000年版，第140页。

③ ［美］勒内·韦勒克、奥斯汀·沃伦：《文学理论》，刘象愚译，生活·读书·
新知三联书店1984年版，第35页。

④ 李志宏：《文学本性："审美意识形态"还是"审美意识形式"？》，《文艺理论
与批评》2006年第2期。

成新的文本结构和样式，表征创作主体和特定时代的精神生态和审美诉求，而小说文体依然是主导文体，诸如诗意体小说、散文体小说、书信体小说、日记体小说、戏剧体小说、评书体小说，等等。诗歌、散文、戏剧、童话、日记、书信、史传、评书、速写、影视、报告文学等文学文体或应用文体，其形式特征所饱含的文化意识形态更甚于曾被视为"小道"的小说，这从小说的起源与发展流变中可得以确证。《庄子·外物》曰："夫揭竿累，趣灌渎，守鲵鲋，其于得大鱼难矣；饰小说以干县令，其于大达亦远矣。"[①] 即小说原初是谓琐屑之言和浅识小道。东汉桓谭曰："若其小说家，合丛残小语，近取譬论，以作短书，治身理家，有可观之辞。"[②] 意指小说乃治身理家之短书，而非大道。以此观之，作为"俗文学"的小说自然不比"雅文学"的诗文歌赋等更具文化意义和审美价值，于是小说的自我发展便与传统的"雅文学"有着趋近求同的关系意味，即在内容和形式方面对于诸子散文、史传杂记、诗词评弹等广泛汲取和融合，以拓展小说的意义空间、形式样态和审美品格，从而增强小说的功能和提升小说的地位。

现代小说文体互渗现象蕴含着复杂的精神文化内容。在现代小说发生期，由于新旧转型和青春忧郁的历史契机，现代小说文体更多地彰显了文化传统的和合质素及民间风情的童化形态，既有传统的质地，又有新生的感怀，总体上标志了一种诗性的维度，诸如此一时期涌现的诗意体、书信体和童话体小说。在现代小说发展期，因为体裁成熟和启蒙救亡的时代氛围，现代小说文体更加诉求于形式的新变及如何更好地表达社会内容，因而时间价值的现代品格得以凸显，总体上标志了一种合理性旨归，诸如此一时期的速写体、报告文学体和评书体小说。所以，中国现代小说文体互渗现象表征了独特的文化审美形态：一是彰显了诗性传统的和合精神，呈现为小说语体、题材内容及作家创作姿态的和合

---

① （战国）庄子：《庄子》，王先谦校注，上海古籍出版社 2009 年版，第 282 页。
② （汉）桓谭：《新论》，上海人民出版社 1977 年版，第 71 页。

文体特征；二是融合了自在自适的民间质素，表现为儿童视角与成人式幻想的童化文体形式；三是标志了启蒙救亡立场下的时间价值，主要诉求于小说形式的新变及语言结构的现代品格。

现代小说文体互渗与精神文化内容缠绕浮沉，随着社会变迁和时代风云而发生位移倾斜，从而以相应的文体互渗形式呈现出来。其从学理上丰富了文学文体学和文化文体学的价值内涵，把前者的审美形式价值与后者的文化形态价值有效地连缀在一起，标志了小说文体的文化审美特征及其意义。

第 七 章

现代小说文体互渗
现象与文学述史

以往的中国现代文学史叙述往往立足于思想内容的分析，这在很大程度上抹杀了文体本身所独有的意义，而一旦以文体互渗的形式现象作为现代小说研究的切入点，则可以建构起一种全新的现代小说述史模式，既能在时间轴上（如从五四时期到 30 年代再到 40 年代）梳理现代小说的文体形式特征，也能根据现代小说的文体类别进行叙述和编撰，例如以诗意体小说、日记体小说、书信体小说、散文体小说等的发展变迁为轴心进行叙述，通过不同阶段的文体差异性观照各时期的主体人格、精神文化及审美风貌，这是一种建构在小说"本体性"维度上的述史方式，它超越了纯粹的人物述史或主题述史模式。

第一节　传统模式与文学述史

目前，我们所能见到的文学史皆是内容主题维度下的文学述史。内容主题终归是社会历史和时代风貌的再现或反映，它既遵循文学源于生活的定律，又在一定程度上遮蔽了文学自身发展的规律和面貌。

首先，是中国古代文学的述史情形。中国高校早期使用的版本是人民文学出版社的《中国文学史》①。这部文学史完全"据史述

---

① 游国恩：《中国文学史》，人民文学出版社 2002 年版。

史"，即遵循自上古、战国、秦汉直至晚清、五四时期的文学脉络。每一章节的内容根据社会历史和时代特征归纳，如近代文学内容包括改良时期的诗文、民主革命时期的文学、近代戏曲和近代民间文学。其分类标准是把社会历史、文体面貌和时代内容进行杂糅，比如将"资产阶级启蒙""近代戏曲"和"近代民间"置于一处，而启蒙、戏曲和民间三个关键词显然不属于同一范畴。因此，该文学述史体例不够统一。高等教育出版社的《中国文学史》① 叙述从先秦、魏晋、南北朝直至明清、近代文学的发展流变过程。其中近代文学包括"龚自珍与近代前期诗文词、近代前期小说与戏曲、黄遵宪梁启超与近代后期诗文词、近代后期小说与戏曲"②。单就近代文学内容分类而言，已能见出文体的分类标准，如诗文词、小说与戏曲等，它比起之前版本的文学史更切近文学本身。鲁迅的《中国小说史略》将小说分为"神魔小说、人情小说、市人小说、讽刺小说、狭邪小说、侠义小说、谴责小说"③ 几类，其分类标准也主要依据小说的思想内容而非文体形式。然而实际上，我国古代小说可划分为话本体、笔记体和章回体等多种类型，若以文体角度展开历时性的述史，这将为文学史的编撰提供一种新的范式和启示。

其次，是中国现代文学述史情形。其述史模式近乎古代文学，基本上采取社会时代内容的划分标准。目前，高校较为普遍采用的现代文学史版本是高等教育出版社的《中国现代文学史》④，其内容由"引言——中国文学现代化的发生、五四文学革命、20 年代小说/新诗/戏剧/散文、30 年代文学思潮、30 年代小说/新诗/戏剧/散文、40 年代文学思潮、40 年代小说/新诗/戏剧/散文、解放

---

① 袁行霈：《中国文学史》第 2 版，高等教育出版社 2005 年版。
② 袁行霈：《中国文学史》第 2 版，高等教育出版社 2005 年版。
③ 鲁迅：《中国小说史略》，江苏文艺出版社 2007 年版。
④ 朱栋霖、朱晓进、吴义勤：《中国现代文学史 1917—2013》，高等教育出版社 2014 年版。

区文学"① 等模块构成，所依据的标准仍然是社会时代和主题内容。北京大学出版社的《中国现代文学三十年》②，第三章小说板块是"问题小说、人生写实小说、自叙传抒情小说、其他主观型叙述小说"，③ 第二十三章小说板块是"暴露与讽刺、体验与追忆、现实与民间"，④ 其述史标准依据主要还是思想主题与时代内容，基本不关乎文体类别标准。北京大学出版社的《中国现代文学发展史》⑤ 可谓另辟蹊径，但其内容脉络依然关乎时代特征，如"孕育新机、五四启蒙、多元共生、风云骤起"⑥ 四个板块。其中第三章多元共生板块包括"左翼的风行、深化和纷争、时代色彩鲜明的长篇小说、时代性和个性化写作的相继高扬、京派纯文学的风韵流脉、海派面对现代都市的新感觉、两种市民社会的新感觉"⑦ 等几个方面的小说述史，叙述标准显然还是社会时代内容。复旦大学出版社的《中国当代文学史教程》⑧ 内容新颖独特，其板块包括："迎接新的时代到来、再现战争的艺术画卷、新的社会矛盾的探索、多民族文学的民间精神、文化大革命时期的文学、五四精神的重新凝聚、为了人的尊严与权利、新的美学原则的崛起、文化寻根意识的实验、生存意识与文学创作、个人立场与文学创作、理想主义与民间立场，等等。"⑨ 其内容新奇而又丰富，但还是从思想主题方面进行提炼和归纳，依然不关乎文体的述史标准。北京大学出版社的《中国当代文学史》⑩ 内容模块是："文学的转折、文学环境与文学规范、隐失的诗人和诗派、小说的题材和形态、

①　朱栋霖、朱晓进、吴义勤：《中国现代文学史 1917—2013》，高等教育出版社2014 年版。
②　钱理群、温儒敏、吴福辉：《中国现代文学三十年》，北京大学出版社 2016 年版。
③　钱理群、温儒敏、吴福辉：《中国现代文学三十年》，北京大学出版社 2016 年版。
④　钱理群、温儒敏、吴福辉：《中国现代文学三十年》，北京大学出版社 2016 年版。
⑤　吴福辉：《中国现代文学发展史》，北京大学出版社 2010 年版。
⑥　吴福辉：《中国现代文学发展史》，北京大学出版社 2010 年版。
⑦　吴福辉：《中国现代文学发展史》，北京大学出版社 2010 年版。
⑧　陈思和：《中国当代文学史教程》，复旦大学出版社 2008 年版。
⑨　陈思和：《中国当代文学史教程》，复旦大学出版社 2008 年版。
⑩　洪子诚：《中国当代文学史》，北京大学出版社 2010 年版。

对历史的叙述、当代的通俗小说、重新构造经典、分裂的文学世界、文学新时期的想象、80年代文学概况、归来者的诗、新诗潮、历史创伤的记忆、80年代中后期的小说、女作家的小说、散文、90年代的文学状况、90年代的诗、90年代的小说，等等。"① 这是一部学理性较强的文学史著作，但其述史模式仍然主要依据时代内容和思想主题的标准（诸如矛盾、冲突、隐失、历史、分裂、想象、创伤等关键词）。

　　从以上几类具有代表性的文学史著述中可以看出，文学述史的普遍标准和依据主要是社会历史、时代内容和思想主题。文学源于生活，文学永远是社会历史和时代个体的内容呈现，这是文学的定律和要义。因此，依据思想内容进行文学述史本无可厚非。然而，文学之所以是文学，之所以区别于社会学、历史学、政治学乃至于哲学，那是因为文学具有审美的艺术特征。"审美"不仅仅属于内容的范畴，还涉及形式的范畴，既有合乎内容的形式，又有悖乎内容的形式。就文学而言，这种形式主要指的就是文体。正是因为文体这种形式的存在，我们才能区分什么是小说，什么是戏剧、散文和诗歌。而且，小说还可以区分为诗意体小说、散文体小说、书信体小说、日记体小说、传记体小说、戏剧体小说、速写体小说、报告文学体小说，等等。每一种体类的文学作品自然有它诞生的背景缘由、审美意蕴及价值意义。由此可见，形式之于文学作品的发生发展有着何等重要的意义和作用。形式总是内容的形式，无论是合乎内容，抑或背离内容。因此，文学述史既可以依据思想内容的标准和类别进行述史。也可以依据形式——文体的类别和标准进行述史。述史方式不同，获得的意义不同，且对于文学发生发展的认识也不同，这显然可以补充和丰富已有的文学述史成果。

---

① 洪子诚：《中国当代文学史》，北京大学出版社2010年版。

第二节　现代话语与文体述史

就中国现当代文学文体的发展演变而言，主要文学文体包括小说、戏剧、散文、诗歌四种类别，因而现当代文学述史可以依据这四种文体在历时链条中的发生发展情况进行叙述和编撰。其编撰结构板块是现代小说、现代戏剧、现代散文、现代诗歌四大部分，当代文学史亦然。

现代小说可以以 20 世纪 20 年代（1917 年始）、30 年代、40 年代（1949 年止）为历时链条进行叙述和编撰。

首先，20 世纪 20 年代的小说述史。从结构形态上，可以分为短篇、中篇、长篇小说进行叙述。第一单元列举并叙述短、中、长篇小说的具体篇目和作家情况；第二单元分析短、中、长篇目各自诞生的时代背景和发展情形，尤其是短篇小说的兴盛原因；第三单元探讨短、中、长篇小说的自身优劣、人物形象、审美意蕴和价值意义；第四单元论述短、中、长篇小说的共时影响和承继情形。从语言格调上，20 世纪 20 年代小说述史可以从诗意体小说、书信体小说、日记体小说、童话体小说等类别方面展开。第一单元列举并叙述不同风格类别小说的具体篇目和作家情况，诗意体小说如庐隐的《海滨故人》、郭沫若的《喀尔美萝姑娘》、陈翔鹤的《茫然》、郁达夫的《寒灰集》、王以仁的《流浪》、台静农的《负伤的鸟》等，书信体小说如郁达夫的《茑萝行》、王思玷的《几封用 S 署名的信》、冯沅君的《隔绝》、王以仁的《孤雁》、徐雉的《嫌疑》、陶晶孙的《木犀》、倪贻德的《花影》、敬隐渔的《玛丽》、庐隐的《或人的悲哀》、孙俍工的《家风》、台静农的《遗简》等，童话体小说如陈衡哲的《小雨点》、冰心的《一个奇异的梦》、郭沫若的《暗夜》、陈伯吹的《学校生活记》、叶圣陶的《小白船》及王统照、废名、黎锦晖、郑振铎等笔下的儿童小说；第二单元分析诗意体小说、书信体小说、日记体小说、童话体小说的诞生背景和发展情形；第三单元探讨这些小说类型的个性特征、悖论情形、人物形象、审美意蕴和价值意义；第四单元分析这些小说的共时影响与承继情形；第五单元探讨不同文体类别小说与作家生活生命的互文关系。

其次，是 20 世纪 30 年代小说述史。从结构形态上，可以分为短篇、中篇、长篇小说进行叙述。第一单元列举并叙述短、中、长篇小说的具体篇目和作家情况；第二单元分析短、中、长篇目各自诞生的时代背景和发展情形，尤其是长篇小说繁兴的缘由；第三单元探讨短、中、长篇小说的自身优劣、人物形象、审美意蕴和价值意义；第四单元论述短、中、长篇小说的共时影响和承继情形。从文字风格上，20 世纪 30 年代小说述史可以从散文体小说、速写体小说、传记体小说、日记体小说等类别方面展开叙述。第一单元列举并叙述不同风格类别小说的具体篇目和作家情况，散文（叙事）体小说如郁达夫的《微雪的早晨》、沈从文的《边城》、吴组缃的《箓竹山房》、何其芳的《浮世绘》、萧乾的《篱下集》等，传记体小说如叶永蓁的《小小十年》、丁玲的《莎菲女士的日记》、瞿秋白的《多余的话》、谢冰莹的《女兵自传》、苏雪林的《棘心》、庐隐的《归雁》、凌叔华的《古韵》、白薇的《悲剧生涯》等，速写体小说如沙汀的《航线》、张天翼的《华威先生》、丁玲的《水》、吴组缃的《一千八百担》、叶圣陶的《多收了三五斗》、罗洪的《群像》、魏金枝的《留下镇上的黄昏》、葛琴的《总退却》、周文的《雪地》等；第二单元分析散文体小说、速写体小说、传记体小说等的诞生背景和发展情形；第三单元探讨这些小说类型的自身优劣、形式与内容相融相悖的表现、人物形象、审美意蕴和价值意义；第四单元分析这些小说的共时影响与承继情形；第五单元探讨不同文体类别小说与作家生活生命的互文关系。

再次，是 20 世纪 40 年代小说述史。从结构形态上，可以分为短篇、中篇、长篇小说进行叙述。第一单元列举并叙述短、中、长篇小说的具体篇目和作家情况；第二单元分析短、中、长篇小说诞生的时代背景和发展情形；第三单元探讨短、中、长篇小说的自身优劣、人物形象、审美意蕴和价值意义；第四单元论述短、中、长篇小说的共时影响和承继情形。从文字风格上，20 世纪 40 年代小说述史可以分为评书体小说、戏剧体小说、电影体小说、政论体小说、报告文学体小说，等等。第一单元列举并叙述不同风格类别小说的具体篇目和作家情况，报告文学体小说如丘东平的《第七连》、庐隐的《火焰》、骆宾基的《东战场别动队》、曹聚仁的《大江南北》、黄蜂的《礼物》、萧乾的《刘粹刚之死》、沙汀的《堪察加小景》、路翎的《卸煤台下》等，说书体小说如老舍的《柳家大院》、赵树理的《李有才板话》、姚雪垠的《牛全德和红萝卜》、古丁的《平沙》等，戏剧体小说如严文井的《一个人的烦恼》、赵树理的《小二黑结婚》、沙汀的《在其香居茶馆里》、张天翼的《速写三篇》、姚雪垠的《差半车麦秸》等；第二单元分析评书体小说、戏剧体小说、电影体小说、政论体小说、报告文学体小说等的诞生背景和发展情形；第三单元探讨这些小说类型的自身优劣、形式与内容相融相悖的表现、人物形象、审美意蕴和价值意义；第四单元分析这些小说的共时影响与承继情形；第五单元探讨不同文体类别小说与作家生活生命的互文关系。

第四，20 世纪 20 年代戏剧述史。根据结构模块分为多幕剧和独幕剧，列举并叙述具体篇目和作家情形，探讨其诞生背景缘由；按语言格调可分为话剧和诗剧等，列举并叙述具体篇目和作家情形，探讨其诞生背景和缘由，分析其自身优劣、审美意蕴和价值意义，探讨其时代和历史影响与承继情形；根据情感倾向分为喜剧、悲剧和正剧，列举并叙述具体篇目和作家情形，探讨其诞生背景和缘由，分析其自身优劣、审美意蕴和价值意义，探讨共时影响与承继情形；根据题材内容分为历史剧、儿童剧等，列举并叙述具体篇目和作家情形，分析其诞生背景和缘由，分析其自身优劣、审美意蕴和价值意义，探讨共时影响与承继情形，分析不同戏剧文体类别与作家生活生命的互文关系；30 年代和 40 年代戏剧述史情形亦然。

　　第五，20 世纪 20 年代散文述史。按照散文题材类型可以分为抒情散文、叙事散文、哲理散文、记人散文等，列举和叙述具体篇目和作家情形，探讨其诞生背景和缘由，分析其自身优劣、审美意蕴和价值意义，探讨共时影响与承继情形，分析不同散文文体类别与作家生活生命的互文关系；按语言风格可以分为诗体散文（散文诗）、小说体散文、戏剧体散文等，列举和叙述具体篇目和作家情形，探讨其诞生背景和缘由，分析其自身优劣、审美意蕴和价值意义，探讨共时影响与承继情形，分析不同散文文体类别与作家生活生命的互文关系。30 年代和 40 年代散文述史情形亦然。

　　第六，20 世纪 20 年代诗歌述史。按结构形态可以分为小诗、长诗，列举和叙述具体篇目和作家情形，探讨其诞生背景和缘由；按照诗歌的题材类型可以分为抒情诗、叙事诗、怀古诗、讽喻诗等，列举和叙述具体篇目和作家情形，探讨其诞生背景和缘由，分析其自身优劣、审美意蕴和价值意义，探讨共时影响与承继情形，分析不同诗歌文体类别与作家生活生命的互文关系；按语言风格可以分为自由诗、格律诗、散文诗等，列举和叙述具体篇目和作家情形，探讨其诞生背景和缘由，分析其自身优劣、审美意蕴和价值意义，探讨共时影响与承继情形，分析不同诗歌文体类别与作家生活生命的互文关系。30 年代和 40 年代诗歌述史情形亦然。

　　总之，中国现代文学述史可按照文体类别（小说、戏剧、散文、诗歌）统摄内容，且在历时链条中（从 20 年代到 30 年代再到 40 年代）观照现代文学的发生发展演变，即由形式审视内容（时代特征、创作主体和读者群体），到内容反观形式的变化，从而把握中国现代文学发生发展的本质性和规律性。

　　该述史框架结构如下：

第一编　中国现代小说

第一章　20 世纪 20 年代

第一节　结构形态：短篇·中篇·长篇

一　文本篇目·作家创作

二　诞生背景·发展消长

三　审美意蕴·价值意义

四　共时影响·历时承继

第二节　体裁格调：诗意体·书信体·日记体等

一　文本篇目·作家创作

二　诞生背景·发展消长

三　文体审美·价值诉求

四　共时影响·历时承继

第二章　20 世纪 30 年代（略）

第三章　20 世纪 40 年代（略）

第二编　中国现代戏剧

第一章　20 世纪 20 年代

第一节　结构形态：独幕剧·多幕剧

一　文本篇目·作家创作

二　诞生背景·发展消长

三　审美意蕴·价值意义

四　共时影响·历时承继

第二节　题材格调：话剧·诗剧·历史剧

一　文本篇目·作家创作

二　诞生背景·发展消长

三　文体审美·价值诉求

四　共时影响·历时承继

第二章　20 世纪 30 年代（略）

第三章　20世纪40年代（略）

第三编　中国现代散文（略）

第四编　中国现代诗歌（略）

　　此外，中国现代小说的叙史情形。现代小说文体互渗现象主要呈现于中短篇小说创作中，而较少发生于现代长篇小说及其他类型的文学创作中。20世纪的短篇小说创作不仅辉煌，而且在文体形式方面的变迁比之长篇小说及其他文学样式都要明显和意味深长。因此，中国现代小说述史完全可以根据短（中）篇和长篇两大类别进行叙述和编撰。短（中）篇则从文体互渗角度进行类型述史，如诗意体小说、日记体小说、书信体小说、童话体小说、传记体小说、散文体小说、速写体小说、报告文学体小说、说书体小说、戏剧体小说等，以其发展流变为单元进行叙述，时间跨度从20年代到30年代再到40年代。以书信体小说为例，第一单元列举并叙述书信体小说具体文本与作家创作（从20年代到30、40年代），第二单元探讨书信体小说的诞生背景与缘由（包括批评话语），第三单元探讨书信体小说自身优劣、人物形象、语言艺术、审美意蕴和价值意义，第四单元探讨书信体小说与作家生命精神及文学文化的互文关系（从20年代到30年代再到40年代），第五单元分析书信体小说的共时影响与承继情形。以文体类型述史的优势在于，能见出每一种文体形式呼应的主体个性、社会时代和历史文化内容，以及文体形式自身发展演变的规律，从而更为深刻地认识现代文学与人生、社会和文化之间的复杂互动关系。

　　该述史框架结构如下：

　　第一章　书信体小说

　　第一节　20世纪20年代

　　一　文本篇目·作家创作

　　二　诞生背景·发展消长

结　　语

　　"文体互渗"是语言的一种层面，它的意义主要来自精神或文化的特质，而非语言本身的特性，因此，文体则有"语言的指纹"① 之称。该称谓彰显了"文体互渗"具有语言、修辞和审美的多重形式和内容属性，并得以确立了现代小说"文体互渗"现象的阐释空间和言说意义。然而限于才力，本书仍有一些言未达意之处，着实需要继续探讨和优化。

　　一是现代小说"文体互渗"现象同样指涉小说向其他文体类型的渗透融合。比如现代文学史中的小说化童话、小说化诗歌、小说化散文、小说化戏剧等等。诸类"文体互渗"文本颇值得考量，并且可以由此全方位彰显文体的"语言的指纹"之功能。然而本书放弃了这个层面，一是因为 20 世纪初确是"小说的世纪",② 小说（尤其是短中篇）"潜有更多的话术性",③ 无论在内容还是形式方面，小说都比其他文学文体的"变迁来得更明显",④ 所以选择了现代小说"文体互渗"现象作为研究的重心；二是因为本人的才力有限，难以驾驭诸多的"文体互渗"现象和文本，难以从特定的文学理论层面剥离出这些现象的本质和规律，难以系统化地论证这些文本的诞生背景、缘由及其与小说的互文关系。

---

　　① ［英］罗杰·福勒：《现代批评术语辞典》，袁德成译，四川人民出版社 1987 年版，第 269 页。

　　② 郁达夫：《小说论》，光华书局 1926 年版，第 7 页。

　　③ 何穆森：《短篇小说的特质》，《新中华》1933 年 12 月 10 日第 1 卷第 23 期。

　　④ 叶灵凤：《谈现代的短篇小说》，《文艺》1936 年 4 月 15 日第 1 卷第 3 期。

　　二是现代小说"文体互渗"现象彰显的精神文化内容理应更加丰富多彩。有学者提出"水文化"[①] 概念，认为"广义的水文化是人们在水事活动中创造物质财富和精神财富的能力和成果的总和；狭义的水文化是指观念形态的文化，主要包括与水有密切关系的思想意识、价值观念、精神成果等"[②]，这与现代作家"文体互渗"风格的形成理应有着某种关联度。水是自由、智慧和力量的象征，水能随物赋形，柔和而锋利，平静而活跃，这使得"反映人们生存状态与审美理想的文学有了不同的表达"[③]。现代作家的创作多与"水"相关，如鲁迅、郁达夫、郭沫若、废名、冰心、王统照、倪贻德、凌淑华、庐隐、叶圣陶、沈从文、萧红、端木蕻良、艾芜、施蛰存、沈从文、沙汀、丁玲、草明、谢冰莹、苏雪林、葛琴、赵树理、姚雪垠等。他们的童年生活环境及后来的工作环境或近"河"或近"海"，从而形成独特的水气质和水个性。这与"文体互渗"现象定然有着某种"互文性"关系，比如诗意化、散文化文体的形成。沈从文曾说："檐溜、小小的河流、汪洋万顷的大海，莫不对于我有过极大的帮助，我学会用小小脑子去思索一切，全亏得是水，我对于宇宙认识的深入一点，也亏得是水。"[④] "水"不仅是沈氏小说创作的环境背景，而且有着极为丰富的内涵，"它既是沈从文追求自然、和谐的人生形式的情感流

---

　　① 1989 年，李宗新在《治淮》杂志第 4 期发表《应该开展对水文化的研究》的文章。编者按说："李宗新同志首次提出了水文化研究这个新课题。我们希望有兴趣的同志来稿参加讨论，以便更好地开拓水的开发利用新领域。"同年 11 月 5 日，由《中国水利报》淮河记者站和《治淮》杂志编辑部联合发出了《关于召开水文化研讨会的倡议》。这些讲话、文章和倡议标志着"水文化"概念的正式提出。相关著作有：河水利委员会编《水文化初探》，黄河水利出版社 1995 年版；葛红兵、杜建《中国文学中的水文化》，《中国三峡：水文化》2010 年第 1 期；张吕、丁先慧《水文化与湖湘文学》，《长沙大学学报》2007 年第 3 期。

　　② 李宗新：《应该开展对水文化的研究》，《治淮》1989 年第 4 期。

　　③ 张吕、丁先慧：《水文化与湖湘文学》，《长沙大学学报》2007 年第 3 期。

　　④ 沈从文：《我的写作与水的关系》，《文学》1934 年 4 月第 2 卷第 4 期。

露，也是沈从文对于健康、向上、质朴的生命形态的礼赞"，① 而且它还潜在制约着沈从文小说的语体、结构和格调。当然，不止沈从文一位作家的创作如此。

三是对于现代小说"文体互渗"现象的研究可以延伸下限至20 世纪末。若对整个 20 世纪中国小说进行整体性考量，则会更加清晰地看到现代小说的发展过程及其文学史规律和意义。比如，诗意体小说、书信体小说、日记体小说、童话体小说、传记体小说、评书体小说、散文体小说、报告文学体小说、速写体小说、戏剧体小说等文学样式具有承继性和持续性。虽然有些样式在中华人民共和国成立后的十七年时期一度沉寂，但在 80 年代又复兴了，如诗意体小说、书信体小说、散文体小说等，它们以崭新的姿态矗立于新时期文坛，具有别样的文体形式特征和互文性意义，既呼应了五四小说的"文体互渗"现象又有所差别和超越。

---

① 沈从文：《水，沈从文永远的歌——沈从文作品中"水"的意象》，《广西师院学报》1999 年第 4 期。

附　录

中国现代小说文体互渗文本篇目一览表①

作者	篇目	原载期刊② 名称、日期	首次录入（出版）专集③ 名称、日期	文体互渗类型
鲁迅	《故乡》	《新青年》第9卷第1号，1921年5月	《呐喊》，新潮社出版，1923年	诗意体
	《社戏》	《小说月报》第13卷第12号，1922年12月	同上	诗意体

① "文体互渗"文本篇目归类依据：一是约定俗成的，二是根据本书界定的"文体互渗"概念作出的归类。表中列出的370篇作品仅是中国现代小说文体互渗文本的代表作。

② 部分"文体互渗"文本篇目未见之于初刊，只收录在作品集中。

③ "专集"是指出版于现代文学三十年时期，不包括中华人民共和国成立后出版的专集。

续表

作者	篇目	原载期刊 名称、日期	首次录入（出版）专集 名称、日期	文体互渗类型
冰心	《遗书》	《小说月报》第 13 卷第 6 号，1922 年 6 月 10 日	《超人》，上海商务印书馆，1923 年 5 月	书信体
	《超人》	《小说月报》第 12 卷第 4 号，1921 年 4 月 10 日	同上	诗意体 书信体
	《离家的一年》	《小说月报》第 12 卷第 11 号，1921 年 11 月 10 日	同上	童话体
	《寂寞》	《小说月报》第 13 卷第 9 期，1922 年 9 月 10 日	同上	童话体
	《斯人独憔悴》	《晨报》副刊，1919 年 10 月 7 日至 11 日	《冰心小说集》，上海北新书局，1933 年 1 月	诗意体
	《秋风秋雨愁煞人》	《晨报》第七版，1919 年 10 月 30 日至 11 月 3 日。发表时题注："事实小说"		诗意体
	《一篇小说的结局》	《晨报》副刊，1920 年 1 月 29 日		诗意体
	《六一姊》	《小说月报》第 15 卷第 6 号，1924 年 6 月	《或人的悲哀》，小说月报丛刊，1925 年 1 月	诗意体
	《一个奇异的梦》	《晨报》副刊，1920 年 8 月 1 日		诗意体
	《鱼儿》	《晨报》副刊，1920 年 12 月 21 日	《冰心小说集》，上海北新书局，1933 年 1 月	童话体

续表

作者	篇目	原载期刊 名称、日期	首次录入（出版）专集 名称、日期	文体互渗类型
郁达夫	《沉沦》	上海《时事新报·学灯》，1921年7月7—9日，11—13日，署名D.T.Y.	《沉沦》，创造社丛书第三种，上海泰东图书局，1921年10月15日	诗意体
	《南迁》		同上	诗意体
	《银灰色的死》		同上	诗意体
	《采石矶》	《创造季刊》第1卷第4期，1923年2月1日	《寒灰集》，上海创造社出版部，1927年6月1日	诗意体
	《茑萝行》	《创造季刊》第2卷第1号，1923年5月1日	《茑萝集》，上海泰东图书局，1923年10月	书信体
	《迟桂花》	《现代》第2卷第2期，1932年12月1日	《忏余集》，上海天马书店，1933年2月	诗意体
	《空虚》	《创造》季刊第1卷第2期，1922年8月25日，原题为《风铃》	《过去集》，上海开明书店，1927年11月15日，题名为《风铃》；《达夫短篇小说集》中改题名为《空虚》，上海北新书局，1935年10月	书信体
	《清冷的午后》	《洪水》半月刊第3卷第26期，1927年2月1日	同上	散文体
	《劳生日记》	《创造》季刊第1卷第7期，1923年5月	同上	日记体
	《微雪的早晨》	《教育杂志》月刊第19卷第7号"教育文艺"栏，发表时的题名为《考试》，1927年7月20日	《奇零集》，上海开明书店，1928年3月，题为《考试前后》；《达夫代表作》，上海春野书店，1928年3月15日，改题名为《微雪的早晨》	散文体

续表

作者	篇目	原载期刊 名称、日期	首次录入（出版）专集 名称、日期	文体互渗类型
郁达夫	《祈愿》	《过去集》，上海开明书店，1927年11月15日	《达夫短篇小说集》，上海北新书局，1935年10月	散文体
	《迷羊》	上海北新书局，1928年1月10日		散文体
	《在寒风里》	《大众文艺》月刊第4期（衍期出版），1928年12月20日	《在寒风里》，厦门世界文艺书社，1929年6月30日	散文体
	《纸币的跳跃》	《北新半月刊》第4卷第12号（衍期出版），1930年6月16日	《薇蕨集》，上海北新书局，1930年12月	散文体
	《她是一个弱女子》		《她是一个弱女子》，上海湖风书局，1932年4月20日；《饶了她》，上海现代书局，1933年12月	散文体
	《自传》	在《人间世》半月刊发表自传（一）至（八），1934年12月5日—1935年7月5日。最后一篇《雪夜》（自传之一章）未标明篇序，《宇宙风》半月刊第11期，1936年2月16日		传记体
成仿吾	《一个流浪人的新年》	《创造季刊》第1卷第1号，1922年3月15日	《流浪》，上海创造社出版部，1927年9月	诗意体
	《灰色的鸟》	《创造季刊》第1卷第3期，1922年12月上旬	《灰色的鸟》，创造社出版部，1926年	诗意体

续表

作者	篇目	原载期刊 名称、日期	首次录入（出版）专集 名称、日期	文体互渗类型
郭沫若	《牧羊哀话》	《新中国》月刊第 1 卷第 7 期，1919 年 11 月 15 日，署名沫若	《星空》，上海泰东图书局，1923 年 10 月	诗意体
	《未央》	《创造季刊》第 1 卷第 3 期，1922 年 12 月上旬		诗意体
	《残春》	《创造季刊》第 1 卷第 2 期，1922 年 8 月 25 日	《星空》，上海泰东图书局，1923 年 10 月	诗意体
	《Lobenicht 的塔》	《学艺》月刊第 6 卷第 5 期，1924 年 11 月 30 日	《塔》，上海商务印书馆，1926 年 1 月	诗意体
	《叶罗提之墓》		同上	诗意体
	《万引》	《学艺》月刊第 6 卷第 7 期，1925 年 1 月 31 日	同上	散文体
	《喀尔美萝姑娘》	《东方杂志》月刊 22 卷第 4 期，1925 年 2 月 25 日	《塔》，上海商务印书馆，1926 年 1 月	书信体
	《落叶》	《东方杂志》月刊第 22 卷第 18—21 期，1925 年 9 月 25 日至 11 月 10 日	《落叶》，上海创造社出版部，1926 年 4 月 10 日	散文体
	《漂流三部曲》		《漂流三部曲》，上海新兴书店，1929 年 12 月 1 日	书信体
	《一只手——献给新时代的小朋友》	《创造月刊》第 1 卷第 9—11 期，1928 年 2 月 1 日，3 月 1 日，5 月 1 日，署名麦克昂	《一只手》，上海大光书店，1933 年 4 月	童话体

续表

作者	篇目	原载期刊名称、日期	首次录入（出版）专集名称、日期	文体互渗类型
郭沫若	《黑猫》	《现代小说》月刊第3卷第1—2期, 1929年10月15日、11月15日	《我的幼年》, 上海现代书局, 1931年12月; 改题名《我的结婚》, 香港强华书局, 1941年8月	传记体
	《我的幼年》		《我的纪年》, 上海光华书局, 1929年4月; 《幼年时代》, 上海光华书局, 1933年3月, 因国民党党查禁故改此名; 《我的幼年》重庆作家书屋, 1942年8月, 改题名为《童年时代》; 收入《少年时代》（《沫若自传》第1卷）中改题名为《我的童年》, 上海海燕书店, 1947年4月	传记体
	《反正前后》		《反正前后》, 上海现代书局, 1929年8月15日; 改题名为《划时代的转变》, 上海现代书局, 1931年	传记体
	《创造十年》		《创造十年》, 上海现代书局, 1932年9月20日	传记体
	《北伐》	《宇宙风》半月刊第2集、第3集合订本, 1936年1月至1937年4月, 原题为《北伐途次》	《北伐》, 上海北雁出版社, 1937年6月	传记体
废名	《竹林的故事》	《语丝》周刊第14期, 1925年2月16日	《竹林的故事》, 北京北新书局, 1925年7月	诗意体
	《柚子》	《努力周报》第59、60期, 1923年7月1、8日	同上	诗意体

续表

作者	篇目	原载期刊 名称、日期	首次录入（出版）专集 名称、日期	文体互渗类型
废名	《菱荡》	《北新》第2卷第8号，1928年2月16日	《桃园》，北京古城书社，1928年2月	诗意体
	《桃园》	《古城》周刊第1卷第11期，1927年11月27日	同上	诗意体
	《浣衣母》	《努力周报》第73期，1923年10月7日	同上	诗意体
	《阿妹》	《莽原》周刊第3期，1925年5月8日	同上	诗意体
	《河上柳》	《语丝》周刊第18期，1925年3月16日	同上	诗意体
	《火神庙的和尚》		同上	诗意体
	《四火》	《语丝》周刊第4卷第15期，1928年4月9日，原题为《未完》，为未完成稿	《枣》，上海开明书店，1931年10月，改题名为《火》	散文体 评书体
	《桥》	其中章节以《无题》（计十八篇）名发表于《语丝》周刊，1926年4月5日—1928年11月12日；另外篇章发表于《华北日报副刊》《骆驼草》《新月》《学文》《大公报》《文学》杂志等刊物上	《桥》，上海开明书店，1932年4月	散文体
	《莫须有先生传》		《莫须有先生传》，上海开明书店，1932年12月	散文体

续表

作者	篇目	原载期刊名称、日期	首次录入（出版）专集名称、日期	文体互渗类型
陈翔鹤	《不安定的灵魂》		《不安定的灵魂》，北新书局，1927年	书信体
	《悼》		同上	诗意体
	《茫然》	《浅草》1卷第1期，1923年3月25日		书信体
	《幸运》	《浅草》第1卷第2期，1923年7月5日		诗意体
	《断筝》	《浅草》第1卷第3期，1923年12月		诗意体
	《西风吹到了枕边》	《沉钟》第4期，1926年9月26日		诗意体
朱志湘	《遗失了的一封信》	《晨报》副刊，1923年9月24日		书信体
陈铸	《隐秘的间隔》	《晨报》副刊，1923年12月21日		童话体
BP	《早晨》	《晨报》副刊，1924年6月5日		书信体
滕固	《旧笔尖与新笔尖》	《晨报副镌》第55期，1926年		日记体
段可情	《一封退回的信》	《创造》季刊第1卷第7期，1924年7月		书信体
陈炜谟	《轻雾》	《浅草》1卷第1期，1923年3月25日		诗意体
杨振声	《玉君》		《现代文艺丛书》第一种，现代社发行，1925年2月	诗意体
许地山	《命命鸟》	《小说月报》第12卷第1号，1921年1月，署名落花生	《缀网劳蛛》，商务印书馆，1925年1月	诗意体

续表

作者	篇目	原载期刊 名称、日期	首次录入（出版）专集 名称、日期	文体互渗类型
许地山	《换巢鸾凤》	《小说月报》第 12 卷第 5 号，1921 年 5 月 10 日	同上	诗意体
	《缀网劳蛛》	《小说月报》第 13 卷第 2 号，1922 年 2 月	同上	诗意体
	《枯杨生华》	《小说月报》第 15 卷第 3 号，1924 年 3 月	同上	诗意体
王统照	《雪后》	《曙光》第 2 卷第 2 号，1921 年 2 月	《雪后》，商务印书馆，1924 年 1 月	诗意体 童话体
	《春雨之夜》	《小说月报》12 卷第 6 号，1921 年 6 月 10 日	《春雨之夜》，商务印书馆，1924 年 1 月	诗意体
	《一栏之隔》	《小说月报》13 卷第 2 号，1922 年 2 月 10 日	《一栏之隔》，商务印书馆，1924 年 1 月	诗意体
白采	《被摈弃者》	《创造周刊》第 28 期，1923 年 8 月 14 日	《白采的小说》，上海商务印书馆，1924 年 12 月	诗意体
王以仁	《孤雁》	《小说月报》第 15 卷第 12 期，1924 年 2 月 10 日	《孤雁》，上海商务印书馆，1926 年 10 月	书信体
	《落魄》		同上	书信体
	《流浪》		同上	书信体
	《还乡》	《小说月报》第 17 卷第 3 期，1926 年 3 月	同上	书信体
	《沉沦》		同上	书信体

续表

作者	篇目	原载期刊名称、日期	首次录入（出版）专集名称、日期	文体互渗类型
王以仁	《殂落》	《小说月报》第17卷第12期，1926年12月10日	同上	书信体
郑振铎	《五老爹》	《小说月报》第18卷第8号，1927年8月	《家庭的故事》，上海开明书店，1929年11月	评书体
	《或人的悲哀》	《小说月报》第13卷第12号，1922年12月	《或人的悲哀》，上海商务印书馆，1925年1月	书信体 诗意体
	《海滨故人》	《小说月报》第14卷10—12号，1923年10月连载	《海滨故人》，上海商务印书馆，1925年7月	诗意体 书信体
庐隐	《一个著作家》	《小说月报》第12卷第2号，1921年2月10日	同上	诗意体
	《父亲》	《小说月报》第16卷第1号，1925年1月10日	同上	诗意体
	《前尘》	《小说月报》第15卷第6号，1924年6月10日	同上	诗意体
	《丽石的日记》	《小说月报》第14卷第6号，1923年6月10日	同上	诗意体

续表

作者	篇目	原载期刊 名称、日期	首次录入（出版）专集 名称、日期	文体互渗类型
庐隐	《灵魂可以卖吗?》	《小说月报》第12卷第11号，1921年11月10日	同上	诗意体
	《一封信》	《小说月报》第12卷第6号，1921年6月10日	同上	书信体
	《曼丽》		《曼丽》，北平古城书社，1928年1月	书信体
	《庐隐自传》		《庐隐自传》，上海第一出版社，1934年6月15日	传记体
	《归雁》		《归雁》，上海神州国光出版社再版（初版未见），1930年6月	日记体 传记体
	《火焰》		《火焰》，上海北新书局，1935年9月	报告文学体
冯沅君	《隔绝》	《创造季刊》第2卷第2期，1924年2月28日，署名淦女士		诗意体 书信体
	《慈夜色》	《创造季刊》第2卷第2期，1924年2月28日，署名淦女士		诗意体
	《春痕》		《春痕》，北新书局，1926年	书信体
	《误点》	《创造周报》第46期，1923年		书信体

续表

作者	篇目	原载期刊 名称、日期	首次录入（出版）专集 名称、日期	文体互渗类型
冯沅君	《林先生的信》		《劫灰》，北新书局，1928 年 3 月	书信体
	《我已在爱神前犯罪了》		同上	书信体
柔石	《二月》		《二月》，上海春潮书局，1929 年 11 月	诗意体
倪贻德	《花影》	《创造季刊》第 2 卷第 2 期，1924 年 2 月 28 日	《玄武湖之秋》，上海泰东图书局，1924 年 4 月	诗意体 书信体
	《玄武湖之秋》	《创造周报》第 31、32 号，1923 年 12 月 9、16 日	同上	诗意体 书信体
	《下弦月》	《创造周报》第 14 号，1923 年 8 月 12 日	同上	诗意体
	《零落》		《东海之滨》，光华书局，1926 年 3 月	诗意体
	《在贵州道上》	《东方杂志》第 26 卷第 9 号，1929 年 5 月 10 日	《还乡集》，上海中华书局，1934 年 12 月	散文体
蹇先艾	《月夜》	《嫩火》第 2 期，1923 年 7 月		童话体
	《乡间的回忆》	《嫩火》第 2 期，1923 年 7 月		童话体
	《家庭访问》	《晨报副刊·文学旬刊》第 43 号，1924 年 8 月 1 日		童话体

续表

作者	篇目	原载期刊 名称、日期	首次录入（出版）专集 名称、日期	文体互渗类型
蹇先艾	《一帧小影》		《朝雾》，上海北新书局，1927年8月	童话体
	《旧侣》		同上	童话体
	《祝九婆的孙女儿》	《晨报副刊》七周年纪念增刊号，1925年12月1日		童话体
	《两兄妹》	《中学生》第9期（战时半月刊），1939年9月20日	《幸福》，福建永安改进出版社，1941年10月	童话体
卞之琳	《山山水水》		《山山水水》，香港山边社，1983年12月	诗意体
林庚	《二憨子》		《二憨子》，重庆烽火出版社，日期不详	评书体
潘怀素	《波浪》	《创造月刊》第1卷第11期，1928年5月1日		诗意体
黎锦明	《乐天诗社》	《洪水》周年增刊，1926年12月1日	《破垒集》，上海开明书店，1927年9月	诗意体
叶圣陶	《苦菜》	《晨报副刊》，1921年3月22日至3月24日	《隔膜》，商务印书馆，1922年3月	诗意体
	《两封回信》	《新潮》月刊第2卷第4号，1919年5月1日，署名叶绍钧；《妇女评论》半月刊第1卷第6期，1919年9月5日，题名为《"你的见解错了!"》；上海《时事新报》，1920年7月30日，题名为《"你的见解错了!"》，署名圣陶	同上	书信体

续表

作者	篇目	原载期刊名称、日期	首次录入（出版）专集名称、日期	文体互渗类型
	《春游》	《新潮》月刊第1卷第5号，1919年5月1日，署名叶绍钧	同上	诗意体
	《萌芽》	《小说月报》第12卷第3号，1921年3月10日	同上	童话体
	《潜隐的爱》		同上	童话体
	《伊和他》	《新潮》月刊第2卷第5号，1920年9月1日，署名叶绍钧	同上	童话体
叶圣陶	《秋之夜》	《妇女杂志》月刊第5卷第9号，1919年9月5日，署名圣陶		诗意体
	《平常的故事》	《小说月报》第14卷第5号，1923年5月10日	《线下》，商务印书馆，1925年10月	童话体
	《小白船》	《儿童世界》周刊第1卷的第9期，1922年3月4日	《稻草人》，商务印书馆，1923年11月	童话体
	《一粒种子》	《儿童世界》周刊第1卷的第8期，1922年2月25日	同上	童话体

续表

作者	篇目	原载期刊 名称、日期	首次录入（出版）专集 名称、日期	文体互渗类型
	《稻草人》	《儿童世界》周刊第 5 卷的第 1 期，1923 年 1 月 6 日	同上	童话体
	《芳儿的梦》	《儿童世界》周刊第 1 卷的第 13 期，1922 年 4 月 1 日	同上	童话体
	《傻子》	《儿童世界》周刊第 1 卷的第 11 期，1922 年 3 月 18 日	同上	童话体
	《燕子》	《儿童世界》周刊第 2 卷的第 1 期，1922 年 4 月 8 日	同上	童话体
叶圣陶	《新的表》	《儿童世界》周刊第 2 卷的第 7 期，1922 年 5 月 20 日	同上	童话体
	《梧桐子》	《儿童世界》周刊第 2 卷的第 1 期，1922 年 4 月 8 日	同上	童话体
	《画眉鸟》	《儿童世界》周刊第 2 卷的第 11 期，1922 年 6 月 11 日	同上	童话体
	《多收了三五斗》	《文学》月刊创刊号，1933 年 7 月 1 日	《四三集》，良友图书印刷公司，1936 年 8 月	速写体

续表

作者	篇目	原载期刊 名称、日期	首次录入（出版）专集 名称、日期	文体互渗类型
潘漠华	《乡心》	《小说月报》第 13 卷第 7 号，1922 年 7 月		诗意体
徐玉诺	《一只破鞋》	《小说月报》第 14 卷第 6 号，1923 年 6 月	《中国新文学大系小说·一集》，上海良友图书出版公司，1935 年 10 月	评书体
	《祖父的故事》	《小说月报》第 14 卷第 12 号，1923 年 12 月	同上	诗意体 童话体
赵景深	《栀子花球》	《小说月报》第 18 卷第 7 号，1927 年 7 月	《为了爱》（一名：《栀子花球》），上海北新书局，1928 年 11 月	诗意体
	《红肿的手》	《小说月报》第 14 卷第 7 号，1923 年 7 月	同上	评书体
	《创造》	《东方杂志》第 25 卷第 8 号，1928 年 4 月	《茅盾自选集》，上海天马书店，1933 年 4 月	诗意体
茅盾	《书呆子》		《童话》（第一集）第 83 编，商务印书馆，1919 年 3 月	童话体
	《一段麻》		同上	童话体
	《寻快乐》		同上	童话体
	《速写一》	《小说月报》第 20 卷第 4 号，1929 年 4 月 10 日，署名 M.D	《宿莽》，上海大江书铺，1931 年 5 月	速写体

续表

作者	篇目	原载期刊 名称、日期	首次录入（出版）专集 名称、日期	文体互渗类型
茅盾	《速写二》	同上	同上	速写体
	《雾》	《小说月报》第20卷第2号，1929年2月10日，署名 M. D	同上	速写体
	《卖豆腐的哨子》	同上	同上	速写体
	《红叶》	《小说月报》第20卷第3号，1929年3月10日，署名 M. D	同上	速写体
	《昼梦》	《莽原》半月刊2卷5期，1927年3月10日		诗意体
李霁野	《露珠》		《影》，未名社出版部，1928年12月（作于1924年）	诗意体 书信体 日记体
	《嫩黄瓜》	《莽原》第21期，1925年9月11日	同上	诗意体
	《寄给或人》	《未名》2卷1期、3期，1929年1月10日、25日		书信体
台静农	《白蔷薇》		《地之子》，未名社出版部，1928年11月	诗意体
	《苦杯》	《莽原》第2卷第7期，1927年4月10日	同上	诗意体
	《遗简》		同上	书信体

续表

作者	篇目	原载期刊 名称、日期	首次录入（出版）专集 名称、日期	文体互渗类型
	《铁窗外》		同上	书信体
	《春夜的幽灵》	《未名》第 3 期，1928 年 2 月 25 日	同上	书信体
	《建塔者》	《未名》半月刊第 1 卷，1930 年	同上	书信体
	《死室的彗星》		同上	日记体
台静农	《人彘》		同上	童话体
	《井》		同上	童话体
	《负伤的鸟》	《东方杂志》第 21 卷 14 号，1924 年 7 月。署名青曲		诗意体
	《狂弈》	《浅草》第 1 卷第 1 期，1923 年 3 月 25 日	《林如稷选集》，四川文艺出版社，1985 年	诗意体
林如稷	《流霰》	《浅草》第 1 卷第 2 期，1923 年 7 月 5 日	同上	诗意体
	《将过去》	《浅草》第 4 期，1925 年 2 月 25 日		诗意体
冯至	《蝉与晚祷》	《浅草》第 3 期，1923 年 12 月		诗意体
	《仲尼之将来》	《沉钟》第 2 期，1926 年 8 月 11 日		诗意体
莎子	《白头翁底故事》	《沉钟》第 9 期，1926 年 12 月 11 日		诗意体
蔡仪	《绿翘之死》	《沉钟》第 25 期，1933 年 10 月 15 日		诗意体

续表

作者	篇目	原载期刊名称、日期	首次录入（出版）专集名称、日期	文体互渗类型
张维祺	《致死者》		《致死者》，亚东图书馆，1927年	书信体
周全平	《爱与血的交流》	《创造季刊》第2卷第2号，1924年2月28日	《爱与血的交流》，上海光华书局，1925年	书信体
	《林中》		《梦里的微笑》，上海光华书局，1925年	诗意体
	《梦里的微笑》		同上	
	《烦恼的网》	《创造周报》第16号，1926年		诗意体
王思玷	《儿封用S署名的信》	《小说月报》第15卷第8号，1924年8月		书信体
林徽因	《模影零篇》（《钟绿》《吉公》《文珍》《绣绣》）	《大公报·文艺副刊》，1935年6月16日、8月11日、1936年6月14日、1937年4月18日		散文体
徐雉	《嫌疑》		《不识面的情人》，上海光华书局，1929年8月	书信体
	《木犀》	《创造季刊》第1卷第3期，1922年11月25日	《木犀》，上海创造社出版部，1926年6月	书信体
陶晶孙	《音乐会小曲》	《创造月刊》第1卷第7期，1927年7月15日	《音乐会小曲》，上海创造社出版部，1927年10月	书信体

续表

作者	篇目	原载期刊名称、日期	首次录入（出版）专集名称、日期	文体互渗类型
张资平	《双曲线与渐远线》	《创造季刊》第2卷第1期，1923年5月1日	《爱之焦点》，上海泰东图书局，1927年7月	书信体
	《爰流》	《创造月刊》第1卷第2期，1926年4月16日	《资平小说集》（第三集），上海乐群书店，1929年4月	书信体
	《资平自传》		《资平自传》，上海第一出版社，1933年	传记体
敬隐渔	《玛丽》	《创造周报》第52号，1924年5月19日	《玛丽》，上海商务印书馆，1925年12月	书信体 诗意体
华汉	《女囚》	《创造月刊》第1卷第12期，1928年7月10日	《女囚》，上海新宇宙书店，1928年11月	书信体
严良才	《黄叶》	《洪水》周年增刊，1926年12月1日		诗意体
叶灵凤	《菊子夫人》	《幻洲》第1卷第4期，1926年11月		书信体 诗意体
	《龚仪》	《幻洲》第1卷第12期，1927年9月		书信体
绍宗	《悲哀的安哥儿》	《幻洲》第1卷第5期，1926年12月		诗意体
曼女士	《自挽》	《幻洲》第1卷第5期，1926年12月		书信体
滕刚	《酸酒》	《幻洲》第2卷第1期，1927年10月		书信体
孙俍工	《家风》	《小说月报》第14卷第9号，1923年9月		书信体

续表

作者	篇目	原载期刊名称、日期	首次录入（出版）专集名称、日期	文体互渗类型
朱自清	《笑的历史》	《小说月报》第14卷第6号，1923年6月		书信体
	《校长》	《小说月报》第16卷第7号，1925年7月		书信体
韦丛芜	《在伊尔蒂希（Irtysh）河岸上》	《小说月报》第17卷第6号，1926年6月		诗意体
竹影女士	《伊底心》	《浅草》第3期，1923年12月		诗意体 书信体
陈衡哲	《小雨点》		《小雨点》，上海新月书店，1928年4月	童话体
	《西风》	《东方杂志》第21卷第17号，1924年9月10日	《西风》，上海商务印书馆，1933年12月	童话体
陈伯吹	《学校生活记》		《学校生活记》，上海商务印书馆，1927年	童话体
	《倾跌》	《文艺》月刊第1卷第2期，1933年11月15日	《女人的故事》，上海天马书店，1935年	速写体
草明	《晚上》	《申报·自由谈》，1934年2月22日	同上	速写体
	《离开狮子岗位之前》	《申报·自由谈》，1934年3月26、27日	同上	速写体
	《奴性憎恶者》	《申报·自由谈》，1935年3月11、12、13日	同上	速写体

续表

作者	篇目	原载期刊名称、日期	首次录入（出版）专集名称、日期	文体互渗类型
丁玲	《莎菲女士的日记》	《小说月报》第19卷第2号，1928年2月10日	《在黑暗中》，上海开明书店，1928年10月	传记体 日记体
	《自杀日记》	《熔炉》月刊创刊号，1928年12月1日	《自杀日记》，上海光华书局，1929年5月	日记体
	《杨妈的日记》	《良友图画杂志》第79期，1933年8月	《意外集》，上海良友图书印刷公司，1936年11月	日记体
	《水》	《北斗》第1、2、3期，1931年9—11月	《水》，上海湖风书局，1931年	速写体
	《田家冲》	《小说月报》第22卷第7号，1931年7月10日	《水》，上海湖风书局，1931年	速写体
沈从文	《渔》		《石子船》，上海中华书局，1931年1月	散文体
	《边城》	《国闻周报》第1卷第1期连载，1934年1月1日		散文体
	《夜》		《沈从文甲集》，上海神洲国光社，1930年6月	散文体
	《萧萧》	《小说月报》第21卷第1号，1930年1月10日	《新与旧》上海良友图书印刷公司，1936年11月	散文体

续表

作者	篇目	原载期刊 名称，日期	首次录入（出版）专集 名称，日期	文体互渗类型
	《三三》	《文艺月刊》第 2 卷第 9 期，1931 年 9 月	《虎雏》，上海新中国书局，1932 年 1 月	散文体
	《风子》	《文艺月刊》第 3 卷第 4 期，1932 年 4 月 30 日	《风子》，杭州苍山书店，1933 年 7 月	散文体
	《阿黑小史》	《新月》月刊第 1 卷第 9 期，1928 年 11 月 1 日	《阿黑小史》，上海新时代书局，1933 年 3 月	散文体
	《从文自传》		《从文自传》，上海第一出版社，1934 年 7 月	传记体
沈从文	《王嫂》	香港《大公报·文艺》，1940 年 5 月 29 日		评书体
	《八骏图》	《文学》第 5 卷第 2 号，1935 年 8 月	《八骏图》，上海文化生活出版社，1935 年 12 月	书信体
	《人伍后》		《人伍后》，上海北新书局，1928 年 2 月	评书体
徐钦文	《钦文自传》		《自传丛书》，上海第一出版社，1933 年	传记体
魏金枝	《七封书信的自传》		《七封书信的自传》，上海人间书店，1928 年 5 月	速写体
	传记体		《茅原》第 1 卷第 12 期，1926 年 6 月 25 日	同上
金魁	《逃难》	《文学季刊》第 2 卷第 1—2 期，1935 年 3 月 16 日	《逃难》，桂林文化生活出版社，1941 年	报告文学体
汪华	《乞儿们》	《文学季刊》第 2 卷第 2 期，1935 年 6 月		速写体
白文	《转过了崎岖的小径》	《文学季刊》第 2 卷第 3 期，1935 年 9 月		速写体

续表

作者	篇目	原载期刊名称、日期	首次录入（出版）专集名称、日期	文体互渗类型
李广田	《没有名字的人们》	《文艺杂志》第 2 卷第 4 期，1943 年 5 月 20 日	《金坛子》，上海文化生活出版社，1946 年 12 月	评书体
萧乾	《篱下》	《水星》第 1 卷第 2 期，1934 年 11 月 10 日	《篱下集》，上海商务印书馆，1936 年 3 月	散文体
	《邓山东》	《大公报·文艺副刊》1934 年 6 月 20 日	同上	报告文学体
	《离家的前夜》	《妇女杂志》第 17 卷第 7 号，1931 年 7 月	《栗柳集》，上海生活书店，1934 年 7 月	散文体
	《两只小麻雀》	《文学月刊》第 2 卷第 1 期，1931 年 12 月	同上	散文体
	《金小姐与雪姑娘》	《清华周刊》第 37 卷第 1 期，1932 年 2 月	同上	散文体
吴组缃	《黄昏》	《文学》第 1 卷第 5 号，1933 年 11 月	同上	散文体
	《篆竹山房》	《清华周刊》第 38 卷第 12 期，1933 年 1 月	同上	散文体
	《一千八百担》	《文学季刊》第 1 卷第 1 期，1934 年 1 月	同上	速写体
	《女人》	《太白》第 1 卷第 8 期，1935 年 1 月		速写体
路翎	《可怜的父亲》	《希望》第 1 集第 2 期，1945 年 5 月	《求爱》，海燕书店，1946 年 12 月	散文体
	《秋夜》	同上	《求爱》，海燕书店，1946 年 12 月	散文体
	《感情教育》	同上	《求爱》，海燕书店，1946 年 12 月	报告文学体
	《瞎子》	同上	《求爱》，海燕书店，1946 年 12 月	报告文学体

续表

作者	篇目	原载期刊 名称、日期	首次录入（出版）专集 名称、日期	文体互渗类型
路翎	《乡镇散记》	《希望》第1集第4期，1945年12月		报告文学体
	《中国胜利之夜》	同上	同上	报告文学体
	《饥饿的郭素娥》		《饥饿的郭素娥》，桂林南天出版社，1943年3月	戏剧体
	《王兴发夫妇》	《希望》第1集第5期，1946年5月	《在铁链中》，上海海燕书店，1949年8月	报告文学体
	《卸煤台下》	《抗战文艺》第9卷第5、6期合刊，1944年12月	《卸煤台下》，上海生活书店，1945年7月（渝）	报告文学体
师陀	《堰》	《文学季刊》第2卷第4期，1935年12月16日，署名芦焚		速写体
	《头》	《文学》第5卷第2期，1935年8月1日，署名芦焚	《谷》，上海文化生活出版社，1936年5月	速写体
	《谷》	《文学季刊》第2卷第2期，1935年6月16日，署名芦焚	同上	速写体 散文文体
	《黄花苔》		《黄花苔》，上海良友图书印刷公司，1937年3月	散文体
	《落日光》	《文季月刊》第2卷第1期，1936年12月1日，署名芦焚	《落日光》，上海开明书店，1937年3月	散文体

续表

作者	篇目	原载期刊名称、日期	首次录入（出版）专集名称、日期	文体互渗类型
	《过岭记》（上、下）	《过岭记》（上）原题《太行行》，载《太白》半月刊第1卷第9期，1935年1月20日，署名芦焚；《过岭记》（下）载《太白》半月刊第2卷第11期，1935年8月20日；	《谷》，上海文化生活出版社，1936年5月	报告文学体
	《人下人》	《申报月刊》第4卷第10期，1935年10月15日		评书体
师陀	《百顺街》	《文学》第6卷第3期，1936年3月1日，署名芦焚	《里门拾记》，文化生活出版社，1937年1月	评书体
	《谷之夜》	《水星》第2卷第3期，1935年	《黄花苔》，良友图书印刷公司，1937年3月	散文体
	《行脚人》		《江湖集》，开明书店，1938年11月	散文体
	《果园城》	香港《星岛日报》，具体日期不详	《果园城记》，上海出版公司，1946年5月	散文体
	《说书人》	《文艺杂志》第1卷第4期，1942年4月15日	《果园城记》，上海出版公司，1946年5月	评书体
	《清明时节》	《文学》周刊第5卷第1号，1935年7月1日	《清明时节》，上海文学出版社，1936年2月	速写体
	《枪案》	《创作》月刊第1卷第2期，1935年8月15日	同上	速写体
张天翼	《猪肠子的悲哀》	《北斗》月刊第1卷第4期，1931年12月20日	《小彼得》，上海湖风书局，1931年12月	速写体

续表

作者	篇目	原载期刊 名称、日期	首次录入（出版）专集 名称、日期	文体互渗类型
张天翼	《谭九先生的工作》	《文艺阵地》半月刊第 1 卷第 1 期，1938 年 4 月 16 日	《速写三篇》，重庆文化出版社，1943 年 1 月（作于 1937 年 11 月）	速写体
	《华威先生》		同上	速写体
蒋牧良	《干塘》		《锦砂》，文化生活出版社，1936 年	速写体
艾芜	《南行记》		《南行记》，上海文化生活出版社，1935 年 12 月	散文体
骞谷	《三月街》	《国闻周报》第 12 卷第 25 期，1935 年		速写体
	《赶路》	《创作》月刊第 1 卷第 1 期，1935 年 7 月 15 日	《土饼》，文化生活出版社 1936 年 7 月	速写体
沙汀	《某镇纪事》	《文丛》月刊第 1 卷第 1 号，1937 年 3 月 15，1935 年作		传记体
	《干渣——老 C 的自传断片》	《希望》第 1 卷第 1 期，1937 年 3 月 10 日		传记体
	《一个人的出身》	《中学生》第 74 号，1937 年 4 月 1 日		传记体
	《在祠堂里》	《文学界》第 1 卷第 1 号，1936 年 6 月 5 日	《兽道》，上海群益出版社，1946 年 4 月	速写体

续表

作者	篇目	原载期刊 名称，日期	首次录入（出版）专集 名称，日期	文体互渗类型
	《在共香居茶馆里》	《抗战文艺》第 6 卷第 4 期，1940 年 12 月	《小城风波》，重庆东方书社，1944 年 4 月	速写体 戏剧体
	《气包大爷的救亡运动》		《堪察加小景》，文化生活出版社，1948 年 8 月	报告文学体
	《到西北去》		同上	报告文学体
	《从军记》		同上	报告文学体
	《堪察加小景》	《青年文艺》第 1 卷第 6 期，1945 年 2 月 15 日	同上	报告文学体
	《联保主任的消遣》	《文艺战线》第 1 卷第 2 号，1939 年 3 月 16 日	《小城风波》，重庆东方书社，1944 年 4 月	报告文学体 戏剧体
沙汀	《范老师》	《新华日报》，1946 年 1 月 9、10 日	《呼嚎》，上海新群出版社，1947 年	报告文学体
	《访问》	《世界文艺》第 1 卷第 3 期，1946 年 4 月	同上	报告文学体
	《公道》		《十人小说集》，重庆文聿出版社，1943 年 7 月	戏剧体
	《游击县长》	《全民抗战》第 140 期，1940 年 10 月 5 日		报告文学体

续表

作者	篇目	原载期刊 名称、日期	首次录入（出版）专集 名称、日期	文体互渗类型
罗洪	《群像》	《鲁迅风》第11期，1939年3月29日	《为了祖国的成长》，桂林文化生活社，1940年9月	速写体
	《逃难哲学》	《东方杂志》半月刊第35卷第3号，1938年2月1日	同上	速写体
葛琴	《总退却》	《北斗》第2卷第2期，1932年5月20日	《总退却》，上海良友图书印刷公司，1937年3月	速写体
周文	《雪地》	《文学》第1卷第3期，1933年9月1日	《周文短篇小说集》（第一集），上海开明书店，1940年1月	速写体
巴金	《巴金自传》		《巴金自传》，上海第一出版社，1934年11月	传记体
叶永蓁	《小小十年》		《小小十年》，上海春潮书局，1929年8月	传记体
苏雪林	《棘心·系列》	《北新》半月刊第2卷第14期—20期，1928年6月1日—9月1日	《棘心·系列》，上海北新书局，1929年	传记体
谢冰莹	《一个女兵的自传》	《宇宙风》第15—16期，1936年4月16日；《大风》第57、62—62期，1939年12月15日，1940年3月20日	《一个女兵的自传》，上海良友图书印刷公司，1936年	传记体
白薇	《悲剧生涯》		《悲剧生涯》，文学出版社，1936年	传记体

续表

作者	篇目	原载期刊名称、日期	首次录入（出版）专集名称、日期	文体互渗类型
凌叔华	《弟弟》	《现代评论》二周年增刊，1927年1月	《小哥俩》，上海良友图书印刷公司，1935年10月	童话体
	《小哥俩》	《新月》第2卷第2期，1929年4月	同上	童话体
萧红	《呼兰河传》		《呼兰河传》，上海杂志公司，1941年5月	传记体 散文体
	《牛车上》	《文季月刊》第1卷第5期，1936年10月1日	《牛车上》，上海文化生活出版社，1937年5月	散文体
	《后花园》	香港《大公报》及《学生界》，1940年4月10—25日	《萧红短篇小说集》，黑龙江人民出版社，1982年	散文体
萧军	《羡谷》	《七月》第19期，1937年7月		报告文学体
端木蕻良	《记一·九》	《七月》第3期，1937年9月25日		报告文学体
陈舒凤	《步行传信记》	《七月》第1期，1937年10月16日		报告文学体
西圣	《关于八路军的种种》	《七月》第5期，1937年12月16日		报告文学体
孙钿	《污暴的行进》	《七月》第6期，1938年1月1日		速写体
史萍	《田梨先生》	《七月》第7期，1938年1月16日		报告文学体
力群	《他们全开到前线去了!》	《七月》第8期，1938年2月1日		速写体

续表

作者	篇目	原载期刊 名称、日期	首次录入（出版）专集 名称、日期	文体互渗类型
王天基	《流亡之前》	同上		速写体
萧黄	《船上》	《七月》第 10 期，1938 年 3 月 1 日		速写体
舒群	《战地》		《战地》，上海北新印刷所，1937 年 4 月	速写体
	《呼兰河边》	《光明》第 1 卷第 2 期，1936 年 6 月 25 日	《呼兰河边》上海北新书局，1937 年 8 月	速写体
罗峰	《狱》	《光明》第 1 卷第 5 期，1936 年 8 月 10 日	同上	速写体
	《第七连》	《七月》第 6 期，1938 年 1 月 1 日	《东平短篇小说集》，桂林南天出版社，1944年 2 月	报告文学体
	《我们在那里打了败仗》	《七月》第 7 期，1938 年 1 月 16 日	同上	报告文学体
丘东平	《我认识了这样的敌人》	《七月》第 13 期，1938 年 5 月 1 日	同上	报告文学体
	《一个连长的战斗遭遇》	《七月》第 14 期，1938 年 5 月 16 日	同上	报告文学体
	《红花地之守御》		《长夏城之战》，上海一般书店，1937 年 6 月	报告文学体

续表

作者	篇目	原载期刊名称、日期	首次录入（出版）专集名称、日期	文体互渗类型
曹白	《杨可中》	《七月》第8期，1938年2月1日		报告文学体
	《访江南义勇军第×路》	《七月》第23期，1940年1月		报告文学体
	《我的路》	《七月》第25期，1940年5月		报告文学体
	《夜底洪流》	《七月》第8期，1938年2月1日		速写体
	《运输员》	《七月》第11期，1938年3月16日		速写体
奚如	《琴科和萧》	《晋察冀日报》，1943年4月10日，原题名是《爹娘留下萃和萧》	《秀露集》，百花文艺出版社，1981年3月	报告文学体
孙犁	《荷花淀——白洋淀纪事之一》	《解放日报》（延安），1945年5月15日	《荷花淀》，香港海洋书屋，1947年4月	报告文学体
	《芦花荡——白洋淀纪事之二》	《解放日报》（延安），1945年8月31日	《芦花荡》，上海群益出版社，1949年7月	报告文学体
	《藏》		同上	报告文学体
	《村歌》（《互助组》《抗旱》）	《天津日报》，1949年5月6日—5月12日；《劳动文艺》第1卷第1期，1949年7月1日	《村歌》，天下图书公司，1950年	报告文学体
	《吴召儿》	《天津日报》，1949年11月25日	《采蒲台》，生活·读书·新知三联书店，1950年12月	报告文学体
	《麦收》	《解放日报》，1945年7月		报告文学体 评书体

续表

作者	篇目	原载期刊名称、日期	首次录入（出版）专集名称、日期	文体互渗类型
碧野	《北方的原野》		《北方的原野》，上海杂志公司，1938年	报告文学体
骆宾基	《东战场的别动队》	《文艺阵地》第2卷第12期，1939年	《东战场的别动队》，大地出版社，1940年	报告文学体
	《一个坦白人的自述》	《希望》第1期，1945年1月		报告文学体
刘白羽	《火光在前》	《人民文学》第1—2期，1949年	《政治委员》，佳木斯东北书店，1948年	报告文学体
阿垅	《闸北打了起来》	《七月》第15期，1938年6月1日；第16期，1938年6月16日，署名S. M.	《阿垅诗文集》，人民文学出版社，2007年	报告文学体
倪受乾	《我怎样退出南京的?》	《七月》第17期，1938年7月1日	《七月派作品选》，人民文学出版社，2011年	报告文学体
王西彦	《眷恋土地的人》	《现代文艺》第2卷第1期，1940年10月25日	《乡井》，桂林三户图书社，1942年1月	报告文学体
孔厥	《郝二虎》	《希望》第1期，1945年1月	《受苦人》，上海海燕书店，1947年1月	报告文学体
	《凤仙花》	《希望》第6期，1946年6月16日	同上	诗意体 报告文学体
贾植芳	《人生赋》	《抗战文艺》第64、65号，1944年9月。署名扬力	《人生赋》，上海海燕书店，1947年	报告文学体
	《我乡》	《希望》第1集第1期，1945年1月	同上	报告文学体

续表

作者	篇目	原载期刊 名称、日期	首次录入人（出版）专集 名称、日期	文体互渗类型
骆宾基	《一个坦白人的自述》	《希望》第1期，1945年1月	《北望远的春天》，上海星群出版社，1947年8月	报告文学体
胡田（思基）	《我的师傅》	《希望》第2集第3期，1946年7月	《生长》，东北光华书店，1947年	报告文学体
	《生长》	《蚂蚁小集》之四《中国的肺脏》，1948年11月	同上	报告文学体
赵树理	《小二黑结婚》		《小二黑结婚》，华北新华书店，1943年5月；新华书店，1944年；胶东大众报社，1944年10月	评书体 戏剧体
	《李有才板话》	《解放日报》（延安），1946年6月26—7月5日连载	《李有才板话》，华北新华书店，1943年10月；冀鲁豫书店，1944年10月	评书体
	《李家庄的变迁》	《李家庄的变迁》，华北新华书店，1946年1月；《东北日报》1947年12月18日—1948年3月6日连载	《赵树理短篇小说集》，华中新华书店，1949年4月	评书体
	《邪不压正》	《人民日报》，1948年10月13、16、19、22日连载	《邪不压正》，冀南新华书店，1948年11月	评书体
	《传家宝》	《人民日报》，1949年4月19—21连载		戏剧体

续表

作者	篇目	原载期刊名称、日期	首次录入（出版）专集名称、日期	文体互渗类型
马烽	《村仇》	《人民文学》创刊号，1949年10月	《村仇》，生活·读书·新知三联书店，1950年	评书体 戏剧体
西戎	《谁害的》	《晋绥日报》，1948年12月13、14日	《谁害的》，天下图书公司，1951年9月	评书体
姚雪垠	《差半车麦秸》	《文艺阵地》（香港）第1卷3期，1938年	《红灯笼故事》，上海大路出版公司，1940年5月	评书体 戏剧体
	《牛全德与红萝卜》	《抗战文艺》第7卷第4、5期合刊，1941年11月10日	《牛全德与红萝卜》，重庆文座出版社，1942年10月	评书体 戏剧体
老舍	《柳家大院》	《大众画报》第1期，1933年11月	《赶集》，上海良友图书印刷公司，1934年9月	评书体
	《我这一辈子》	《文学》第9卷第1期，1937年7月1日	《我这一辈子》，上海惠群出版社，1947年1月	评书体
张爱玲	《连环套》	《万象》第3卷第7—12期，1944年1—6月	《张看》，台北：皇冠出版社，1976年	评书体
	《老婆嘴嘴退租》	《蚂蚁小集》第3期，1948年		戏剧体
束为	《红契》		《束为文集》，山西人民出版社，2004年	评书体
	《春秋图》		同上	评书体
	《租佃之间》		同上	戏剧体

续表

作者	篇目	原载期刊名称、日期	首次录入（出版）专集名称、日期	文体互渗类型
孙谦	《村东十亩地》		《孙谦文集》，山西人民出版社，2001年	评书体
胡正	《长烟袋》		《胡正文集》，山西人民出版社，2001年	评书体
赵景深	《红肿的手》	《小说月报》第14卷第7号，1923年7月	《栢子花球》，上海北新书局，1928年	评书体
	《陷阱》	《晨报副刊》，1928年5月25、26、29、30、31日	《使命》中改名《买卖》，文化生活出版社，1938年	评书体
李健吾	《私情》	《清华周刊》第26卷第11期，1927年	《私情》，上海北新书局，1928年3月	评书体
	《一个兵和他的老婆》		《一个兵和他的老婆》，岐山书店，1929年	评书体
严文井	《一个人的烦恼》		《一个人的烦恼》，建国书店出版，1944年	戏剧体
黄明	《风雪中行进》	《七月》第5期，1937年12月16日		日记体
张藤	《写给古城里的姐姐》	《七月》第9期，1938年2月16日		书信体
甘棠	《鳜鱼梗子》	《七月》第4卷第1—4期，1939年12月		诗意体 报告文学体

作者	篇目	原载期刊 名称、日期	首次录入（出版）专集 名称、日期	文体互渗类型
晋驼	《蒸馏》	《希望》第 8 期，1946 年 10 月 18 日	《蒸馏》，上海光华书店，1948 年 1 月	书信体 报告文学体
汪曾祺	《结合》	《文艺复兴》第 3 卷第 2 期，1947 年 4 月 1 日	《结合》，新文艺出版社，1947 年 6 月	报告文学体
	《老鲁》		《邂逅集》，上海文化生活出版社，1949 年 4 月	评书体
祖文	《老瘌子》	《国文月刊》，1939 年 6 月		戏剧体
王季	《未举行的婚礼》	《世界文艺季刊》第 1 卷第 2 期，1945 年		评书体

参考文献

一 专著

白烨编:《小说文体研究》,中国社会科学出版社 1988 年版。

畅广元编:《文学文化学》,辽宁人民出版社 2000 年版。

陈平原:《中国小说叙事模式的转变》,上海人民出版社 1988 年版。

陈平原、严家炎、吴福辉、钱理群等编:《二十世纪中国小说理论资料》(五卷本),北京大学出版社 1997 年版。

陈思和:《陈思和自选集》,广西师范大学出版社 1997 年版。

程毅中:《文备众体的唐代传奇》,中共中央党校出版社 1994 年版。

丁帆:《重回"五四"起跑线》,人民文学出版社 2004 年版。

韩蕊:《中国现代书信体小说研究》,陕西人民出版社 2009 年版。

何镇邦:《文体的自觉与抉择》,人民文学出版社 1995 年版。

林骧华:《文艺新科学新方法手册》,上海文艺出版社 1987 年版。

钱理群:《对话与漫游:四十年代小说研读》,上海文艺出版社 1999 年版。

申丹:《叙述学与小说文体学研究》,北京大学出版社 2004 年版。

施军:《叙事的诗意:中国现代小说与象征》,人民出版社 2007 年版。

谭桂林:《转型与整合:现代中国小说精神现象史》,山西人民教育出版社 2003 年版。

陶东风:《文体演变及其文化意味》,云南人民出版社 1994 年版。

田若虹:《艺文论稿》,上海三联书店 2006 年版。

王彬彬:《在功利与唯美之间》,学林出版社 1996 年版。

王光东：《20 世纪中国文学与民间文化》，复旦大学出版社 2007
　　年版。

王先霈、张方：《徘徊在诗与历史之间：论小说的文体特性》，长
　　江文艺出版社 1987 年版。

王晓明：《论二十世纪中国小说家的创作心理障碍》，中国社会科
　　学出版社 1991 年版。

文学研究所总纂：《中国文学史资料全编》（现代卷），知识产权出
　　版社 2010 年版。

夏德勇：《中国现代小说文体与文化论》，中国广播电视出版社
　　2005 年版。

杨洪承：《文学社群文化形态论：现代中国文学社团流派文化研
　　究》，安徽文艺出版社 1998 年版。

张光芒：《决绝与新生：五四文学现代化转型新论》，中国文联出
　　版社 1999 年版。

赵家璧等主编：《中国新文学大系》（第一辑、第二辑、第三辑），
　　上海良友图书印刷公司 1935 年版，上海文艺出版社 2009 年版。

赵毅衡：《苦恼的叙述者》，北京十月文艺出版社 1994 年版。

周靖波编：《中国现代戏剧序跋集》，北京广播学院出版社 2003
　　年版。

朱晓进：《非文学的世纪：20 世纪中国文学与政治文化的关系》，
　　南京师大出版社 2004 年版。

［波兰］罗曼·英伽登：《对文学的艺术作品的认识》，陈燕谷译，
　　中国文联出版公司 1988 年版。

［德］恩斯特·卡希尔：《语言与神话》，于晓等译，生活·读书·
　　新知三联书店 1988 年版。

［德］尤尔根·哈贝马斯：《论现代性》，载王岳川、尚水编《后
　　现代主义文化与美学》，北京大学出版社 1992 年版。

［德］马丁·海德格尔：《荷尔德林诗的阐释》，孙周兴译，商务印
　　书馆 2000 年版。

［德］卡尔·曼海姆：《意识形态与乌托邦》，黎鸣、李书崇译，上海三联书店 2011 年版。

［德］马克斯·韦伯：《经济与社会》，林荣远译，商务印书馆 1998 年版。

［法］蒂菲纳·萨莫瓦约：《互文性研究》，邵炜译，天津人民出版社 2003 年版。

［法］让·贝西埃等：《诗学史》，史忠义译，河南大学出版社 2010 年版。

［古希腊］柏拉图：《柏拉图全集》第 2 卷，王晓朝译，人民出版社 2003 年版。

［捷克］米兰·昆德拉：《小说的艺术》，董强译，上海译文出版社 2004 年版。

［美］亨利·詹姆斯：《小说的艺术》，朱雯、朱乃长等译，上海译文出版社 2001 年版。

［美］华莱士·马丁：《当代叙事学》，伍晓明译，北京大学出版社 1990 年版。

［美］赫伯特·马尔库塞：《审美之维》，李小兵译，生活·读书·新知三联书店 1989 年版。

［美］马泰·卡林内斯库：《现代性的五副面孔》，顾爱彬译，商务印书馆 2002 年版。

［美］苏珊·朗格：《情感与形式》，刘大基译，中国社会科学出版社 1986 年版。

［美］韦恩·布斯：《小说修辞学》，付礼军译，广西人民出版社 1987 年版。

［美］雷·韦勒克、奥·沃伦：《文学理论》，刘象愚等译，生活·读书·新知三联书店 1984 年版。

［美］伊恩·P. 瓦特：《小说的兴起》，高原等译，生活·读书·新知三联书店 1992 年版。

［意］詹巴蒂斯塔·维柯：《新科学》，朱光潜译，商务印书馆

1989 年版。

［英］D. H. 劳伦斯：《劳伦斯论美国名著》，黑马译，上海三联书店 2006 年版。

［英］安东尼·吉登斯：《现代性与自我认同》，赵旭东等译，生活·读书·新知三联书店 1998 年版。

［英］珀西·卢伯克：《小说技巧——小说美学经典三种》，方土人、罗婉华译，上海文艺出版社 1990 年版。

Cuddon, J. A. , *Dictionary of Literary Terms and Literary Theory*, New York：Basil Blackwell Ltd, First edition, 1977.

Nelson. Theodor Holm, *Literary Machines*, Pa：Selfpublished, 1981.

Roger Fowle, *A Dictionary of Modern Critical Terms*, London & Boston：Routledge & Kegan PaulLtd, 1973.

Thornbury, EthelMargaret, *Henry Fielding's Theory of the Comic Prose Epic*, New York：Russell & Russell, 1966.

Williams, W. E. , *A Book of English Essays*, New York：Penguin books, 1951.

二　论文

曹斌：《中国小说民间精神管窥》，《文艺争鸣》2005 年第 5 期。

陈咏芹：《中国现代话剧的现实主义特征及其历史生成》，《首都师范大学学报》（社会科学版）2002 年第 1 期。

程蔷：《民间叙事模式与古代戏剧》，《文学遗产》2000 年第 5 期，

丁帆：《对〈中国现代文学研究丛刊〉的几点建议》，《中国现代文学研究丛刊》1997 年第 1 期。

范伯群、曾华鹏：《论冰心的创作》，《文学评论》1964 年第 1 期。

范亦毫：《鲁迅小说的封闭式结构模式》，《鲁迅研究月刊》1992 年第 4 期。

方守金：《试论小说的戏剧化及其限制和超越》，《文艺理论研究》1992 年第 9 期。

方长安：《现当代文学文体互渗与述史模式反思》，《湘潭大学学

报》（哲学社会科学版）2008 年第 6 期。

高旭东：《中国文体意识的中和特征》，《湘潭大学学报》（哲学社会科学版）2008 年第 6 期。

甘秋霞：《民间的激活："故事"方能成"新编"——〈故事新编〉中民间叙事策略的现代开掘》，《西华师范大学学报》（哲学社会科学版）2010 年第 1 期。

郭志刚：《论孙犁的"诗意小说"》，《社会科学战线》1994 年第 5 期。

何西来：《1988 年关于报告文学的对话》，《解放军文艺》1989 年第 1 期。

黄连平：《从诗化转向散文化：废名小说文体艺术新论》，《戏剧文学》2006 年第 2 期。

纪德君：《中国古代"说书体"小说文体特征新探》，《文艺研究》2007 年第 7 期。

贾玉民：《论中国现代感伤文学》，《中国现代文学研究丛刊》1991 年第 2 期。

李槟：《一座晶钢的雕像：论丘东平和他的创作》，《河北学刊》1998 年第 6 期。

李欧梵：《引来的浪漫主义：重读郁达夫〈沉沦〉中的三篇小说》，《江苏大学学报》（社会科学版）2006 年第 1 期。

李颖：《章回小说中的诗歌因素与诗化现象》，《湖南第一师范学报》2008 年第 2 期。

李志宏：《文学本性："审美意识形态"还是"审美意识形式"?》，《文艺理论与批评》2006 年第 2 期。

林宪亮：《"世说体"小说文体特征论》，《文艺评论》2011 年第 8 期。

凌宇：《从〈桃园〉看废名艺术风格的得失》，《十月》1981 年第 1 期。

刘海峰、王成军：《莫洛亚传记美学初探》，《外国文学研究》2002

年第 2 期。

刘洪涛：《沈从文与现代小说的文体变革》，《文学评论》1995 年
　　第 2 期。

刘增杰：《师陀小说漫评》，《河南师大学报》（社会科学版）1982
　　年第 1 期。

罗雪松：《论吴组缃 30 年代散文创作的"小说家笔法"》，《广西大
　　学学报》（哲学社会科学版）2000 年第 4 期。

罗振亚：《悖论与焦虑：新文学中的"文体互渗"》，《湘潭大学学
　　报》（哲学社会科学版）2008 年第 6 期。

马力：《童话与儿童小说文体的变异性与模糊性》，《沈阳师范大学
　　学报》（社会科学版）2003 年第 5 期。

马蹄疾：《〈小小十年〉作者叶永蓁生平始末》，《辽宁师范大学学
　　报》1986 年第 3 期。

莫砺锋：《论中华文化的诗性特征》，《中国韵文学刊》1999 年第
　　1 期。

钱理群：《关于 20 世纪 40 年代大文学史研究的断想》，《中国现代
　　文学研究丛刊》2005 年第 1 期。

谭兴国：《试论沙汀短篇小说的艺术特点》，《成都大学学报》1982
　　年第 2 期。

田智祥：《宗白华的内倾型人格与他的诗意情》，《甘肃社会科学》
　　2009 年第 2 期。

汪晖：《戏剧化、心理分析及其他》，《文艺研究》1988 年第 6 期。

王芳：《浅谈中国古代小说诗化的两种形态》，《语文学刊》2006
　　年第 11 期。

王捷：《〈少年维特之烦恼〉与书信体小说》，《中文自修》1995 年
　　第 2 期。

王丽娟：《论文人叙事与民间叙事》，《文学遗产》2004 年第 4 期。

王秀琳：《陈衡哲和她的小说集〈小雨点〉》，《北京第二外国语学
　　院学报》1997 年第 5 期。

王宜春：《王以仁：郁达夫的精神兄弟——兼论"郁达夫族群"主体人格》，《安庆师范学院学报》（社会科学版）2002 年第 2 期。

王中：《小说的诗辩》，《文学评论》2012 年第 5 期。

吴瑞霞：《论中国古代文学体裁的诗意性与诗意思维》，《华中科技大学学报》（社会科学版）2003 年第 1 期。

吴晓东：《中国文学中的乡土乌托邦及其幻灭》，《北京大学学报》（哲学社会科学版）2006 年第 1 期。

吴子林：《文体：有意味的形式及其创造——童庆炳"文体诗学"思想研究》，《文艺评论》2012 年第 9 期。

谢龙新：《"叙事"溯源：柏拉图与亚里士多德》，《华中学术》2009 年第 2 期。

谢有顺：《中国小说的叙事伦理》，《青年作家》2008 年第 9 期。

徐岱：《诗性与童话——关于艺术精神的一种理解》，《杭州师范学院学报》（社会科学版）2006 年第 4 期。

徐德明：《老舍小说的叙述学价值》，《扬州大学学报》2001 年第 1 期。

徐杰：《关于王以仁其人及他的诗歌和小说》，《天台文史资料》1987 年第 2 辑。

阎浩岗：《生命感伤体验的诗化表达——王统照、郁达夫、废名小说合论》，《天津师范大学学报》（社会科学版）2003 年第 1 期。

杨洪承：《"公共空间"与文学社群关系——20 世纪中国现代文学社团流派研究的再思考》，《文学评论》2011 年第 6 期。

杨武能：《施笃姆的诗意小说及其在中国之影响》，《外国文学研究》1986 年第 4 期。

姚皓华：《论郁达夫小说散文化叙事风格》，《东岳论丛》2006 年第 3 期。

俞超：《"以诗为文"——郁达夫小说语言的文体实验》，《社会科学论坛》2009 年第 7 期。

曾利君：《中国现代散文化小说：在褒贬中成长》，《文学评论》

2011 年第 1 期。

张学军：《从古典主义到现实主义——论王统照小说创作的转变》，
《文史哲》1987 年第 6 期。

张克：《论中国现代日记体小说的文体特征》，《东方论坛》2008
年第 1 期。

张万连：《论报告文学的文学特征》，《辽宁师专学报》（社会科学
版）1999 年第 6 期。

张文博：《写真求实　史文并重——试论传记文学的文体特征》，
《安庆师范学院学报》1991 年第 2 期。

张向东：《戏剧化的中国现代小说》，《戏剧文学》1998 年第 6 期。

张永：《民间精神与王统照乡土小说》，《广西大学学报》2006 年
第 5 期。

张智庭：《罗兰·巴尔特的互文性理论与实践》，《符号与传媒》
2010 年第 1 期。

赵双花：《现实斗争中的激进与回旋：路翎抗战小说新论》，《河南
师范大学学报》（哲学社会科学版）2011 年第 6 期。

赵园：《关于小说结构的散文化》，《中国现代文学研究丛刊》1998
年第 3 期。

周勃、吴永平：《抗日民众的战斗雄姿——重读〈差半车麦秸〉》，
《湖北大学学报》（哲学社会科学版）1985 年第 4 期。

朱德发、张光芒：《五四文学文体新论》，《中国社会科学》1999
年第 5 期。

朱晓进：《政治文化语境与 20 世纪 30 年代特殊文体的盛行》，《江
海学刊》2007 年第 1 期。

［美］诺曼·弗里德曼：《关于小说的视点》，林均译，《语文导
报》1987 年第 7 期。

三　学位论文

陈军：《文类研究》，博士学位论文，扬州大学，2006 年。

陈思羽：《小说叙事视角研究》，博士学位论文，山东大学，2011 年。

丛琳:《生命向着诗性展开》，博士学位论文，辽宁师范大学，2011 年。

黄林飞:《理性话语与中国现代文学的理性精神》，博士学位论文，湖南师范大学，2009 年。

谭海娟:《中国古代小说"文备众体"现象研究》，硕士学位论文，扬州大学，2017 年。

后　记

十年磨一剑，欣慰又汗颜。

2010年9月，我步入南京师范大学文学院攻读现当代文学专业的博士学位，师从杨洪承先生。开题前夕，我在随园西山图书馆顶阁旧刊室消磨了近一年的光阴，触摸历史脉搏，抵近时代现场，阳光临窗而入，书尘粒粒分明，拾起文墨串成一摞笔记卡，选题悄然而至。开题顺利，写作艰难，虽言之成篇，但尚未达到预期的高度。

2013年4月，博士毕业论文盲审全部通过，三位专家的评审意见和所给成绩令人心安；5月，博士毕业论文答辩顺利通过，答辩委员会专家丁帆、朱晓进、王彬彬、谢昭新、贺仲明、何言宏、高永年等老师的点评意见字字珠玉，我受益颇深。

2015年6月，以博士论文为基础申报的国家社科基金项目——"中国现代小说文体互渗现象研究"获得立项。这年3月，我未曾闻得"三月桃花十里香"，却体验到"四壁尽染白霜冷"，因为高血压晕厥摔倒马路上，被路人报警送往医院。住院半月，面壁思忖，遂辞去"主任"等职务，以减少长期面对电脑熬夜可能引发的后患。身心俱疲之时，幸好国家课题的适时出现熨平了心的褶皱，学有幸焉！

2016年7月，投稿于《青海社会科学》第3期上的论文《"诗性"之维：五四小说的文体互渗现象研究》被《新华文摘》转载了主要内容；此后又有投稿的文章被《高等学校文科学术文摘》转载了主要内容。耕耘有获，这于我而言，不啻为莫大的学术鼓励和认可，我欣喜的同时更加信心满怀和认真努力，围绕课题撰写并发表了多篇高级别刊物的学术论文，结项书稿也逐渐成形。

2020 年 7 月，我提交了结项材料，经过漫长的等待终于看到了公布结果：国家课题结项为良好。未获优秀，多少有点遗憾。然而，相较于等待期间的"煎熬"而言，这肯定是完美的结局。如今，"十年磨一剑"，修成的正果即将付梓，然而这亦令我十分汗颜。在信息极速发展和资源开放共享的时代，我的"磨剑"效率与之不匹，慢工细活的并非鸿篇巨制，而是 20 余万字的书稿而已，尽管在这期间也撰著了一部学术著作和一部散文集。

2021 年 8 月，课题"新世纪中国小说'间性'叙事研究"获得教育部人文社科规划基金立项，这于我而言又是个学术新起点。我必将全力以赴，以往为鉴，抓住中年岁月的灵魂，提升时光"磨剑"的功力，实现文苑人生的升华。

细品十年，一直在路上。我于 2010—2013 年读博期间，妻子在家照顾孩子，同时承担着繁重的教学任务。2014 年，我和妻子一起出国访学，离乡背井。2015 年，妻子出国读博，我学期间在单位上班，寒暑假飞往国外小聚，相见时难别亦难。父母年迈，每逢佳节倍思亲。十年来，聚少离多，劳碌奔波，挂念是一种甜蜜的累。岁月固然静好，但有时莫可奈何，人生追随漂泊的书桌，灿烂书花绽放着柴米油盐。

回首十年，幸运之神对我常有眷顾。学术之路由师友和家人相辅成就。恩师杨洪承先生的谆谆教诲令我受益终生，师友张光芒先生的提携鼓励令我感佩万千，编审张前先生的知遇之恩令我信念坚实。领导同事的大力支持令我信心倍增，同学友人的热忱帮助令我如沐春风。家人的爱是我的力量之源，妻子善良智慧，她的学术意见每每令我锦上添花；儿子乖巧懂事，他的茁壮成长屡屡激发着我的写作灵感；父母理解支持，他们的健康快乐是我们的最大福气。责编王丽媛老师敬业严谨，细致耐心编审书稿，在此致以最诚挚的谢意！

展望未来，微微一笑之……

是为记。

蓝河公寓

2022 年 5 月 17 日